경성여성구락부

경성여성구락부

발행일   2019년 7월 12일

지은이   김재희
펴낸이   유영학
펴낸곳   코핀 커뮤니케이션즈
출판등록 2019년 1월 4일 제 25100-2019-000007호
주소   서울시 구로구 디지털로31길 12, 본관2층 넥스트데이 11호
홈페이지 www.copin.co.kr
이메일   book@copin.co.kr
전화번호 02-6406-7479
팩스번호 02-853-3878

편집/디자인 (주)북랩
제작처   (주)북랩 www.book.co.kr

ISBN   979-11-90161-06-0 04810 (종이책)   979-11-90161-07-7 05810 (전자책)
           979-11-90161-05-3 04810 (세트)

이 도서의 국립중앙도서관 출판예정도서목록(CIP)은 서지정보유통지원시스템 홈페이지(http://seoji.nl.go.kr)와
국가자료공동목록시스템(http://www.nl.go.kr/kolisnet)에서 이용하실 수 있습니다.
(CIP제어번호: CIP2019026029)

경성여성
구락부

김재희 시대판타지소설

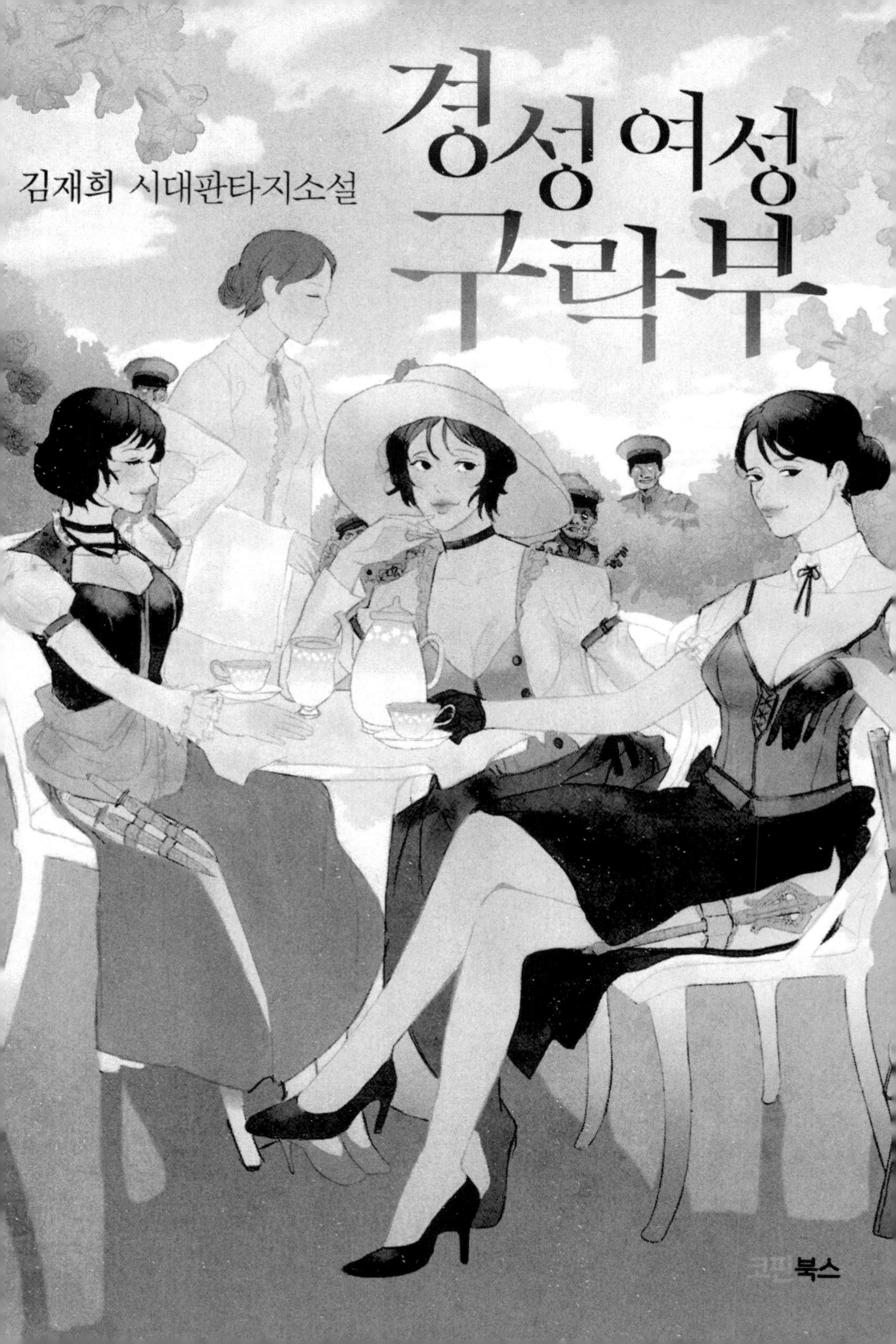

북스

목
차

남편의 죽음으로 반설아 다시 태어나다

새벽, 피투성이가 된 여성이 소리를 지르면서 저택에서 뛰쳐나온다.

"살려주세요! 살려주세요!"

반설아는 머리가 엉클어지고, 오비(帶)가 풀어져 기모노 안으로 하얀 가슴이 보이는 가운데 본정(충무로) 거리로 달린다. 대로변에 멈춰서는 포드 군용 트럭, 보조석 문이 열리면서 일본인 장교가 내린다.

"무슨 일이십니까?"

"남편이, 남편이⋯⋯."

반설아는 그대로 기절한다. 장교는 자그마한 하얀 얼굴에 붉은 입술, 단정한 이목구비에 여리여리하게 생긴 미모의 여인을 안고 얼른 보조석 위로 오른다. 여인의 나신이 드러나자 자신의 장교복 상의를 벗어 덮어준다.

"어서 본정경찰서(현재의 중부경찰서)로!"

영락정 2정목(중구 저동 2가)에 위치한 본정경찰서는 삼각형의 박공지붕이 어둠 속에 머리를 드러낸 가운데 순사 두 명이 정문을 지키고 있다. 포드 트럭이 서고 장교가 내리자 순사는 경례를 붙였다. 견장이 노란 바탕에 얇은 붉은 선 세 개, 별 두 개로 이등육좌(중령)다.

노무라 중좌는 경례를 받고 보좌관이 업은 반설아를 경찰서 안으로 이동시켰다.

"이 부인을 침상으로 안내하시오."

반설아는 붉은 입술 사이로 신음을 하며 누군가를 애타게 불렀다.

"형사과 형사들을 속히 부르시오."

노무라 중좌의 말에 당직을 서던 순사와 형사들이 경찰서를 뛰어다니면서 서장에게 급하게 연통을 하고, 형사들을 불렀다.

본정경찰서 숙직을 서던 형사과 이시하라 경부와 텐노 형사는 급하게 숙직실로 불려 왔다.

큰 키에 눈썹이 짙고 코가 높은 호남형 스타일의 노무라 중좌는 호령하며 자던 형사들을 내쫓고 침상에 반설아를 눕혔다. 손수 담요를 덮어 주었다.

보좌관이 장교복을 담요 사이에서 빼려 하자 노무라가 말렸다.

"그대로 두게."

"네, 중좌님."

"이 부인이 본정 1정목 사거리로 급하게 살려달라고 외치며 뛰어나왔으나 그 연유를 모르니 형사과에서 조사하고 내일 부관에게 보고하도록!"

노무라는 작전 회의에 참석해야 한다며 급하게 경찰서를 나갔다.

반설아는 형사들이 부채질을 해 주고 물을 가져다주는 통에 정신을 차리고 입을 뗐다.

"부인, 정신이 드십니까? 무슨 일이십니까?"

"남편! 남편이 강도를 당해서 죽었어요! 우리 집은 본정 1정목의 70번 지입니다. 남편의 이름은 유정수입니다."

키가 작고 날카로운 눈매의 50대 중반의 민완 경부 이시하라는 유정수라는 이름이 어딘지 귀에 익었다. 요시찰 조선인인가 싶었으나 그보다는 더 익숙한 이름이었다.

텐노는 담요 사이로 보이는 그녀의 하얀 가슴에서 시선을 돌렸다.

이시하라는 텐노의 귓가에 속삭였다.

"반도신문사 사주 이름 알아봐! 어서!"

"네, 경부님."

텐노가 급하게 전화를 돌려 반도신문사 사주를 알아봤는데 유정수가 맞았다. 그리고 집 주소도 반설아가 이야기한 본정 70번지였다.

반설아는 형사들이 내미는 물을 마시며 오열했다.

"강도가 신문사에 입금된 투자금을 내놓으라면서 칼을 휘, 휘둘렀어요……. 그 칼에 남편이 그만……. 욕조에서 죽, 죽임을 당했습니다. 흐흑……. 그리고 저는 복면강도가 서재 금고를 뒤져 돈을 챙기는 틈을 타서 길거리로 도망쳐 나온 것입니다. 흐흑……."

키가 크고 마른 체구에 가는 눈매가 인상적인 단정한 얼굴의 텐노 형사는 형사들을 둘러보았다.

모두 하얀 살결의 젊고 아름다운 여인의 불행에 동조하는 듯 안됐다는 표정과 더불어 강도를 꼭 잡으려는 결의를 내뿜었다.

텐노는 여성의 옷차림에서 이상한 점을 느꼈다. 연분홍색 매화가 수놓아진 유카타가 물에 젖었다. 그리고 핏빛인 듯 진한 분홍색이 물들어 있었다.

강도와 이리저리 몸싸움을 벌이다 핏물이 든 것인가.

아니면 죽은 남편을 살피다 물든 것인가.

신문사 사주가 죽은 사건인 만큼 무척 큰 사건이었다.

텐노는 현장에 갈 준비를 서둘렀다. 감식 전문 사진 기사를 부르고, 검시관을 불렀다. 그리고 의사, 이시하라와 가려고 관용 차량을 배차 신청했다.

반설아는 텐노에게 사건 진술을 한 다음, 다른 형사가 이어서 진술 조서를 쓴 후, 병원으로 이송하기로 했다.

텐노는 배차되는 동안, 반설아에게서 사건에 대해 좀 더 자세하게 들었다.

차가 도착하자, 그는 현장으로 가기 위해 일어섰다.

텐노가 운전을 하고 이시하라가 조수석에 탔다. 뒷좌석에는 사진사와 검시관과 부검의가 앉았다.

텐노는 차량 운전을 즐겼다. 엔진에 연료와 공기를 유입시킨 후, 크랭크를 오른쪽으로 돌리면서 시동을 걸었다. 차에서 요란한 엔진음이 나면서 시동이 걸렸다. 텐노는 레버로 속도를 조절하면서 클러치 페달을 부드럽게 밟았다.

사람보다 기계가 더 정직하고 다루기가 쉬웠다.

"텐노 형사. 사모님에 대해 한 치의 결례 없이 수사에 임하라고 전화로 서장님의 지시를 받았네. 서장님은 서에서 나오시는 중일세."

"네, 알겠습니다."

"분명히 이 부근 어디인데."

어두컴컴한 거리에서 가로등과 상가의 네온사인 불빛에 의존해 이시하라가 매서운 눈빛을 빛내며 창밖을 내다보았다.

텐노가 속도를 줄였다.

조선 최초의 전기회사 한성전기의 후신인 한미전기를 인수한 경성전기는 전기를 안정적으로 공급했다. 전차를 경성 전역에 운영하고, 관공서와 가정집에 전기를 대서 밤을 훤히 밝혔다.

　　한옥들은 지붕에 구멍을 내서 전깃줄을 전신주에서 끌어다가 전기를 썼다.

　　부유한 지배층 가택에 한정된다는 게 문제였지만.

　　이때 이시하라가 "세워!" 하고 목소리를 높였다. 텐노는 브레이크를 가볍게 밟았다.

　　"여기가 맞아. 지나가다가 누가 이런 거대한 저택에 사는지 궁금했지."

　　텐노가 관용 차량을 주차했다. 그들이 내려서 올려다본 저택은 서양식 2층 저택이다.

　　넓은 정원이 있고 높다란 담장과 철문으로 둘러싸여 있다. 르네상스 양식의 건물로 화려한 기둥과 벽돌, 창틀이 인상적이고 저택 문에 유정수라고 문패가 붙어 있었다.

　　텐노가 초인종을 계속 눌렀으나 답이 없었다.

　　"문이 닫혀 있으니 담을 넘어가자고. 하인들은 대체 다 어디로 간 거야?"

　　"반설아 씨 진술로는 주말을 맞아 휴가를 보냈다고 했습니다."

　　"사모님이라고 해. 노무라 중좌님도 특별하게 우대를 하고 있으니. 조선인이라도 명사이고 돈이 많으면 함부로 대하기 껄끄러워. 총독부에 연줄도 많고."

　　"네, 경부님. 그나저나 이상하군요. 문이 닫혀 있다니. 분명히 사모님은 이 문으로 도망쳤을 텐데요. 강도는 담을 넘어 도망갔다고 가정해도요."

"뒷문도 있을 수 있어. 진술을 받고 있으니 곧 답이 나올 거야. 누가 담을 타서 문을 열지?"

"네, 제가 담을 타 보겠습니다."

텐노는 담장에 손을 걸치고 손쉽게 벽돌을 하나하나 타고 올라타서 건너갔다. 건너편에 내린 그는 철문을 열어 주었다. 삐걱거리는 소리와 함께 뾰족한 쇠창살이 달린 문이 열렸다.

이시하라는 사진사에게 문과 정원 구석구석을 사진으로 찍을 것을 명령했다. 형사들은 저택 안으로 들어섰다. 저택 현관문은 비스듬히 열려 있었다.

텐노와 사진사는 랜턴에 불을 밝히고 비췄다.

어둠 속에서 텐노가 벽을 더듬으면서 전등 스위치를 찾았다. 바닥에 닿을 듯이 길게 늘어진 금빛 샹들리에가 빛을 발하면서 거실이 환해졌다. 클래식한 유럽 앤틱 고가구들이 보였다. 청나라 대형 화병이 화려한 자태를 뽐내며 구석 곳곳에 놓여 있었다.

벽에는 르네상스 양식의 왕과 왕비의 초상화가 걸려 있었다.

"진술로는 2층의 구석 욕조가 딸린 화장실이 범행 장소라고 했습니다."

"올라가 보자고."

이시하라는 앞장서서 오른편 구석의 계단을 따라 올라갔다. 텐노는 전등 스위치가 보이는 대로 불을 켰다. 불이 켜질수록 화려한 저택 내부의 인테리어가 눈에 들어왔다. 핏자국은 어디에도 보이지 않았다.

그 점이 이상했다. 피해자 가족이 뛰쳐나가고 이에 놀란 강도가 허겁지겁 도망을 쳤다면, 범행 도구에서 핏자국이 떨어져 바닥에 맺힌다. 아니면 피가 묻은 손으로 벽을 짚었을 수도 있다.

그런데 그런 흔적들이나 혈흔이 전혀 보이지 않았다. 깔끔해도 너무 깔끔했다.

텐노는 이 점이 이상했다. 하지만 현장은 100이면 100 다 다르니까 섣불리 단정 지을 수는 없었다.

텐노는 계단과 거실 전체에 깔린 아랍 문양의 카펫을 보았다. 이래서는 족흔도 찾을 수 없다. 카펫에 흙이 흡수되니까.

욕실에서 증거를 기대하는 수밖에 없었다.

텐노는 안경을 손으로 들며 계단에서 욕실까지 이어지는 부분을 보았다. 나무판자로 바닥이 마감되어 있었다. 무척 깨끗했다.

반설아의 진술에 따르면 범인은 가죽구두를 신었다고 했다. 경성의 질척거리는 비포장도로를 생각할 때 복도에는 흙 자국이 있어야 했지만, 눈에 띄지 않았다. 거실로 들어오면서 카펫에 흙이 쓸려나갈 수도 있다.

이시하라가 장갑을 끼고 욕실 문을 열었다.

최근에 도쿄 경시청에서 방대한 지문 자료를 보내서 지문으로 요시찰 인물과 범죄자를 식별하는 과학수사가 기틀을 잡아갔다.

서대문형무소에 갇힌 조선인 독립운동가 등 정치 사범은 무조건 십지(十指) 지문을 떠서 수형인 명부에 첨부했다.

텐노가 어둠 속 복도에서 스위치를 찾아 올렸다. 백열등이 들어오면서 욕실의 불이 밝혀졌다. 텐노는 순간 이상하다는 생각이 들었다. 분명히 불을 밝히고 목욕을 했을 텐데 범인이 불을 끄고 도망쳐 나갔단 말인가.

아니면 창문으로 들어오는 달빛에 의존해서 목욕한 것인가.

"잠깐, 여기 창문으로 들어왔군."

이시하라는 욕실로 들어가기 전 벽면의 유리창이 깨진 것을 발견하고 랜턴을 가까이 대고 살폈다. 그리고 욕실의 문을 슬그머니 열었다.

온통 유혈이 낭자했다. 유정수는 머리를 욕조에 기댄 채로 죽어 있었다. 그의 가슴에 칼로 만든 여러 개의 자상이 보였다. 그의 몸은 핏물이 섞인 불그죽죽한 물에 잠겨 있었다.

욕실 바닥에 깔린 다다미에는 핏자국이 홍건했다. 벽면에는 수많은 비산 혈흔이 튀어 있었고, 바닥에는 욕조에서 넘친 붉은 물이 고여 있었다. 피가 고여 붉고 작은 웅덩이를 만들었다.

맨발로 피를 밟은 족흔이 몇 개 있어서 이시하라는 사진사에게 이를 찍으라고 했다.

유정수는 두 팔을 욕조 밖에 걸친 채로 늘어져 있었다.

"시신의 경직도로 사망 시각을 추정할 수 있겠나?"

이시하라의 질문에 시체를 살피던 검시관과 부검의는 고개를 저었다.

"욕조의 따뜻한 물로 시신이 경직되지 않았습니다. 어렵습니다."

텐노는 고개를 갸우뚱했다.

"사모님은 진술 시에 욕조에서 범인에게 칼로 난자당하는 남편을 보고 바로 도망쳤다고 했습니다."

"그랬지. 그래서 온몸에 핏방울이 묻어있지 않았던 거고."

"그런데 유카타는 물에 젖어있던 것 같았습니다. 제가 그 부분이 이상해서 범인과 실랑이를 벌였는지, 아니면 죽은 남편을 살폈는지 물었는데 고개를 젓더군요."

"이상하군. 다른 욕실이 있다면 별다른 흔적이 있나 찾아봐, 텐노 형사."

"네. 경부님."

"사모님을 의심하는 게 아니라 혹시 모를 단 하나의 단서도 놓치지 않기 위함이야. 우리는 여기서 시신을 살펴볼 테니."

"알겠습니다."

"범행 도구가 있는지도 유심히 살펴보고. 자상의 길이나 깊이로 보건대 일반적인 가정용 식칼이나 단도는 어림없겠어. 이 정도 칼 솜씨로 보아서는 전문 강도야."

"꼭 그렇지도 않죠. 불의의 순간에 신장이나 갈비뼈 사이의 내부 장기를 습격당하면 과다출혈로 건장한 남성도 여성에 의해 목숨을 잃을 정도죠."

"여성이라니? 이런 짓을 벌일 여성 강도가 있단 말인가? 어서 빨리 다른 욕실을 찾아보고 저택 안에 범행 도구가 버려져 있는지 살펴!"

"네. 경부님."

텐노는 다른 욕실을 1층에서 찾았지만 물기는 전혀 없었다. 그는 집안 정원과 저택 내부 곳곳을 돌아봤지만, 범행 도구로 보이는 칼을 찾지 못했다.

텐노는 다시 범행 현장으로 돌아갔다. 벌거벗은 유정수의 시체가 다다미 위에 반듯하게 누워 있었다.

부검의는 자상의 위치를 기록하고 사진사는 사진을 찍었으며 검시의는 자상의 깊이와 길이를 줄자로 재고 있었다.

"깊이 7.5㎝, 길이 7㎝. 이 상처가 결정타가 되었죠. 칼로 횡경막 아래 동맥을 건드려서 다량의 출혈로 사망했습니다."

이시하라가 고개를 저었다.

"이상하군. 이 정도로 자상이 여섯 군데나 곳곳에 나 있는데 두 팔목과 손에 방어한 흔적이 전혀 없다니 말이지."

텐노가 뒤에서 끼어들었다.

"사모님 진술로는 위스키를 들고 욕조에 들어가 한숨 자는 습관이 있다고 했습니다."

"그건 나도 옆에서 들었잖아. 그래도 잠을 깼어야지. 30대의 젊은 남자인데 이렇게 맥없이 죽었다는 게 좀 그렇지. 누워서 칼을 받은 것 같거든. 다른 욕실은 찾았나?"

"네. 그러나 물기의 흔적은 없습니다."

"알았네. 사노 부검의, 위장에서 약물 흔적 검출 가능한가요?"

"해부를 해 보아도 자상의 깊이나 병리 흔적만 찾아낼 뿐입니다. 청산가리나 비소 등의 독극물 흔적은 찾아내지만 수백 가지의 다양한 독약에 반응하는 시약은 아직 경무청에 들어와 있지 않죠. 도쿄 경시청도 서양 법의학을 따라가려면 멀었죠."

"알았소이다. 검시를 마치면 시신을 수습해서 해부학 교실로 이동하시죠. 저는 서에 들어가 유족들에게 전화를 드리고, 이웃들을 대상으로 탐문 수사를 할 예정입니다. 텐노 형사. 임무 명과를 위해 각 부서의 날랜 형사들을 차출해 형사과 사무실로 모이도록 하게!"

"네, 경부님."

텐노는 수첩을 꺼내서 연필로 범행 현장과 시신의 상태를 묘사하고, 상세하게 설명을 덧붙인 후, 의문점에 번호를 매겼다. 그리고 형사들 차출, 이웃 등 목격자 탐문, 피해자 가족 주변인 조사와 금전 관계 조사 등의 수사 순서를 적었다.

비밀금고에 감춰진 물건

반설아는 저택으로 배달된 하얀색의 국화 바구니를 보면서 싱긋 웃었다.

노무라 중좌가 보낸 남편의 죽음에 대한 조문 꽃다발이었다. 그는 반설아의 쾌차를 비는 분홍색의 영국산 장미 꽃바구니도 같이 보냈다.

수입 장미 꽃바구니를 주문하려면 100원(사무직 직원의 한 달 치 월급)은 너끈히 들었을 텐데, 괘념치 않는 게 시원스럽다고 여겨졌다.

반설아는 기요코를 불렀다.

"기요코! 기요코!"

하얀 백발에 기모노를 단정하게 입고 조신하게 걸어오는 60대의 기요코는 마르지 않은 눈물을 손등으로 훔쳤다. 그녀는 유정수의 유모로 그의 지밀 시중을 드는 일본인 집사였다.

이제는 반설아의 시중을 들 테지만.

설아는 거울을 보면서 코티분을 칠한 얼굴에 붉은 루즈를 발랐다. 거울로 기요코를 설핏 보았다.

"검은 상복을 여러 벌 마련할 겁니다. 프랑스산 레이스가 달린 걸로.

음, 샤넬의 레이스 달린 리틀 블랙 드레스풍으로요. 미쓰코시 수입 원단 의상실에 전화해서 이브닝드레스와 앙상블을 맞출 거니까 예약이 비어있는 가봉 날짜를 알려달라고 해요. 비극적인 일을 겪었어도 신문사 창립기념일에는 남편 대신 제가 나가야죠. 여러 행사에서 입을 옷이니 빨리 맞춰야 해요. 어서 전화 넣어요."

기요코가 잠시 굳은 얼굴로 설아를 노려보았다. 남편의 죽음을 슬퍼하는 태도를 보이지 않는 데 대한 분노가 뒤섞인 표정이었다.

설아는 기요코를 거울로 보았다.

"집사에서 하녀로 강등돼서 쫓겨나고 싶지 않으면 내가 개떡같이 말해도 찰떡같이 알아들어요. 그리고 강철수 비서 들라고 해요. 이사회 의결로 사장 대리를 뽑기 전에는 내가 신문사를 운영해야 하니까. 어서요."

기요코는 고개를 숙이고 화가 난 표정으로 서 있었다. 설아는 어이가 없다는 표정으로 말했다.

"참나, 그러게 왜 사건 때 휴가 나가서 쉬었어요? 여기서 자면서 강도가 들었을 때 나처럼 죽을 뻔하며 같이 사건을 겪지. 안 그래요? 참, 은회색의 빛나는 구두도 주문할 거니까 백화점에 일러둬요. 그 구두는 중요한 행사 날에 옷 색에 맞춰서 신고 나갈 거야."

반설아는 기요코가 무릎걸음으로 나가자마자 근엄하고 진지한 표정을 풀고 싱긋 웃었다.

스물넷, 미망인이 되기에는 딱 적당한 나이였다. 이제부터 사회활동을 하면서 못했던 일을 하고자 마음먹었다.

미망인이란 남편이 죽고 나서 죽지 못한 아내를 일컫는 말이다.

따라 죽어야 마땅하지만 살아남은 여인.

설아는 미소를 띠었다.

미안하지만, 따라가는 일은 없을 것이다. 자유를 쟁취하고자 사투를 벌여 이뤄낸 일이다.

반설아는 분홍 장미에 어울리는 치크 분첩을 뺨에 바르면서 입가에 살짝 웃음을 머금었다. 화사하게 복숭아꽃처럼 피어오른 얼굴이 거울에 보였다.

마주치는 남자는 그 누구도 시선을 잡아끌 만한 매력은 여전했다.

남편과 결혼하고 잡혀 사는 5년간 꾹 눌려 한 번도 다른 남자에게 시선을 주지 못했다. 시선을 주기는커녕 바깥나들이도 삼갔다.

친정에 갈 때도 유정수의 허락을 받았다.

반설아는 여학교를 다니다가 정략결혼으로 신문사 사주의 부인이 되었지만, 단 한 번도 제대로 기를 펴지 못했다.

백화점 쇼핑은 기요코가 대신했고, 옷도 돌아간 시어머니가 물려줘서 가슴둘레 사이즈에 맞지도 않는 이브닝드레스에 몸을 구겨 넣었다. 그 옷을 정치인과 명사들의 부부동반 파티에 입고 나갔다.

구식 드레스에 퀴퀴한 죽음의 냄새가 풍기는 옷 때문에 설아는 늘 기가 죽고 고개도 들지 못했다.

하지만 이제는 다르다.

남편의 유산을 물려받아서 돈을 풍족하게 쓰고, 신문사를 경영해 볼 생각도 들었다.

경성에도 신여성의 바람이 불었다. 여전과 여고보에 입학한 여학생이 많이 있었다.

여성들은 머리를 짧게 자르고 의사, 간호사, 사무직원, 은행원, 무용가, 화가, 가수, 작가, 기자 등 다방면에서 활동했다.

설아는 못할 게 없다고 생각했다.

그녀는 화장을 마치고 유카타를 벗고, 서양 속옷인 브래지어와 코르셋, 캐미솔을 입고, 검은색 스타킹을 신고 가터벨트를 착용했다. 그리고 하얀 레이스가 자잘하게 달린 슬립 위에 스카프가 달린 애프터눈 슈트를 입고 청색 버킷햇을 썼다.

설아가 결혼 전에 여학교에 다닐 때 사복으로 입던 옷이었다.

거울 속에는 세련된 신여성이 있었다.

설아는 환하게 웃었다.

이제 유정수의 부인이 아닌, 반설아로 인생을 시작하는 전환점이었다. 입꼬리를 들어 올려 씩 웃는데 핀업걸이나 할리우드 여배우보다 더 여성스럽고 화려했다.

경성미장원에서 펌을 해서 머리카락에 부드러운 웨이브를 만들어 이제 일본 부인들이 하는 니혼가미 올림머리는 하지 않을 작정이었다.

기모노도 다 벽장에 처박아 버리고 양장만 입을 셈이었다. 남편과의 결혼 생활을 떠올리게 하는 옷과 스타일은 사절이었다.

새롭게 태어나고 싶었다. 5년간의 묵은 생활의 때를 벗고서.

설아는 롤로 말았던 머리를 풀고 화장을 마치고 거울을 보았다.

얼굴과 옷이 맘에 썩 들었다.

"이제부터 시작이다."

설아는 작게 중얼거렸다.

나갈 준비를 마쳤다. 그녀는 아름답게 성장(盛粧)을 하고 방을 천천히 나섰다.

강철수는 고(故) 유정수의 비서 겸 운전사도 겸했다. 운전사는 따로 있었지만, 강철수가 직접 보필하면서 행사장에 모시고 다닐 때도 많았다.

강철수는 눈가에 눈물을 머금고 설아에게 인사를 한 후, 포드 클래식의 문을 열어주었다.

설아는 침통한 얼굴로 차 안에 타면서 말을 건넸다.

"장례를 준비하고 조문객들의 답례품을 마련해야 하니 조지야, 미쓰코시, 화신백화점을 차례로 다니자고요. 그리고 오일장 장례식이 끝난 다음 날 4시에 경성미장원에 예약해요. 머리를 할 테니까. 자, 가요."

"알겠습니다. 사모님."

강철수는 시동을 걸고 클러치 페달을 밟아서 차를 움직였다. 저택의 정원을 돌아 나와서 활짝 열린 철문으로 포드 클래식이 스르르 미끄러지듯 달려 나왔다.

설아는 가슴에 막혔던 것이 뻥 뚫린 것 같았다. 한숨을 작게 쉬었다. 그리고 레이스 손수건을 붙잡고 얼굴을 가린 채로 활짝 웃었다.

강철수가 거울로 웃는 얼굴을 보면 안 되니까. 어쨌거나 지금은 남편의 상중이다.

"어디로 먼저 모실까요?"

강철수가 침통한 목소리로 물었다.

설아는 강철수에게 도야마 모자 수입 상점을 거쳐서 남대문통의 조지야백화점부터 가자고 했다.

식산은행, 조선미술품제작소 등의 건물을 지나쳐서 수입 상점가와 각종 카페와 살롱을 지나자 설아의 얼굴에 저절로 미소가 걸렸다.

차창 밖으로 보이는 풍광은 고풍스러운 유럽형 건물에 세련된 의상을 입은 모던보이와 걸들이다. 물건을 배달하는 우마차와 곰방대를 문갓 쓴 선비 등 온갖 종류의 사람과 탈것들이 그녀를 지나쳐갔다.

차는 본정의 상점가에 섰다. 설아는 강철수를 앞세우고 모자점에 들어가서 모자를 주문했다. 티파티나 기념식에 쓸 레이스 달린 모자를 각각 색깔별로 주문하고 다시 상점을 나갔다.

설아는 강철수를 제치고 문도 직접 열고 앞장서서 차에 올랐다. 차는 인파를 헤치고 대로변으로 나가서 조지야백화점 앞에 섰다. 일장기가 꼭대기에 걸렸고, 네모반듯한 영국풍 백화점이었다.

설아는 직원의 안내를 받으며 들어섰다.

남편이 단골로 들리는 커피 전문점에 들려서 새로 들어온 원두커피를 시음하고 커피 빈을 샀다. 그리고 양복점에 들러서 남편이 맞춰둔 옷을 취소했다.

예약금은 포기하고 대신에 물건을 인수하지 않겠다는 각서를 썼다.

설아가 남편의 부고를 알리자, 양복점 사장은 크게 낙담했다. 진심으로 단골의 죽음을 애도하는 것 같았지만, 아무래도 매상이 줄어드는 게 더 큰 걱정인 모양이다.

"자, 강 비서. 이제 미쓰코시에 들러서 프랑스에서 들여온 상복을 기성품으로 사고, 기요코가 전화해 놓은 가봉 날짜를 확답받고 가요. 그리고 거기 식품부에 들러요. 초상집에 온 손님을 그대로 돌려보낼 수는 없잖아?"

설아는 모리나가의 웨하스와 발로나 초콜릿의 맛을 떠올리면서 미쓰코시 식품부에 갈 생각에 설렜다.

남편은 생전에 참으로 치사했다. 귀한 발로나 코코아 파우더가 묻은 초콜릿은 혼자서 몰래 먹거나 침실 뒤쪽 벽 안의 비밀금고 속에 문서들과 같이 보관해 두었다.

비밀금고 문에는 유정수 가문의 문장이 새겨져 있다. 특수 제작한 금고에 디자이너를 써서 문장을 그렸다.

천황을 상징하는 십육변팔중표국(十六弁八重表菊: 황실을 상징하는 이중으로 겹친 16장의 국화 꽃잎)에 영국 리처드 3세 왕을 상징하는 세 마리의 사자가 둘러싼 문장이었다.

설아는 집사와 하인이 외출한 날 금고가 몰래 배달됐을 때, 문에 새긴 이 문장을 보자마자 픽 웃었다.

차라리 남편에게는 겁쟁이 닭을 그린 문장이 어울릴 것 같았다.

이 금고의 존재는 기요코 집사와 강철수도 몰랐다.

설아는 금고의 비밀번호를 알고 있었다. 몰래 여는 걸 엿본 적이 있었다. 반도신문사의 창립기념일과 남편의 생일을 합친 번호인 0414 0723번이었다. 번호 순서대로 다이얼을 돌리면 미제 금고의 육중한 문이 서서히 열린다.

설아는 남편이 출근한 후에, 금고문을 열었다. 그녀는 발로나 초콜릿을 먹지는 않았다. 대신에 투자금을 유치한 계약서 등의 서류와 분식 회계한 이중장부를 샅샅이 살폈다.

설아는 특히 남편이 총독부 관료와 정치인들에게 뇌물 준 것을 세밀하게 기록한 장부도 매일 살펴보았다.

그것만 손에 쥐면 회사를 쥐락펴락할 수 있다.

설아는 《반도신문》도 정독해서 어떤 기자가 무슨 기사를 쓰는지도 파악했다.

처음에는 흥미로 시작했지만, 언젠가 남편이 죽으면 신문사를 물려받고 사주가 되리라 마음먹었다.

남편이 지방 사무소에 시찰을 나가서 길거리에서 냉면을 사 먹다가 콜레라에 걸려서 죽을 뻔했을 때, 설아는 병간호하면서 이 결심을 했다.

자신은 건강관리를 잘해서 신문사를 위태롭게 하지 않을 자신이 있었으니까.

미쓰코시에 도착한 설아는 엘리베이터를 타고 2, 3, 4층의 각층을 오르내리면서 각종 수입상품과 기호품 그리고 드레스와 양장을 살펴보았다. 남성용품은 쳐다볼 필요도 없다. 오로지 나를 위한 쇼핑만 하면 된다.

그리고 내가 먹고 싶은 것만 산다.

남편 생전에는 기요코가 하던 일을 이제 설아가 직접 할 참이었다.

기요코가 전화해 둔 수입 원단 의상실에서 가봉 날짜를 확정하고, 신체 치수를 쟀다. 그리고 드레스도 몇 벌 구매했다. 그중에서도 유럽 직수입 검정 드레스가 맘에 들었다. 잿빛 레이스가 검은 실크 드레스 전체를 겉에서 감싸는 섹시한 스타일이다.

설아는 식품부의 발로나 초콜릿 상점에서 시제품을 먹으면서 기억을 떠올렸다. 유정수는 엘리베이터를 질색하고 타지 않았다.

그는 까다로운 성품에 꼼꼼하고 꼼꼼하기로 조선 팔도에 견줄 만한 인물이 없었다.

설아에게도 인색하기 그지없어서 생활비 명목으로 쥐여준 것이 거의 없었다. 모든 돈은 기요코의 손으로 들어가 생활비와 식품비에 사용 됐다.

설아의 옷은 돌아가신 시어머니의 맞지도 않은 옷이었고, 화장품은 유정수가 해외를 드나들면서 관료들의 부인을 위한 선물을 여러 개 구 매하다 샘플로 얻은 걸 받았다.

설아는 단 한 번도 남편의 선물에 만족한 적이 없었다. 늘 위에 진상 되는 뇌물에 비하면 허접하고, 공짜로 얻은 것이고, 정성이 깃든 게 없 었다.

반설아는 그에게 세무과 고급 공무원인 친정아버지와의 지속적인 유 대를 위해 치러진 결혼의 전리품이었다.

남편은 따뜻한 말 한마디 건네는 일 없이 늘 일하는 뒷모습을 보였다.

유정수는 장인에게서 한문학과 철학에 조예가 깊지 못하다고 타박을 받은 일을 떠올리며 분노했다. 그리고 설아 얼굴에 도화 기운이 들었다 면서 면박도 자주 주었다.

"넌, 얼굴만 보면 남자들에게 술이나 따를 팔자인데 내가 거둔 걸 고마워해라. 니가 아이를 못 낳아도 쫓겨나지 않은 것만 해도 기적이지, 암. 근데 장인은 무슨 한문학하고 철학 타령이야? 딸이 이 모양인데?"

그는 시어머니가 돌아가시기 직전에 설아가 아이를 못 낳는 걸 안타까워했다고 자주 말했다. 이것 말고도 차마 말할 수 없는 각종 폭언과 폭력이 있었다.

설아는 결혼 생활이 무척 힘겹고 남편에게 서운했다.

아이를 낳지 못하는 원인은 몰랐다. 부인과 병원을 가도 정상적으로 달거리를 하는데 이상이 없다고만 했다. 하지만 설아는 사랑은커녕 도리어 경멸하는 남편과의 사이에 아이가 들어서지 않는 게 오히려 은근히 기뻤다.

아이를 낳아도 유모가 길러 주겠지만, 그간 아이에게 귀여움이나 애정을 느낀 적이 없었다. 아이는 귀찮고, 똥오줌을 함부로 실례하는 귀찮은 존재로 생각됐다.

설아는 달콤한 초콜릿을 입속의 혀로 핥아먹으면서 생각했다.

다마스쿠스 쌍둥이 검을 숨겨둔 장소는 은밀하고 깊은 곳이었다.

그 검은 친정에서 시집올 때 보내 준 가보로 인도산 철로 만든 칼로 유연하면서 단단하다. 바위나 철을 갈라도 칼날이 상하지 않고, 특유의 물결무늬가 인상적이다.

전설의 칼이라지만 설아는 믿지 않았는데, 막상 써 보니 엄청나게 잘 들어 손목에 무리가 가지 않는 명품 칼이었다.

손잡이에는 마름모꼴 테두리에 네모가 들어있는 문장이 새겨져 있었다. 설아가 듣기로는 여자가 소유주여서 여자를 상징하는 문양을 새겼다고 한다. 네모 안에는 프랑스 구국 소녀 전사 잔 다르크의 가문 문장인 화살촉과 백합 등이 그려져 있다.

칼이 전해져 내려오면서 여러 문양이 추가로 세공된 것이다. 엄청난 보검임은 확실했다.

침실 벽 속에 감춰둔 금고 안. 그 안에 핏자국이 서린 다마스쿠스 쌍검이 문서들 사이에 고스란히 들어있다.

'훗, 형사들은 열불 나게 칼을 찾아 헤매겠지. 미지의 복면강도도 말이야.'

설아는 작은 체구에 날카로운 눈빛을 한 이시하라와 큰 키에 기생오라비처럼 곱게 생긴 텐노 형사를 떠올렸다. 만만한 인물들은 아니지만, 아직은 단서를 못 찾은 것 같았다.

설아는 조만간 범행을 완전히 은폐하고 변호사를 고용해서 유산을 확실하게 물려받아야겠다고 마음먹었다.

"이거 100세트를 주문할게요. 배달해 주실 수 있죠. 중요한 문상객들께 답례품으로 쓰려고요. 주소는 본정 1정목 70번지입니다."

"네, 사모님. 상품을 실은 선적이 인천항에 들어왔는지 확인해 봐야 하지만, 아마도 맞출 수 있을 겁니다. 언제까지 필요하신 거죠?"

직원은 주문 서류를 기쁜 얼굴로 작성하면서 설아의 비위를 맞추려고 애썼다. 이게 바로 돈의 힘이구나 싶어, 설아는 다시 한번 뿌듯한 얼굴로 직원을 보았다.

뒤에서 설아를 지켜보던 강철수는 불만스러운 심경을 감추고 자세히 관찰했다. 그는 경찰과는 별도로 신문사 민완 기자들과 흉행 사건을 남

몰래 캐 볼까 생각해 보았다.

엄두가 나지 않는 일이지만.

남편의 장례에서 새로운 꿈을 꾸는 반설아

설아는 검은색 드레스와 검은 레이스가 얼굴에 드리운 칵테일캡을 썼다. 누가 봐도 상가의 상주이지만, 기실 설아는 드레스 안에 가장 야한 속옷을 입고 있었다.

남편이 변태 놀음을 할 때 설아에게 억지로 입히는 검은색 팬티와 브래지어와 코르셋이었다. 그는 유두와 엉덩이가 다 드러나는 가릴 데가 거의 없는 속옷을 설아에게 입히고 채찍질을 했다. 놀이 후에 채찍 자국을 등과 엉덩이에 만들어 놓았다.

가끔은 자신을 직접 때려달라고 했다.

설아는 조문을 받고 맞절을 하면서 피식 웃었다. 자신의 상가에 설아가 상주가 되리라고 남편은 상상도 못 했을 것이다. 이렇게 일찍 죽을 줄 알았다면 체면상 양자라도 들일 양반이었다.

남편은 서양식 장례식을 흠모해서 평소에 자신이 죽으면 엠바밍(Embalming: 시체를 방부 처리하는 것)하기를 원했다. 이를 주변인에게 하도 말하고 다녀서 설아는 시신에 방부액 처리를 하는 서양인 장례사를 찾아냈다.

그 결과로 유정수는 최고급 오동나무 관에서 백합꽃에 둘러싸여 화장한 얼굴로 문상객들을 맞이하고 있다. 살아있는 것 같았다.

병풍으로 시신을 가리는 풍습에 익숙한 문상객들은 처음에는 당황했으나, 점차 유정수의 몸에 손을 대고 쓰다듬었다. 일본인 여성이 유정수를 보고 울면서 손에 키스했다.

설아도 잘 아는 남편의 단골집 카페 마담이었다. 후련했다. 이로써 인생에 있어서 큰 짐을 던 것이다.

설아는 그날의 기억을 떠올렸다.

남편이 목욕하는 동안 설아는 무릎을 꿇고 대기 중이었다. 목욕할 때마다 남편은 종종 와인을 찾았다. 설아는 와인 대신 강한 도수의 위스키를 가져다주었다.

남편은 뭐라고 했지만, 곧 술을 마셨다.

설아는 어렵게 입을 뗐다.

"제발 용서해 주세요, 주인어른. 저와 친정의 죄를 사해 주세요."

설아는 머리를 바닥에 조아리고 싹싹 빌었다. 남편은 더 이상 못 참겠다면서 아이를 못 낳는다고 설아를 길거리로 내쫓겠다고 말했다.

"이 갈보 년아! 니년은 진즉에 병목정(현재의 쌍림동) 유곽에 내다 팔아 버렸어야 해. 재수 없는 년! 아이도 못 낳고 친정도 거지발싸개 같은 걸 거둬 먹여 살렸더니, 나를 배신해?"

유정수는 장인이 자신의 사업을 안 도와줬다고 벌써 며칠째 설아에게 폭언과 폭력을 행사 중이었다. 총독부 관료에게 잘 말해서 세금을 줄여 주지 못했다는 것이다.

"이 천한 년! 니년은 당장 내일 팔아버릴 거다. 친정도 소박맞은 년은 가문의 명예에 똥칠할까 봐서 거들떠보지도 않아. 쫓겨나면 길거리서 구걸하다 강간당하고 죽을 팔자를 나는 특별하게 병목정 유곽에 넘겨주는 거다."

설아는 고개를 숙이고 듣기만 했다.

"이년아, 그게 너같이 더러운 년한테는 행복이야. 평생토록 여러 남자에게 더럽혀지고 걸레처럼 살다 가거라. 흥! 갈보 년 같으니라고."

결혼 후 5년간 거의 며칠에 한 번씩 듣는 폭언이다.

친정에서 돈을 융통 안 해 주거나 장인이 윗선에 신문사가 처한 사안을 풀기 위해 청탁을 못 넣으면 이런 폭언이 쏟아져 내린다.

그런데 요 며칠 새 남편의 말은 진짜 같았다.

설아는 사실 남편이 강철수 비서에게 전화해서 어디 여자 팔아넘길 데 없냐고 말하는 것도 몇 번 들었다.

너무도 두려웠다. 그 전화를 끊고 남편은 씩 웃으면서 설아를 봤다. 반설아라고 자기 이름을 말하는 건 아니지만, 그 잔인한 성미를 알기에 걱정이 됐다.

설아는 두 손을 모아 자신과 친정을 용서해달라고 했지만, 유정수는 위스키를 마저 마시면서 비열한 웃음만 띠었다.

설아는 엎드린 채로 슬쩍 미소 지었다. 잔 안에 설아가 오래전부터 지니고 있던 수면제를 쪼개서 넣었다. 남편은 곧 곤드레하게 잘 것이다. 약효와 알코올은 결합했을 때 큰 상승효과가 있다.

그녀는 아까 밖에 사다리를 두고 올라가 욕실 가까운 곳의 창문을 깨뜨렸다. 밖에서 누군가가 들어온 흔적을 만들어 놓은 것이다.

예전부터 상상으로만 곱씹던 계획을 실행할 예정이었다.

더 이상 폭언을 참을 수 없다.

하지만 이혼하면 집에서 빈털터리로 쫓겨나고 명예에 먹칠해 친정으로 돌아가기도 힘들다.

남편은 설아가 무슨 직업을 가져도 앞길을 막을 것이다. 결국 그녀는 길거리에서 구걸하다 험한 일을 당하고, 스스로 유곽으로 들어갈지도 모른다. 결혼 후에는 사교도 끊겨 경성 바닥에서 자신을 도와줄 친구도 하나 없다.

경성에서는 여성이 배운 기술 없이 남편 없이는 살아가기 힘들다.

설아는 결혼하느라 여학교도 제대로 나오지 못했다.

'이제 사생결단이다. 그가 안 죽으면 내가 죽는다.'

남편은 곤하게 잠이 들더니 코를 드르릉 골았다. 설아는 남편이 잠결에 팔로 툭 치려는 위스키 잔을 조심스레 들어서 주방으로 가져가 씻어 놓았다.

그리고 서재 벽에 걸려 있던 혼수품으로 가져온 다마스쿠스 칼을 가져왔다. 미리 벽에서 내려 두었다.

다마스쿠스 쌍둥이 검을 양손에 쥐고 남편의 몸에 갈비뼈 등을 피해서 자상을 냈다.

생각보다 어렵지 않게 칼날이 몸속을 쑥 파고들었다.

도중에 남편이 몸을 움찔대면서 고통에 일어나려 했지만, 약효로 움직임이 둔했다. 설아는 발로 남편을 욕조로 밀어 넣고 오른손으로 깊게 칼날을 박았다.

결정타였다.

그는 물속으로 들어가면서 꾸물꾸물 거품 소리를 냈다. 곧 목숨이 끊어졌다.

설아는 옷을 모두 벗고 몸에 튄 피를 헌 옷가지로 닦아냈다. 집사가 눈치채지 못하게 아주 오래전부터 안 입던 옷을 준비했다. 친정을 통해 남대문 시장에서 몰래 준비해 둔 남자 가죽구두를 신고서 피를 밟고 욕실에서 나갔다.

친정에는 남편이 바람 피지 않게 비방술을 쓰느라 구두를 구한다고 미리 거짓말을 해뒀다.

설아는 거실 바닥에 놓인 유카타를 입고 헌 옷가지와 피 묻은 옷가지는 보퉁이에 넣어 감췄다.

칼은 수건으로 닦아서 침실의 비밀금고에 넣어 감췄다. 피 묻은 수건도 보퉁이에 넣었다.

설아는 구두를 신은 채로 뒷문으로 나가서 큰길가로 나갔다. 조심스레 맨발로 구두를 손에 들고 다시 이웃집으로 방향을 틀어 향했다.

마침 이웃은 문상하러 시골로 떠났다. 그녀는 그 집 마당에서 몸을 깨끗하게 씻었다.

설아는 그 집의 할머니가 오늘내일한다는 소문을 듣고 장례를 치르러 시골로 떠나면 사건을 저지르기 위해 이미 한 달 전부터 준비를 철저하게 했다.

설아는 핏자국을 깨끗이 닦아내고, 피 묻은 옷가지가 든 보퉁이와 가죽구두를 일단 마당에 숨겼다. 가족이 돌아오기 전에 없앨 예정이었다. 설아는 맨발로 집으로 살금살금 들어와서 수건으로 자신의 몸에서 떨어지는 물기와 핏자국을 닦아냈다.

가죽구두 족적은 몇 개 남겨두었다. 강도의 흔적은 있어야 하니까.

그리고서 설아는 옷을 풀어헤치고 길거리로 뛰쳐나간 것이다.

완전범죄를 저질렀나 싶었는데, 텐노 형사가 날카롭게 묻던 게 마음에 걸렸다.

그는 욕실의 불이 꺼진 것과 설아의 옷에 물기가 묻은 것 그리고 대문이 잠긴 것을 집중적으로 캐물었다.

설아는 욕실은 원래 불을 끄고 목욕한다고 둘러댔고, 옷에는 위스키 잔을 씻다 물이 묻었다고 했다. 그리고 비명이 들려 주방에서 욕실로 갔는데 강도를 보고 도망쳐 나왔다고 진술을 번복했다.

대문이 잠긴 것은 설아가 만들어낸 가죽구두 족흔을 텐노가 조사해서 범인이 뒷문으로 드나든 것으로 판단했다. 설아는 텐노의 집요함에 식겁했다.

설아는 기억 속에서 현실로 돌아왔다. 기요코의 울음소리가 들렸다.

끅끅 참던 검은 기모노의 그녀가 마침내 울음을 크게 터뜨렸다. 그렇게 조문을 받으며 며칠이 흘렀다.

장례 마지막 날, 관을 덮으려는데, 뒤늦게 도착한 유명운이 엉엉 울면서 상가로 들어왔다. 그는 아들을 잃은 슬픔에 차마 오지 못하다 드디어 도착한 것이다.

"아이구, 정수야. 니가 나보다 먼저 가다니. 이게 무슨 변고란 말인가. 어흑흑. 정수야. 니가 흉행에 이리 가다니. 대체 범인이 누구란 말이냐"

설아는 조심스레 시선을 내리깔면서 조아리는데, 유명운이 설아에게 달려들었다.

"이 천하의 악한 년! 네깟 년이 남편을 잡아먹고도 번듯하게 살아있느냐! 이 당장에 쫓아내도 시원찮을 년! 어서 남편 따라 죽어야지, 이게 무슨 짓이야?"

설아는 대성통곡을 하면서 유명운을 밀쳐냈다.

"하이구야. 하이구야. 나도 남편 따라 죽지 못해서 지금 온몸이 무너져 내리는데 그런 말씀을 하시면 어쩐다요. 어흑흑……. 이 자리에서 당장 죽겠습니다."

설아는 당장 꽃 가위를 화병 뒤에서 찾아내 목에 갖다 댔다. 주변의 문상객들이 달려들어 그녀를 말렸다.

설아는 가위로 목젖을 노렸지만, 문상객들의 만류로 드레스 깃을 찢었다. 설아의 하얀 피부가 드러났다. 조문객들은 시선을 돌렸다.

사람들이 유명운을 말리고 달랬다. 설아는 우는 척 고개를 숙이며 은근하게 자신을 불쌍하게 보는 시선을 즐겼다.

유명운은 울음에 겨워 탈진해 수행원들이 모시고 나갔다.

설아는 장례가 끝나고 시신을 산소로 모시는 것을 강철수와 신문사 직원들에게 부탁했다. 돌아가는 조문객들에게 답례품 초콜릿을 직접 나눠 주면서, 감사 인사를 정중히 드렸다.

이제 한 단계가 끝났다.

다음 스테이지의 장이 열린다.

설아는 인생의 새로운 단계를 위해 계획한 대로 부지런히 밟아가는 중이었다.

다음날, 설아는 미용실에서 파마를 하면서 강철수에게 지시를 내렸다.

"강 비서, 신문사는 남편의 뜻에 따라서 제가 물려받으려고요. 거대 지분이 있는 분들을 모아서 회합할까 해요."

강철수는 설아가 잡지를 잘 보게 받치고 있다가 깜짝 놀랐다.

"네? 유지라고요? 돌아가신 사장님의 유지요?"

들도 보도 못한 말이었다. 돌아가신 유정수는 아내 알기를 바닥에 붙은 벌레만도 못하게 여기고 폭언하고 겁박하던 사람이었다.

늘 반설아의 욕을 입에 달고 다녔다. 여성의 성기를 비하하는 욕을 붙여서 아내를 욕하고 껄껄댔는데 차마 점잖은 신사 입에서 나올 말은 아니었다.

그런데 그렇게 생각하는 아내가 사주가 된다고? 그것이 유지라고?

"네, 맞아요. 유언장이 없지만, 그런 말은 종종 침실에서 했어요."

강철수에게는 귀신 나락 까먹는 소리로 들렸다. 그리고 유정수는 일찍 죽을까 두려워해 유언장도 제대로 안 만든 사내라는 걸 떠올렸다.

"강 비서, 커피 좀 요 옆의 카페에서 사다 줘요. 미용실에 비치된 파란 유리병을 빌려 가요. 영어로 블루 보틀, 호호. 그리고 내가 사주가 되면 비서실을 만들어서 강 비서보다는 전문 비서를 고용할까도 생각 중인데요, 호홍."

커피 심부름을 하러 카페로 달려나가면서 강철수는 생각을 곱씹었다.

자신이 유정수의 죽음으로 가장 큰 불이익을 당한 사람이라고 생각했다.

"이거 뭐, 나를 완전히 흑싸리 껍데기 취급하는데. 계집년이 뭘 안다고 지랄이야. 좀만 있어봐라. 신문사 경영 못 한다고 울며불며 뛰쳐나오지. 그냥 주어지는 돈으로 쇼핑이나 하다가 집에서 잠이나 쳐 자란 말이야."

강철수는 혼잣말하면서 분노했다.

"남자가 들러붙으면 재가하던가. 칫, 뭐? 비서실을 두고 전문 비서를 둬? 그럼 나는 비전문 비서란 말이냐! 유정수 밑에서 몇 년을 꼬라박았는데."

그는 반설아가 슬슬 신문사 경영에 발을 뻗으려 하고, 자신을 무슨 심부름꾼 취급하는 게 못마땅했다. 그뿐만 아니라 반설아의 얼굴이나 태도도 싫었다.

남들은 하얀 장미 같다느니, 아름다운 미망인이라고 하는데, 강철수는 질색이었다. 입꼬리는 들어 올리는데 눈은 웃지 않고, 상대방의 눈치만 살피고 감정을 숨긴다.

장례식에서도 입은 울먹이는데, 눈은 전혀 슬프지 않고 자신만만했다.

나는 할 만큼 아내의 도리를 지킨다는 태도였다. 가짜 장미꽃이 딱 어울렸다. 아니면 색만 화려한 독버섯 같다. 그런데 그 독버섯이 지금 자기를 죽이려 한다.

강철수가 요즘 지켜보기로는 그녀는 남편이 죽기를 1번으로 기다린 것처럼 보였다.

죽자마자 쇼핑에, 뭐에 정신을 못 차리니 말이다. 말로는 장례를 준비하노라 하지만 평소에 못 해 본 것들을 물 만난 물고기처럼 신나서 한다.

게다가 이제는 신문사까지 접수하려 든다.

'아무래도 의심스럽단 말이야. 솔직히 제일 큰 이익을 본 사람은 분명

히 반설아야.'

강철수는 이번 일로 이사 자리에 오르고, 사장을 추대하는 것도 자신의 입김이 크리라 예상했지만, 생각도 못 한 유정수의 아내가 설치고 돌아다녔다.

자기는 가방 모찌나 하는 형편이었다.

가장 큰 이득을 얻는 사람은 누구이며 서재에 있는 금고에서 금괴와 10만 원(지금의 10억 원)에 이르는 투자금과 무기명 회사채를 훔쳐 간 사람은 누구인가.

그리고 유정수 사장이 숨겨둔 비밀 장부는 대체 어디에 있는가.

강철수는 사장의 생전 모습을 떠올리고 그가 집 안에 머물면서 집무를 보던 걸 생각했다. 그는 깊게 고심했다.

윗선에 들인 뇌물을 적은 장부를 손에 넣고, 사라진 돈을 찾기 이전에 범인을 찾아서 단죄해야 한다. 강철수는 커피를 마시는 설아를 보면서 여러 가지 생각을 했다.

역시 의심스럽다.

살인 사건이 일어난 지 며칠 후, 그는 유정수의 부친이자 신문사의 명예회장인 유명운에게 불려갔다.

유명운은 주변인을 의심한다면서 자신을 협박했던 정계 인사의 명단을 건넸고, 경쟁사 사주의 이름도 거론했다. 그리고 마지막으로 며느리이름을 입에 올렸다.

"강 비서. 범인을 사회부 기자들과 찾아내게. 경영권은 이사회에서 무슨 일이 있어도 내 손으로 다시 돌아오게끔 할 거야. 며느리는 돈 한

장도 집어갈 수 없도록 최선을 다하겠네. 범인만 찾아와. 그게 며느리든, 누구든 간에 내 손에 물고를 낼 것이야. 쥐도 새도 모르게 죽일 것이네."

유명운은 신문사의 거대 주주들을 설득해서 반설아가 신문사에 발도 못 붙일 계획을 세웠다.

강철수는 자신이 이 시점에서 대형 물고기들 사이에서 안 뜯어 먹히고 앞길을 잘 안내해서 어떻게든 이익을 취하리라 결심했다. 물고기들이 뜯어 먹을 1차 목표는 무조건 반설아였다.

보이는 게 진실이 아니다

　남편의 상도 치르고, 집안도 단속하고 기강이 잡힌 어느 날, 설아는 거사를 치르려고 마음먹었다. 오래전부터 계획한 일이었다.

　설아는 비가 오는 날을 택했다. 어제부터 제비가 낮게 날아서 저녁부터 비가 왔는데, 아침에도 이슬비가 이어졌다.

　설아는 강철수가 차를 댄다고 했지만, 택시를 기요코에게 부르게 했다.

　"오늘은 나 혼자 갈 데가 있어요. 그거, 조선백자 달항아리 있지? 가장 좌우대칭 비뚤어진 거 포장해 놔요. 선물로 드릴 테니까. 쓸 데가 있어. 중요한 일이야."

　기요코가 못마땅한 얼굴로 말했다.

　"돌아가신 어르신이 아끼시던 물건입니다."

　"알아요, 알아. 지금 신문사가 위급한 시기니까 필요한 거야. 아녀자가 알지도 못하면서 나대기는. 참나! 후후, 내가 이 소리 얼마나 지긋지긋하게 그 양반한테 들었는지 알죠? 기요코도 집사로 뼈만 굵었지. 바깥일은 1도 모르잖아? 후후."

　설아는 일부러 기요코가 보라는 듯이 침실 방문을 열고 옷장을 열었다.

　베이지색 레이스 실크 슬립을 벗자, 설아의 하얀 나신이 드러났다.

스물넷, 젊다면 젊지만, 한편으로 경성에서는 꽉 찬 불안한 나이이다.

하지만 설아는 자신 있었다. 돈과 권력을 쥔 여자는 오십 살이어도 아무도 싫어하지 않는다. 후후.

남편에게 배운 철칙이었다. 돈과 권력은 사람의 외모를 덮어버린다.

설아는 검정 코르셋을 조여서 입었다. 나이 어린 하녀 하나가 메이드 복을 입고 시중을 들었다. 기요코가 지밀 시중을 드는 게 썩 맘에 들지 않았다. 그래서 대신 새로 들인 16세 소녀였다. 이름은 유정이었다.

설아는 사흘 전에 전신거울을 유럽 앤틱 상점에서 주문해서 집에 들여놓았다. 설아는 거울 앞에서 몸매를 살펴보면서 입을 열어 말했다.

"더 조여요~! 유정아."

축음기에서 흘러나오는 베니 굿맨의 〈Sing, Sing, Sing〉을 들으면서 콧노래를 흥얼거렸다.

회사 사주 자리를 안 내주려는 시아버지 유명운과 기 싸움을 벌이는 형세였지만, 살맛이 났다. 역시 바깥일 하는 남자들이 신났던 것은 사실이다. 집에 들어와서는 뭐가 안 풀리는지 인상만 쓰고 있었지만, 기실은 신났을 것이다.

남이 나를 알아주니까. 사회 일을 해야 나의 진가를 사람들이 알아준다.

설아의 하얀 가슴은 코르셋을 조이자 더욱 위로 솟구쳐 올랐다.

살짝 드러난 분홍색 유두가 앙증맞았다.

설아는 세심하게 화장을 했다. 하얀 얼굴에 코티분을 부드럽게 바르고, 눈두덩에 붉은 기가 도는 치크를 바르고, 입술에는 연한 퍼플 루즈를 칠했다. 손톱에는 미국에서 들여왔다는 분홍색의 매니큐어를 하녀 유정에게 바르라 했다.

머리는 앞가르마를 곱게 타고, 옆머리는 유정이 고데기로 말아서 더욱 풍성하게 만들었다.

설아는 앞에서 시중드는 팽팽한 열여섯 소녀를 지그시 봤다.

설아의 명대로 유정은 늘 메이드복을 단정하게 입었고 머리에는 레이스 머리띠를 했다. 고용 후에 선물로 준 액세서리이다.

유정은 경성미장원에서 일하던 사환 아이였는데 설아가 원장에게 잘 말해서 데리고 왔다.

눈치가 빠르고, 솜씨가 있으면서도 입이 무거워 맘에 들었다. 유정은 설아에게 캐미솔과 브래지어 등을 차례대로 입혀 주었다.

"아야, 아파."

"죄송합니다. 사장님."

"사장이라니? 후후. 나 아직 사모님이야."

"언젠가 반도신문사 사장님에 오르실 거잖아요."

"너무 예쁘게 말한다. 역시."

유정은 답 없이 시선을 내리깐 채로 설아에게 레이스 속치마를 입혔다.

"유정아, 넌 왜 하녀를 하는 거야?"

"집에 돈이 없어서요."

"그럼 돈 있으면 뭐 할 건데?"

유정은 입을 꾹 다물었다가 열었다.

"여학교에 다니고 싶었지만, 이제는 아니에요. 그년들, 교복 입고 전차 안에서 유세 떨고 남학생들과 시시덕거리는데 별거 없더라고요."

"그렇구나. 나도 학교는 중간에 관둬서 그네들 문화는 잘 몰라. 궁금하지도 않고. 지금은 남자들 세계와 사회생활이 더 궁금하단다."

"사장님이 그년들보다 훨씬 예쁘고 멋져요."

"고맙다, 호호호."

설아는 요사스럽게 웃으며 유정의 귀에 작게 속삭였다.

"내가 신문사 먹을 거거든. 남자들 다 밀쳐버리고. 기다려 봐봐."

"정말 멋지세요. 황홀한 만치 아름답게 꾸며드릴게요."

"유정아, 어느 게 나을까? 까탈스러운 노인네 하나 협박하러 가는데? 후후."

유정은 눈을 지그시 깔고서 설아가 옷장에서 꺼내든 드레스 두 개를 번갈아 봤다.

"아직은 상 겪으신 지 얼마 안 되시니까, 검은색이 낫겠어요."

설아는 입가에 웃음을 띠었다. 검은색의 미니 드레스는 속이 온통 비치는 시폰 소재의 드레스로 남편은 이 옷을 입히고 설아를 사정없이 채찍으로 때렸다. 물랑루즈의 무희들이 남정네들을 꼬실 때 입는 홀복이라고 들었다.

유정수는 기묘한 취미가 있었다.

하인들을 휴가 내보낸 후 정원에서 설아의 옷을 다 벗기고 세워두고 감상하는 취미가 그것이었다.

사실 설아에게는 비밀이 있었는데, 사춘기를 넘어서 생리를 하면서도 성기에 털이 전혀 나지 않았다. 지금껏 한 오라기 난 게 없다.

"재수 없는 년! 그 인색한 장인이 그래서 널 나한테 버리듯이 보낸 거야, 털도 없는 하자 있는 년이라!"

남편의 욕설은 끝도 없이 이어졌다.

"개씨발놈의 장인 놈 새끼. 세무과에 끗발 있을 줄 알았더니, 끗발은 커녕 세무 사찰 하나 못 막아 줘?"

설아는 엄격하고 인색하며 가부장적인 게 남편과 막상막하인 친정아버지를 욕하는 것은 그러려니 했지만, 자신을 무모증이라고 재수 없다고 천대하는 유정수가 너무도 싫었다.

결혼 후 아이도 안 생긴다고 타박하고, 무모증이라고 발가벗겨 놓고 무시하고 이상한 기구를 들이대고 농락했다. 그러다 마지막에는 채찍질해대는 남편이 꼴도 보기 싫었다.

하지만 남편은 말을 듣지 않으면 빈털터리로 쫓아내서 북미창정(현재 북창동)이나 병목정 유곽에 팔아버린다고 했다.

경성에서 배운 기술 없는 여성이 길바닥에 내몰릴 때 갈 곳은 그곳밖에 없다.

외국에서 박사 학위를 따고 온 여성들도 실직하거나 이혼당해 길거리로 내몰려 병사하는 일도 있었다.

조선인 남성들도 일본인에 밀려 취직이 안 되는 판인데, 하물며 여성은 직장은커녕 남편이 먹여 살려 주지 않으면 자립할 기회가 거의 없었다.

아주 생활력 강하고 똑똑한 일부 신여성들이나 물려받은 재산이 많은 과부를 제외하고는.

설아는 잔인한 남편의 성미에 어쩌면 그건 협박이나 농담이 아니라 사실일 거라 짐작했다.

유정수는 색주가나 내외주점의 여성들과 일회성 관계를 맺고 때려서 돈을 물어 주는 일들을 반복했다. 다른 명문가 남성들이 첩을 얻고 애인을 두는 것과 달랐다.

아주 엄격하고 불같은 시아버지 유명운 밑에서 참 많이도 혼나고 자란 것은 알겠는데, 사람과 사람 사이의 유대나 정에 굶주렸으면서 그런 걸 갈구하지도 않았고 오히려 백안시하고 무시했다.

오로지 사업을 돕는 윗선에 뇌물을 먹이며 아첨했고, 회사 직원들에게는 화가 나면 주먹을 휘두르고 욕을 해댔다. 그리고 마지막에는 유흥가 여성들을 괴롭히고 때렸다.

설아는 남편의 변태 성향과 이상 성격을 생각하다 머리를 뒤흔들어 지우면서 남편이 애용하는 채찍과 가죽끈을 옷장 가장 안쪽에서 찾아내 보스턴백에 담았다.

그녀는 드레스 안에 가터벨트를 차고 검은색의 레이스 스타킹을 신었다. 그리고 드레스 위에 베이지색의 바바리코트를 입었다. 화신백화점에서 특별히 주문한 것이었다.

비가 오는 날에도 사업장에 나가 보려면, 영국 군인들이 입는다는 바바리코트가 있으면 좋을 것 같아서 샀는데 요긴했다.

설아는 왼손에 보스턴백, 오른손에는 달항아리를 포장한 나무상자를 들고, 집 앞에 대기하던 택시에 올랐다.

"삼청정(현재 삼청동)에 갑시다. 가장 큰 기와집인데, 경복궁 지나자마자 초입에 바로 있어요."

택시에 타서 미러로 보니 강철수가 몰래 미행하는 게 눈에 띄었다. 설아는 픽 웃었다.

기요코가 강철수에게 택시를 부르라고 심부름시켰는데, 아니나 다를

까, 미행 중이다.

어느덧 차가 고래 등처럼 큰 대갓집 앞에 섰다.
설아는 초인종을 눌렀다. 노인네가 신문물과 기이한 걸 많이 좋아한다더니 기와집에 서양식 초인종을 단 게 재밌었다. 설아는 픽 웃으면서 강철수가 골목 안으로 들어오지 않고 차를 대는 걸 슬쩍 보았다.
그도 설아가 눈치챘다는 걸 알고 있을 것이다. 아예 대놓고 근처에 주차하는 걸 보니.
암암리에 자신이 지켜보고 있으니 헛된 짓 말라는 뜻을 내비친 것이다.
대문을 열고 집사가 나오자, 설아는 조용히 명함을 내밀고 인사했다.
집사가 짐을 받으려는 걸 거절했다. 그녀는 직접 상자와 보스턴백을 들고 들어갔다. 집사가 바바리코트를 받아 옷걸이에 걸었다.

이 집의 주인은 반도신문사의 대주주인 주성래였다. 그는 신문사의 초창기 동업자로 경영에 참여하지는 않지만, 대주주로서 배당금을 받고 중요한 의견에 표를 던졌다.
창업자인 유명운은 현재 명예회장이고 주성래는 고문으로 있었다.
집사는 설아를 안방으로 들였다.

하얀 머리에 하오리(羽織)를 입은 마른 체구의 주성래가 차가운 눈빛을 보냈다. 분명히 사전에 유명운과 만나 반설아를 신문사에 발도 못 붙이게 하자고 담합했을 것이다.
설아는 무릎을 꿇고 앉아 머리를 조아리고 나무상자를 내밀었다.
"죄송합니다. 인사가 늦었습니다. 저는 돌아가신 고 유정수 사장의 아내 반설아라고 하는 사람입니다."

설아는 몸을 깊숙이 숙여 가슴골이 충분히 보이게끔 했다. 그리고 무릎을 꿇은 다리를 슬쩍 옆으로 돌려서 가터벨트와 레이스 스타킹이 보이게끔 했다. 드레스가 올라가 허벅지가 제법 보였다.

설아는 주성래를 살폈지만, 그는 꿈쩍도 하지 않았다.

그녀는 잘 알고 있었다.

밥그릇 싸움에는 부모, 자식도 없고 미인계도 절대 통하지 않는다.

여자는 남자들이 권력 싸움을 끝내고 나서 트로피처럼 찾는 존재에 불과하니까. 아니면 중간에 상납하는 뇌물이자 희생물이거나.

이 난관을 어떻게 헤쳐나갈지 고민했다. 설아의 온몸에 열이 들끓어 오르면서 투지가 불같이 솟았다.

"달항아리를 수집하신다고 들어서 가지고 왔습니다. 맘에 드실지요."

"이미 많으니 굳이 선물로 들고 오실 필요 없습니다."

"그래도 한 번 보시죠."

설아는 나무상자의 포장을 곱게 풀었다. 상자를 열자 달항아리 옆으로 장부 책이 있었다.

"사실은 이걸 보여드리고 싶어서 가지고 왔어요."

설아는 장부 책을 노려보는 주성래를 물끄러미 봤다.

"뭐 찔리세요? 관심 없다더니 왜 노려보세요? 호호. 항아리보다는 역시 이 장부 책에 꽂히시죠? 요건 복사한 겁니다. 제가 필사했다고요. 주성래 선생님 부분만요."

주성래의 표정이 굳어졌다.

"정기적으로 유정수 전 사장이 선생님께 상납하면서 표결권을 유리하게 해달라고 부탁했더군요. 한 마디로 청탁, 뇌물 수수, 그리고 신문사 재산을 주성래 선생님을 통해 자금 세탁해서 뽀찌를 떼드렸더라고요. 많이도 받으셨더라."

설아는 싱긋 웃으며 말을 이었다.

"20%가 뭐예요? 수수료가? 경마보다 뽀찌를 더 떼면 신문사 직원들은 뭘 먹고 살라고. 신문사 사무실 제대로 리모델링 좀 하려고요. 선생님께 주기적으로 갈 돈으로."

주성래가 발끈하면서 몸을 부르르 떨었다.

"뭐, 뭐라고? 니가 지금 터진 입으로 뭐라 지껄이는 거냐? 공 집사!"

설아가 주성래에게 바짝 다가가 귀를 붙잡고 속삭였다.

"집사가 알면 큰일 날 내용도 있으니 내실로 들어서 이야기 좀 나누지. 안 그러면 당신, 모든 걸 잃을 거야. 이 바닥에서 체면까지 잃으면 그 나이에 접싯물에 코 박고 죽고 싶어질걸?"

설아의 은밀한 협박과 회유에 그는 이중 장지문과 나무문을 열고 내실로 들어갔다.

설아는 들어서자마자 장지문과 나무문을 닫고 그 앞에 병풍도 치고 앉았다. 그녀의 손에는 보스턴백과 장부가 들려 있었다.

설아는 백을 열고 여러 도구를 꺼냈다. 채찍과 가죽끈, 안대 그리고 가죽 입마개 등이었다. 그리고 요상한 각종 도구도 꺼냈다.

"유정수 사장하고는 어떻게 놀고 다녔는지, 이런 기구들 이용해서 소년들과 뭔가 일을 벌이는 장면이 사진으로 엄청나게 남았던데요. 이 사진들을 비밀금고에서 발견했을 때 역시 내 남편은 참 대단하다 싶더이다. 선생님. 아니, 영감님. 어떻게 하시겠어요?"

설아는 채찍을 쥐고 서서히 일어나서 땅을 후려쳤다.

"엄마한테 혼나볼래! 이거 세상에 다 까발리면 어찌 될까? 앙?"

주성래는 눈을 휘둥그레 뜨고 공포에 질렸다. 그는 두 손을 들어 비는 것처럼 했다.

"얘야! 여자가 가장 싫어하는 남자가 뭔지 알아?"

설아는 채찍을 강하게 휘둘렀다. 주성래가 소리를 질렀다.

"모, 몰라. 살, 살려줘!"

"살려주긴. 니 목숨, 니가 보전해야지. 여기는 하녀도 못 들어오는 공간이라며. 권력 없고, 능력 없고, 뭐 하나 결정 못 내리는 남자를 여자들은 질색해! 알았어? 이 공간에서 넌 주도권이 없어. 그러니까 나한테 맞아!"

설아는 금고의 비밀 장부에서 주성래의 성적 취향에 대해 자세히 묘사한 남편의 글을 세세하게 읽었다.

주성래는 14세 미만의 소년들을 좋아해서 가학적인 성관계를 맺었고, 뚱뚱한 50대의 중년 여성들에게는 엄마라고 하면서 채찍으로 맞는 걸 즐겼다고 적혀 있었다.

그리고 이런 성적 일탈을 안방 안쪽의 나무문과 장지문으로 겹겹이 방음이 되는 방 안에서 벌인다고 적어 놓았다. 그 방은 하인들도 허락 없이 드나들 수 없는 밀실이라고 했다.

설아는 그런 글을 웃으면서 읽었다. 주성래의 얼굴 사진을 본 적이 있었다.

하얀 모시 한복에 세상의 온갖 근엄과 권위가 깃든 얼굴에 이런 성적 일탈이 있을 줄은 꿈에도 몰랐다.

유정수는 글 말미에 주성래가 어릴 적에 친엄마를 일찍이 여의고, 새엄마를 맞이한 과거 전력이 이러한 성적 취향과 무관하지 않을 거라고 적어 놓았다.

설아는 회심의 미소를 짓고는 금고 안에 들어있던 가학적 도구를 꺼내고, 비밀 장부 뒤에서 서류 봉투에 든 사진을 발견하고 손뼉을 탁 쳤다.

유정수는 주성래와 성적 일탈을 즐기면서 증거로 사진을 남겼다. 몰래 찍은 게 아닌 것으로 보아 주성래도 촬영하는 걸 동의한 것으로 보였다. 주성래의 웃는 얼굴이 나온 사진이 여러 장 있었다.

설아는 남편이 이 비밀을 참 잘도 끌어안고 살았구나 싶었다. 설아 같으면 신문 1면에 내고 싶어 안달이 났을 텐데. 그놈의 권위를 바닥까지 끌어내리고 싶어서.

오늘을 위해 그간 집에서 채찍을 내리치는 연습도 해 보았다.

그녀는 가죽 채찍을 하늘 높이 들어서 내리쳤다. 하늘거리는 드레스를 확 벗었다. 거추장스러웠다. 코르셋과 가터벨트를 입은 채로 손을 높이 들어 채찍으로 주성래의 등짝을 쳤다. 그러다가 달려들어서 엉덩이를 손으로 찰싹찰싹 때렸다.

"너 이놈의 자식. 누가 엄마 말 안 들으래? 너, 웅? 유명운하고 붙어먹어서 나를 엿 먹여? 어서 돌려놔! 그러지 않으면 다시는 엄마 너 안 본다? 알았어?"

주성래가 아이의 표정처럼 무구한 얼굴을 했다.

"어서 엄마 말 들을 거야, 안 들을 거야? 어? 유명운 회장하고 손 끊어."

설아는 주성래의 뺨을 두 손으로 인정사정없이 후려쳤다.

"그래야 내가 또 와서 너 혼내 주고 이렇게 안아 줄 거야. 자, 젖 먹어."

설아는 가슴을 주성래의 입가에 가져갔다. 주성래는 울면서 설아의 가슴을 물고 아이가 젖을 먹듯이 빨았다.

설아는 픽 터져 나오는 웃음을 꾹 참고 주성래의 머리카락이 얼마 없는 뒤통수를 쓰다듬고 등을 쳐 주면서 다독였다.

"괜찮아. 우리 애기."

설아는 환하게 웃으면서 주성래의 몸을 쓰다듬었다. 어머니의 자애로운 미소를 함빡 짓고 그를 아기처럼 내려다봤다.

신문사에 무혈입성한 그녀

주성래의 기와집을 나오는 설아의 손에 달항아리 상자는 없었지만, 보스턴백과 서류가 들려 있었다.

주성래는 대주주의 입장으로서 반설아가 반도신문사 경영권을 물려받게 해달라는 성명서를 써 줬다. 설아는 이 서류를 이사회에 제출할 결심이었다.

이제 유정수의 지분율을 설아가 제대로 물려받고 주성래의 지분율이 합쳐진다면 유명운의 30%에 가까운 지분율을 근소한 차로 이기게 된다.

설아는 자신 있었다. 약점을 잡힌 주성래는 당분간 꼼짝 못 할 것이다.

후후, 이것은 시아버지 유명운도 모르는 비밀일 것이다. 남편이 죽기 전에 두고 간 선물 같았다.

강철수가 뒷골목에 대놓은 차에 설아는 얼굴에 웃음을 가득 띠고 다가갔다. 그녀는 차에 덥석 올라탔다.

"강 비서. 내가 여기 올 줄 어떻게 알았어요? 미행했나?"

설아는 시치미를 뗐다.

강철수가 아무렇지도 않게 업무적으로 답했다.

"기요코 집사님께서 걱정된다고 따라가 보라고 하셨습니다. 마침 비도 오고 해서요."

설아는 비를 맞아서 구불거리는 머리를 풀어헤치고 손으로 쓸어 넘기면서 말했다.

"후우, 이 맛에 사업하는 거지. 경영권 방어했어요. 위기가 기회라고 그 유명운 꼰대 손에 신문사 들어가 봐야 그 나물에 그 밥 같은 기사만 써대고, 총독부하고 희희낙락 웃는 일밖에 없어."

설아는 말을 이어나갔다. 자신만만했다.

"난 그거 싫어요. 새로운 세대가 맡으면 새롭게 가 봐야지. 신문사로 가요. 당장 이사회 소집할 거야. 그리고 나는요, 일 바닥부터 배우게 신문사 기자증 발급받고 사회부 기자로 뛸 겁니다."

강철수는 한숨을 휘휘 쉬고 차를 신문사로 돌렸다.

설아는 종로 네거리의 반도신문사 건물 앞에 유유히 내렸다. 1층에 들어서서 로비 천장의 스테인드글라스 색색들이 코스프레화를 한 번 보고서 사무실로 향했다.

경비들의 인사를 차례차례 웃는 얼굴로 받으면서 바바리코트의 끈을 여몄다. 이제부터 남자들과 동등하게 일해야겠다는 생각이 들었다.

기자들이 놀란 얼굴을 하고 2층 사무실 중앙으로, 설아의 곁으로 몰려들었다.

설아는 당당하게 코트를 벗어서 강철수에게 건넸다. 아스라이 몸매가 비치는 굴곡이 드러나는 의상이지만, 설아가 자신만만하게 중앙의 자리에 착석하자 아무도 음탕한 시선을 주지 않았다.

그들은 고개를 숙이고 경청할 준비를 했다.

"내가 사주에 오르는 걸 찬성한다는 성명서를 받아왔어요. 내일 당장 성명서를 모든 이사들과 주주들에게 알리고 유명운 명예회장님께는 이걸 그대로 등사해서 사람이 들고 가요."

설아는 당당하게 말을 이어나갔다.

"그리고 이사회 소집 후, 제가 경영권을 가지고 사장 자리에 앉습니다. 하지만 이제부터 저는 여러분들과 동등한 입장입니다. 저는 자식이 없으니 물려줄 수도 없고 사주로서 힘쓰다가 다른 좋은 경영자분을 만나면 경영권을 넘길 거예요."

기자들의 눈이 둥그레졌다.

"그가 기자이거나 사환 아이여도 좋습니다. 가장 적임자에게 물려줄 것입니다. 그리고 신문사 일을 바닥부터 배울게요. 사회부 기자를 하고 싶은데 오래전부터 사진을 배우고 싶었으니 사진기자 일을 주세요."

기자들이 수첩을 빼 들고 열심히 메모했다.

"다음 주부터 슬랙스 슈트를 입고 출근할 겁니다. 야근도 좋고요. 집에 살림 봐 줄 사람은 있으니 저는 바깥에서 사회 일에 전념할 겁니다. 못살게 구는 일본인 관료나 친일파가 있어도 일러주세요. 제가 여러모로 권익을 위해 힘쓸 겁니다. 참, 그리고."

설아는 살포시 일어나 옷걸이에 걸린 코트의 주머니에서 필립모리스사가 1924년에 출시한 말보로 담배를 뺐다.

설아는 담배를 빼는 사이 기자들이 비치는 옷 사이로 드러난 다리의 실루엣에 시선을 주는 걸 느꼈다. 웃음을 쿡 참았다.

가끔은 너무 센 여자보다는 미국의 핀업걸 같은 섹시한 이미지도 통솔하는 데 나쁘지 않을 것 같았다.

설아가 말보로를 입에 가져가자 기자들이 앞다퉈서 라이터를 켜고 성냥불을 들이댔다. 설아는 그중에서 가장 나이 어린 사환 아이의 성냥불에 담뱃불을 붙였다. 머리가 하얀 선임 기자가 가져다준 커피를 마시면서 그녀는 자연스레 기획 기사의 방향과 현재 흘러가는 취재 진행 방향을 들었다. 그리고 마지막에는 재무 담당의 재무 보고를 들었다.

유정수가 인색해서인지 아직 재정은 나쁘지 않았다.

하지만 이런 식으로라면 수익도 줄고 매출도 크게 줄 것이 분명했다.

일제를 비판하는 기사는 총독부가 막았고, 독립투사들의 기사는 원천적으로 봉쇄했다. 조선인들이 보고 싶은 기사는 실을 수 없으니 판매율도 지지부진한 것이다.

설아는 기자들과 내일 자 신문의 헤드라인을 검토하고 일을 마친 후에 일어났다. 강철수가 입혀 주는 바바리코트에 몸을 꿰었다.

찬찬히 생각해 봤다. 신문사가 잘되려면 일단 경영권을 확보한 후에, 방향성을 정해서 총독부에게 밉보이지 않으면서도 할 말을 다 하는 신문 기사를 내야 했다.

그게 가능할까. 잘은 모르겠지만 어쩌면 될지도 모른다. 열심히 하다 보면.

설아는 고개를 끄덕이면서 재떨이에 담배꽁초를 비벼서 껐다.

담배의 황갈색 필터는 립스틱 색이 묻는 것을 감춰 주었다. 하지만 워낙에 짙게 발라서인지 묻어나왔다. 설아는 사환 아이가 그 꽁초를 치우는 척하면서 주머니에 넣는 걸 흘깃 봤다. 열다섯 살이라도 남자는 남자인지라 자신에게 반했을 수도 있다.

알다시피 권력은 남녀를 불문하고 가장 강력한 유혹 수단이니까.

권력을 공고히 하려면 정보를 쥐고 있어야 한다. 사환 아이가 자신의 팬이 되는 건 나쁘지 않았다.

설아는 신문사를 나가기 전에 심부름 값이라면서 입술 자국을 찍은 손수건에 10원을 넣어서 건넸다. 그리고 귓가에 입을 대고 살짝 말했다.

"아줌마가 물어보는 말에는 항상 사실을 말해 줘야 한다. 이름이 뭐지?"

"수, 수동이요."

"그래. 수동아, 앞으로 잘 부탁해. 후후."

신문사를 나와 경비의 인사를 받으며 종로 거리로 나오는데 〈Sing, Sing, Sing〉이 들려왔다.

이 노래를 두 번이나 듣다니, 무슨 개선장군이 된 기분이었다.

경성 유흥가에 재즈 음악이 흘러나오는 남성 전용 물랑루즈 같은 카바레가 있다고 들었다. 한 번은 가 봐야겠다고 생각했다.

바바리코트에 중절모를 깊게 눌러쓰면 남자 같아 보여 괜찮을 테고, 기자 동료들하고 가서 기분도 내고 한턱내야겠다고 결심했다.

살인 사건은 인간의 본성을 직면케 하고

　며칠 후 설아는 미쓰코시에서 밀리터리룩풍의 슬랙스 슈트를 몇 벌 구매했다. 직선 형태의 옷들은 설아를 좀 더 날씬하게 보이게 했다. 화장도 눈썹과 아이라인을 강조해서 센 이미지를 연출했다.

　오늘부터 신문사에 출근한다. 설아는 기자들의 취재를 직접 체험하는 사주가 되기 위해 사진기자에 지원했다. 특히 사회부를 원해서 오늘부터 감식 사진 전문 기자의 옆에서 촬영을 보조하기로 했다.

　"오늘부터 사회부 수습 기자라, 흠. 살인 사건도 당근 있겠지? 기요코!"

　기요코가 눈을 내리깔고 다가왔다.

　"어서, 루비 세트 가져와요. 시어머니한테 내려온 거 있잖아요. 건넌방 금고 방에 있는 거 다 알아요."

　"그 세트는 결혼식이나 돌잔치 등의 예식에 쓰이라는 유훈이 내려옵니다."

　"남편도 갔는데, 무슨 돌잔치? 내가 신문사 출근하는 날보다 중요한 날이 있어요? 어서 썩 가져와요. 핏빛 루비가 어울리는 날이에요!"

　기요코가 마지못해 유정을 통해 루비 세트를 보냈다. 유정이 목걸이를 걸어줘 착용했다. 거울을 보니 귀와 목에서 루비가 피색을 선연히 빛냈다. 손에 반지도 끼려다 고개를 저었다.

"투 머치, 과해."

남성들의 전쟁터인 직장에 나가려면 그들의 갑옷인 슈트 착용은 필수다.

차려입고 문으로 나서는데, 구두와 게다 짝, 고무신밖에 눈에 들어오지 않았다.

아뿔싸, 밀리터리 슈트에 걸맞는 신발이 없었다. 설아는 하는 수 없이 당장 검은색 힐을 신고 나섰다.

"신문사가 가까우니까 오늘부터는 택시 탈게요. 강 비서는 혼자서 출근해요. 난 내 일, 내 손으로 많이 할 테니 일은 줄어들 거야. 긴장해요. 언제 전문 비서실 두고 책상 비울지 모르니. 후후."

정문 앞에 차를 대고 서 있던 강철수는 분노를 드러내지 않으면서 입꼬리를 들어 올려 억지로 웃었다. 하지만 눈은 절대로 웃지 않았다. 본인이 싫어하는 반설아의 표정을 카피해 응수했다.

설아는 택시에 올라타 창문을 열고 강철수에게 보란 듯이 손을 흔들었다.

"쌍년! 니 같은 게 신문사에 나간다고? 하루도 못 버틸걸? 백화점서 커피나 마시고 옷이나 사 쳐 입으라고! 날라리 남자들하고 뒹굴고 말이지. 니가 일머리를 알아? 남자들을 호령해보기나 했겠어? 개 같은 년!"

이때 강철수 뒤로 조용히 서 있던 기요코가 다가와 한마디 했다.

"저희 본가는 대대로 시바견을 길러왔습니다. 저런 사람한테 '개 같은'이라는 되먹지 않은 부적절한 형용사를 함부로 붙이지 마세요. 개는 인간에게 충성을 보이는 지조 높은 존재입니다."

기요코의 엄격한 말에 강철수는 꼬리를 내렸다.

"집사님, 죄, 죄송합니다. 계신 줄 모르고."

기요코는 조용히 집 안으로 들어가면서 한마디 했다.

"언젠가 우리 둘이서 조용히 차를 마셨으면 해요. 둘이서 통할 얘기가 있을 것 같네요."

기요코의 빈틈없는 뒷모습을 보면서 강철수는 고개를 끄덕였다. 그는 차에 올라탔다.

반설아가 신문사에서 어떻게 팽당하는지 두 눈으로 보고 싶었다. 신문사는 유학파에 명문대를 나온 남성 기자들이 설치는 전쟁터다.

물정 모르는 젊은 여사장 하나 손바닥 위에 올려두고 요리조리 돌리는 건 큰 구경거리일 거다.

설아는 첫날부터 사회부에 배치됐다. 그녀가 원하기도 했고, 수습 기자 자리가 마침 있었다.

그녀는 편집국장의 안내로 사회부 기자를 소개받았다. 경력이 꽤 되는 민완 기자로 베테랑에다 각종 사건으로 단련된 사람이라고 했다.

편집국장은 일침을 놓았다.

"수습 기자라도 엉터리로 하면 그날로 끝이오. 난 사장이라고 봐주지 않고 신문사는 일선 기자들과 이선 기자들이 실세입니다. 유 사장도 우리한테는 함부로 못 했소."

설아는 남편이 신문사 기자들에게 함부로 화도 내고 주먹질도 했지만 속은 끝내 그들을 두려워한 것을 알았다. 집에 들어오면 대놓고 그들을 욕하고 화를 냈는데, 뭔가 억하심정이 있어 보였다. 아마도 사주이지만 그의 뜻을 그들이 받아주지 않은 모양이었다.

그만큼 기자들의 강직함과 근성은 대단한 듯했다.

편집국장은 설아를 쳐다보지도 않고 자리로 돌아갔다.

그는 사실 낙하산으로 들어온 과부 사장이 못마땅한 듯했다. 설아가 주성래 대주주를 설득하고 신문사를 접수하러 들어온 그날, 그만이 유일하게 담뱃불을 들고 서 있지 않았다.

모두 설아가 빼 문 담배에 불붙이려 안달 났지만.

편집국장이 가고, 설아는 사회부 기자 선배와 마주 섰다.

이름은 박종인이고 박 기자라고 불렸다.

엄청 덩치가 크고 얼굴에는 거뭇한 수염이 있는 박 기자는 설아를 노려보며 무뚝뚝하게 말했다.

"신입이나, 여자니까 체력 뭐 이딴 거 봐주는 사람 아니외다."

"네. 알겠습니다."

설아는 다소곳하게 말했다.

"그리고, 난 사장이든 뭐든 내 위의 꼰대는 질색이라 그것도 아니올시다. 따라와요!"

박 기자는 포드 트럭에 올라탔다. 설아는 높은 보조석에 오르느라 힘들었다. 오르자마자 힐을 벗어 뒷좌석으로 던졌다. 내일부터 남성용 구두를 신고 와야겠다는 생각이 들었다.

"아니, 그따위 체력으로 뭘 하오? 그러니 사회부 말고 문화부나 경리과에 지원하지."

"죄, 죄송합니다. 선배님."

"선배고 뭐고. 내일부터 나 따라다니지 말아요. 예전 같으면 이따위 형편없는 후배면 투바이투 인치 2m짜리 각목으로 그대로 빳다 10회 때렸소! 그러면 이틀은 자리에 앉거나 눕지 못해. 엉덩이는 새파래지고,

걷어지지."

설아는 진지했다. 살짝 웃음이 비어져 나오려 했지만, 박 기자가 원하는 반응은 아닐 것 같았다.

이런 사람은 꼰대질할 때 상대방이 비웃거나 하면 흥분해서 날뛸 스타일이다. 그러면서 나중에 술 먹고 회포나 풀자고 하겠지.

설아는 진심으로 반성하는 얼굴로 고개를 끄덕이면서 몸을 위축시켜 미안한 몸동작을 취했다. 박 기자의 성정이 누그러졌다.

박 기자는 설아를 이끌고 범죄자와 형사들의 기 싸움으로 시끌시끌한 종로경찰서 등을 다녔다. 설아는 범인의 얼굴을 찍고 박 기자가 일러 주는 대로 행동했다.

박 기자는 설아가 사진을 엉망으로 찍자 화를 내고 호통쳤다. 설아는 속으로는 위축됐지만 그래도 일머리를 배우려고 열심히 따라다녔다.

경찰서를 나와서 전화기를 빌려 쓰려고 카페에서 커피를 마시면서 대기했다. 박 기자는 경찰서에서 취재한 사건 기사의 골조를 쓰고 전화로 사무실 내근 기자에게 불러 주었다.

한참 통화하던 박 기자의 눈이 화들짝 커졌다.

"네? 살인 사건이요?"

설아는 귀가 번쩍 뜨였다. 관심이 갔다.

"저, 저는 못 갑니다. 다른 기자 불러서 사진 찍어요. 김 기자 말이요. 뭐? 지방 출장 갔다고요? 이거 참나. 어떡하지."

전화를 끊자, 설아가 물었다.

"살인 사건 감식 사진 제가 찍을게요. 가요. 대타 없다고 하잖아요."

"아니, 그걸 왜 내가, 허 참!"

박 기자는 두 손을 부들부들 떨었다. 설아는 고개를 갸우뚱했다.

"사회부 기자가 살인 사건을 왜 마다해요? 어서 가요. 잘하면 특종일 지도 모르잖아요."

설아는 카페를 앞장서서 나갔다. 박 기자가 마지못해 차에 오르자, 설아는 씩 웃었다.

뭔가 재밌어질 것 같았다. 게다가 살인은 낯선 아이템도 아니었다.

그녀에게는 나름대로 겪어 본 일이었다.

사건 현장은 본정 뒷골목의 2층짜리 낡은 하숙집이었다. 여인숙도 겸하고, 1층에는 술집도 열어 노동자들과 갈 곳 없는 거리의 여성이 마주칠 법한 허름하고 으슥한 집이었다.

설아가 들어가는데 박 기자는 운전석에서 미적거리며 늦게 나와 간신히 설아의 뒤를 따랐다. 여태까지 설아를 혼내며 앞장서던 선배로서의 모습이 아니었다.

1층에는 걱정스러운 얼굴의 중년 여인들이 모여 수다를 떨고 있었고, 한 여성이 손가락으로 2층으로 향하는 계단을 가리켰다.

설아는 묵례하며 카메라를 들고 앞장서서 계단을 올라갔다.

박 기자가 지시하는 대로 건물 전경과 내부도 사진으로 찍었다.

드디어 2층의 사건 현장. 열린 문틈으로 경찰들이 분주히 감식하는데 설아 뒤로 박 기자가 우뚝 섰다. 그는 다리가 바닥에 붙은 듯 굳어서 움직이지 않았다.

"왜 안 들어가세요? 선배님. 들어가요, 같이."

살인 사건은 인간의 본성을 직면케 하고

박 기자는 설아가 부르거나 말거나, 멈춰 서서 손을 벌벌 떨었다. 설아가 놀라서 얼굴을 자세히 보니 굳어서 미동도 없었다.

"선, 선배님. 어디 불편하세요?"

"설, 설아 씨. 사, 사진기로 직접 찍어요. 난, 난 못해요. 가, 가르쳐준 대로 해요."

박 기자는 말까지 더듬고, 긴장투성이였다.

"아니, 백전노장 베테랑 사회부 기자가 무슨 말씀이에요. 기사와 사진이 둘 다 가능한 프로잖아요."

"그, 그래서 너무 많, 많이 살인 사건을 봤는데 언제부턴가 무서워서 사건 현장에 들어가 설 수가 없어. 제, 제발 부탁입니다……. 이렇게."

박 기자는 설아 앞에서 90도로 고개를 숙이면서 부탁했다. 설아는 배시시 웃었다.

살인 사건에 관심도 가는 데다 실력도 보여 주고 선배의 높은 자존심도 누를 기회였다.

조심스레 열린 문으로 들어섰다.

경찰들이 현장과 시신을 세세하게 들여다보고 있었다. 검시관은 돋보기 같은 것으로 바닥의 시신을 살피며 뭔가를 적고 있었다. 사진사가 감식 사진을 찍고 있었다.

피해자는 30대 초반 정도로 보이는 여성이었다. 머리가 헝클어지고 옷차림도 흐트러져 있었다.

시신의 배 부분이 시뻘건 피로 가득했다. 그리고 성추행을 하려 했는지 하의가 벗겨져 있었다. 상의는 말려 올라갔다. 머리카락은 자세히 보니 칼로 거칠게 베어져 있었다.

'참, 가지가지도 해 놨네. 에구야. 힘들었겠다. 어느 나쁜 새끼가 이리 한 거야.'

설아는 숨을 참고, 발에 피가 안 묻도록 조심하면서 시신에 접근했다.

설아는 경찰들이 의논하느라 몰려있는 틈을 타서 시신의 몸 위로 사진기를 들이댔다. 각이 안 나와서 그대로 다리를 브이 자로 벌리고 시신을 내려다보면서 침착하게 찍었다.

박 기자는 차마 현장에 들어오지 못하고 방 밖에서 여주인과 이야기를 나눴다.

설아가 차분하게 사진 찍는데 말소리가 들려왔다.

"어떻게 된 일인지 협조해 주시죠."

"형사님들한테 말씀드렸는데유."

"기자입니다. 부탁드립니다."

"아, 저 아가씨가 저래 보여도 실은 카페 여급이란 말이죠. 가끔 하숙집에 손님도 끌고 오는데 저야 모른 체 했쥬. 그런데 오늘 점심에는 안 나오기에 뭔 일인가 싶었는데, 여즉도 안 나오기에 늦게 밥 차려주는 게 힘들어 방으로 가봤더니 이러더란 말입쥬."

"어젯밤에도 손님이 왔다 갔습니까?"

박 기자는 방문 열린 틈으로 설아가 사진을 찍는지 흘깃 보면서 물었다.

"간밤에는 모르겠고 제 방이 옆옆의 방인데, 언젠가는 새벽에 무슨 신음이 들리기에 고양이 교미하는가 그랬던 적은 있쥬. 근디 오늘 낮에 방에 가봤더니 저렇게 처참히 칼로 찔러 놨더라고요. 에구, 무서워라. 비명도 간밤에는 없었는데유."

설아는 주인이 하는 말을 들으면서 시신의 각 부위를 잘 찍었다. 목은 누군가가 손으로 조른 흔적이 뻘겋고, 배와 가슴에는 칼로 찌른 자상이 네 군데가 보였다. 형사들이 감식하는 중에 옷가지를 완전히 벗겨놓았다.

"어어, 기자는 비키시죠. 보도 제한입니다."
형사가 방에 다급히 들어오더니 설아를 말렸다. 텐노 형사였다.
"아, 아니. 텐노 형사님. 어머, 제가 사회부 수습 기자를 해서요. 아직 명함은 준비 중인데 나중에 찾아뵐 때 드릴게요."
설아는 수줍어하면서 고개를 숙였다. 그리고 사진기를 내리고 두 손을 살포시 모으고 부드러운 눈웃음을 쳤다. 그러나 텐노는 그녀의 교태에 아랑곳하지 않았다.
"그 사건은 아직도 조사 중입니다. 그러니 지방에 가실 때는 저에게 말씀해 주시죠, 반설아 사모님."
"네. 알았어요."
멋쩍은 설아는 입맛을 다셨다.

매력이 안 통하는 남자는 어떻게 다뤄야 하는지 기요코에게라도 물어봐야겠다.
기요코는 사람을 능숙하게 다루니까.
그 까다로운 남편을 어찌 그렇게 입안의 혀처럼 잘 굴렸는지 모르겠다. 남편은 살아생전에 기요코가 건의하는 대로 거의 모든 걸 따랐다. 물론 집안일에 한해서지만, 설아가 보기에는 가끔 회사 일도 물어보는 것 같았다.
하여간 기요코는 백 년 묵은 구렁이다. 조심해야 할 여자다.

설아는 텐노에게 살갑게 질문했다.

"저, 근데 형사님. 이게 강간하려다 반항을 하니까 죽인 걸까요?"

텐노는 진지한 얼굴을 해 보였다.

"수사 중입니다. 추측성 보도는 절대 금해 주시죠."

이때 이시하라가 들어섰다.

"텐노 형사, 지문이나 증거물이 나왔나? 감식 어떻게 됐어?"

"경부님, 진행 중입니다. 족적이 없습니다. 구두를 벗고 들어온 것으로 추정됩니다."

"아니, 반도신문사 사모님 아니십니까?"

"경부님, 찾아뵙지 못해서 죄송해요."

"아닙니다. 오히려 저희가 강도를 잡지 못해 송구스럽습니다. 유정수 사장님을 해친 범인을 반드시 잡겠습니다. 조금만 더 기다려 주시죠."

설아는 다소곳이 고개를 숙이고 잠깐 얼굴에 슬픈 기색을 띄웠다가 카메라를 들어 보였다.

"지금은 기자 일을 하는 데 온 힘을 다 쏟고 있어요. 우리 신문사 좀 취재하게 도와주세요."

이시하라가 말했다.

"좋습니다. 잠시 시간 내드리죠."

"박종인 선배님, 어서 들어오세요. 여기 담당 형사님들이세요."

설아가 부르자, 박 기자가 멈칫하며 방으로 들어와 시신에 눈을 주지 않고 이시하라와 텐노를 번갈아 봤다.

박 기자가 그들을 취재하는 동안, 설아는 시신의 상태를 살폈다.

성기가 부어 있고 시반이 집중돼 있었다. 강간당한 흔적이다. 하얀

정액이 보였다.

설아는 한숨을 쉬었다. 한 여인을 범하려다 반항을 하자, 죽인 것이다.

비명이 안 들렸다는 거로 보아서 얼굴에는 재갈을 물렸다가 나중에 범행을 끝내고 가져갔을 것이다.

하숙집 주인 말로는 여인이 여급으로 성매매 일을 한다고 했다.

손님을 데려온다고 했는데, 손님이 맘껏 즐기고 돈을 안 주려다 죽인 것인가.

혹은 이미 죽일 작정으로 들어온 것인가.

설아는 몸에 난 자상과 여인의 두 손에 난 방어 흔적을 유심히 살폈다.

강간한 흔적과 방어흔 등으로 보아서 분명히 여인이 예상치 못한 남자인 것이다. 그리고 남자는 미리 준비해둔 칼로 협박하고 난자를 하다 결국 경부를 압박해 죽인 것이다.

칼은 아무리 봐도 식칼은 아니다. 검시관들이 주고받는 말을 들어보니 일본인 무사들이 쓰는 작은 단도로 추정되었다.

범인은 범행 도구를 가지고 갔다. 현장에는 없었다. 설아는 방 안에 있던 화장대를 살펴보았다.

화장을 하던 중에 낯선 사내가 들어왔을까. 분첩 통이 열려 있었다.

설아가 화장품 등을 들어서 살피는데, 큰 소리가 뒤에서 났다.

"증거품에서 손 떼시오. 지문 현출을 해야 하오!"

텐노가 매섭게 다그쳤다. 설아가 놀라서 사진기를 떨어뜨려 하마터면 발을 찍을 뻔했다.

"엄마얏!"

다행히 카메라는 망가지지 않았다. 독일제 라이카 렌즈 카메라는 가격이 집 전세값 수준이다.

"스읏. 텐노 형사. 사모님한테 무슨 경거망동인가. 자제하게. 그리고 사모님, 아직 감식 중입니다. 물건에 손대는 것은 삼가시죠. 지문이 남습니다."

"네, 알겠어요. 검시관들이 추정하는 일본 무사 단도는 종로에 깔린 잡화 상점에서 쉽게 살 수 있는 거 같아요. 검시관들 말을 엿들었어요."

"그건 저희가 알아서 수사하겠으니 걱정하지 마시고 가십시오."

이시하라는 그렇게 말하면서 90도로 몸을 숙였다. 그러면서 반설아의 뒤태를 유심히 살폈다. 박 기자는 그들과 헤어지기 전에 반설아가 사주가 되었다고 귀띔했다.

설아는 박 기자와 하숙집을 나와 포드 트럭으로 돌아갔다. 박 기자는 정신을 가다듬고 운전석에 앉았다.

"고, 고맙소. 반설아 씨."

"뭘요?"

"내가 두려워하는 걸 안 까발려서. 망신도 그런 망신이 없지. 현장을 백 번쯤 다니면서 시신을 백여 구 가까이 보게 되었지. 그런데 어느 순간부터 더 이상 덜덜 떨려서 현장에 못 들어갈 지경이 됐소. 에휴, 기자 망신 내가 다 시키니, 원."

설아는 천연덕스럽게 말하면서 박 기자의 오른손을 살포시 잡았다.

"아니에요. 제가 앞으로 취재 도와드릴게요. 그 트라우마 이길 수 있도록 저라도 나서서 사진을 잘 찍을게요. 앞으로 사진술도 더 가르쳐 주시고, 그리고 운전 좀 가르쳐 주세요."

"경성에서 여자가 운전을?"

"왜요, 저도 수습 기자 떼고 언젠가 혼자서 취재 나갈 일 없을 거 같아요? 당연히 사회부 기자라면 기동성이 필수인데요. 배워야죠."

"알았소. 하여튼지, 오늘은 고맙수다."

"네, 선배님."

설아는 살갑게 대답했다.

박 기자는 맘이 풀어지면서 콧노래를 불렀다. 설아는 사건을 자세히 얘기하면서 범인을 추정하며 박 기자와 기사를 어떻게 쓸지 상의했다. 그리고 현장의 어떤 사진을 기사에 넣을지 의논했다.

박 기자는 시신 사진은 형사들 만류 때문에 못 넣지만, 하숙집 건물 전경이나 내부 모습을 넣겠다고 했다.

설아는 이렇게 남자들의 일에 끼어들어 뭔가 생산적인 일을 만들었다는 데 보람을 느꼈다.

이 맛에 일하는 거구나 싶었다.

자신의 손으로 살림이나 요리, 육아가 아닌 사회의 일부분이 되어 뭔가를 만들어낸다니 무척 즐거웠다. 내일 신문에 실릴 기사에는 박 기자의 이름이 찍히지만, 발행인은 반설아로 나올 것이다.

설아는 입가에 미소를 슬그머니 지으면서 윤전기가 돌아가는 걸 보고자 새벽에 신문사 건물로 갈 계획을 세웠다.

새벽, 설아는 조간신문을 배달하는 자전거들이 수십 대가 서 있는 신문사 뒷마당으로 나갔다. 수동을 비롯한 수십여 인의 신문배달원들이 자전거에 신문을 수백 장씩 실었다.

설아는 가슴이 뿌듯했다. 감동이었다. 자신이 도운 기사와 사장으로

서 감수한 기사들이 실린 신문들이다.

설아는 수동의 자전거 뒤에 올라타면서 신문을 가슴팍에 안았다.

설아는 수동처럼 헌팅캡과 면바지, 서스펜더를 찬 차림새였다.

가까이서 보지 않으면 여자인 걸 모른다.

"수동아, 무겁지?"

"아뇨. 괜찮습니다, 사장님!"

그의 목소리가 활기찼다.

"내가 신문 배달 도와줄게. 같이 가자. 나도 집집마다 내가 참여한 신문이 직접 배달되는 걸 보고 싶어."

"네, 좋아요."

수동은 자전거 페달을 힘차게 굴렸다. 새벽의 희붐한 태양 빛을 바라보며 설아의 가슴이 부풀었다.

벅찼다. 사회생활을 해서 결과물을 만들어내고, 그 결과물을 구독자들에게 가져다주는 것이다. 아침 선물처럼 여겨질 신문이었다.

경성은 라디오가 귀했기 때문에 그날그날의 사건 기사를 알려면 반드시 신문을 봐야 한다.

조선인들의 독립의식을 고취하고 생활과 문화 수준을 높이며, 사회에 관심과 각성을 끌어내기 위해 신문을 펴내는 것은 아주 중요했다.

설아는 수동이 종로의 골목골목을 누비면서 상가와 집집마다 담벼락 너머로, 아니면 집 문턱 안으로 신문을 들이는 것을 재미있게 보았다.

수동이 지시하는 대로 설아가 내려서 담벼락 안으로 신문을 던져 골인시키기도 했다.

일을 마친 수동에게 설아는 일찍 문을 연 카페로 들어가 시원한 사

이다와 샌드위치를 사 주었다. "신문이요!" 하고 소리치느라 푹 잠긴 목
이 싸아아 풀어졌다.

흙 속의 진주, 드디어 신문사 사장이 되다

설아가 정식으로 신문사 사주로 취임하는 날은 회사의 창립기념일과 겹쳤다.

설아는 회사 강당에서 식을 간단히 마치고 구세군을 불러 자선 행사를 하는 중이었다.

구세군 악단은 행진곡을 활기차게 연주했다. 수십 명의 기자가 '반설아 사주님을 환영합니다'라는 플래카드 앞으로 늘어섰다.

중절모에 슈트를 입거나 포마드로 머리를 올려붙이고 모닝코트를 차려입은 진지한 모습의 기자들 사이에서 여자는 반설아가 유일했다.

설아는 밀리터리풍의 슈트를 입고 클로슈(서양 모자)를 쓴 채 서 있다가 모자를 벗어 던졌다. 그리고 얼굴을 드러내며 활짝 웃었다.

사진사가 "하나, 둘, 셋!"을 외치며 플래시를 여러 번 터뜨렸다.

두 번째 컷은 기자들과 설아 모두 주먹을 쥐고 파이팅 넘치는 자세로 사진을 찍었다.

단체 촬영 후에 설아는 수표를 써서 수결하고 흰 봉투에 넣으려고 했다. 구세군 악단의 연주 소리가 우렁찼다.

그때, 강철수가 구세군 자선함에 봉투를 넣으려는 설아의 귀에 속삭이며 손을 부드럽게 잡았다.

"대표님, 대체 얼마를 넣으시려고요."

설아는 간지럽다며 귀를 뗐다.

"커피 마셨어요? 양치하고 와요. 제발."

강철수가 머쓱해하는데 설아가 이어서 말했다.

"천 원(평범한 사무원 1년 치 연봉)이요."

"뭐라고요?"

구세군이 아코디언 연주 소리를 순간 작게 하면서 귀를 기울이다 천원 소리에 급하게 악기 소리를 높였다. 경쾌한 군대 행진곡을 연주하면서 발장단과 몸 장단을 신나게 맞춰서 했다. 설아가 웃으면서 자선함에다시 돈을 넣으려고 하자 강철수가 다급하게 손을 또 잡으며 만류했다.

"사모님, 과하세요."

"과하다뇨? 어려운 사람들 돕는 데 쓴다잖아요."

"그렇더라도, 지금 연말도 아니고 이러실 필요는 없어요."

악단이 갑자기 소리를 낮추면서 이들의 동정을 살피며 눈치를 봤다.

"강 비서. 내가 사모님입니까? 사장이에요. 직함이. 그리고 자네 월급 다섯 달 치인데, 그리 큰돈 아니에요."

"죄송하지만 대표님 드레스나 사치품 값에 비하면 적은 돈이지만, 지금 회사 사정도 그다지 좋지 않아요."

"쉬잇, 말 낮춰요. 어느 상인이 가게 망하는 날까지 망한단 말을 입에 올려요? 그 전날까지도 잘된다고 가면 쓰고 거짓부렁 치지. 다시 한번 그딴 소리 입에 올려 봐요. 비켜요. 자아, 사진 찍어주세요. 선배님~."

박 기자는 설아가 자선함에 봉투 넣는 걸 사진으로 찍었다.

"고맙습니다. 선배님."

"참 이것도요. 기요코한테 엄청 혼나겠지만."

설아는 루비 목걸이와 귀걸이 세트를 풀어서 자선함에 넣었다. 박수 갈채가 터져 나오고, 악단은 소리 높여 행진곡을 힘차게 연주했다.

"구세군은 경성의 빈민 구제에 힘써 주세요. 우리 신문사가 후원이나 홍보, 협찬 도울 일이 있으면 저한테 말씀해 주세요. 오늘처럼 강 비서님한테 연락하지 마시고요."

강철수는 오만 가지 인상을 쓰며 착잡해했다.

"선배님, 내일 이 사진은 부고 기사 아래 사회 동정 이모저모 면에 실어주세요."

박 기자가 플래시를 터뜨리며 환하게 웃었다.

"무슨 말씀. 후배님 얼굴이 나가는데 1면에 나오거나 사회면에 실어야죠."

"아니요. 오른손으로 좋은 일 하면 왼손도 모르게 하라는데요?"

"하하. 후배님, 좋은 일은 널리 알려야 본받으니 알아서 할게요. 이것은 선배의 직권으로 처리합니다."

강철수는 뒤에 남겨져 씩씩대면서 조만간 기요코와 만나 어떻게든 세력을 역전시킬 계책을 세우려 했다.

이대로라면 자신은 직장을 잃고 팽개쳐져서 갈 데가 없어질지도 모른다.

대체 사장님은 누가 죽였을까. 가장 이익을 많이 챙기는 사람은 누구인가.

그가 보기에 아무래도 가장 유력한 용의자는 지금 저 앞에 서서 환하게 웃는 저년밖에 없었다. 강철수는 확실한 증거를 잡아서 경찰에 넘기고자 결심했다.

사필귀정! 모든 일은 반드시 정의대로 돌아간다. 대신 그전까지는 싫더라도 곁에서 비위를 맞추면서 때를 살펴야 한다.

설아는 취임식을 마치고 웃으면서 큰 소리로 말했다.

"오늘은 경성의 물랑루즈라는 황금마차에서 뒤풀이가 있어요. 모두 이따 와요."

설아는 쓰레기를 줍고 정리하는 사환 아이 수동의 어깨에 손을 댔다.

"수동아, 너도 기자님들 따라와야 한다."

수동은 얼굴이 홍옥처럼 붉어졌다.

"저, 저도요?"

"응."

"담배 안 피우세요?"

"지금? 아니."

"언제든 담뱃불 필요하시면 달려올게요. 라이터도 제 돈으로 사놨어요."

"호호호, 라이터가 얼마나 비싼데. 너 벌써 담배 피우는 거야?"

"아니요, 사장님을 위한 전용 라이터입니다."

"알았어. 이따 봐."

"그리고 저 사장님, 새벽에 신문 배달할 때 제 자전거 안장 뒤에 방석을 달아서 편하게 해 놨어요. 오시고 싶으시면 연락 주세요. 방석 빨아 놓을게요."

"후후, 센스 하고는. 오케이."

설아는 강철수가 모는 차에 올라탔다. 강철수는 냉랭한 채로 일절 말을 하지 않았다.

덕분에 설아는 조용히 차창 밖의 풍경을 감상했다.

경성 거리에 가득한 우마차와 행인들, 자전거를 보면서 미소를 지었다.

집에 오니, 기요코가 차가운 얼굴로 형식적으로 고개를 숙였다.

"오늘은 저녁 준비하지 마. 유정이랑 나가서 기자들과 뒤풀이할 테니까요."

"알겠습니다, 사모님."

"이제는 사장님이에요. 오늘 취임식 정식으로 했잖아요. 제대로 호칭해 줘요. 알았죠?"

"알겠습니다, 사장님. 루비 세트 주세요. 보관해 놓겠습니다."

"아, 그게 저, 강 비서한테 물어보세요."

"네?"

설아는 얼른 기요코를 물러나게 했다. 사실을 알면 잔소리 꽤 할 것이다.

설아는 유정을 불러서 남편의 양복 중에서 가장 슬림한 실루엣의 양복을 골라서 입혔다. 유정수는 덩치가 큰 편이 아니었던지라, 유정에게 넉넉하게 맞았다.

"오늘은 둘 다 남장하고 가는 거야. 그래야 기자들이 재밌게 놀지. 우리도 남자라고 생각하게 하자고. 다 같이 장난치면서 노는 거야. 개구쟁이들처럼."

설아는 하얀 양복을 입고 파나마모자를 쓰고 유정의 얼굴에 아이 펜

슬로 콧수염을 그렸다. 유정은 설아의 눈썹을 짙게 그려주고 입가에 옅은 수염을 만들었다.

누가 봐도 남장한 선 고운 여자였지만 흥겹고 재미있었다.

밤 10시, 명치정 뒷골목에 있는 황금마차 앞에는 근처의 은행, 증권사, 회사의 직원들이 유흥을 즐기려 문 앞에 줄 서 있었다. 드물게 모던걸이 섞여 있었지만 거의 남자들이었다. 남성 전용 카바레라더니 과연 그런 모양이었다.

설아는 포드 클래식에서 유정과 손을 붙잡고 우아하게 내렸다. 먼저 와 있던 기자들이 일렬로 서서 머리를 숙여 인사하고, "사장님 오셨습니까!"를 큰 소리로 외쳤다.

황금마차의 기도들과 웨이터들은 무슨 상황인가 싶어 어리둥절해하면서 이들을 VIP로 모셨다.

설아는 남성들의 호위를 받으면서 앞장서서 유정과 함께 들어갔다. 이들이 남자인지, 여자인지 숙덕거리는 사내들의 말소리를 흘려들으면서 설아 일행은 무대 앞에 테이블을 잡았다. 수동은 유정과 함께 맨 끝에 자리를 잡고 음식을 시켰다.

마침 베니 굿맨의 〈Sing, Sing, Sing〉이 힘차게 흘러나왔다. 설아는 자신을 위한 날이자 무대라 생각했다. 마음속으로 본인의 행진곡이라 여겼던 노래가 타이밍 좋게 딱 흘러나오다니.

무대 위로 거의 반라에 가까운 무희들이 올라가서 재즈에 맞춰 찰스턴 춤을 췄다.

음악이 〈Let's Dance〉로 바뀌자 손님들이 플로어로 나가서 춤을 췄다.

무희들이 무대 아래로 내려와서 남자들의 손을 잡고 같이 스텝을 밟았다. 설아는 유정과 함께 춤을 추다가 수동과 손을 잡고 스텝을 밟았다.

이때 갑자기 여성의 비명이 나면서 사람들이 춤을 멈췄다. 악단이 연주를 멈추고 설아도 무슨 일인가 싶어서 손님들이 둥글게 모인 곳으로 가 봤다.

무희 한 명이 쓰러진 채로 발작을 일으키고 있었다. 무희는 손과 발을 떨면서 입에서 거품이 나왔다. 사람들이 놀라 어쩔 줄 몰라 하는데 한 여성이 무희에게 몸을 숙여 고개를 바짝 들이댔다. 사파리 점퍼에 긴 플레어스커트를 입고 머리를 틀어 올린 여성은 왕진 가방에서 청진기를 빼서 무희의 가슴을 열어 진찰했다.

"물수건을 가져다주시고 찬물도 준비해 주세요."

의사인 것 같았다. 여자는 무희의 몸을 옆으로 눕혀서 기도를 확보했다. 웨이터가 갖다 준 담요를 덮어 주고 착용한 옷을 풀어서 느슨하게 했다. 그리고 떠는 손을 붙잡아서 안정시켰다.

응급처치 후에 무희는 눈빛이 살아나고 정신이 돌아와 일어났다. 동료들이 다가와 부축해 대기실로 들어갔다.

사람들이 존경의 박수를 쳤다. 여자는 왕진 가방을 수습하면서 인사를 하는데 그만 설아와 눈이 마주쳤다.

"윤민주."

설아의 입이 딱 벌어졌다. 아주 오래전에 헤어진 친구를 지금에서야 다시 만났다.

태어나면서부터 친구였던 윤민주였다. 유모의 딸. 그녀는 14세에 선교사 집안에 하녀로 들어갔다가 양녀가 되었다. 그 후 양부모의 도움으로 미국으로 유학 갔다는 소문만 무성했다.

14세까지 설아와 친정집에서 둘도 없이 친하게 지내던 놀이 동무이자 하녀였다.

하지만 지금 윤민주는 완연한 경성의 신여성이다. 무척 우아하면서 세련됐다.

"반설아. 너 설아 맞지? 무슨 일이야? 남장을 다 하고."

민주가 배시시 웃었다. 설아는 콧수염을 손으로 더듬어 지우면서 마주 보고 섰다.

"우리 어디서 이야기 좀 나누자."

대기실 안쪽에서 그들은 말을 나눴다. 무희들의 분장실을 겸하는 곳이었다.

"여기에는 웬일이야? 민주야."

"자원봉사로 직원들 건강관리를 해 줘. 무대에서만 화려하지, 손님들에게 시달리고, 업주는 은밀하게 성매매를 종용하고 착취가 심해."

"그렇구나. 난 반도신문사에서 일해. 기자야. 수습 기자지만."

"그래? 그럼 기자 선배들과 온 거야?"

"응."

설아는 일부러 신분을 숨겼다. 어차피 내일 기사에 실리면 다 알게 될 일이지만.

"남편이 사회생활 허락해 준 거야?"

경성에서는 남편과 시댁 허락의 없이는 여자가 돈 벌러 나갈 수 없는 형편이었다.

"나 과부야. 아이는 없고. 그렇게 됐어. 남편 따라 죽지는 못하고, 내가 돈 벌어야 하는 형편이야."

민주는 설아를 꼭 껴안았다.

"우리가 떨어져 있는 사이에 수많은 일이 있었구나."

"그보다 너는 의사가 된 거야?"

"응, 미국서 존스 홉킨스 대학 나오고, 산부인과 의사로 일하고 있어. 남편도 같이 유학하다 만났어. 민주종합병원이라고 이름만 거창하지, 작은 병원이야. 신당정(신당동)에 있어."

"우와. 남편이 네 이름을 병원에 건 거네? 남녀평등인데? 여남평등이라고 해야 하나? 아니, 더 위야."

"후후, 별거 아냐."

"사냥꾼 딸이 출세했는데?"

설아는 그렇게 말하고 입을 가렸다. 실수했구나 싶었지만, 민주는 눈웃음을 쳤다.

"유모와 사냥꾼 부모를 둔 게 부끄럽지 않아. 양부모님도 잘해 주셨지만, 친부모님도 좋았어. 지금은 두 분 다 돌아가셨지만."

설아는 고개를 끄덕였다. 친정을 통해 두 분이 돌아가신 건 이미 알고 있었다.

"참, 설아야. 너 사회생활 하니까, 경성여성구락부에 들어와. 적적할 텐데. 우리 구락부에는 독신 여성이나 이혼녀도 있어. 괜찮아. 모두 경성에서 소외되는 계층이지만 우리끼리 뭉치면 좋아."

민주는 적극적으로 말했다.

"나는 부인병 예방 특강도 해 주는데, 내가 구락부 총무이고, 회장은 없어. 모두 나이나 계층, 직업 상관없이 동등해. 스케이트나 골프, 사냥, 등산이나 앤틱 티파티 등의 취미를 공유해서 사교생활을 해.”

민주는 설아에게 사교구락부의 위치와 자신의 연락처가 있는 명함을 건넸다.

“여기로 전화해.”

설아는 고개를 끄덕였다. 명함을 보니 구락부는 중명전 근처의 정동 길 부근에 있었다. 집에서도 그리 멀지 않았다.

원래 정동 중명전은 경성사교구락부가 있고 각국의 대사관이 인근에 있어서 화려한 파티가 많이 열린다. 경성의 명사라면 주말에는 누구나 정동의 구락부 파티에 참석하고 싶어 했다.

물론 외국인들뿐 아니라, 친일파 귀족들의 후손들도 많이 오는 곳이라 세간의 눈치가 보이기도 했다. 게다가 길에는 굶어 죽는 아이와 노숙하는 사람들이 즐비하다.

경성사교구락부 외의 여러 다양한 구락부에서는 유럽의 파티 문화와 똑같은 화려한 파티가 매주 열린다.

일반 사람들은 상상도 못 하는 등산, 스케이트, 골프, 수영, 미술 경매, 앤틱 수집, 경마와 같은 화려한 사교 취미 동호회 모임도 상시 열린다.

설아는 그간 주부로서 살며 유정수의 압박으로 그런 곳에 나갈 생각은 꿈도 꾸지 못했다. 하지만 오랜 친구 윤민주를 우연히 만나서 초대를 받았다.

설아는 기자, 신문사 사주 그리고 경성여성구락부 등의 새로운 세계에 발을 디디는 게 좋았다.

범죄심리학 강연은 팜므파탈을 숨 막히게 한다

사교구락부 건물은 중명전에서 그리 멀지 않았다. 러시아 대사관 뒤쪽 골목에 있는 자그마한 2층 양옥집이었다. 양옥집은 여러 구락부가 대관해서 쓴다고 했다.

러시아 성공회 성당처럼 로마네스크 양식의 집은 붉은 벽돌 머리에 정면에는 여러 개의 아치와 장미창이 있고, 측면에도 세 개씩 창문이 나 있었다.

설아는 민주와 함께 차에서 내려 건물 안으로 들어갔다. 인테리어는 앤틱 가구로 꾸며 고풍스러우면서 색조가 통일돼 단아했다.

설아는 가슴을 드러낸 로코코풍의 화려한 드레스를 입고 화장을 공들여서 했다.

민주는 설아에게 건물 곳곳을 안내해 주면서 다녔다.

"여기는 티파티를 준비하는 주방. 그리고 2층 응접실에서 구락부 회원들이 모여서 정례회를 가져. 자, 보자."

민주는 설아의 드레스 리본 장식과 브로치를 바로잡아 주었다.

"그래, 참 아름답다. 여자인 내가 보아도."

설아는 긴장하면서 물었다.

"민주야, 오늘이 대체 무슨 자리인데? 나 인사하는 거 말고도 행사가 또 있어?"

"널 경성여성사교구락부에 정식 신입회원으로 소개하는 자리고, 또 형사님 강연이 있어."

"형사님 강연?"

"응, 본정경찰서의 텐노 형사님이 여성피해 범죄를 예방하는 법과 범인이 범죄를 저지르는 심리를 설명해 주셔. 어렵게 모셨어. 요즘 경성에 흉흉한 일들이 많잖아. 니 남편도 그렇게……."

설아의 표정이 굳었다.

"아, 미안. 아픈 상처를 건드렸어."

"아니야. 그것보다 오늘 나 중간에 빠지면 안 될까? 신문사 일도 많고 해서."

설아는 텐노가 온다는 말에 당황했다.

"안 돼. 다들 어렵게 모셨는데, 너한테 시간 맞춰서."

설아가 우물쭈물하면서 드레스 자락을 잡고 초조해하는데, 홀의 문이 열리고 집사의 안내를 따라 노부인과 중년 부인, 젊은 부인들이 여섯 명가량 들어왔다. 집사는 민주의 가사 일을 봐 주는 중년 부인으로 설아에게 구 집사라고 자신을 소개했다.

구 집사가 설아와 부인들을 각각 자리에 의자를 빼서 앉게 했다. 그리고 티와 디저트를 순서대로 준비해 세팅했다. 구 집사가 잠시 다과를 소개했다.

"경성여성사교구락부의 회원분들께 신입회원을 소개하려 준비한 이 파티는 영국 리츠호텔의 애프터눈티를 그대로 세팅했습니다.

로열코펜하겐의 1934년 빈티지 접시에 미쓰코시 오복 과자점의 스콘과 천연 과일즙 마카롱, 불란서 과자점의 타틀렛과 프라린 그리고 홍차 블렌딩은 사과 향과 딸기 향을 믹스했습니다."

구 집사의 유려한 설명이 끝나고 민주가 설아를 소개했다.

"반설아 씨는 제 오랜 친구로 현재 반도신문사의 사회부 수습 기자로 일하고 있습니다."

설아가 조신하게 인사하고 이어서 부인들을 민주가 소개했다.

"이분은 가장 연장자이신 김나온 선생님. 친정 외할머니가 정경부인이셨고, 남편분은 대한제국 내각에 계셨다가 지금은 미승건설사의 대주주로 계시죠. 편하게 김 씨 부인이라고 부르면 돼요."

하얀 모시 한복을 곱게 입고 머리를 쪽진 자그마한 체구의 여인은 그냥 무표정한 얼굴이었다. 말도 없이 두 손을 살짝 떨었다.

"그 옆에 계신 분은 고미정 부인, 진명여학교를 나오셨으며 동경 여자 미술학교를 수료하셨어요. 남편분은 수림공업회사의 사장님으로 계십니다. 고미정 부인께서는 계열사 사업을 도와 금물점(철물점)을 종로에서 크게 운영하시죠."

고미정은 김 씨 부인이 스콘을 불쑥 집어 먹으며 가루를 흘리자 조심스레 냅킨으로 닦아주며 말했다.

"반가워요. 반설아 기자님."

설아가 입꼬리를 올리며 미소 지었다.

고미정은 큰 덩치에 꽉 끼는 드레스를 입었는데, 하이넥 카라에 촘촘하게 있는 단추를 끝까지 잠가 온몸을 감싸 답답해 보였다. 목소리는 큰 어깨와 대비되게 무척 작고 가냘프다.

"이승전 씨는 알죠? 촉망받는 영화배우로 〈청춘들의 경성〉, 〈그녀와 나의 사랑일지〉 등에 나오셨죠."

민주는 사가 밍크 볼레로를 걸친 이승전과 가볍게 서양식 키스를 나눴다.

이승전은 살구색 레이스가 겹겹이 겹친 드레스를 입었는데 확 파여 풍만한 가슴의 절반이 드러나 있었다. 현란한 제스처를 보이며 손에 낀 직경 1cm가 넘는 흑진주 반지가 돋보였다.

설아는 내심 픽 웃었다. 자랑질은.

설아는 아까부터 맞은편에 있는 안경 낀 키 작은 여성이 거슬렸다. 서른 살 언저리로 보였는데 옷은 군복 스타일의 슬랙스 슈트를 입고 날카로운 시선이 신경 쓰였다.

"윤민주 원장, 내 소개는 직접 할게요. 난, 강명애라고 해요. 여성 해방을 외치는 동시에 코뮤니즘에 경도되어 있소. 직업은 카페 여급 더하기 작가와 교사."

설아는 화들짝 놀란 눈을 했다. 카페 여급이라니? 이 자리에 어울리지도 않고, 게다가 저 남성스러운 외모는 더더욱 아니다.

강명애는 놀라는 설아를 보고 피식 웃었다.

"왜? 카페에는 해어화 같은 꽃 같은 여자들만 있는 줄 알았나? 그 여성들이 얽매인 굴레를 타파하려고 취업했지. 사실 내가 격에 안 맞는다고 구락부를 나가라는 멤버도 있었지만, 다행으로 깨인 윤민주 원장이 나를 붙들어 여기 남았지. 그리고 그 멤버가 나갔소."

남자들처럼 센 말투에 거침없는 행동은 설아의 호기심을 자극했지만, 치기로 저러나도 싶었다.

"내가 싫어하는 타입은 머리에 든 거 없이 치장하고 꾸미는 여성들.

그들은 여성의 적이요."

강명애가 설아를 직시했다. 설아는 괜히 잘 틀어 올린 머리를 쓰다듬으면서 시선을 피했다.

피곤했다. 여자의 적은 여자라더니, 생사람을 잡고 신입에게 텃세를 부린다.

차를 마시며 담소가 이어지고, 웃음소리가 들렸다.

김 씨 부인은 음식을 심하게 탐했다. 디저트를 포크를 사용하지 않고 손으로 마구 입에 쑤셔 넣었다. 설아는 격이 높은 집안의 부인이라고 들었는데 그녀의 행동이 의아했다.

김 씨 부인이 갑자기 머랭을 들어서 먹다가 설아에게 권했다. 설아는 권하는 과자를 무심코 툭 쳤다. 머랭이 바닥에 떨어져 데굴데굴 굴렀다. 설아는 어쩔 줄 몰라 하며 말했다.

"쏘리, 미안해요. 손이 미끄러워서요. 그런데, 저… 남이 먹던 거는 좀 그래서요."

김 씨 부인이 무연하고 말간 얼굴로 빤히 봤다. 고미정이 안타까운 표정으로 답했다.

"어려운 말은 잘 못 알아들으세요."

"네?"

"그런 게 있어요."

"솔직히 이런 고급스러운 회합에서 손으로 막 드시는 게 좀 불편하네요."

설아가 일침을 놓자, 이때 이승전이 차갑게 던졌다.

"티파티 문화가 흘러나온 유럽에서도 중세에는 귀족들이 손으로 음식을 먹었습니다. 자연스러운 일이죠."

설아가 반문했다.

"아니, 그때는 그때고요. 지금은 다르잖아요?"

"함부로 망신시키면 어떡하느냐는 말입니다. 좀, 조심하시지."

"네? 무슨 말씀이세요?"

설아가 대꾸하자, 이승전이 씩씩대며 차갑게 말했다.

"김 씨 부인은 신입이 함부로 대할 수 있는 어른이 아니세요. 지체 높고 덕망 있는 분이지만 여러 가정사로 쇼크를 받아 아프세요."

그제야 설아는 알아들었다. 힘든 일로 정신줄을 살짝 놓았다는 얘긴데, 신입이 첨 와서 아무것도 모르는데 그렇게 무안을 주면 되나 싶었다. 서운했다.

이때 강명애가 한 마디 던졌다.

"내가 이래서 젊은 애들 함부로 끼우면 안 된다고 한 거예요. 예쁜 거만 좋아하고, 고생 안 하려 하고, 다른 사람 돌아보지 못하고."

설아가 어이없어하며 볼멘소리로 말했다.

"저랑 윤민주 원장은 동갑인데요."

"윤 원장은 워낙 어려서 고생하고, 유학 가서도 힘들게 공부해서 사람이 됐는데, 그쪽은 아니잖아? 딱 보기에도 과한 치장과 사치."

"제가 꾸미는 데 도움 준 거 있으세요? 저도 여기 나올 때 예쁘게 보이려고 꾸민 거예요. 나 좀 나갔다 올게. 민주야."

설아가 언짢아서 구락부 연회장을 나섰다. 민주가 복도에서 가로막았다.

"어디 가려고? 너 소개하려고 만든 자리인데."

"텃세 부리잖아. 치, 주부들이 얼마나 잘났다고. 노망난 할머니는 어떻고. 그 옆의 철물점 여편네는 몸매가 완전히 악마와 거래한 대형 몸뚱이라고. 흥! 멧돼지!"

민주는 눈을 크게 떠서 설아를 심각하게 봤다.
"네가 신문사 사주인데 사람 무시하고 가리면 어떻게 일해."
"민주야, 내가 사주인 거 알았어?"
"웅, 신문에 취임식 기사 봤어."
설아는 고개를 끄덕이며 미안해했다.
"속이려던 건 아냐. 진짜 사회부 수습 기자이고."
"반설아. 넌 언니들 외모 보고 평가하지 마. 남자들이 우리한테 그러는 거 지긋지긋하지도 않니? 니가 탈출한 그 무시무시하고 냉혹한 결혼 생활, 우리보다 십수 년 더 견딘 언니들이야. 시댁에서 받는 스트레스, 남편의 냉대와 바람질, 거기에 단련된 사람들이야. 무시할 수 없어. 들어가자."
"아이고, 알았어. 들어갈게."

설아는 티파티 테이블로 가서 로열코펜하겐 블루 접시에 있는 석류를 들어서 먹으려고 했다. 고미정이 티스푼을 건네는데 설아는 고개를 저었다. 석류를 들어서 태연스레 앞니로 파먹었다.
붉은 석류즙이 입가로 흘러내리는데, 고미정이 냅킨을 건네자 사양하고 손으로 쓱 닦았다. 설아는 씩 웃으면서 자수정 귀걸이를 한 번 만졌다. 그리고 붉은 루즈를 꺼내서 발랐다.
'핏빛 보석과 잘 어울리는 성격을 당신들에게 제대로 보여주지. 후후.'

이때 구 집사가 한 사내를 데리고 들어왔다. 민주가 환한 얼굴로 그와 인사를 나눴다.

"오늘 범죄 관련 특강을 부인들에게 해 주실 텐노 마사키 형사님이십니다. 소개는 직접 해 주시죠."

부인들은 구 집사의 안내와 함께 들어서는 단정한 차림새의 형사에게 찬탄의 눈빛을 보내며 박수를 쳤다.

언제 설아에게 텃세를 부렸냐는 식의 환대였다.

텐노가 고개를 숙여 인사를 하고 자신을 소개했다.

"저는 본정경찰서 형사과에서 근무하는 텐노 형사입니다. 여기 계시는 윤민주 선생님과는 성폭력 사건 피해자 여성을 조사하면서 알게 됐습니다. 오늘은 여성범죄 특강을 해달라는 부탁에 왔는데, 아는 분이 또 계시군요. 반설아 사모님은 반도신문사의 유정수 사장님 피살사건을 수사하다 만났습니다."

부인들이 안타까운 눈빛으로 설아를 보며 놀란 얼굴을 했다. 설아는 가련한 얼굴로 손수건으로 눈가를 훔치며 고개를 숙여 시선을 피했다.

텐노는 눈빛을 강렬하게 보냈다.

"부인, 죄송합니다. 반드시 범인을 빠른 시일 내로 잡겠습니다. 지금 증거와 단서가 잡혀 거의 범인상을 좁혀놓았습니다. 범행 도구를 탐문하다 추정되는 것이 있어 조사 중입니다."

설아는 가슴이 철렁 내려앉았다.

증거를 잡았다니? 범인상이라니? 범행 도구 탐문이라니?

이어서 텐노가 강연을 시작했다.

"지금부터 제가 하는 말은 특정한 사람들의 성격을 말하고자 합니다. 이 사람들은 평범하게 보입니다. 하지만 겉과 달리 마음은 일반인과 다르죠. 범죄의식이 깃들어 있습니다. 악한 마음이 있지만 사람 좋은 얼굴로 포장했죠."

"어머, 왈짜패 같은 나쁜 남자들 말이에요?"

텐노는 이승전의 말에 고개를 저었다.

"제가 겪어본 바로는 남성의 비율이 높지만, 여성 중에도 있죠. 악질적인 범죄를 저지르는 악인을 가정해 봅시다. 이 자의 이름을 일단 남녀 불문, 사패(邪敗)라고 지읍시다."

이승전이 되물었다.

"싸패요?"

"사패입니다. 부인."

"호호, 할리우드식 예명인 '승전 리'라고 편하게 불러 주세요. 형사님."

"네, 승전 리 님. 말을 계속하겠습니다. 사패는 간사하고 야비하며, 파괴적인 성격을 지녀 간사할 사(邪)에 부술 패(敗)를 넣었습니다. 이 사패는 경성에도, 동경에도 여러 명 존재합니다. 심지어 저도 어릴 적에 당했습니다. 아주 잔인하게요."

부인들이 놀라며 한숨을 쉬었다. 고미정은 딴청 피우는 김 씨 부인의 귀를 막았다. 이승전은 손수건으로 땀을 닦았다. 구 집사는 아랑곳하지 않고 조용히 빈 찻잔에 차를 따랐다.

설아의 표정이 딱딱하게 변했다.

설아는 은접시에 비친 자신의 굳은 얼굴을 보고 얼른 가식적인 미소를 입가에 띠었다.

정신 차려야 했다. 이상하게 저 형사는 사람의 마음을 꿰뚫는 집요한 눈빛을 보낸다.

설아한테만 그러는 건지, 아니면 다른 사람을 볼 때도 그러는 건지 평소에 의아했는데, 지금 보니 알게 되었다.

그는 이승전에게는 친절한 마음을 눈빛에 담아 보냈다.

설아의 두 손에 땀이 배어 나왔다.

정말로 증거와 단서가 나온 걸까. 아직 그 칼은 꼭꼭 숨겨둬서 발견되지 않았는데.

설아는 온몸에 오한이 났다.

텐노 형사의 사이코패스와 얽힌 과거 사연

텐노는 과거를 돌이켰다. 대학병원의 외과 의사인 아버지와 가정주부인 어머니 사이에서 외동아들로 태어난 그는 유복한 어린 시절을 보냈다. 하지만 그 시절은 텐노를 봐 주던 유모가 시골로 떠나고, 인력사무소에서 소개받은 하녀가 새로 들어오면서 깨졌다.

나츠코라는 하녀는 키가 작았지만, 얼굴은 제법 나이든 태가 났다. 평소 조용한 나츠코는 매일 텐노에게 밥을 차려 주고 의복을 다려 주었다.

그녀는 말수는 적은 편이지만 한번 말하면 무척 간드러지고 친절했다. 하지만 텐노는 이상하게 나츠코의 눈빛이 싫었다. 입가는 웃고 있지만, 눈은 무서웠다. 경멸하며 화가 난 듯 보였으나 단 한 번도 그 성격을 입 밖으로는 나타내지 않았다.

게다가 나츠코는 종종 덥다면서 마당에서 옷을 입은 채로 등목을 했다. 텐노는 그녀가 덩치가 작다고 생각했는데 물에 젖어 가슴의 실루엣이 드러나자 그 크기가 무척 크다는 것을 알게 되었다.

텐노는 열두 살이었지만, 알건 알 나이라 시선을 돌리면서도 뒤에서 몰래 훔쳐봤다.

성실하고 소심한 아버지는 하녀에게 눈길도 주지 않았다.

몹시 더운 여름날, 숙제를 하다 잠든 텐노는 한밤중에 목이 말라 일어났다. 마당 우물가 옆에 있는 복도 끝 방에서 이상한 소리가 들려왔다.

나츠코의 방이었다.

그 방은 우물가로 난 장지문에 작은 구멍이 뚫려있었다. 텐노는 그 구멍에 눈을 대고 안을 훔쳐봤다.

나츠코가 상의는 캐미솔 속옷 하나만 걸치고, 손으로 치마를 들고 다리를 벌리고 있었다. 그녀는 부끄러워하면서 고개를 돌렸고, 아버지가 솜에 소독제를 묻혀서 다리 사이의 환부를 치료했다. 나츠코는 신음을 작게 내면서 다리와 허리를 뒤척였다.

텐노는 묘하게 나츠코가 교태를 부린다고 여겼다. 그리고 그 모습을 오래도록 훔쳐봤다.

아버지가 치료를 끝내고 나가는데, 나츠코가 벌떡 일어나 고맙다면서 뒤에서 끌어안았다. 아버지는 잠시 있다가 방 밖으로 나갔다. 텐노는 화가 나면서도 성기가 섰다. 그리고 기분이 무척 나빴다. 신경을 건드리는 바늘 같은 뭔가가 분명하게 있었다. 말로는 설명하기 어려웠지만, 직감적으로 불길했다.

다음날 아침, 아버지는 출근을 일찍 하셨고, 텐노에게 밥을 차려 주는 나츠코는 평소와 같았다. 어머니는 기모노에 자수를 조용히 놓고 계셨다. 달라진 건 아무것도 없었다.

석 달 뒤, 텐노의 아버지는 어머니에게 이혼을 요구했다. 요구하기 한 달 전에 나츠코는 시골집에 일이 생겼다면서 집을 나간 상태였다. 어머니는 마음에 드는 새 하녀를 구하느라 분주한 상태였는데 하늘이 무너지는 소리를 들었다.

아버지는 새로운 여인을 알게 되었다며, 첩을 두기 싫다면서 이혼을 원했다. 그 대가로 집과 다달이 텐노의 양육비를 준다고 했다.

어머니는 이름 높은 무사 가문의 장녀였다. 이혼은 안 된다고 했다.

어머니가 사람을 통해 알아보니, 아버지가 그간 외박이 잦았던 것은 병원 일 때문이 아니라 나츠코에게 집을 얻어 주고 그곳에서 잠을 잤기 때문이라는 걸 들었다.

어머니는 눈물 한 방울 흘리지 않고 하얀 기모노에 백학을 수놓는 데 집중했다. 지체 높은 귀족 집안의 의뢰로 혼례복에 자수를 놓는 중이었다.

두 달 후, 기모노를 다 완성했을 때는 아버지는 집에 안 들어오고 이혼 서류를 보낸 지 한 달이 넘었을 때였다. 어머니는 기모노를 보내고 나서 침실에서 목을 매었다.

어머니의 죽음을 목격한 텐노는 큰 충격을 받았다. 아버지와 친척들은 서둘러 장례를 치르느라 그를 돌볼 사람은 아무도 없었다.

장례를 치른 후, 텐노는 나츠코가 양육을 거부해서 친척 집에 들어갔다. 그로부터 석 달 뒤, 아버지도 강변에서 의문의 실족사로 돌아가셨다.

졸지에 텐노는 고아가 됐고, 어떻게 된 건지, 모든 재산은 나츠코의 명의로 되어 있었다.

결국 텐노는 아버지가 신탁으로 묶어놓은 학자금만 상속받고 기숙학교에 들어갔다.

텐노는 본인이 처음 겪은 범죄자를 그녀로 생각했다. 그 뒤 형사가 돼서 만난 악랄하고 잔인하며, 연쇄살인을 저지르는 범죄자들을 항상 사패로 여겼다.

나츠코와 같은 무리들.

텐노는 그들에게 일말의 동정심도, 연민도 없다. 오로지 법의 잣대로 형을 받아야 하는 무리라 생각했다.

텐노가 기억을 되살리며 여기까지 말하자, 부인들이 손수건으로 눈물을 닦으면서 텐노에게 차와 과자를 건넸다.

모두들 졸지에 악덕 여성에게 부모를 잃은 텐노를 가여워했다.

설아는 한숨을 쉬었다. 아주 자기 들으라고 이야기를 지어 노래하는 것처럼 들렸다. 처음부터 그의 눈빛은 설아를 의심하는 것 같았다.

하는 수 없었다. 단서가 잡히는 순간 변호사를 통해 어떻게든 빠져나가야 한다. 신문사의 미래가 설아에게 달려 있다.

남편을 죽인 부인이 물려받은 신문사의 신문을 누가 사보겠는가. 게다가 분명히 사회는 설아를 패씸한 천하의 악녀로 몰아 사형을 언도할 것이다.

일본인이든, 조선인이든 모든 남자가 하나같이 들고일어나 가부장제에 기어오르는 부인에게 경종을 칠 기회라 생각할 것이다.

그리고 신여성을 싸잡아서 형사가 명명한 사패나 마녀라고 부를 것이다.

텐노의 낭랑한 목소리가 이어졌다.

"그래서 저는 이 사패를 잡기 위해 제 형사 직분을 걸고서 평생을 앞장서 나갈 것입니다. 이런 사패는 거짓말에 능통하고, 성적 도덕 관념이

희박해 문란합니다. 그리고 항상 자신감에 차 있지만, 한편으로 다른 사람을 믿지 못하고, 한 가지 일에 오래도록 집중을 못 하죠. 얼굴은 아주 평범할 수도, 잘생겼을 수도 있고, 미인일 수도 있습니다."

텐노는 좌중을 둘러보며 말을 이었다.

"그리고 주변인들을 속이면서 사람 좋은 행세를 하지만 저한테는 안 통하죠. 부인들, 이런 사람을 보면 본정경찰서 텐노에게 알려주십시오. 제가 도와드리겠습니다."

강명애가 반론을 던졌다.

"좀 의아하군요. 중세의 유럽에서 이런 식으로 사람을 구분하고 마녀사냥을 해서 수많은 여성이 희생당했어요."

텐노가 무슨 말인가 싶어서 그녀의 말을 경청했다. 설아는 강명애가 그를 공격하니 시원하다는 생각이 들었다.

"가뭄, 태풍 등 악천후의 배경에 사탄과 계약한 여성들이 있다고 여긴 교회가 특수한 여인들을 지목했죠. 주로 과부거나 독신인 힘없는 여성들 그리고 재산이 있는 여성들. 그녀들이 인형으로 이웃을 저주하고, 질병을 만들어서 퍼뜨리고, 여성들의 유산 시술을 돕는다고 했죠. 그 행동들을 말레피키아라고 부르면서 화형에 처했어요."

강명애는 텐노를 직시했다.

"진실은 여성들의 재산을 가로채기 위한 교회 권력의 비열한 범죄였죠. 자, 그런 식으로 사람을 억울하게 모는 건 생각지 않으시나요?"

"지금은 중세와 다릅니다. 과학수사가 발달하고 있습니다. 앞으로 범죄와 관련된 심리학도 많은 발전을 이룰 겁니다. 마녀사냥이 아니라 특이한 범죄의식을 지닌 특수 성향의 양심이 결여된 사람을 조심하라는 말씀을 드리는 겁니다. 저와 대화를 나누고 싶으시면 언제든 연락 주십시오. 환영합니다. 이만 마치겠습니다."

드디어 강연이 끝났다.

고미정이 투박한 두 손을 거세게 마주치며 박수 소리를 크게 냈다. 다른 부인들도 감탄하면서 박수를 보냈다.

설아는 속이 타서 차를 마시는데 텐노가 마지막 시선을 설아에게 주었다. 뚫을 듯이 강렬한 눈빛이다.

설아는 그제야 태연하게 박수를 치면서 구 집사에게 마카롱이 더 있는지 물었다. 그리고 드레스 자락을 단정하게 하면서 매력적인 미소로 부인들을 둘러보았다.

"호호호. 어우, 강연이 너무 알차고 좋네요."

부인들이 설아에게 미소로 화답했다. 텐노가 돌아가고 민주가 이후 과정을 진행하기 위해 앞으로 나왔다.

"1시간 정도 티타임을 가진 후, 사격술 연마를 할 겁니다."

민주가 이렇게 말하자, 좌중의 여성들이 엷은 미소를 지었다. 모두들 반기는 분위기였다.

"민주야, 사격술이라니?"

"응, 유럽에서는 사격술은 귀족 여성들도 즐기는 취미였어. 더불어 사냥까지. 우리는 사냥을 계절마다 몇 번 나가는데 그에 대비해서 권총과 장총 연습을 꾸준히 하고 있어. 이승전 씨가 액션 영화를 찍다 아예 정식으로 사격 교관에게 배웠거든. 우리에게 제대로 가르쳐 주고 있어. 총기는 내가 사격구락부 회장님께 부탁해서 임대해서 쓰고."

설아는 조금 의아했지만, 사격을 배워두는 것도 나쁘지 않다는 생각이 들었다.

정말로 위기 시에는 칼보다는 총이 훨씬 제값을 할 것 같았다. 체력이나 힘이 남자보다 달리는 설아는 남편 사건도 약과 술로 노곤하게 만든 다음에 불시에 습격해서 가능한 일이었다.

사격술을 제대로 배워야겠다는 생각을 했다.

1시간 정도 홍차와 마카롱 등의 디저트를 즐기고 나서 구락부 건물 뒤의 마당으로 나갔다.

마당에는 두터운 대형 천막이 견고하게 쳐져 있었다. 여러 겹 쳐진 천막 안에서 방음이 된 채 사격술을 연마한다고 했다.

천막 휘장을 걷고 들어가자, 환한 전등불이 켜져 있었다.

이승전은 왼쪽 어깨만 있는 탑을 입고 밑에는 짧은 가죽 스커트를 입었다. 흡사 아마존의 여전사 같은 분위기였다. 활과 총을 쏘기에 편하게 오른쪽은 거의 장식이나 소매가 없었다.

이승전은 활동적으로 보였다. 긴 머리는 언제 손을 봤는지 아까와 달리 곱게 땋아서 위로 올려붙였다. 설아는 민주가 빌려준 활동복 바지와 셔츠로 갈아입고, 다른 회원들은 이승전처럼 사격 연마에 편한 의상을 가져와 갈아입고 천막으로 들어왔다.

이승전이 은색의 날렵하게 빠진 권총을 들고 설명했다.

"이 총은 1930년에 소비에트 연방공화국에서 만든 토카레프 TT30 반자동 권총입니다. 견고하지만 아직은 성능 개선이 필요합니다. 하지만 최신형 권총으로 강력한 발사력과 조준력을 갖췄죠. 무엇보다 명중률이 높아서 요인 암살에는 기가 막힙니다."

이승전은 이렇게 말하고 설아의 눈치를 보더니 말을 바꿨다.

"영화 속에서의 암살 말이죠. 그리고 장비는 다루는 것보다 수선하고 보수하는 게 최선이죠."

이승전은 슬라이드와 프레임 사이의 기름을 흰 면목천으로 닦아내고, 손을 보았다.

익숙하게 탄창을 끼우고, 장전했다.

이승전은 손을 들어서 민주가 세워놓은 조준대의 나무 목표물을 겨눴다.

탕!

어마어마한 총성이 설아의 귓가를 때렸다. 이승전은 반동으로 몸이 살짝 뒤로 밀렸지만, 총성에 놀라지 않았다. 도리어 강명애와 설아가 비명을 질렀다.

목표물이 뒤로 나자빠졌다. 명중이었다. 대단했다. 너른 천막 끝과 끝 사이에서 목표물을 맞힌 것이다.

이승전은 목표물인 나무 조각상을 들어 보였다. 일본 군인 조각상이었는데, 팔을 맞췄다.

설아는 살짝 웃었다.

"빗나갔어. 정확하게 머리를 겨냥했는데. 손봐야겠군. 고미정 사장님, 금물점에서 손볼 수 있을까요?"

고미정은 이승전에게 토카레프를 받았다. 그리고 바닥에 있던 자그마한 철제 상자를 테이블 위에 올려놓고 열더니, 능숙한 솜씨로 총기를 분해했다.

고미정은 절단된 리코일 스프링을 꺼내 보더니, 고개를 끄덕였다.

"스프링이 탄성이 약해져서 화약이 타기 전에 슬라이드가 뒤로 밀려요. 그래서 속력도 떨어지고, 명중률도 더불어 낮아지죠. 속력이 떨어져서 가는 방향이 아주 조금만 휘어도 목표물에서는 15㎝ 이상 벌어지니까요. 제가 스프링을 교체할게요. 일주일만 주세요."

"고맙습니다. 그럼 회원분들은 다들 이쪽으로 와 주시죠. 먼저 제가 한 분, 한 분씩 가르쳐 드리고 각자 연습 삼아 두 발의 탄환을 쏘도록 하겠습니다."

맨 먼저, 고미정이 배우고 쏘았다. 그녀는 이승전의 지시로 능숙하게 목표물을 맞혔다.

두 번째, 강명애는 소리를 지르면서도 한 번은 목표물을 빗겨 맞혀서 쓰러뜨렸다.

이승전은 설아에게 권총 쏘는 법을 가르쳤다.

"집게손가락은 방아쇠에 끼우고, 엄지손가락은 안정되는 위치에, 그리고 손잡이의 위쪽을 쥐어요."

설아가 권총을 쥐자, 이승전이 다시 고쳐 주었다.

"이렇게, 안정되게 쥐고. 처음에는 두 손으로 잡고 반동 충격을 견디지만, 나중에 한 손을 다른 데 쓰는 일도 오니까 한 손 연습도 차차 해 봐요."

"그런 일이 오다뇨?"

설아가 반문하자, 이승전이 답했다.

"사냥에서 목표물이 나한테 정면으로 달려든다고 생각해요. 얼마나 위험할지. 그때는 두 손이고, 한 손이고 상관없이 무조건 잡고 쏴야 해요."

설아는 이승전의 지시를 따라서 토카레프를 붙잡고 슬라이드를 당겨서 발사했다.

탕!

불꽃이 총구에서 피어오르면서 매캐한 탄약 냄새와 어마어마한 총성이 울렸다.

"엄마얏!"

설아는 비명을 질렀다. 이승전이 설아를 노려봤다.

"방정맞습니다. 적군이나 요인 암살에 저격수가 소리를 지르면 발각입니다. 제가 사령관이면 이런 방정맞은 저격수는 즉각 사살입니다."

"어머, 앞의 강명애 씨는 봐 주고 나는 뭐죠? 그럼 귀청 떨어지는데 어떡해요."

"집중하세요! 목표물을 눈을 한쪽을 감고 다시 보십시오. 사실 처음에는 한쪽 눈을 감고 표적을 겨냥하지만, 시각의 반을 잃어버리는 건 실전에선 위험하죠. 점차 두 눈을 떠야 합니다. 여기 장착된 것이 가늠자인데, 총구 가장 앞에 있는 가늠쇠와 일직선으로 연결되죠. 그 두 개 안으로 목표물이 겹쳐 보이는 때가 조준된 겁니다."

설아는 가늠쇠와 가늠자를 겹쳐 보며 조정했다.

"가늠쇠가 왼쪽으로 어긋나면 착탄점이 왼쪽에 모이고 위로 어긋나면 위로 모이게 됩니다. 여성의 손은 작고 악력이 작아서 더 많은 힘과 집중력을 요합니다. 총을 손에 넣으면, 사소한 실수도 생명과 직결되고, 무엇보다 '나는 강한 힘을 가진 총기 컨트롤러다'라는 마음으로 차분하게 임해야 합니다."

교관 같은 딱딱한 말투의 이승전은 정교한 자세를 요구했다. 설아는 정신을 집중했다.

일본 군인 조각상이 점차 또렷하게 보였다.

감았던 왼쪽 눈을 떴다. 상이 두 개로 보이다가 곧 하나로 겹쳤다.

설아는 그때 방아쇠를 당겼다.

탕!

동시에 꺄악! 하고 비명을 질렀다.

목표물이 뒤로 넘어갔다. 고미정이 다가가서 들어보니 정확하게 군모를 맞췄다.

"10점 만점."

고미정이 환한 웃음과 함께 목표물을 들어 보이며 말했다. 설아는 이승전을 자신 있는 표정으로 보았다.

"소리는 절대 지르지 말고 방금 전처럼 연습할 것! 굿잡! 사실 저격수는 총탄음이 강하니까 전용 귀마개를 착용하죠. 후후."

이승전은 뒤이어 말했다.

"자, 모두 장전하고 탄창 갈아 끼우는 걸 연습해 봅시다."

사격술 수업은 꽤 재밌었다. 정신 집중도 잘됐고, 무엇보다 한 발, 한 발 쏠 때마다 엄청난 파열음에 그동안 묵혔던 스트레스가 단박에 날아갔다.

살인 사건의 범인으로 밝혀질까 두렵고 기요코가 의미심장한 눈빛으로 보는 것도 두려웠다. 신문사 기자들과 강철수와 기 싸움을 벌이는 것도 벅찼다. 시아버지 유명운은 그녀를 못마땅하게 보고 어떻게든 사주에서 끌어내려서 재산을 빼앗고 쫓아내지 못해 안달이 났다는 소문도 들려왔다.

이래저래 숨이 막히는데 그 압박이 단방에 뻥 하고 뚫렸다.

설아를 옥죄는 증거들의 출현

기요코는 유정수의 서재를 정리했다. 그동안에는 설아가 얼씬도 못하게 해서 간단하게 청소만 했다. 하지만 요즘은 기요코가 어떻게 집안 살림을 하는지 관심이 없어 하기에 날을 잡아 들어가서 시간을 보냈다.

때가 묻은 법률서나 철학서에는 유정수가 교복에 교모를 입고 찍은 사진과 편지, 돈 등이 들어 있었다.

"아이고, 도련님……"

기요코는 사진을 보며 눈물을 훔쳤다. 마른 수건으로 눈가를 훔치고 서랍 속을 열어 보았다. 생전 그의 깔끔한 성격대로 하나도 흐트러짐 없이 정리돼 있다. 기요코는 책상 위의 먼지도 꼼꼼하게 닦아내고 서가의 책들도 일일이 꺼내어 총채로 먼지를 한 번씩 털었다.

그런데 뭔가가 이상했다. 뭐 하나가 없다는 느낌이 강하게 들었다.

그게 뭘까.

고인이 된 유정수의 옷가지만 정리해서 아랫사람을 주거나 했지, 이 방의 책들은 내가지 않았다.

책상 위의 스위스 명품 탁상시계가 금색 구슬을 또르르 굴리면서 초침 소리를 냈다.

분명히 있던 게 하나 빈다. 확실하다.

기요코는 머리를 갸우뚱하다가 책상 안쪽에 있는 의자에 앉아서 곰곰이 생각해 봤다.

아!
기요코는 책상에서 바로 보이는 벽면의 색이 약간 검게 변한 것을 알아차렸다.
사모님의 친정집에서 결혼할 때 혼수로 보냈던 명품 쌍둥이 검이 사라졌다. 칼날이 교차해서 걸려 있던 검. 그 두 개가 흔적도 없다.
어디로 갔을까.
기요코는 얼른 물건을 모두 제자리에 두고 수건과 총채를 들고 아래층으로 내려왔다. 강철수에게 당장 전화를 걸어서 상의할 일이 생겼다.

그날 설아는 신문사 일로 퇴근이 늦었다. 그 시간에 기요코는 강철수가 모는 차를 타고서 경찰서로 향했다.
이건 중대한 단서이다. 이걸 반드시 말해야 한다.
떠나기 전에 전화를 걸어 보니, 마침 경찰서에는 사건 담당 형사가 자리를 지키고 있었다.
강철수가 차를 운전하면서 기요코에게 물었다.
"그러니까, 반설아 사장님 친정에서 혼수로 가져온 두 개의 검이 없어졌다는 거죠? 장식용 검이요."
"분명히 아는데, 장식용은 아닙니다. 제가 한 달에 한 번꼴로 내려서 칼날을 닦고 점검하는데 어찌나 잘 벼려놨는지, 손가락이 벨 정도예요. 보통 검은 아녔다고요."
"의미심장하군요. 그 두 개의 칼이 사장님이 그렇게 가신 후에 사라지다니."

"이걸 본정경찰서 형사님한테 직접 말하고 싶어요. 알다시피 전화는 교환원들이 통화 시간을 측정하기 위해 도청하는 형편이잖아요."

강철수는 백미러로 기요코와 눈을 마주치며 고개를 크게 끄덕였다.

"어서 갑시다, 집사님. 분명하게 말해 줍시다."

잠시 후, 경찰서 사무실에서 이들과 깊은 대화를 나눈 이시하라는 기요코에게서 검을 세밀하게 묘사한 그림을 받았다.

"제가 종종 수건으로 칼을 닦아서 아는데, 손잡이에 마름모 테두리에 네모가 들어있는 게 조각돼 있어요. 그리고 네모 안에 화살촉이 있고 백합꽃이 그려져 있어요."

이시하라는 그림을 보며 기요코의 설명을 추가로 들었다.

"좋습니다. 그리고 같은 모양의 검이 두 개라는 거죠?"

"네, 맞아요. 길이는 4~50㎝ 정도 될까요? 집 안에 어디 감추려고 해도 눈에 띄었을 텐데. 아마 혹시 흉행에 쓰고 어디다 갖다버렸을까요?"

"반설아 사장님을 왜 그렇게 의심하죠?"

"솔직히 다 아시잖아요!"

강철수가 옆에 서 있다가 대신 답했다.

"사장님께서 돌아가시고 가장 큰 이익 얻은 사람이 사모님 아닌가요? 재산 물려받고, 신문사 사주 되고, 지금은 무슨 경성여성구락부인지 뭔지 사교계에도 나가고 바람이 제대로 났다고요. 조만간 남자들도 달라붙을걸요? 얼마나 신나요. 경성에서 여자가 그렇게 살기가 쉽습니까?"

이시하라는 칼 그림을 유심히 보면서 코를 찡긋거렸다. 뭔가 깊은 생각을 하는 듯 낮게 하이쿠를 읊조렸다.

기요코와 강철수는 그 모습을 조용히 지켜보았다.

"집 안에 검을 숨길 만한 데는 있나요?"

강철수는 고개를 젓고, 기요코가 잠시 생각하다 말했다.

"집에 이러저러한 서류와 돈을 보관하는 금고는 서재에 있어요. 그 금고는 사건이 있던 날 10만 원 정도의 돈과 금괴와 함께 털렸죠. 안이 깊어 들어가기는 하겠는데, 지금은 반설아 사장님만 열어 보죠. 저는 원래부터 볼 수 있는 권한이 없어요."

"그런 데다 보관을 했을 수도 있겠군요. 다른 금고는 없습니까?"

기요코가 생각하다 답했다.

"대대로 내려오는 보석이나 미술품을 보관하는 금고 방은 있지만, 칼은 없어요. 그리고 제가 관리하니 거기다 두지는 못할 겁니다."

"형사님, 영장을 받아 샅샅이 수색할 수는 없는 겁니까?"

강철수의 말에 이시하라가 고개를 저었다.

"단서가 없어요. 하물며 반설아 씨는 신문사 사주입니다. 피해자 가족이고요. 힘들죠."

"유명운 어른한테 힘써 달라고 할까요."

"좋은 방법은 아닙니다. 일단 저에게 맡겨주시죠."

기요코가 두려운 얼굴로 사정했다.

"형사님, 사장님이 우리 여기 왔다는 거 알면 진짜로 큰일 나요."

"압니다. 비밀로 하겠습니다."

"부탁드립니다. 우리 둘의 밥줄이 걸려 있어요."

강철수는 이시하라의 두 손을 잡고 간절히 부탁했다.

이시하라는 둘이 돌아가고 나서 마침 맡고 있던 사건철을 열었다.

그는 일주일 전 본정 뒷골목 하숙집에서 일어난 카페 여급 살인 사건을 수사 중이었다. 30대 여성이 강간당하고 칼에 맞은 후 목 졸려 죽었다.

이 사건의 범행 도구는 하숙집 인근 개천에서 어제 발견됐다. 피와 지문은 물에 쓸려 씻겨 나갔다. 유심히 살펴보니 일본 무사들이 쓰는 단도이다. 이시하라는 지금 이걸 알아보러 갈 데가 있었다.

그는 기요코가 그리고 간 그림과 범행 도구, 사건철 등을 행낭에 조심스레 챙겼다.

이때 밖에 수사하러 나갔던 텐노가 들어서면서 물었다.

"경부님, 강철수 씨 나가는 걸 봤는데 무슨 일 있습니까?"

강철수는 텐노가 경찰서로 불러 유정수 사건과 관련해서 조사한 적이 있었다.

"아니, 그냥 사건 진척이 있는지 알아보러 왔을 뿐이네."

이시하라는 이 일을 비밀에 부치려고 작정했다.

"나는 하숙집 살인 사건 수사하러 나가볼 테니 서장님이 물으면 그렇게 보고하게나."

"네. 알겠습니다. 사건의 실마리는 좀 찾으셨는지요."

"아직 확실한 건 아니지만, 일단 단독 수사해서 알아보고 말해 주겠네."

"네, 경부님."

텐노는 이시하라가 급히 나가는 뒷모습을 지켜봤다. 단독 수사는 형사들끼리도 정보를 극비에 부쳐야 할 때, 혹은 정보원의 신분이 노출되면 안 될 때에 종종 하게 된다.

뭔가 싶어 의아했지만, 텐노는 이시하라가 말해 주기 전까지 기다리기로 했다.

텐노의 짐작으로는 범행 도구와 관련해 알아보고 다니는 것 같았다. 그래서 반설아를 여성구락부 특강에서 만났을 때 도구와 관련해서 단서를 잡았다고 하며 간을 본 것이었다.

이시하라는 청계천 부근의 허름한 가게 중에서 일본도를 전문으로 파는 가게를 알고 있었다. 잡화와 고물 그리고 골동품을 파는 곳인데 이시하라가 종종 수사하다 들르는 곳이기도 했다.

물 흐르는 소리를 듣고 오줌이나 쓰레기 등 오물 냄새를 맡으면서 한참 천변을 걸었다.

천변에 있는 상점 거리가 나왔다. 여러 가게들 중에 '新新 雜貨(신신 잡화)'라 적힌 가게의 문을 열었다.

드르륵 소리와 함께 문이 열렸다. 머리가 하얀 노인이 안에 있다가 천천히 나왔다.

"어서 오십시오."

"어? 여기 마쓰무라 사장은 어디 갔습니까?"

"그 양반 일본 들어가서 제가 가게를 인수했죠. 흠흠."

노인은 손에 잘 벼린 전통 일본도를 들고 진열을 하고 있었다.

"그럼 도검에 대해 잘 아십니까? 저는 본정경찰서의 형사과에 근무하는 이시하라 형사입니다."

노인이 눈빛에 걱정을 담아 물었다.

"무슨 일인지요?"

이시하라는 행낭에서 범행 도구인 단검을 꺼내 보였다. 그리고 사건 철도 열어서 감식 사진을 보여 주었다.

"본정에 있는 하숙집 여인 살인 사건 도구입니다. 이런 검을 사려면 어디로 가야 하는지요? 이 검이 이 여인의 몸에 자상을 낸 거로 보입니다. 이런 칼은 여기서도 팝니까?"

노인은 감식 사진과 칼을 번갈아 유심히 살폈다.

"가만있자, 메누키[목관(目貫): 도신을 고정하는 부품이자 장식품]를 보니 이건 오카야마 지방에서 만들어진 것 같군요."

"전통 도검을 많이 만드는 고장이잖습니까?"

"네, 형사님. 명품도 많이 만들지만, 잡화점에 파는 이런 단도도 만들죠. 오래전엔 무사들이 지니는 단도였지만, 지금은 장식품으로 사거나 호신용으로 구매하기도 한답니다. 이런 단검은 흔해서 출처를 캐지 못하겠지만, 가만있자……. 츠키마키[병권(柄卷): 칼자루에 미끄러지지 않게 감는 끈를 이렇게 덧대는 도검은 많지 않습니다. 손에 잘 잡히도록 가게 주인들이 다시 덧대기도 합니다. 손님들의 요구에 따라서요."

"어떤 가게에서 츠키마키를 이렇게 두 번 덧대서 파는 겁니까?"

"제가 알기로는 종로에 교구금물점이라는 가게가 있는데 거기 가서 한 번 알아보십시오."

"알겠습니다."

이시하라는 행낭에 단검을 챙겨 넣고, 이번에는 기요코가 그린 쌍둥이 검을 보였다.

"어르신, 이런 검을 본 적이 있습니까? 아마도 상당한 명품 검으로 보이고, 장식용으로 쓰일 정도로 유려하지만, 실제로 칼날이 상당한 검이랍니다. 두 개의 검이 모양이 똑같고 손잡이에 그림과 같은 마름모에 네모, 그리고 그 안에 화살촉과 백합이 그려져 있다고 합니다."

이시하라는 유정수 사건의 감식 사진도 같이 보여 주었다.

노인이 그림을 들고 돋보기를 가져다 대고 사진과 그림을 유심히 들여다봤다.

"이 남자는 이 칼로 상처를 입은 게 맞군요. 제가 도검을 연구할 때 죽은 사람의 유골에 난 상처도 보고서 칼이 인간에게 미치는 힘의 세기도 연구했죠. 그리고 소인은 한 번 본 도검은 잊지 않죠. 이 그림의 칼을 본 적이 있습니다. 쌍둥이 검입죠."

이시하라는 손을 살짝 떨었다. 이처럼 수사하다 사건의 진실에 접근할 때, 그는 오금이 저리면서 전율에 떨곤 했다.

그만큼 형사들에게 범인을 찾는 길은 무척이나 힘들고 값지며, 한편으로는 짜릿한 기쁨을 선사한다.

"사실 제가 이런 허름한 가게나 인수하고 앉아 있지만, 오래전부터 미쓰코시백화점에서 수입 잡화점을 열어 여러 물건을 상류층 고객들에게 판매했죠. 서양인들은 일본 무사의 전통 도검을 원했습니다. 고국에 돌아갈 때, 기념품으로 구해 갔죠. 비싼 값을 치르고 오래된 명품 일본 무사도를 사간답니다."

이시하라는 잠자코 그의 말을 집중해서 들었다.

"10년 전 즈음에 제가 다마스쿠스 검이라고 명품 쌍둥이 검을 판 적이 있습니다. 인도산 철로 만든 명품으로 쇠나 돌도 뚫을 수 있다는 엄청난 강도의 칼이라오. 쇠를 꿰뚫어도 칼날이 절대로 상하지 않지요. 이 손잡이 문양을 보니 기억이 확실합니다."

노인은 그림을 손가락으로 더듬어 가리켰다.

"잔 다르크 가문의 문양인 화살촉과 백합 그리고 소유주인 여성을 상징해서 마름모꼴 안에 네모가 새겨져 있습니다. 제가 취급한 물건이 맞는 것 같습니다. 허허. 새삼 추억이 돋는군요."

노인은 회한에 찬 얼굴로 말을 이었다.

"사실 수입업자한테 이끌려서 도박장에 가 보지만 않았더라면 지금도 이런 명품을 취급했을 겁니다. 하지만 지금은 보다시피. 그래도 이 비슷한 칼을 복제품으로 가지고 있습니다. 잠시 기다려 보시죠."

노인은 가게 뒤의 휘장을 열고 들어가더니 잠시 후 쌍둥이 양날 검을 가지고 나왔다. 이시하라는 두 개의 검을 들고 유심히 살폈다. 손잡이에 문장은 없지만, 그림의 검과 흡사했다.

"그림의 검과 비슷하죠? 물론 이건 복제품이고, 소장자가 남긴 독특한 문장은 없죠."

"그럼 이 그림 속의 물건을 누구에게 팔았습니까? 살인 사건의 중요한 단서가 될지 모릅니다."

"후후, 이름은 밝히지 않은 조선의 명문가에서 샀는데 다만 성 씨는 반 씨라고만 했습니다. 그 당시 연락처를 적어둔 장부는 여기 오면서 오래된 것은 폐기해서 없습니다. 반 씨라는 성이 독특해서 그것만 기억합니다. 나중에 혼수로 보낸다나요."

이시하라는 반설아를 바로 떠올렸다. 반설아가 시집오면서 들고 온 물건이고, 유정수의 서재 벽에 걸려 있다. 그가 살해당하고 나서 갑자기 사라진 칼이다. 분명히 반설아가 의심스러웠다.

만약에 강도가 그 검을 우발적으로 들어서 유정수를 해치고 도망갔다면 어딘가에 버렸을 것이다. 들고 다니기에 거추장스럽고 발각되기 쉬우니까. 하지만 지금도 전혀 발견되지 않고 있다.

따라서 그 검은 집안의 내부 사람이 작정하고 숨긴 것이다.

"잘 알았습니다. 이 복제품을 빌려 가도 될까요. 조만간 돌려드리죠. 수사에 중요합니다."

"알겠습니다. 그런데 형사님, 나중에 법정에서 증언하라고 하실 겁니까? 저는 잘 모르는 일이니 그건 못합니다."

"하하, 걱정 마시오. 그런 일은 절대 없으니까. 노인장 고맙수다."

이시하라는 그림과 행낭 그리고 노인이 가죽 자루에 넣은 쌍둥이 검을 챙겨서 가게를 나왔다. 노인은 반드시 검을 나중에 돌려달라고 부탁하며 가게를 따라 나왔다. 이시하라는 굳게 약속하고 경찰서로 향했다.

이제 반설아에게 긴밀한 연락을 하는 일만 남았다.

이시하라와 한판승을 벌이는 그녀, 누가 승자인가

그날 오전 중에 강철수가 설아에게 한 가지 소식을 보고했다. 유명운 명예회장이 설아의 사주 권한을 빼앗을 소송을 준비 중이라는 소식이었다.

사실 강철수는 유명운과 종종 연락을 주고받았다. 그의 아들인 유정수를 모실 때도 그랬다. 지금은 반설아의 활동을 보고한다.

유명운은 그에게 자신이 사장 자리를 뺏을 소송을 준비한다고 운을 떼라 했다. 반설아가 어떻게 나오는지 살펴보고 싶었다.

아님 겁을 줘서 스스로 나가게 한다든가.

강철수는 유명운이 보낸 내용증명 서류를 건넸다.

회사 부채가 얼마이고, 이익이 얼마인데, 이런 현안을 반설아가 경력이나 학력, 능력 없이 해결할 수 없다는 내용의 서류였다. 설아는 한숨을 쉬고 일단 화장대에 내용증명을 올려놓았다.

기분이 안 좋았다. 그때 기요코가 와서 전화가 와 있다고 했다. 설아는 접견실로 나가서 전화를 받았는데 이시하라였다.

순간 긴장했다.

"여보세요, 사장님? 저는 이시하라입니다."

"네, 경부님. 말씀하세요. 반설아입니다."

"단서를 찾았습니다."

설아는 기요코에게 아무렇지 않은 얼굴로 태연히 전화를 받았지만, 속이 타고 손에 진땀이 났다.

"무슨 단서죠?"

"이상하군요. 보통 제가 이렇게 말씀을 드리면 피해자 유족들은 범인이 누구냐고 대뜸 묻던데요. 안 궁금하신가요?"

설아는 하마터면 유도 질문에 넘어갈 뻔했다. 기요코 보고 접견실에서 나가달란 손짓을 했다. 기요코가 나가자 설아는 천천히 대답했다.

"그거야 단서를 먼저 말씀 꺼내셔서요. 제가 이래 봬도 신문사를 총괄하고 사회부 기자로 일한답니다."

"그러시군요. 약속을 잡고 긴한 말씀을 드리고자 합니다."

"좋아요. 경부님 마음대로 장소를 정하세요. 제가 시간 내볼게요."

"좋습니다."

다음날 이시하라가 불러낸 자리는 무척 작은 선술집이었다. 테이블 위에는 파전과 막걸리가 놓여있었다.

설아는 긴 슬릿이 있는 드레스 사이로 검은색 스타킹을 신은 다리를 드러냈다. 하얀색 힐이 돋보였다. 이시하라가 눈길을 주었다.

"자리가 좀 좁네요."

설아는 그렇게 말하면서 이시하라의 허벅지에 은근하게 무릎을 갖다댔다.

"증거를 잡으셨다는 게 뭐죠?"

이시하라는 막걸리를 입에 털어 넣고 씩 웃었다.

"일본인인데도 정종보다는 이게 입맛에 맞습니다. 후후."

설아는 주전자를 들어서 호호 웃으면서 다정스레 잔을 채웠다.

"지난번 하숙집 여인 살인 사건을 캐느라, 범행 도구를 들고 청계천의 무사도 전문 가게에 갔죠. 주인이 머리가 하얀 노인으로 바뀌어 있더라고요. 근데 그 노인장이 일본도의 장인이더란 말이죠. 하숙집 사건의 칼도 단번에 어디를 가서 물어보라고 알려 주더군요. 그래 거기서 유정수 사장님 사건 감식 사진도 보여 줬는데, 그 칼자국은 아주 독특한 제품의 자국이라고 단박에 알더란 말입니다."

이시하라는 기요코와의 약속대로 칼의 그림을 그려준 걸 비밀에 부쳤다.

눈빛이 잠시 떨리면서 설아는 시선을 내렸다.

"중동에서 건너온 칼로 오해하지만, 사실은 인도산 철로 만들어진 명품으로 엄청난 강도의 칼이랍니다. 그런 무지막지한 칼로 사람을 담가 놨으니, 그렇게 단방에 가도 할 말이 없죠. 여자의 가녀린 체구와 체력으로도 그 날카로운 칼을 들었다면 충분히 실행 가능한 일입니다."

설아는 무연하게 이시하라를 봤지만 속은 이글이글 타올랐다.

"그 칼은 다마스쿠스 칼로 자신이 여기 종로 가게를 인수하기 전에 미쓰코시백화점에서 반 씨 가문에 판 물건이라고 했죠. 10년 전의 일이라지만, 그 칼이 워낙 독특한 명품 칼이라 기억이 난답니다. 잔 다르크 가문 문양이 손잡이에 세공된 보검이라지요. 반 씨는 희귀한 성이라서요. 누군지 조사하면 금방 나옵니다. 혹시 아시는 분이 계시는지요?"

설아가 얼굴에 웃음을 띠었다. 그리고 이시하라의 손을 어루만지면서 질문했다.

"그럼 반 씨 가문이 샀다는 칼로 돌아가셨다는 건가요? 그걸 강도가 들고 갔고요."

"정리를 직접 해 주시네요. 아님, 집에서 감춰두고 있던가 말입죠. 칼의 출처를 사장님 친정집에 물어봐도 되겠습니까? 조만간에 압수수색 영장을 받으려고요."

설아는 잠시 온몸이 굳었지만, 이내 손으로 이시하라의 손등을 어루만졌다. 조심스레 쓰다듬으면서 미소를 은은하게 지어 보였다.

"원하시는 게 있나요? 코르셋을 너무 조였나. 답답하군요."

설아는 가슴 부분의 레이스를 끌어당겨서 젖무덤이 드러나게 했다. 그리고는 다리를 꼬아서 슬릿이 벌어지게 했다. 손은 이시하라의 손에서 팔뚝으로 옮겼다.

이시하라는 부드럽게 설아가 쓸어내리는 손길을 거뒀다.

"난, 돈을 원합니다. 사건을 덮고 조용히 지내죠. 어차피 3년 후에는 퇴직이라 승진도 관심 없습니다."

설아는 진지했다.

"얼마를 원하시죠?"

"만 원입니다."

만 원이면 큰 기와집 한 채 값이었다.

"저보고 횡령을 하라는 말씀인가요? 신문사가 빚더미예요. 사실은."

"경영은 제 알 바 아니고, 사모님 치장하시는 보석 같은 거나 채권이나 주식을 처분하면 그 정도는 가능치 않나요?"

설아는 얼굴에 근심을 보였다. 이번 돈으로 끝날 사람이 아닌 것 같았다.

설아가 무릎으로 허벅지를 스치며 그를 유혹했지만, 눈빛이 변하지도 않았고 관심도 없어 보였다. 설아는 그동안 이시하라의 친절함이 자신의 미모와 부드러움 때문이라고 생각했는데 아니었다. 그냥 몸에 의식적으로 밴 것이었다.

그리고 지금은 오로지 돈을 원하는 것이다.

"만약 제가 이 사실을 신문사 명예회장님한테 들고 가면 어찌 되죠?"

이시하라가 막걸리를 털어 마시고 툭 던졌다.

유명운의 귀에 이 사실이 한 조각이라도 들어가면 가뜩이나 소송 중인데, 모든 걸 잃는다.

"할, 할게요. 대신 돈을 받을 날짜와 장소는 제가 정할게요. 은밀히 해야 하니까요."

"후후, 좋습니다. 저는 가정적인 사람이라 돈 말고는 관심 없으니 여관에서 만나도 괜찮습니다. 믿으시죠."

설아는 한숨을 쉬었다. 돈을 구하는 것 그리고 이 능구렁이 형사가 죽을 때까지 어떻게 입막음을 할지도 걱정이었다.

남편을 죽이고 강도를 위장하기 위해 꺼낸 돈이나 금괴는 행여나 결정적인 증거가 이시하라에게 확실하게 잡힐까 봐 여기서 함부로 건넬 수 없었다.

처음으로 죽은 남편의 얼굴이 떠올랐다.

그 인색한 양반은 이런 경우에 어떻게 처리했을까. 살아 있으면 이런 일을 막아 줬을까.

하긴 그 사람이 가고 이런 일이 벌어지는 인과관계니 절대로 막아 줄 일은 없다.

기요코는 루비 세트를 구세군에 기부한 일로 더는 미술품이나 보석을 설아에게 보여 주지 않았다. 회사 주식 등 공공 재산도 함부로 처분이 어렵다. 산더미 같은 결재 단계가 있다.

사주라고 해도 쉽게 할 수 있는 일이 아니다.

설아는 마음이 복잡했지만, 이시하라와 헤어지고 당직을 서려고 신문사로 왔다. 수동이가 설아에게 커피 한 잔을 갖다 주었다. 그녀는 고맙다고 팁을 주었다.

박 기자가 저만치서 있다가 수동이가 가고 나서 귀띔을 했다.

"쟤가 저리 덩치가 작고 어려 보이지만 열다섯이나 먹어서 사내입니다. 사장님."

박 기자는 신문사에서는 설아를 사장이라고 부르며 존대했다.

"알고 있어요."

"우리 동네에서 살던 녀석인데, 남의 자전거를 타다 순사한테 잡혀가고, 그러다 남의 오토바이를 타다 또 잡혀가고, 나중에는 남의 자동차를 몰다 잡혀가고 형무소에 들어갈 마당에 내가 여기 취직시켰죠."

설아는 고개를 끄덕였다. 어려서 생업 전선에 나온 소년 중에는 길거리 왈짜패 출신이 많다고 들었다.

"부모님이 돌아가셨나요?"

"아뇨. 아버지는 오토바이 수리공인데 어디론가 가버렸고, 어머니는 동네에서 일식 우동집을 하는데, 술만 마시면 저 녀석을 쥐어 패고 꽃문신을 지운다고 했다가 다시 그 자리에 다른 거로 하고 그러죠. 한마디로 집안이 망종이죠."

경성의 일본식 우동집은 겉만 우동을 판다고 했지, 내실에는 여자 종업원이 딸린 유흥주점이다.

"가만있자. 수동이가 운전을 한다고요?"

"그렇습니다. 사장님, 여기 내일 자 초판 나왔습니다. 훑어보시죠."

"네, 고마워요."

설아는 초판 기사를 훑었다. 감수를 끝내면 재판을 찍어서 새벽에 배달하게 된다. 가끔은 특종이 들어오면 호외로 삼판도 찍는다.

설아는 머리에서 생각을 굴리다 계획을 세우게 됐다. 복잡한 머리가 시원하게 뚫렸다.

진화하는 사패의 살인 사건은 막을 수 없다

며칠 후, 설아는 카키색의 바바리코트로 온몸을 감싸고 검은 클로슈를 깊게 눌러서 얼굴을 가린 채로 달빛 아래 숲속에 서 있었다.

설아는 조금 긴장했다. 보스턴백을 쥔 손에 땀이 뱄다. 유정수 때와는 달랐다. 집에서 욕조 속의 남편은 긴장이 풀려 이완했고, 수면제 성분이 든 술을 먹어서 나른하게 했다.

따라서 설아가 불시에 달려들어 도구로 죽이는 게 가능했다.

하지만 상대방은 형사이다. 그것도 노련한 경륜이 있는 형사. 나이가 많다고 해서 질 턱이 없다. 남자와 여자는 근육이나, 몸의 구조나, 힘의 세기가 확연하게 다르다. 더군다나 설아는 체구가 가냘프고 운동도 많이 하지 않았다.

경성에서 외국인들이나 사교구락부 여성들 아니고서는 체력 단련을 한다는 게 쉬운 일이 아니다.

신여성들은 슈트나 드레스에 구두를 신고 거리를 걷기도 힘들어서 차나 인력거를 탄다. 설아가 최근에 경성여성구락부에서 사격술 등을 배웠지만 기간이 얼마 되지 않는다.

어떻게 해야 할까.

설아는 숲속 한가운데 너른 반석에 앉아서 보스턴백을 가슴에 품고 생각을 거듭했다.

그냥 어디론가 떠나버리면, 그렇다면 아무 일도 없이 잘살 수 있지 않을까.

하지만 갈 곳은 없었다. 한 번도 경성이 아닌 다른 데서 살아본 적이 없고, 어떻게 직업을 찾고 살며, 어떤 사람과 교분을 맺는지 그 방법조차 몰랐다.

여성들은 교육도 결혼하면 중단하고, 오로지 시집 식구들 사이에서 남편이 준 돈으로 살림을 한다. 자녀 교육도 시댁과 남편의 결정에 따르고, 사회생활은 특수한 경우가 아니면 하지 못한다. 배워 놓은 지식이나 기술도 없다.

살아갈 방도가 없다. 설아는 결심했다. 여기서 멈출 수 없다.

그것은 내가 죽는 것을 의미한다.

숲을 헤치고 들어오는 바스락거리는 소리가 들렸다. 인기척에 설아는 떨렸지만, 마음을 담대하게 가졌다. 작은 불빛이 점차 흔들리면서 가까이 왔다.

"이시하라 경부님?"

"반설아 사장님이십니까?"

"네, 맞아요."

이시하라는 손에 든 랜턴으로 설아의 얼굴을 비췄다.

"아니, 북한산 자락은 오시기 힘들지 않았습니까? 저야 개인 차량으로 왔습니다만."

"운전사가 있는걸요. 내가 돌아오기를 기다려요. 차는 어디에 두셨어요?”

"걱정 마세요. 숲 안쪽에 안 보이는 곳에 뒀습니다.”

설아는 남들 눈도 있으니 여관보다는 산자락으로 약속 장소를 바꿨고 차도 안 보이는 길목에 두라고 했다.

이시하라가 설아에게 다가와 그녀가 든 백을 유심히 봤다. 설아는 백을 내려놓고 손을 내밀었다.

"각서는 써 오셨죠? 저의 범행 증거를 다시 캘 때는 계약 위반으로 제가 드린 돈의 10배는 토해내셔야 한다고요.”

이시하라는 재킷에서 흰 봉투를 꺼냈다. 형사재판으로 설아가 법정에 서도, 설아는 이시하라에게 각서로 민사재판을 걸 수 있다.

이시하라가 내미는 봉투를 설아가 받았다. 봉투에서 서류를 빼서 읽었다. 이시하라는 랜턴을 들어 빛을 비춰 주었다.

"됐어요. 이걸로 계약이 성립하는 겁니다. 혹시 몰라서 말하는데 텐노 형사님도 이 일에서 손 떼고 수사는 깔끔하게 종결해 주세요.”

"네, 알겠습니다.”

설아는 보스턴백을 들어서 이시하라에게 넘겼다. 그가 랜턴을 바닥에 두고서 백을 열어서 안을 살펴보는데, 설아가 슬그머니 코트 자락을 들고 다리에 찬 가터벨트에서 다마스쿠스 칼을 꺼냈다.

설아는 두 개의 칼을 양손에 쥐고 이시하라의 등 아래 허리를 동시에 양쪽에서 깊숙이 찔렀다. 푹 소리와 함께, 두 개의 칼이 꽂힌 이시하라가 몸을 부르르 떨면서 앞으로 고꾸라졌다. 그는 비명을 지를 겨를도 없이 고통에 겨워 몸부림치며 대굴대굴 굴렀다.

설아는 얼른 그에게 달려들어 목에 두른 스카프를 풀어서 이시하라의 목을 칭칭 동여맸다. 그리고 손으로 스카프를 힘주어 당겨서 그의 목을 졸랐다. 무릎을 그의 가슴팍에 대고 지탱하면서 온 힘을 주었다.

이시하라는 처음에는 격렬하게 저항했지만, 점차 출혈이 심해지자, 눈을 감고 정신을 잃었다.

설아는 이시하라의 떨림이 멈출 때까지 두 손의 힘을 풀지 않았다. 그의 경동맥에 손을 대 보고 코에 손바닥을 대 보아서 맥박과 호흡 등의 반응이 없자, 그제야 일어났다.

설아는 두 다리가 휘청거렸다.

바바리코트와 손이 피범벅이 되었다.

설아는 손바닥에 묻은 이시하라의 피를 얼굴에 일부러 묻혔다. 이제는 되돌아갈 수 없다. 두 명씩이나 직접 죽인 것이다.

소녀 시절에 자신의 거짓말로 한 남성이 자살하기는 했지만, 이제는 연쇄적으로 살인을 한 것이다.

이유는 하나이다.

반설아, 자신이 살기 위해서.

자신을 위해서, 손에 쥔 재산과 자유를 획득하기 위해서 살인을 한 것이다.

설아는 얼른 일어났다. 여관에서 만나자고 한 이시하라를 세간의 눈이 두렵다고 숲속으로 불러낸 것은 참 잘했다고 생각했다.

설아에게는 용기와 결단력, 순간적인 공격력은 있지만, 남자의 시신을 들고 갈 힘은 없었다. 만약 그런 힘이 생긴다면 어떨까 하는 생각을 하면서 숲 안쪽으로 이동했다. 나무 둥치에 숨겨둔 또 다른 보스턴백을 끄집어내서 남성 기모노를 꺼내 가방에 걸쳐뒀다.

수수하고 문양도 거의 없는, 상점 주인들이 입을 법한 회색 하오리와 바지였다. 남편이 집에서 종종 입던 옷이었다. 이시하라의 목을 조른 스카프는 백에 넣었다.

설아는 클로슈를 벗었다. 긴 머리를 틀어서 묶고는 보스턴백에서 꺼낸 커다란 중절모를 눌러썼다. 얼굴을 반쯤 가렸다. 목격자가 있다면 일본인 남자로 보길 바랐다.

설아는 피에 물든 바바리코트를 벗었다. 안에는 속옷도 입지 않았다. 하얀 나신이 랜턴 빛에 드러났다.

구두는 사이즈가 큰 게다로 갈아 신었다. 준비해 온 물수건을 꺼내서 손과 얼굴의 피와 이시하라가 죽을 때 들고 있던 보스턴백의 피를 깨끗하게 닦았다.

그리고 검의 피를 닦아내었다.

랜턴 빛을 비춰서 손거울로 보니 얼굴 핏자국은 조금 남았지만, 그래도 밤이라 잘 눈에 띄지 않을 것이다. 피 묻은 백은 이제 검과 함께 국화와 사자 문장이 그려진 금고에 집어넣을 것이다.

설아는 바바리코트를 잘 개어서 종이봉투 안에 접어서 넣고 백에 넣었다. 이 옷도 금고 안에 칼과 함께 보관하고자 했다. 손수건을 빼서 다마스쿠스 칼의 날을 한 번 더 깨끗하게 닦았다.

칼날은 말라붙은 피와 오늘 새로 묻은 피로 희미하게 얼룩졌다.

설아는 칼을 손수건으로 싸서 가방 안에 넣고 자물쇠를 걸었다. 이 모든 일을 맨몸으로 처리하고 나서야 하오리를 입고 바지를 걸쳤다.

가방을 들고 숲속을 빠져나갔다.

산에서 내려와 주차해 둔 차로 걸어갔다. 닷지 차를 미리 사환 아이 수동을 시켜 렌트했다. 수동은 길거리에서 알게 된 왈짜패에게 돈을 건네고 차를 빌려오게 했다. 그러고 나서 수동이 운전해서 설아에게 차를 넘겼다.

설아는 그동안 박 기자 어깨너머로 운전하는 걸 눈여겨보고 배우기도 해서 여러 번 해 봤다. 그렇게 어렵지 않았다. 가끔은 공터에서 직접 몰아 보았다.

하지만 박 기자는 설아가 혼자서 운전을 할 수 있다고는 생각지 않을 것이다. 운전할 때 늘 자신이 보조석에 있었으니까.

설아는 목격자가 나온다면 닷지 차량을 모는 일본인 남자로 진술해 용의자가 추려지기를 바랐다.

기모노에 중절모를 눌러쓴 덩치와 키가 작은 남자로.

설아는 보스턴백 두 개를 차 뒤의 트렁크에 넣고 운전석에 올라탔다. 시동을 걸고, 속도를 레버로 조절하면서 클러치 페달을 부드럽게 밟았다. 설아는 침착하게 차를 운전했다.

칠흑 같은 어둠을 헤드라이트를 끄고 조용히 운전했다. 차가 산길을 내려가면서 자갈이 퉁퉁 바퀴에 부딪치는 소리가 들렸다.

삼청정에 다 오자, 저만치에서 헌팅캡을 푹 눌러쓰고 무릎길이의 바지에 긴 양말을 올려 신은 수동이 그녀를 기다리고 있었다. 가장 좋은 옷으로 이 밤에 차려입고 온 모양인데, 영국의 신문팔이 소년 같아 보였다.

긴장하고 있던 설아는 그를 보자, 픽 웃었다.

설아는 보스턴백 두 개를 트렁크에서 들고 내려서 수동에게 다가갔다. 그녀는 돈 봉투 두 개를 수동에게 건넸다.

"이건 네 수고비야. 그리고 요건 차 빌려온 남자 잔금. 차를 내일 아침에 돌려놓으라고 하고 당분간 경성에서 피해 있으라 해."

"네, 알겠습니다. 사장님."

설아는 수동의 얼굴을 보며 미소 지었다.

"둘이 있을 때는 누나라고 해도 좋아. 후후."

수동의 얼굴이 발그레했다.

"내가 운전한 일은 절대 비밀로 해. 궁금하지? 무슨 일을 하고 왔는지?"

수동은 고개를 저었다. 배시시 웃었다.

"고마워. 더 묻지 않아서."

수동은 차를 운전해서 삼청정을 빠져나갔다.

설아는 수동이 준비해 둔 자전거를 탔다. 이제 집까지 자전거를 타고 가면 된다. 하오리가 거치적거리지만, 드레스보다는 낫다. 설아는 바지 밑단에 각반을 두르고 중절모를 백에 넣고 힘 '力' 자가 쓰인 두건을 둘렀다.

인력거 기사 같은 분위기가 풍겼다. 보스턴백들을 자전거 안장 뒤 짐칸에 줄로 칭칭 동여매 묶고 가볍게 올라탔다. 자전거는 어릴 적에 곤잘 타고 놀아 수월하다.

설아는 자전거를 무섭도록 빠르고 거칠게 몰았다. 산자락을 타면서도 지름길로 돌아 집으로 1시간 이내에 돌아왔다. 새벽, 유정이 몰래 열어둔 뒷문으로 살금살금 들어왔다. 자전거는 뒷마당 담벼락에 세워 두면 수동이 나중에 가져가기로 했다.

보스턴백 안쪽의 검은색 클로슈를 꺼내서 쓰고 하오리와 바지를 벗어서 가방에 밀어 넣고 작은 주머니에서 곱게 접은 검은색 원피스를 꺼내 입었다. 그리고 부엌과 뒷마당으로 연결된 작은 나무문으로 들어갔다. 이 문도 물론 유정이 열어둔 거였다.

설아는 피로했지만, 정신은 또렷했다. 오후에 경성여성구락부 사교모임이 있다. 신문사에는 하루 휴가를 냈다. 오늘은 사냥과 사격술을 민주와 이승전이 가르쳐준다고 했다.

설아는 모임 전에 잠시 눈을 붙이거나 쉬고자 했다. 설아가 거실을 지나 계단을 올라가 침실로 들어가려는데, 2층 계단참에서 기요코가 매서운 눈빛을 하고 설아를 보고 있었다.

"아니, 기요코. 아직 아침 지을 때가 아니잖아?"

설아는 떨리는 목소리를 가다듬고, 두근거리는 가슴에 손을 얹었다.

"나이가 들면 새벽잠이 없어지지요. 어딜 다녀오시는 겝니까?"

"아, 신문사에서 갑자기 중요한 회의가 있어서 갔다 왔어요. 특종 기사 회의야. 기요코는 말해 줘도 몰라요."

"이상하군요. 강 비서는 아직 일어나지 않은 것 같던데요. 창문으로 보니 차는 그대로 있더군요."

설아는 기요코의 눈치에 놀라며 고개를 저었다.

"심야 택시와 인력거를 번갈아 타고 다녀왔어요. 요기서 조금 나가면 택시 회사 사무소 있잖아요? 사환 아이가 우리 집에 직접 와서 문을 두드려서 알렸고. 기요코는 안 일어나서 제가 나가 봤어요."

"손에 드신 백은 뭐죠? 제가 처리하겠습니다. 주시죠."

"아, 아냐. 신문사에서 가져온 중요 대외비 서류예요. 절대 남의 손에 들게 해서는 안 돼요. 그럼 이만. 오늘 조반은 안 들겠어요. 신문사에서 대충 야식으로 먹고 왔거든요. 그리고 11시에 유정이를 내 방으로 올려 보내요. 나갈 준비하게."

설아는 방으로 들어가 문을 걸어 잠가놓고 숨을 골랐다. 보스턴백을 비밀금고에 집어넣고 그대로 침대 위에 원피스와 모자를 벗고 뻗었다. 설아는 욕조에서 희미하게 남은 온몸과 얼굴의 핏자국을 세세하게 지 웠다. 설마 기요코가 보았을까 싶지만, 집 안은 어두웠다.

설아는 목욕을 마친 뒤에 맨몸으로 비단 이불을 휘어 감고 그대로 잠 에 빠져들었다.

사냥의 피비린내, 손으로 생명을 앗는다는 것

오후가 되자 설아는 단잠에서 깨어났다. 두 팔을 펴서 기지개를 켰다. 어서 나가봐야 했다.

경성여성구락부 건물 앞에서 만나서 사냥을 하러 가기로 했다. 설아는 약속 시각에 늦지 않게 도착했다.

회원들이 점차 도착하는데 김 씨 부인이 보이지 않았다. 민주가 손목시계를 보다 물었다.

"고미정 사장님, 김 씨 부인이 아직 안 오셨어요. 전화를 드려볼까요."

설아가 대뜸 답했다.

"치매잖아요."

"무슨 말을 그렇게 해요. 감기로 불편하세요. 제가 미리 말한다는 게. 죄송해요."

고미정이 설아에게 눈짓으로 타박을 줬다. 설아는 고개를 숙여 미안한 감정을 억지로 보였다. 아무래도 큰일을 치르고 쉬지도 못하고, 잠도 제대로 못 잔 게 그녀를 힘들게 했다.

하지만 오늘 모임에 빠지면 나중에 사건 수사가 들어가면 의심을 살지도 모른다. 반드시 나와야 했다.

붉은색의 뷰익 차량을 강명애가 운전하고 민주, 고미정, 설아, 유정이 앞좌석과 뒷좌석에 탔다. 이승전은 영화 촬영이 늦어져 불참한다고 알렸다. 오늘은 민주가 교관이었다. 유정은 설아를 보필하러 따라온 상태다.

모두들 사파리 점퍼나 더스터 코트(먼지로부터 보호해 주는 코트), 밀리 터리 재킷을 입고 슬랙스를 입었다. 강명애는 고글과 헬멧을 쓰고, 스 카프를 멋스럽게 둘렀다. 그녀가 운전을 능숙하게 해 시내를 벗어나 한 참 비포장도로를 달리자 산자락이 나왔다.

설아는 처음 와 보는 아차산이었다.

"이곳에 사냥할 멧돼지가 꽤 있어."

민주는 설아에게 귀띔하면서 차에서 내려 트렁크를 열었다. 그 안에 는 사냥용 윈체스터 연발 소총이 네 자루 들어 있었다. 설아를 제외하 고는 사격술을 제법 연습해서 사냥할 수 있었다.

설아는 유정, 민주와 함께 다니면서 사격술도 익히고 사냥하는 걸 지 켜보기로 했다. 강명애와 고미정이 함께 다녔다.

설아와 민주는 총을 들고 산 중턱에 몸을 낮춰 숨어 있었다. 유정은 숨죽이고 그들 곁에 엎드려 있었다.

"이 총은 윈체스터 1895 모델로 존 브라우닝이 레버 액션 방식으로 설계한 마지막 라이플이야. 맹수를 사냥하려면 이 총이 제격이야. 10㎜ 넘는 구경의 탄도 장전할 수 있으니까."

설아가 민주에게 총을 받아 총구를 만지며 어깨를 부르르 떨었다.

"소름이 끼친다. 만지는 것만으로도 오금이 저려. 넌 아버지가 사냥꾼 이니까 어려서부터 많이 따라다녔잖아."

설아가 말을 마치고 민주와 유정을 번갈아 봤다.

"아차, 과거 이야기 남 앞에서 하면 안 되지?"

"구락부 회원들도 알아. 나 선교사 양녀로 유학 다녀온 거. 괜찮아. 맞는 말이야. 난 사냥의 맛을 알아. 그리고 잡을 때의 그 느낌도."

설아는 뭔지 알 것도 같았다. 이미 두 번의 살인을 했다. 그리고 두 번째는 바로 오늘 새벽의 일이다.

"자, 설아야. 약실에 총알을 넣어 와. 여기 이렇게 붙잡고. 다섯 발만 들어가서 장탄 능력은 낮지만, 아주 강력한 살상 효과가 있어."

설아는 민주가 가르쳐주는 대로 장전하고, 그녀의 손과 같이 방아쇠 울을 잡았다.

"여기 총열을 집게손가락으로 천천히 어루만지면서, 마음을 교감해. 총은 무생물이지만, 난 그래도 기계에 특이한 물성이 깃들어있고, 사람과 교감한다고 봐. 차도 그렇고, 총도 그렇고."

설아는 금고 속의 검을 생각했다. 맞는 말이다. 그 검은 자신을 지켜 주고 살게끔 해 주는 실행 도구이다.

"여기 공이치기를 엄지손가락으로 당기고 집게로 방아쇠를 당기면 총 알이 발사돼. 어깨에 탄탄하게 잘 고정해. 장총은 반동이 대단해서 잘 못 고정하면 어깨뼈가 골절돼."

설아는 민주가 총신을 어깨에 고정해 주는 대로 가만히 있었다. 민주의 숨결이 바로 곁에서 느껴졌다. 민주에게서 희미한 소독약 냄새가 나른하게 났다.

가슴이 뛰면서 긴장했다. 칼과 총은 또 다른 매력이 있었다.

이때, 스사삭 하는 소리가 났다. 뭔가가 숲 안에 있었다.

민주가 설아의 귓가에 나직하게 속삭였다.

"조준경을 봐."

"민주야, 눈을 감아? 한쪽 눈을?"

"웅, 지금은. 하지만 나중에는 두 눈을 다 뜨고도 잘 보일 거야."

설아는 두 눈을 떴다. 처음부터 잘 보고 싶었다. 상이 겹쳤지만, 초집중을 하자 점차 또렷이 보였다.

이때 나무들이 우거진 사이에서 뭔가가 움칫움칫하면서 나왔다. 거칠고 누르죽죽한 털이 하늘로 뻗친 꽤 큰 멧돼지였다. 돼지는 쿵쿵대며 나오다 이들을 보고 잠시 멈췄다.

설아의 숨소리가 거칠어졌다. 유정은 몸을 바짝 낮춰 엎드렸다. 민주는 미동도 하지 않다가 설아의 방아쇠를 잡은 손에 오른손을 갖다 댔다.

"공이치기를 당겨."

설아가 엄지에 힘을 줘 공이치기를 뒤로 젖혔다.

"조준경으로 봐. 아주 정확하게 집중해서. 상이 보일 거야. 그 안에 쏙 들어올 거야."

설아는 조준경을 뚫어져라 봤다. 멧돼지의 얼굴이 들어왔다. 그러자 동전만 한 크기가 접시처럼 크게 느껴졌다.

이때 멧돼지가 씩씩대다 설아와 민주를 향해 달려왔다. 순식간에 코앞으로 오는데 민주가 소리쳤다.

"발사!"

민주의 손가락과 설아의 손가락이 겹쳐서 탄환이 나갔다.

탕!

설아는 총기의 반동에 몸이 뒤로 젖혀졌다. 민주가 설아를 꽉 껴안고 충격을 흡수했다.

빗맞았다. 멧돼지가 큰 총탄음의 충격에 잠시 멈칫했다. 그리고 나서 흥분하면서 이들을 덮치려는 순간, 설아가 다시 방아쇠를 당겼다.

탕!

위로 솟구쳤던 멧돼지가 총알을 맞고 끼익 소리를 내고 그대로 뒤로 나자빠져 바닥에 뒹굴었다.

유정이 두 번째 총성에 꺄악 소리를 지르면서 두 손으로 귀를 막았다.

설아는 숨을 가파르게 쉬면서 일어나 누운 멧돼지에게 다가갔다. 민주도 설아 옆으로 섰다.

멧돼지는 배에 총을 맞고 숨을 쌕쌕대면서 이들을 봤다. 멧돼지의 눈과 설아의 눈이 마주쳤다.

"설아야, 가게 해. 고통에서 해방되게. 그리고 너는 첫 사냥의 손맛을 죽을 때까지 잊지 못할 거야. 고통스러운 생을 마치게 해 주는 거야. 죄를 짓는 게 아니야."

설아는 다리를 벌리고 똑바로 서서 위에서 아래로 짐승을 겨냥해 쐈다.

탕! 소리와 함께 돼지는 숨을 거뒀다.

설아는 흥분과 고양감에 휩싸였다. 그 기분에서 쉽사리 빠져나오지 못하고 온몸을 부르르 떨었다.

총으로 목숨을 끊는 건 단숨에 끝난다. 칼과도 다르다.

절벽에서 뛰어내리는 충격을 온몸으로 받은 것 같았다.

민주는 설아의 손을 붙잡고 말했다.

"이게 바로 사냥이야. 내 손으로 무언가를 움켜쥔 거야. 생사를 결정한 거야. 이걸 잊지 마. 언젠가 우리는 누군가의 생명을 우리 손으로 거둘 날이 올 거야."

설아는 민주를 응시했다.

무슨 말일까.

내가 한 일을 알고 있나.

설아는 고개를 저었다. 민주가 의사이기 때문에 한 말일 거라 생각했다.

한편, 본정경찰서에서는 이시하라가 출근하지 않아 작은 소란이 있었다. 하숙집 살인 사건의 사건 경과를 서장에게 보고하기로 했는데 연락이 되지 않는 것이다.

텐노가 이시하라가 묵는 하숙집에 전화했지만, 어제 출근하고 저녁에 들어오지 않았다는 것이다. 텐노는 불길한 예감이 들었다. 잠적이 이어지면 일본의 이시하라 가족들에게 전보를 부쳐야 한다. 그리고 곧바로 수사에 들어간다.

경찰과 법관은 직무 특성상 실종이 하루가 넘으면 바로 수사에 들어간다.

텐노의 머리에 작고 갸름한 하얀 얼굴에 수려한 눈썹, 눈동자에서 빛이 나고 날렵한 코와 붉은 입술을 가진 여인의 얼굴이 떠올랐다. 구락부 티파티에서 만났던 그 얼굴과 모습.

남편이 죽고 신문사 사장 자리를 물려받아 그런지 청초한 미인상에서 갑자기 활동적인 신여성 분위기도 풍겼다.

〈별건곤〉 같은 세간의 잡지에서는 그녀를 흥밋거리 청상과부로 다뤄 기사를 냈다. 아리땁고, 지적이고 미망인에다 재산이 어마어마한 여성으로 포장했다. 사회부 기자 생활을 하면서 밑바닥부터 차근차근 밟아 오르는 진취적인 인사로 소개했다.

사진도 화려한 드레스 대신 차분한 검은색 슈트에 진주목걸이를 걸쳐 도도하고 지성미 넘치는 여성으로 보였다.

하지만 텐노는 그 모든 게 별로였다. 도리어 구토심이 들 만큼 역겨웠다.

그런데 지금 이 순간 불안한데, 그녀의 얼굴이 떠오른다는 게 문제였다.

남들은 반설아의 외모와 결단력과 활동성, 부와 명예 등에 끌리겠지만 텐노는 절대 아니었다.

그 독소 같은 외피가 더 싫었다. 사람을 중독시키는 독.

그녀의 화려한 외모와 활동성은 곁의 사람에게 자신을 특별한 사람으로 만들어 준다는 생각을 심어 주지만, 결국은 그 치명적인 독소에 목숨을 잃는다.

악질적인 범죄자들. 주로 남성이 많지만, 여성도 있다.

어릴 적 나츠코라는 여성 사패에게 집안이 폭삭 주저앉은 텐노는 그녀의 본질을 알 수 있었다. 형사라는 직업으로 여러 범죄자를 상대하다 보니, 도저히 교화되지 않고 수많은 범죄를 죄책감 없이 저지르고, 또 잡혀 오는 치들을 볼 때마다 치가 떨린다.

독립운동하는 조선인 정치범들과는 다른 악질적인 범죄자들은 일본인이나, 조선인이나 별 차이 없었다.

남에게 피해를 끼친 채 태연하게 밥을 먹고, 화장실도 가고, 잠도 잔다. 피해자들만 두려워 덜덜 떨지, 그들은 죄책감이나 미안해하는 기색 혹은 두려워하는 행동을 전혀 보이지 않는다.

다만, 감옥에 갇혀 오래 살 것을 몹시 싫어하고 공포로 여긴다.

"서대문형무소가 무척 춥다면서요."

아내를 죽여서 차디찬 겨울 산에 벌거벗겨 유기하고 잡혀 온 사내가 한 말이다.

텐노는 현장 감식을 하던 일을 떠올렸다. 황량한 북악산 산자락에 여자는 온몸이 푸르게 변색된 채로 버려져 있었다. 발가락이나 손가락을 산짐승들이 뜯은 흔적이 있었다. 부패나 시반으로 보였던 흔적은 사실 죽기 전에 멍든 폭력의 흔적이라고 검시관과 부검의가 종합 결론을 내렸다.

사인은 경부압박질식사였고, 아무런 천이나 옷가지가 덮여 있지 않았다. 고인에 대한 예우를 이렇게 하는 놈들은 분명히 최악의 범죄자들이다.

그런데 나중에 범인을 잡아놓고 보니 남편이었다.

50대의 사내는 오사카에서 건너와 경성에서 수입 물품 상점을 열어 큰돈을 만졌지만, 게이샤와 바람이 나서 아내를 죽였다. 자녀도 두 명이 있었다.

사내는 게이샤가 시킨 대로 했다지만, 참고인으로 불려온 그녀는 진실이 아니라고 했다. 하얀 분칠 화장 안의 얼굴은 사패의 느낌이 났다.

자수성가한 남자를 꼬드겨서 이혼을 종용하고, 아내를 죽이게끔 했다.

이미 그녀에게 수많은 재산이 건너갔음에도 기어이 이 사달이 났다.

사내도, 그 게이샤도 악질적인 범죄자들이다.

그리고 반설아도 그 범주에 들어간다.

독 같은 외모로 사람들을 홀리고, 무언가를 갈취하고 버린다.

잡아들여야 한다.

이때 전화가 한 통 왔다.

"본정경찰서 형사과 텐노입니다."

"형사님, 이시하라 경부님이 발견됐습니다."

발견됐다는 말에 뒷골이 스르르하게 당겼다. 온몸에 소름이 돋았다.

발견이라니.

예감이 현실이 됐다.

"어서 검시관과 형사들과 나오십시오. 여기는 북한산 자락이고, 경부님이 타던 차량이 먼저 발견됐습니다. 그래서 근처 분견소의 헌병들이 나가봤는데, 시신이 발견됐습니다. 가신 지 하루 이틀 정도 된 거로 보이는데, 검시관들이 도착해 봐야 알죠."

텐노는 전화를 끊고 바로 서장에게 보고하고 감식반 형사들과 검시관을 불러 모았다. 관용 차량을 배차 신청하고, 나갈 준비를 마쳤다.

이 순간 강렬하게 떠오르는 얼굴. 하얀 피부에 사람을 보면 다정하게 웃으며 눈빛을 빛내는 그 여자를 잡아야 한다는 생각이 들었다.

이 손으로 잡아서 반드시 가둬야 한다.

그래야 피해자가 더 이상 나오지 않는다.

텐노가 검시관들과 도착한 북한산 아래에는 이미 여러 명의 경찰과 마을 사람들이 나와 있었다. 엎드린 채로 발견된 이시하라는 등 아랫부분에 양쪽으로 칼창상이 보였고, 목에 압박 질식된 붉은 상흔이 보였다.

검시관이 시신을 살피고 나서 다가왔다.

"형사님, 충격이 크시죠. 같이 근무하시던 분인데요."

텐노는 차마 바로 답하지 못했다. 최근에 이시하라는 수사 과정에 있어서 무언가를 쥐고서 숨겼다. 반설아가 연관된 유정수 살인 사건의 단서를 쥐었음에도 다른 목적이 있는지 텐노와 공유하지 않았던 것이다.

"사인은 뭡니까?"

"보시다시피, 늑골 사이로 들어간 칼날이 신장과 신장 정맥을 베었습니다."

"실혈사인가요?"

텐노가 주변의 혈흔을 살폈다. 풀과 나무 사이사이로 피가 흘러나온 흔적이 꽤 되었다. 족적도 있었다.

"그것보다는 부드러운 천으로 목을 졸랐습니다. 목의 압박 흔적이 넓고 부드럽게 난 것으로 보아, 밧줄이나 노끈 같은 거친 줄이 아니라 목도리 같은 섬유로 압박했을 확률이 있습니다."

"여자가 힘주어서 저질렀을 확률이 있습니까?"

검시관이 텐노를 직시했다.

"짚이는 사람이 있습니까?"

텐노는 답하지 않았다. 검시관이 말을 이었다.

"글쎄요, 하지만 불시에 뒤에서 칼로 양쪽에서 찔렀을 수도 있고, 출혈에 놀란 이시하라 경부님의 목을 졸랐을 수도 있죠. 살인 사건을 저지르는 성별은 남성이 압도적으로 많지만, 범인 상에서 여성을 배제할 수 없습니다. 실제 조사해 보니 여자가 범인인 경우도 꽤 있잖습니까. 놀랍게도. 물론 이시하라 형사님은 오랜 형사 생활을 통해 호신술을 익혔겠지만 방심하다 당할 수도 있죠."

테노는 슬쩍 고개를 끄덕이며 고통을 속으로 삭였다. 주변의 사람이 가는 걸 보는 건 무척이나 상심하게 하는 일이다. 그리고 경찰이다.

범인을 꼭 잡을 것이다. 이시하라의 한을 풀어줄 것이다.

테노는 두 주먹을 불끈 쥐었다.

텐노, 설아에게 선전포고하다

시신을 부검의에게 인계하고 경찰서로 복귀한 텐노는 분노했다. 이시하라의 죽음에는 반드시 반설아가 개입돼 있을 거라 추정되지만, 증거를 잡았다던 이시하라는 시신으로 발견됐다.

일본에 있는 유가족에게 전화를 하고 텐노는 자괴감에 빠졌다. 수사를 잘하지 못해 살인마를 방치한 탓에 또 한 번의 비극이 일어난 것이다.

밤늦게 서에 남아서 이시하라 살인 사건의 감식 사진을 유정수의 감식 사진과 면밀하게 비교하던 텐노는 공통점을 발견했다.

칼의 종류가 비슷하다. 길이는 40㎝가 족히 넘는 중간 길이의 검으로 보인다. 그래서 자상이 깊다.

몸에 숨길 수 있는 사이즈는 아니다. 범인은 이 칼을 양복 재킷 안쪽으로 등에 차고 왔거나 가방에 숨겨서 가지고 왔다. 남자였다면 이시하라가 방심하지 않았을 것이다. 그는 유도로 단련된 몸이다. 만약에 반설아 같은 여자가, 그것도 술에 진정제 등을 타서 잠재운 후에 살인을 했다면.

현장 사진으로 봐서는 숲에서 바로 죽인 게 분명하다. 혈흔의 위치나 형태가 그렇게 알려 주었다. 비산 혈흔이 일정하게 튀어서 나뭇잎이나 흙에 그대로 방울방울 떨어져 있었고, 족적이 있었다. 족적은 남자의 발 사이즈인 270㎜ 정도의 게다인데, 여자가 남자의 게다를 신고 왔을 확률도 무시하지 못한다.

이때 신임 형사가 다가왔다.

"텐노 형사님, 손님이 오셨습니다."

텐노는 감식 사진철을 덮고 일어나 1층으로 내려갔다. 1층에는 머리가 하얗고 등이 굽고 작은 체구의 노인이 지팡이를 짚고 눈빛을 빛내고 있었다. 눈에는 선연한 정기가 살아있고, 분노의 감정이 담겨있다. 실크햇에 검은색 프록코트를 입은 품이 보통 인사는 아니다. 그 곁에는 강철수가 그를 모시고 있었다.

"안녕하십니까? 텐노 형사님. 지난번에 조사받으러 온 강철수라고 합니다. 오늘은 신문사 유명운 명예회장님께서 긴급하게 뵙고자 하셔서 모시고 왔습니다. 긴밀한 말씀 나눌 데 있을까요?"

텐노는 이 노인이 살해당한 유정수의 부친이라는 걸 직감했다.

"조사실로 모시겠습니다. 따라오시죠."

텐노는 지하 조사실에서 유명운, 강철수와 마주 보고 앉았다. 독립투사를 특고 형사들이 잡아 고문도 하는 무시무시한 방이지만, 오늘은 비었는지 조용했다.

"무슨 일이십니까?

유명운이 꿋꿋하게 텐노를 보다 갑자기 울음을 터뜨렸다.

"형사님. 내 전 재산을 드릴 테니, 우리 정수를 죽인 반설아 그 계집년을 잡아 사형에 처하시오. 부탁드리오. 흐흑."

텐노는 답을 쉽게 하지 못했다. 강철수가 말을 이었다.

"회장님은 며느님이자 지금은 사장님이 된 반설아 씨를 살인 사건 후부터 줄곧 의심하고 있었습니다. 범인이 잡히지 않았고, 세간의 관심도 적어지고, 이시하라 형사님도 살해당했다는 이야기를 듣고 급하게 찾아오신 겁니다."

"경찰이 최선을 다해서 찾고 있습니다. 걱정하지 마시고 돌아가십시오."

유명운은 지팡이로 쾅 하고 바닥을 찍었다. 노인의 힘이 대단했다.

"그, 그런데도 아직 범인을 못 찾소!"

"이시하라 형사님은 단서를 잡았습니다. 하지만 비밀리에 수사하다가 그렇게 되셨고 제가 이어서 알아보고 있습니다."

강철수는 기요코와 와서 없어진 칼에 대한 이야기를 이시하라에게 했던 걸 떠올렸다. 그걸 말하려다 순간 입을 다물었다.

무서운 생각이 들었다. 여기서 좀 더 관여하다가 반설아가 고용한 살인청부업자에게 죽는 건 아닐까 하는 생각이 들었다.

분명히 반설아가 청부업자를 불러다 죽인 것 같았다.

그렇지 않고서야 여자 몸으로 이런 큰일을 두 번이나 벌일 수는 없다.

강철수는 온몸에 소름이 돋는 것을 느끼며 일단은 기요코와 이시하라를 찾아온 일을 감췄다.

한편, 텐노는 유명운과 강철수를 돌려보내고 다짜고짜 신문사로 설아를 찾아갔다.

사장실로 올라가려는 그를 기자들이 약속이 안 되어 있다며 말리는

데, 텐노는 거칠게 사장실로 돌진했다.

"아, 아니, 형사님."

설아가 업무 관련 전화를 받다가 황급하게 자리에서 일어났다.

"무슨 일이시죠?"

박 기자가 황당해하며 말했다.

"이분이 다짜고짜 사장님을 뵙는다고 해서……"

"사건에 대해 할 말이 있소."

"알겠습니다. 선배님. 나가 주시죠. 제가 알아서 할게요."

박 기자가 하는 수 없이 나갔다. 설아는 텐노에게 자리를 권했으나 그는 들은 척하지 않고 설아에게 위협적으로 다가섰다.

텐노가 설아의 테일러 슈트 멱살을 잡았다.

"대체 무슨 일이시죠? 이거 놓아 줘요. 제발."

설아는 얼굴에 진지한 표정과 억지웃음을 동시에 지었다. 텐노는 구토심이 일어났다.

"넌 아무것도 아냐. 그냥 쓰레기 범죄자에 불과해. 하얀 얼굴 외피로 그걸 감싸서 주변의 모든 남자를 홀리지만 난 아냐. 너 같은 것한테 어릴 때부터 물렸어."

설아가 그를 똑바로 쳐다봤다.

"지금 무슨 소리 하시는 거예요?"

"내 앞에서 아닌 척해 봤자야. 어차피 인정해도 증거 없이는 못 집어넣으니 안심하라고. 니년을 잡아넣을 단계에 거의 진입했어."

"뭐라고요?"

설아는 속으로 당황했지만 안 그런 척 태연함을 가장했다. 텐노는 격

앙되어 말했다.

"너는 사건 후에 청명한 아침을 맞겠지만, 그 아비는 눈물로 몇 개월 동안 밤잠도 못 자. 내 앞에서 한 인간이 괴로워하는 걸 지켜본 자라면 함부로 그런 잔인한 짓은 못해!"

설아는 눈을 반듯하게 뜨고 텐노를 노려봤다.

"증거는 없잖아요. 이거 봐요! 함부로 이래도 돼요? 일본인 형사가 조선인이라는 이유로 억울하게 누명 씌워도 되냐고요!"

"네가 그렇게 산 걸 진심으로 후회하게 될 거야."

설아가 캑캑대자, 텐노는 멱살을 풀었다. 설아는 숨을 고르면서 매섭게 그를 노려봤다.

"살려고 그랬어요. 살려고! 이 땅에서 쫓겨나지 않고 재산을 뺏기지 않고 살아가려고요."

텐노는 잠자코 설아를 응시했다.

"여기까지만 말할게요. 살려고 그랬다는 게 살인 자백은 안 되죠? 이만. 다음번에는 만나는 일 없으면 합니다. 텐노 형님."

텐노는 차분하게 말했다.

"반설아 사장님, 당신에게 적의는 없습니다. 다만 저는 죄를 지은 사람을 증거로 잡아넣을 뿐이오. 다음번에는 반드시 좋은 일로 만납시다. 단, 저에게만 좋은 일로요. 그러니 건강하시고 자신을 잘 돌보세요. 형무소 공기는 생각보다 차갑고 무겁습니다."

텐노는 조용히 고개를 숙이고 모자에 손을 얹고 인사하고 떠났다. 설아는 계단 창가에서 걱정스러운 얼굴이 되어 그가 차에 올라타는 뒷모습을 쳐다봤다.

"사장님, 대체 누군데 그러세요?"

이들이 대치하는 모습을 문틈으로 몰래 지켜보았던 수동이 다가와 손을 잡아 주었다. 설아는 살짝 미소를 지었다.

"아, 아는 분. 사실 여기 전 사장님 살인 사건 조사하는 형사님이야."

"그런데 왜 사장님에게 윽박질러요? 별 이상한 형사 다 보겠네. 일본인이라 조선인 사건 관련해서 억울한 사람 협박하는 거예요? 뒤로 돈 챙겨달라고 그러고요?"

"아니야, 그런 거. 신경 쓰지 마. 이런 회사 운영하면서 저런 데 시선 돌릴 시간 없어. 걱정 말고 수동이도 어서 그 인쇄지 기자들에게 가져다줘."

"아 참!"

수동은 들고 있던 둘둘 말린 두루마리를 살짝 들어 보인 후 고개를 끄덕이고 1층 사무실로 내려갔다. 복도에 남은 설아는 한숨을 내쉬었다. 아무래도 조짐이 안 좋았다.

다음날 설아는 주말이라 회사를 쉬었다. 텐노 형사의 공격적인 말과 거의 체포 단계에 접어들었다는 말에 마음이 안 좋았다.

설아는 구락부 모임에서 강명애와 처음에는 불편한 관계였으나, 최근에 친해졌다.

설아는 텐노 형사의 말을 반박하던 그녀를 멋지다고 여겼다. 그리고 그녀가 쓴 책들을 서점에서 사다 읽었다.

강명애의 사상과 생각을 알자 친한 친구였던 것처럼 여겨졌다.

그래서 오늘은 강명애를 집으로 초대했다.

설아는 평상복을 입고 그녀가 언제 오나 창가를 자주 내다봤다. 화장을 고치는데, 집 밖에서 요란한 모터바이크 엔진 소리가 났다.

부릉부릉.

설아는 유정을 시켜 나가보게 했다. 그리고 자신은 거실로 나가 기다렸다.

몇 분 후 유정의 뒤로 강명애가 헬멧을 쓰고 고글을 걸친 후, 밀리터리풍의 가죽 재킷을 입고 들어섰다. 가죽바지와 부츠를 신어 흡사 독일군 장교 같았다.

"강명애 선생님, 오늘 우리 집을 방문해 주셔서 감사합니다."

설아는 단정하고 예의 바르게 인사를 했다.

접견실로 강명애를 안내하고, 기요코에게 미리 부탁해서 티파티 준비를 했다.

향긋한 홍차 향이 풍기는 가운데, 설아는 각종 디저트를 권했다. 강명애가 다과를 즐기는 사이, 설아는 유정에게 책을 가져다 달라고 했다.

"저, 여기 책에 사인 부탁드려요. 작가님."

강명애는 홍차를 마시다 설아가 내민 양장본을 받고 깜짝 놀랐다.

"어머, 이거 내가 작년에 출간한 책인데 어떻게 알았어요?"

"후후, 종로 거리 서점에서 베스트셀러라고 하던데요? 『여성을 선입견에 가두지 마라』, 너무 좋았어요. 사회는 여성에 대한 편견과 억압을 깨부수고, 여성은 진정으로 바라는 욕망을 드러내라고 썼잖아요."

"내가 말하고 싶은 의도를 정확히 짚어 내네요."

강명애는 설아가 내미는 깃털 만년필로 가볍게 사인을 했다.

"작가 선생님, 고맙습니다."

"뭘요. 독자분과 책으로 소통할 때 즐거워요. 이제부터는 편하게 언니라고 해도 돼요."

"그, 그럴까요? 호호호, 명애 언니."

설아는 강명애와 함께 담소를 나눈 후, 침실로 안내했다. 기요코 몰래 와인과 위스키도 양주장 안에서 꺼내 마셔서 살짝 볼이 달아올랐다.

"가 봐야 하는데."

"어머, 명애 언니. 술 깬 다음에 가야지. 맨날 밀리터리풍만 입으니 고정된 느낌이야. 내가 옷 스타일 좀 추천해 볼게. 이리 와."

설아는 침실로 들어가 장롱문을 활짝 열었다.

파리 직수입 드레스, 명치정에서 주문한 맞춤 슈트 등을 강명애에게 권했다. 그리고 어울릴 법한 시계와 팔찌, 목걸이 등의 액세서리도 권했다.

강명애는 망설이다 옷을 걸쳐 보았다. 한참을 옷을 입고 벗다가 덥다고 했다. 설아는 침실 옆의 욕실로 안내했다. 최근에 샤워할 수 있게 새로 샤워실을 만들었다.

설아는 목욕을 마치고 나오는 강명애의 몸을 훑었다. 강명애가 속옷을 걸치는 걸 슬쩍 봤다.

강명애는 가슴이 무척 컸다. 둘레가 100㎝는 넘을 것 같았다. 강명애는 흘러내린 가슴을 붙들고 압박붕대를 감아 묶었다. 그리고 얇은 블라우스 위에 올 때 입고 온 군복 스타일 외투를 걸치려 했다.

"아니, 명애 언니. 가슴이 이렇게 크고 예쁘면서 왜 맨날 군복 같은 옷만 입고 꽁꽁 감춰? 붕대 안 답답해? 잠깐만, 내가 좀 꾸며 줄게. 가만히 있어 봐."

강명애는 설아가 안경을 벗기자, 눈을 살포시 뜨면서 배시시 웃었다.

"창피해서 그렇지. 어릴 적부터 엄마가 쓸데없이 젖통이만 큰 년이라고 했거든. 나쁜 놈들한테 겁탈당하지 않으려면 감추랬어. 그래서 남자의복만 집중적으로 입었지. 저고리는 알다시피 젖이 흘러내리잖아."

"하하, 언니. 서양 브래지어를 해서 좀 추어올려요. 어깨 안 아파? 나정도 사이즈도 아파 죽겠는데."

강명애가 한숨을 쉬었다.

"밤마다 무지하게 어깨가 결려. 어머니들은 어떻게 그렇게 그냥들 살았나 몰라. 출렁이면 출렁이는 대로. 애들은 열 명도 낳아서 젖먹이고, 우리 세대만 해도 못 할 짓이야."

"나야, 남편 갔고, 언니는 독신인데 뭐. 고민할 일 없잖아. 이게 해방이지 뭐야. 후후. 자아, 이거 시착해 봐."

설아는 옷을 벗기고 강명애의 압박붕대를 풀었다. 그리고 옷장에서 뺀 하얀 레이스가 가슴 부분에 장식된 브래지어를 걸쳐 주었다.

1900년, 파리박람회에서 최초로 가슴가리개가 선보였다. 코르셋과 분리된 가슴만 가리는 브래지어였다.

이후 1910년에 뉴욕 사교계 스타인 메리 제이콥이 손수건과 끈으로 연결한 브래지어의 특허를 냈다. 그 특허권을 대기업이 사들이면서 브래지어는 대중 생산의 시대에 접어들었다.

경성에서는 일부 상류층과 외국인들이 착용했다. 설아는 백화점과 수입 상점에서 서양 속옷을 사서 착용했다.

브래지어와 팬티나 팬티호제는 속고쟁이나 기저귀 형식의 면 속곳 하나 입는 것보다 훨씬 간단하고 편했다. 생리할 때도 면 생리대를 고정하는 게 가능해 새지 않았다.

설아는 돈이 있으면 삶이 윤택해지지만, 없을 때는 너무도 불편하다는 걸 잘 알았다.

하지만 경성의 일반 시민들은 그런 걸 모르고, 알려고도 하지 않는다.

알았다 한들, 그 비싼 걸 살 형편들이 안 된다.

하루하루 먹고살기에도 급급한데.

설아는 어서 조선이 발전해서 미국과 일본처럼 물자의 대량 생산 시대가 왔으면 했다.

"얼굴도 화장 좀 해 줄까? 거울 앞에 앉아 봐."

설아는 강명애를 브래지어만 착용한 채로 화장대에 앉히고, 조명을 켜서 불을 밝히고 브러시로 코티분을 발랐다. 강명애의 얼굴에 코티분을 얇게 바르고 핑크 루즈를 붓으로 찍어서 입술에 문댔다. 잠시 후, 설아는 사진기를 가져와서 강명애의 바스트 샷을 찍었다.

"예쁘다. 이건 현상 인화해서 꼭 줄게."

강명애는 수줍게 말했다.

"구락부 멤버들에게 보이지 마라. 창피하다."

"호호, 봐서. 나한테 잘 굴어요. 강명애 예쁜 언니야. 그 속옷은 선물로 줄게."

강명애는 예쁘다는 말에 활짝 웃었다.

"너 근데 그거 알아? 고미정 사장님 말이야. 금물점 여주인처럼 겉으론 당당해 보이지만, 사실은 남편한테 맞고 산다."

"뭐라고요? 그게 무슨 말이야?"

"남편이 밖에서는 완전히 호인처럼 보이지만, 이상하게 집에서는 아내한테 사업 스트레스를 푸나 봐."

"뭐어? 그럼 주먹으로 마구 때리는 거야?"

"그게, 금물점에 손님이 오니까 얼굴은 못 때리지만, 등을 허리띠로 때린다는 얘기까지는 김 씨 부인 정신 말짱할 때 몇 번 들었어. 그분이 엄청 걱정하셨는데 본인이 먼저 치매가 온 거지."

"후우, 다들 힘들게 살았구나. 민주 말대로 쉬운 생은 없다더니."

"너는 해방됐고, 나는 아예 안 만들었고. 어찌 보면 경성에서 남편 없이 사는 게 녹록지 않지. 하지만 보호라는 명목 아래 울타리 밖으로 나가지도 못하게 하고, 옥박지른다는 걸 상상하면 죽을 것 같아."

설아는 고개를 끄덕였다. 그건 겪어본 자만이 아는 줄 알지만, 남의 삶을 들여다봐도 쉽게 얻는 결론이다.

어차피 사람 사는 건 똑같으니까. 남의 고통이 나에게 주어져도 고통이다.

남편의 속박에서 벗어나 욕망을 갈구하라

비쩍 마른 체구에 키가 제법 큰 송 사장은 수저로 밥상을 두들기면서 고미정을 흘겨봤다.

"반찬이 매양 이 모양이야. 난 끼니마다 같은 반찬 올라오면 수저 안 대는 거 몰라?"

"죄송합니다. 다른 거로 준비해 올게요."

고미정은 왼손으로 바닥을 짚으면서 쟁반을 들고 일어나는데 버선발이 미끄러워 잠시 주춤거렸다.

"왜, 살쪄서 못 일어나겠어? 지렛대 필요해?"

고미정은 눈물을 뚝뚝 흘렸다. 매번 듣는 말이지만, 아직 단련이 안 됐다.

"아침부터 재수 없게 여자가 눈물을 보여. 이렇게 화려한 집에서 금물점 여사장 만들어 준 것도 모자라서 왜 음식 다 처먹고 아침부터 눈물이야?"

송 사장은 물잔을 들어 고미정의 얼굴에 뿌리고, 그대로 밥그릇과 반찬 그릇을 손으로 쓸어 바닥에 떨어뜨렸다. 그리고 밥상을 통째로 엎었다.

그는 헤싱헤싱한 머리를 손으로 쓸어 올리면서 고미정을 매섭게 노려봤다.

"그 푸둥푸둥한 몸매부터 어떻게 줄이든가 해. 안 그럼 엔젤 카페 이 마담 정실 내자로 아예 들여앉힐 테니까."

고미정은 분이 차올랐지만 이내 고개를 푹 숙이고 순종하는 자세를 취하며 눈물을 참았다.

"무릎 꿇어."

고미정은 남편 앞에 무릎을 꿇었다.

"니가 만든 반찬 먹어봐. 손으로 줍지 말고. 개처럼 입으로."

고미정은 익숙한 듯이 입으로 콩나물을 주워 먹었다.

"그렇지, 그렇지. 그래야 개처럼 안 얻어맞지. 그렇게 말귀를 알아들어야 사람이지. 남편 말 안 듣다가 죽어 나간 여편네가 이 경성 바닥에 한둘이야? 이혼당하고 쫓겨나면 창피하니까 친정도 못 가. 야, 넌 그 몸매로 카페 여급도 못 되고 그냥 구걸하다 뒤질 팔자야. 하하하."

고미정은 울음이 터졌지만, 참고 먹는 시늉을 했다. 안 그러면 얻어맞는다. 그리고 그건 자존심에 더 상처를 준다.

"나 경성골프장에 외국인 손님 모시고 다녀올 테니까, 싹 다 주워 먹든지 해. 너같이 뚱뚱한 여편네는 경성에서 희귀한 체형이니까 아마 인종 전시회 같은 데는 나갈 수 있을 거다. 왜 알지? 거인이나 아프리카 사람 모아서 서커스 벌이는데. 거기 말이다. 하하하. 너, 경성여성구락부 모임인가 거기 두 번 다시 가지 마. 갈 거야?"

결국 남편의 본심이 나왔다. 처음에는 윤민주 원장의 간곡한 부탁에 좋은 남편인 척 모임에 보냈다.

하지만 송 사장은 자신의 폭력적인 일화들이 아내의 입에서 흘러나올까 두려웠고 점차 자신감을 회복하는 아내의 모습이 무서웠다. 자신의 모든 스트레스와 울분을 받아줄 여자는 지금 아내인 고미정밖에 없다. 다방 마담조차 그렇지 못하다.

그는 고미정이 이혼을 요구할까 꽤 두려웠다. 어려서부터 맞고 지내던 어머니가 몰래 야반도주한 이후 어머니 없는 설움 속에서 컸다. 폭력은 대물림한다더니, 그도 아내를 때렸다. 신혼 초에는 안 그랬지만, 점차 자신의 어머니처럼 자기를 떠날지도 모른다는 두려움이 그를 지배했다.

사회에서는 사람 좋은 척했지만, 뒤로는 집에 들어와 모든 짜증과 스트레스를 분풀이하듯 아내에게 행사했다.

그런데 이제 그녀가 여성구락부 모임에 나가면서 슬슬 달라지는 게 무섭다.

고미정은 울음을 참아가면서도 폭언과 폭력을 모두 받아들였다. 단지 하나, 여성구락부 모임에 참가할 자유를 얻기 위해서였다.

"오, 오늘 가는 날인데요……."

고미정은 반사적으로 두 손을 내밀어 머리와 얼굴을 감쌌다. 송 사장은 주먹질을 하려다 아이구 하며 혀를 찼다.

"거긴 너보다 다 날씬하고 예쁜 여자들 나가는 데야. 근데 왜 금물점 여주인이 거기 나가서 그년들 시중이나 들고 하녀 노릇 해? 안 그래? 이 천치야. 그 여우 같은 년들이 뒤에선 니 욕이나 지껄인다고. 햄프셔 돼지 같은 년이라고. 미국 돼지 사이즈 알지?"

"아, 안 그래! 안 놀려요!"

고미정의 단호함에 그가 화를 버럭 냈다.

"이게 확 그냥 뒤질려고. 너 오늘 나가서 앞으로 일이 바빠서 못 나간다고 윤민주 그년한테 확실하게 말해. 내 탓 하면 진짜 발가벗겨서 가게 내보낸다. 직원들이 니 뱃살 보고 푸하하하 웃어야 정신 차리고 앞으로 그 모임에 못 나가지. 그 허벅지랑 배를 드레스로 가린다고 가려지냐? 더 돼지 같아 보인다고. 돼지 앞다릿살에 드레스가 웬 말이야!"

고미정은 머리를 감싸고 엎드려 싹싹 빌었다.

"제, 제발 그것만은. 거긴 나가게 해 주세요. 주인어른. 부탁드립니다."

이때 문밖에서 헛기침 소리가 났다. 집사가 상을 치우러 들어가도 되는지 묻는 것이었다. 송 사장은 혀를 차면서 발로 고미정의 머리를 뭉갠 후 넥타이를 고쳐 매고는 재킷을 어깨에 걸치고 나갔다.

집사가 들어와 한숨을 참으면서 반찬과 밥을 주워 담았다. 이미 이럴 줄 알고 대야를 가져와 음식물을 담았다.

"아이고, 사모님. 언제까지 이러고 사세요. 이러다 죽습니다요. 친정 오빠들한테 도움 청하세요."

고미정은 고개를 저었다.

"이 사실 알려지면 일본 유학 간 애들이 맘 불편해해요. 그냥 나만 조용하면 돼요, 집사님. 편지로는 아빠가 다정해졌다고 안심시켰는데요."

고미정은 흐트러진 머리와 옷을 거울을 보면서 단정하게 했다. 오늘 모임이 인생의 유일한 낙이다. 맘을 알아주는 김 씨 부인, 회원들을 다독이면서 건강과 사교, 취미를 챙기는 윤민주 원장이 늘 고맙다.

항상 보는 것만으로 설레게 하는 멋진 스타 이승전과는 커피도 같이 마주 보고 마신다. 남들은 영화관에서나 만나겠지만.

기자에 작가인 강명애는 자신의 의견을 개진하는 모습이나 지적인 토론 모습에 반한다. 자신은 늘 주눅 들어 있지만 강명애는 남자도 이길 기세다.

그리고 신입회원인 반설아. 신문사 기자에, 사장에, 사회생활을 당당하게 한다. 남편을 잃고도 무척 당당하다. 그리고 얼굴을 바라만 보고 있어도 천상에서 온 선녀를 보는 것만 같다.

그녀가 데리고 다니는 유정이라는 메이드의 앙다문 입술도 무척 새롭다. 고분고분하지만은 않은 당찬 사춘기 소녀의 기질이 엿보인다.

유정을 보면 일본미술학교에 다니는 딸아이가 그립다.

그런 사람들을 만나는 모임은 남편에게 얻어맞더라도 나가고 싶다.

"집사님, 방 부탁드려요. 저 모임 준비해야 해서요. 미안합니다."

고미정은 침실로 가서 자개 옷장을 열고 무슨 옷을 입을까 고민했다. 가장 잘 어울리는 베이지색의 핀턱레이스 드레스를 골라 좀 끼지만 그래도 지퍼를 중간까지 간신히 올렸다.

사랑방을 치우고 나오던 집사에게 다가가 손을 닦고 올려달라고 했다. 집사가 용을 쓰며 지퍼를 올렸다.

고미정은 오늘 가급적이면 덜 먹고, 숨을 참아야겠다고 생각하면서 화장대로 가서 앉았다. 코티분과 립스틱을 손에 쥐고 하나하나 써 가면서 얼굴을 곱게 매만졌다. 헝클어진 머리는 소의 털로 만들었다는 부드러운 브러시로 정돈했다.

거울 앞에 다른 여자가 있었다. 금물점의 뚱뚱한 여사장이 아닌, 여성구락부의 우아한 고미정 회원이 있었다.

잠시 후, 구락부 모임에서 고미정은 설아 옆에 자리가 배치됐다.

설아는 고미정에게 해 주려던 이야기가 있었다. 커피를 마시면서 조용히 말했다.

"고 사장님, 사실은 명애 언니한테 살짝 들은 게 있어요. 집에서 곤란한 일이 있으시다면서요."

웃으면서 다과를 즐기던 고미정의 얼굴이 굳었다.

"무, 무슨 말이죠?"

김 씨 부인이 커피를 뜨겁다며 퉤퉤 뱉자, 고미정은 린넨 냅킨으로 닦아 주었다. 설아도 도우면서 시선을 마주쳤다.

"숨길 거 없어요. 우리끼리. 저도 남편의 압박을 벗어난 지 얼마 안 됐어요. 지독한 양반이었거든요. 벗어나야 행복을 찾아요. 참고 사는 게 능사가 아니에요."

고미정은 자리에 앉으면서 눈을 질끈 감았다. 그리고 콧물을 들이키면서 냅킨으로 눈가를 닦았다.

"어디까지 아는데요?"

"잠시 화장실로 갈까요."

설아와 고미정은 화장실 파우더 룸에서 이야기를 조곤조곤했다. 설아가 부드럽게 분위기를 조성하자, 고미정은 그간 겪은 일들을 허심탄회하게 털어놨다. 그리고 등과 어깨의 상처 몇 군데를 설아가 살펴보게 했다.

"어떻게 이러고 사세요. 사회에서는 금물점 사장님이신데요."

"경성에서 아내가 남편에게 맞는 게 대수인가요. 다들 이렇게 생각하잖아요."

설아가 화를 냈다.

"피해당하는 사람이 발끈하지 않으면 아무도 안 도와요. 경찰에 말해 봤어요?"

"아뇨. 법도 없는데요."

강명애도 가정 내의 폭력이나 아동학대 등에 관한 법 조항이 없어서 어떻게 할 방도가 없다고 했다.

"그러니까, 더 스스로 맞서야 해요."

고미정이 너른 어깨를 덜덜 떨었다.

"무, 무서워요. 애들 망신당할까 봐서요. 학교에 소문나면 우리 애 결혼은 어떻게 해요."

"김 씨 부인이 왜 아픈지 아시잖아요. 집안에서 온갖 스트레스 다 받다 결국 일찍 저렇게 정신줄 놓고 여기서 사교하면서 시간 보내는 거잖아요. 우리마저 상대 안 해주면 누가 김 씨 부인 챙겨드릴까요. 저렇게 되는 건 싫으시잖아요."

고미정은 눈물을 흘리며 고개를 끄덕였다.

"고 사장님. 제가 방책을 알려드릴까요? 제가 어떻게 그 큰 신문사 기자들을 좌지우지하겠어요. 나름대로 짧은 기간이지만 배운 게 있답니다. 실무에서요."

설아는 고미정의 귓가에 속닥였다.

"경성의 사내들은 체면을 목숨보다 중히 여기지요. 제가 아는 사회부 기자는 그렇게 잘난 척하지만 살인 사건 현장을 하도 보다 보니까, 이제는 무슨 심적 상처가 깊은지 아예 사건 현장에 못 들어가고 문 앞에서 몸이 턱 굳는 거예요. 그래서 제가 들어가서 대신 시체 사진을 찍어서 기사를 실었죠. 그 후부터는 나긋나긋해지더란 말입니다. 그러니까 폭력으로 행사하는 치들은 실력으로 한번 맛을 보여주면 꼼짝 못 해요."

설아는 자신의 하얗고 가느다란 손가락과 고미정의 투박한 갈색의 두툼한 손을 비교했다.

"이것 봐요. 저도 그러는데, 이 손으로 뭘 못하겠어요. 금물을 단련하면서 망치 제법 휘두르서 봤잖아요. 그리고 여기서 스포츠로 몸도 단련하셨고요. 한번 그 맛을 보여줘요. 앞으로 살기 편해질 것입니다. 여기 구락부 모임도 자연스럽게 나올 수 있고요. 당해도 어디다가 말도 못 할걸요? 호호호."

고미정은 자신을 돌아보았다. 할 수 있는 일인가 싶었다.

한 번도 대들지 못했는데 가능할까.

고미정은 설아에게 미소를 보내며 투박한 손을 유심히 내려다봤다.

송 사장은 밤에 집에 들어오자마자 안방으로 들어갔다. 사랑방에서 자면서 고미정이 홀로 묵는 방은 쳐다도 안 봤다. 하지만 다짜고짜 쳐들어온 날은 괴롭히러 들어오는 날이다.

그는 술이 거나하게 취했다. 분명히 카페에서 마담과 한 잔, 두 잔 하다 저렇게 된 걸 거다.

송 사장은 다짜고짜 고미정의 머리채를 잡아 끌어냈다.

"아이고, 사람 살려."

"너, 이년! 윤민주한테 못 나간다고 말했어, 안 했어?"

"아이구, 주인어른. 영감님. 그것만은 나가게 해 줘요. 제 유일한 부탁입니다. 아니, 소망입니다. 일도 착실히 하고 금물점 단골한테 물건도 열심히 팔게요. 부탁입니다."

"아니, 너 나오지 마. 외모가 형편없어서 손님 다 떨어져 나가. 그리고 그 경성 여성 단체인가도 나가지 마. 내 개망신이야. 집 안에서 반찬이나 만들고 내가 던지는 돈 받으면서 살아. 그럼 돼!"

송 사장은 발로 고미정의 등허리를 짓이겼다.

"네년만 맞고 사는 거 아냐. 경성 바닥에서. 고까워하지 말어. 하이고 참, 오늘 김 사장 고 새끼가 왕십리에 땅 사둔 거 올랐다고 얼매나 자랑한 줄 알아? 나보고 사촌이 땅 사서 배 아프냐고 비웃던데? 지가 뭘 알아? 물건 만들어서 파는 게 얼마나 힘들고 뿌듯한 일인데. 부동산 집주릅으로 평생 먹고산 팔자가 뭘 알아서 자랑질이야?"

송 사장은 화를 버럭 내면서 주먹을 허공에 날렸다. 그리고 고미정에게 달려들어 주먹질하다가 화장대 옆 정교한 금물 조각상으로 달려들었다.

그는 주먹으로 조각상을 내리쳤다. 고미정이 휘청거렸다.

조각상은 금물 만지기를 좋아하는 고미정이 필사의 노력으로 인형의 집을 만들어 둔 것이었다.

인형의 집 주방에는 식탁을 두고, 앤틱 찻잔을 미니어처로 만들어 전시했다. 찻잔 하나가 새끼손톱보다 작았지만, 엄청난 시간과 품을 들여 만들었다.

2층으로 된 미니어처 집으로, 1층에는 주방과 화장실 그리고 응접실이 있는데 의자며 식탁도 일일이 만들어 꼭 실제 가구와 비슷했다. 금물 가구 위에 천을 덧대고 커튼과 식탁보도 만들어서 덮었다.

2층에는 인형도 만들어 침대에 눕히고 옷도 만들어 입혔다.

그 정교한 금물 조각상을 송 사장은 단번에 부숴 버렸다.

그것만은 건들지 않았는데 오늘 박살을 낸 것이다. 고미정은 꼭지가 돌았다.

설아가 낮에 해 준 말이 떠올랐다. 폭력을 행사하는 사람은 더 큰 실력이나 폭력의 맛을 제대로 보여 주면 꼼짝 못 한다는 말.

경성에서 사내가 계집에게 얻어맞으면 얼굴을 못 들고 산다는 말.

고미정은 주먹을 쥐면서 일어났다. 바닥에 뒹구는 인형과 앤틱 찻잔 미니어처가 눈에 들어왔다. 울분에 눈물도 나오지 않았다. 송 사장이 발로 미니어처를 뭉갰다.

"하이고, 이년아. 왜, 이건 못 건드릴 줄 알았냐? 백날 천날 만들어 봐라. 내가 니년이 1년 걸려 만든 거 1초 만에 부셔 주지. 이 쌍년아. 이 집에서 나가. 그 여성구락부인가 거기 가서 살아! 하녀를 하든지, 집사를 하든지 거기 붙어먹고 살아!"

"네가 나가. 내가 왜 나가? 이 미친놈아. 나도 참을 만큼 참았다!"

고미정은 왼손으로 송 사장의 멱살을 잡아 올렸다. 어차피 몸무게로는 고미정에게 상대도 되지 않고 근력도 뒤지는 그다. 술이나 먹고 거래처 영업이나 하지, 금물을 단련하는 데는 젬병이었다.

"이거 놔! 이 여편네가 미쳤나?"

"그래, 미쳤다. 나도 드디어!"

고미정은 오른손을 불끈 쥐고 그대로 강펀치를 송 사장의 얼굴에 제대로 날렸다.

"아이고야. 이, 이년이 사람 잡네. 이거 놔……."

"그래, 놔 줄까?"

고미정은 왼손으로 잡은 멱살을 그대로 꽉 비틀어 잡더니 방바닥으로 메쳤다. 송 사장이 바닥에 나뒹굴었다.

"하이구야. 허리, 허리!"

고미정은 이번에는 송 사장의 허리에 발을 대고 팍팍 찼다.

"아예 죽여라, 나를 죽여……."

"그래 주지."

고미정이 미니어처를 집어서 송 사장의 입에 처넣고는 그대로 입을 두 손으로 코까지 감싸 틀어막았다.

고미정은 지난 20여 년의 세월이 떠올랐다. 사나흘에 한 번꼴로 얻어 맞고 모욕을 당했다.

사람이 아닌 삶이지만, 금물 만지는 재미에 집을 뛰쳐나가지 않았다. 친정에 하소연해도 부모와 오빠들은 모른 척했다.

경성에서 이혼은 죽음이었다. 한국 최초의 여성 화가로서 개인전을 열었던 나혜석도 이혼 후에 집안 전체가 망신을 당했고 지금은 갈 곳이 없어 행려병자로 산다는 소문도 돌았다.

하물며 그녀도 그런데, 자신은 감당 못 해 이러고 매양 살았다. 하지만 여성구락부에서 자존감이라는 것을, 서로를 사람으로서 대접하고 존중하는 게 뭔지 배웠다.

송 사장이 고미정의 허리를 감싸면서 살려달라고 손바닥으로 두드렸다. 고미정은 그제야 두 손을 풀어 숨 쉬게 했다.

송 사장이 학학대면서 사정했다.

"아 그러니까, 거긴 나가지 말아. 그것만 하면 돼……."

고미정이 씩씩대면서도 차분하게 말했다.

"아니, 한 번만 더 나한테 손대고, 인간 이하로 대접하고 폭언하고 구락부 못 나가게 하면 오늘 일 경성 바닥에 까발릴 거야. 남편이 아내한테 직사도록 얻어맞았다고! 넌 그러면 아예 퇴출이야. 얼굴 못 들고 다닌다고. 알았어?"

고미정은 일어나서 발바닥으로 송 사장의 머리를 짓이기면서 다그쳤다.

"말해! 어떻게 할 거야."

송 사장은 어떻게든 일어나려 했지만 고미정에게 완력으로 밀렸다.

"살, 살려줘. 체면은 지켜야 해. 아버님이 아시면 무어라 하시겠어?"

"하하, 며느리한테 잘 얻어맞았다 하시겠지. 거기다 먼저 알려주랴? 그걸 원해?"

"아, 아니. 알았어. 이제 상관 안 할 테니 제발 놔줘."

고미정은 송 사장을 그대로 와이셔츠 깃을 잡아채서 올려 얼굴을 맞대고 무서운 표정으로 으르렁대며 경고했다.

"두 번 안 말해! 내 인형의 집 손대기만 하면 체면이고 자시고 할 것 없이 너 죽이고 난 서대문형무소 내 발로 들어가련다. 알았지?"

"아, 알았어. 알았다고요. 이거 놔줘요, 제발."

고미정은 송 사장을 바닥에 내동댕이치며 말했다.

"엔젤 가서 이 마담한테 고해라. 제발 여기 내자로 들어오라고. 나 당당하게 집에서 나갈 테니. 나 원하는 금물점 많아. 내 실력 알잖아. 넌 사업 짤없이 망할걸? 니가 제련하는 기술을 아냐? 강철을 만들어낼 줄 아냐?"

고미정은 송 사장을 그대로 들어서 사랑방에 내치고는 자신의 방으로 돌아왔다. 흥분이 가라앉지 않아 씩씩댔다. 망가진 인형의 집을 보고 눈물을 엄청나게 흘리고 나자, 그제야 기분이 가라앉았다.

속이 다 후련했다. 어려서부터 인자한 부모와 오빠들 밑에서 단 한 번도 맞지 않고 모진 말도 듣지 못했는데, 결혼 후부터는 모든 걸 감내했다.

혹 자식한테 그 폭언이 갈까 봐 자신이 몸으로 받았다. 그 20년의 설움과 한이 이제 조금 풀렸다. 인형의 집이 박살 났지만, 마음의 상처는 물꼬가 터져 나와 흘러내렸다.

그 고름을 쭉 짜내기는 힘들겠지만 조금씩 이겨나갈 것이다.

그 뒤에는 여성구락부 회원들이 있다. 고미정은 회원들의 얼굴을 떠올리면서 설움을 곱씹고 하나하나 어떻게든 과거 폭력의 기억을 지우고자 애썼다.

이제 세상은 달라질 것이다. 달라져야 한다. 아내와 자식을 쥐어패는 가장에게서 놓여나야 한다.

고미정은 속으로 결심을 내뱉으면서 울음을 손바닥으로 쓸어내렸다.

이제부터는 우는 일을 만들지 말고 웃기로 했다.

경성에서 여자는 운전하면 안 되는가?

설아가 신문사에서 일을 보고 있는데 강명애가 다급하게 찾아왔다. 얼굴에 심각한 기색이 역력했다.

"무슨 일이야? 언니."

"설아야. 너 지난번 찍은 사진 인화 어디다 맡겼어."

"어? 경성최고사진관에. 일주일 있다 찾으러 가면 돼요."

"그게 큰일 났어. 카페 여급 출신 작가가 누드 사진 찍었다고 그 사진이 신문에 났어."

"뭐라고?"

"설아야. 너 그런 지시한 적 없지."

"당연하지."

"이거 봐봐."

강명애가 내미는 신문에는 그녀가 화장한 얼굴로 수줍게 가슴을 가리며 브래지어만 착용한 사진이 실려 있었다. 신문은 설아가 들어보지 못한 것으로 아마도 호외식으로 비정기적으로 찍어서 돈을 받고 가두 판매하는 신문 종류인 것 같았다.

"이 《가십일보》라는 신문사는 첨 들어보는데, 뭐 아는 거 있어요?"

"아니, 나도 몰라. 난 누가 길거리에서 산 걸 가져다줘서 알았어. 어떻게 하지?"

"일단 이름과 이력을 실었으니 큰일이야. 내가 어서 사진관 가서 알아볼게."

"같이 가자."

설아와 강명애는 신문사를 뛰쳐나가서 모터바이크에 올라탔다. 강명애가 여벌의 헬멧을 설아에게 씌워 주었다. 설아는 옆에 외따로 달린 사이드카에 앉았다. 강명애는 빠르게 운전해서 황금정(을지로) 금융회사 건물 뒷편에 위치한 경성최고사진관에 도착했다.

설아는 플레어스커트 자락을 휘날리면서 빠르게 들어갔다. 문에 달린 방울 소리가 요란했다.

"사장님!"

중년의 남성이 나와 인사를 했다. 금 단추가 달린 블레이저에 콧수염을 멋들어지게 기른 남자였다.

"이거 봐요, 사장님. 강명애 작가님 사진 유출 뭐예요?"

"무슨 일이신지요."

"이거 좀 봐요! 명예훼손이고 계약 위반입니다. 우리 고소 준비할 겁니다."

사장이 신문을 보고 눈을 휘둥그레 떴다.

"사진을 돈 받고 어디다 넘긴 거죠?"

사장이 가게 뒤편 암실로 들어가 큰 소리로 김 군을 찾았다. 잠시 후 20대의 키 큰 청년과 사장이 사진관으로 나왔다.

김 군은 얼굴이 사색이 되어 고개를 푹 숙였다.

"죄, 죄송하게 됐습니다. 이 친구가 급하게 돈이 필요한데 이런 게 고객에게 불미스러운 일이 될 줄 모르고 이런 짓을 했답니다. 자신은 누군지도 모르는데 신문사에서 유명 작가라면서 이름도 붙인 거래요."

강명애가 울음을 터뜨렸다.
"아니, 묻지도 않고 이러는 게 어디 있어요."
설아가 강명애를 달랬다.
"언니, 정말 미안해. 이럴 줄은 몰랐어."
김 군이 무릎을 꿇고 고개를 조아렸다.
"죄송합니다. 죽을죄를 지었습니다. 무슨 일이든 해서 보상하겠습니다. 다시는 이, 이러지 않겠습니다."
"하아."
설아와 강명애는 사진관 소파에 앉아서 한숨을 쉬었다. 이미 신문은 유포됐다. 하는 수 없이 사진관에서 원판 필름을 회수하고, 앞으로 법정에서 보자는 말을 남기고 신문사로 내달렸다. 김 군이 주소를 알려주었다.

바이크를 눈썹이 휘날리게 달려서 종로에 있는 자그마한 건물에 도착했다. 일본 가옥을 사무실로 개조한 건물로 여러 용도의 사무실이 있는 잡거 건물이었다. 2층에 올라가자 '가십일보'라는 문패가 있었다.
설아는 노크도 없이 다짜고짜 문을 열고 안으로 들어갔다.
책상 위에 강명애의 사진이 실린 신문이 두껍게 쌓여 있었다. 수동식 등사기로 신문을 복사하는 30대의 남성 두 명이 보였다.
"이거 봐요! 지금 이게 무슨 짓이요!"
남자들은 뒤를 돌아보았다.

"아니, 반도신문사 반설아 사장님 맞죠. 영광입니다."

남자 중 키가 큰 쪽이 설아를 알아보았다. 설아는 악수를 청하는 남성에게 큰 소리로 일갈했다.

"지금 당장 그 짓 그만둬요. 여기 강명애 씨가 직접 왔고요. 그 사진 얼마에 샀어요? 돈을 줄 테니 신문 폐기하고 회수할 수 있는 것은 회수해요. 우리는 정당하게 법원에 고소장 제출할 겁니다. 민사, 형사 다 걸거예요. 초상권도 위반했고, 명예도 훼손했어요."

얼굴에 잉크가 묻은 남자가 지지 않고 대들었다.

"뭐라고요? 우린 정당하게 사진을 김 군을 통해서 샀고, 강명애 씨 이력은 확실하잖아요. 그리고 공인이라 명예가 훼손될 것도 없소. 여급 체험 사실인 거 이 바닥 사람은 다 아오."

강명애가 울부짖었다.

"그래요! 여급에 대한 처우 개선과 남성들의 마초적인 문화를 파헤치려고 체험했어요! 하지만 미안한 마음은 아직도 여전히 있어요. 그녀들은 나올 수 없는 빛더미 속에서 허우적대는데, 나는 잠깐 겪은 걸로 기사 쓰고, 책도 내고, 명예도 얻고, 덕을 봤으니까요. 그런 경험을 이렇게 함부로 제 사진에 덧붙여 실을 게 아니에요. 그들이 이걸 보면 자기들 인생을 또 이용해 먹는 걸로 알 테니까요! 흐흑……."

키 큰 남자가 웃었다.

"잘 알면서 무슨 그따위 선정적인 사진을 찍어서 함부로 사진관에 유출하라는 듯이 맡겨요. 원한 거 아니요? 왜 노출증 그런 거, 서양 의학서에 나오더구먼."

"뭐라고요? 그게 왜 선정적인 사진이에요? 개인 소장용 사진이고 여성의 신체를 선정적으로 이용해 먹는 건 당신 같은 쓰레기 언론이잖아!"

설아는 흥분해서 등사기를 들어서 그대로 신문 뭉치 위로 엎어버렸다. 온통 잉크가 범벅되어 두 손과 옷에 묻고 바닥에 튀었다.

"아니, 지금 이게 무슨 짓이야!"

"손해배상은 신문사로 청구해요. 대신에 나도 맞고소할 테니까요. 다시 한번 더 이 사진 신문에 실으면 아예 허가증 반납하게 할 테니까. 기대해요! 사진 내놔요."

설아가 머리를 풀어 흩뜨렸다. 얼굴에 잉크가 묻은 남자가 사진을 건네자 그걸 받고 마구 사무실 집기를 소란피우며 떨어뜨렸다.

"이게 무슨 짓이야! 미친년같이!"

"왜요, 여기 경성에서 우리가 미치지 않고서야 당신네 같은 놈들이 상대나 해 주는 줄 알아! 오늘 중에 거리에서 신문 다 회수해! 내 눈에 띄면 그대로 죽어! 무슨 방도를 쓰든지 회수해! 오뉴월에 한 품으면 어찌 되는지 알지? 언니, 가자. 여기 진짜 더럽다. 고소장 날아올 거야. 조만간."

둘은 거리로 나왔다.

설아가 사진을 강명애에게 건네려다 고개를 젓고 찢으려는데 강명애가 받았다.

"줘. 내 사진인데. 난 이 사진 맘에 들어. 지들이 제멋대로 여급 경력을 달아서 그네들에게 또 미안해서 이렇게 난리가 났던 거지. 고소하지 말자."

"아냐, 언론사 윤리와 기강 확립을 위해서라도 필요해. 그건 내가 알아볼 테니까 걱정하지 마."

설아는 강명애를 껴안았다. 미안한 감정이 물밀 듯 밀려왔다.

강명애는 곧 진정했다. 그녀들은 카페에 들어가 커피를 마시며 숨을 골랐다.

이것저것 대화를 나누다가 설아가 부탁했다.

"언니, 나 오토바이 운전 좀 가르쳐 줘."

"그건 좀 위험하고. 자동차 있지? 운전사 없이 신문사 오갈 수 있게 운전은 가르쳐줄게. 네가 운전하는 차 타고 같이 수영장도 가고 구락부도 다니자."

"후후, 알았어. 그동안 설렁설렁했는데 이제부터는 제대로 배울게."

설아는 이시하라 사건 이후로 자동차 운전을 포기했다. 그날 밤 어떻게 운전을 했는지 겁이 덜컥 났다. 하지만 시일이 지나자 슬금슬금 제대로 배워 봐야겠다는 생각이 들었다.

강명애는 카페를 나와 바이크로 설아를 신문사에 내려줬다. 그러고 나서 손 키스를 보내면서 바이크에 올라탔다. 머리에 헬멧을 쓴 채 안경 위로 라이방 고글을 걸친 강명애는 정말 신여성다웠다. 그녀는 류색을 뒤로 메고 시동을 걸었다.

"운전 배우고 싶으면 내일 휴일이니까, 내가 너희 집으로 가서 어디 공터로 이동해서 가르쳐 줄게."

다음 날 강명애는 바이크를 가지고 설아의 집으로 왔다. 그녀들은 집 근처에 좀 떨어진 너른 벌판으로 이동했다. 강명애가 설아에게 자동차 운전을 가르쳤다.

강명애는 설아의 운전 실력을 찬찬히 살펴보더니, 바이크를 몰아 봐도 되겠다고 판단했다. 그리고 자신의 바이크로 운전을 가르쳤다.

1800년대 말부터 모터바이크가 나왔고 가솔린 기관으로 구동되는 힐데브란트 볼프뮐러는 4스트로크 2기통의 엔진을 장착하고 시속 60㎞ 주행도 가능했다.

강명애의 바이크는 할리 데이비슨 모터바이크로 군용으로 제조되었으며, 기자 생활을 할 당시 동료를 통해 염가에 대여한 게 지금은 소유자가 됐다. 운전석 옆에 사이드카를 달고 사이드백과 리어박스 등 수납 공간이 넉넉해서 책이나 헬멧, 장비 상자를 넣고 다녔다.

"두 손으로 기어와 클러치를 동시에 조절하는 게 자동차와 다른데, 하다 보면 익숙해져. 여자는 손이 작은 편이니까 장갑을 끼는 게 악력에 도움이 되고. 그리고 바이크는 자동차처럼 안정적이지 않으니까 중심을 잡는 게 중요해."

설아는 강명애의 설명을 주의 깊게 듣고 바이크의 핸들과 페달을 쓰다듬으면서 천천히 친해졌다.

"특히 저속일 때는 핸들에 무리하게 힘이 들어가면 중심이 무너져서 넘어지니까 사고로 직결돼. 자, 잡아봐."

설아는 강명애가 이끄는 대로 바이크 안장에 올라탔다. 가죽의 부드러운 촉감이 허벅지 안쪽으로 전해져 왔다.

"브레이크로 제동하는 것이 어찌 보면 가장 중요한데, 그걸로 속도를 조절하고 아울러 안전운전에 최선을 다해야 해."

설아는 강명애의 가르침에 바이크를 운전해 공터를 열 바퀴 이상 돌았다. 회전할 때 나는 엔진의 거친 파열음과 막다른 곳에서 좌회전해서 방향을 트는 쾌감이 쏠쏠했다.

"잘했어. 모범생 제자 하나 나오겠는데. 다음번에 또 가르쳐 줄게."

강명애는 차를 빠르게 회전하는 방법도 가르쳐 주기로 약속했다.

날이 점점 더워져 갔다. 다가오는 일요일에 냉랭한 사이인 이승전과 설아를 화해시키려 수영장에서 사교구락부가 모이기로 했다. 설아는 그간 정례회에서 이승전과 몇 번 말다툼을 했다.

강명애는 둘 다 외모와 화려함으로 겨루기를 하니까 잘 안 맞는 것 같다고 했다. 설아는 인정했다. 이승전과는 이상하게 라이벌 의식이 본능적으로 들었다.

민주의 제안으로 수영장 회합이 이루어졌다. 몸을 부대끼고 목욕하다 보면 사이가 좋아질 거라지만, 설아는 반신반의했다.

다만, 그녀는 무슨 수영복을 입어서 이승전의 기를 죽이나 고민했다.

드디어 일요일, 강명애가 설아를 데리러 모터바이크를 타고 왔다. 설아는 가죽점퍼에 딱 붙는 니트 원피스를 입고 헬멧을 쓴 채 강명애의 허리를 꽉 붙들고 앉았다. 강명애는 속도감을 내기 위해 사이드카를 분리하고 왔다.

바이크가 거센 시동음과 함께 출발하면서 속도감이 느껴졌다. 자동차를 타던 것과 다른 유속 공기의 흐름이 날것처럼 피부에 와닿았다. 수영장까지 전속력으로 달렸다.

1933년, 황금정 7정목 경성운동장에 국제 규격의 경성수영장이 지어졌다. 2,720평에 이르는 수영장은 총 수용 인원이 4,000명에 이르는 거대한 위락 공간이었다.

50m 코스로 1회 3시간의 사용이 가능하며, 일본 수영선수들을 초청해 시범경기를 펼쳤다. 수영장 옆으로 관중석이 거대해서 구경꾼도 수백 명 앉을 수 있었다.

설아는 취재차 한 번 가보기만 했지, 수영은 첨이었다. 미쓰코시에서 산 프랑스 직수입 수영복을 준비했다. 허벅지까지 내려오는 붉은색 미니드레스 모양의 수영복은 설아의 볼륨감 있는 몸매를 예쁘게 드러냈다. 수영모는 꽃이 달려 앙증맞았다.

설아가 수영복을 갈아입고 나왔다. 이어 강명애는 군 실내복 같은 황갈색 수영복을 입고 탈의실에서 나왔다. 민주와 고미정은 단정한 검은색 원피스 수영복을 입었다. 둘 다 허벅지까지 내려오는 기장이다. 김씨 부인은 아파서 나오지 못했다.

이승전이 가장 늦게 나왔는데, 설아는 입을 다물지 못했다. 배 부분이 살짝 드러난 투피스 형태에 다리가 엄청 파여서 허벅지부터 거의 허리까지 드러났다.

엄청나게 섹시했다. 수영장의 남성들과 여성들의 시선이 이승전에게 집중됐다. 박수를 치며 휘파람을 부는 사람도 있었다.

"어머, 이게 뭐야."

설아가 호들갑스럽게 눈살을 찌푸리자 이승전이 웃었다.

"앞으로 배꼽도 확 노출되는 투피스 형태의 수영복이 전 세계를 휩쓸 텐데. 기존에 파는 수영복이 너무 투박하고 무거워서 내가 직접 재단하고 만들었죠. 왜, 하나 만들어 줄까요?"

이승전에게 집중되는 시선이 설아는 고까웠다. 고미정이 수박과 참외 등을 식칼로 깎고 썰어서 대접했고, 칼피스를 넣어서 화채를 만들었다. 고미정은 설아에게 다정하게 건넸다.

"반 사장님, 이거 드세요."

"그냥 설아라고 부르라니까요."

"네. 그럼 설아 씨라고 할게요. 지난번에는 고마웠어요. 남편에 대한 충고요. 사실 효과를 발휘했어요. 남편이 나만 보면 혼난 개마냥 꼬리를 내리고 바싹 엎드리며 피해요, 호호."

"정말 잘되었어요."

"후, 그 고약한 성격이 언제 또 나올지 모르지만. 그때는 또 어떻게든 맞서봐야죠."

"저도 응원하고 뒤에서 도울게요."

설아는 웃음을 지어 보였다. 고미정도 살포시 미소를 지었다.

입에 넣은 수박에서 과육이 흘러나왔다. 설아는 입가에 흐르는 과육을 손등으로 쓱 훔쳤다. 달고 시원했다.

휴일을 맞아서 수영장은 인파가 많았고, 남녀가 구역을 나눠서 수영했지만, 남성들의 시선은 여성 구역을 슬금슬금 몰래 훔쳐봤다.

이승전은 시원한 근육질 몸매로 복근이 대단했는데, 50m 코스를 수십 차례 왔다 갔다 했다.

"어맛, 대단하다! 승전 씨, 영화에서 대역을 쓰는 줄 알았는데요."

고미정이 수박을 건네며 감탄사를 표현했다.

"치이. 잘난 척은."

설아는 뒤에서 비아냥거렸다.

"승전 씨는 수영 단체에서 제대로 수영을 배웠고, 접영도 가능해요. 그리고 등산이나 사격 육상, 스케이트 등 만능 스포츠우먼이에요. 영화에서 보여 주는 액션은 모두 승전 씨 실력입니다."

민주의 말에 고미정은 고개를 끄덕였다.

이승전이 잠깐 수영을 하러 간 사이 설아가 볼멘소리로 말했다.

"나도 집에서 살림하다 남편 가고 이제 겨우 사회 생활하니까 그렇지, 승전 씨처럼 초혼에 실패하고 일찍 독신 생활 시작했으면 다 배웠을걸요."

고미정이 놀란 얼굴로 설아를 봤다. 강명애가 지적했다.

"설아야, 남의 약점이나 아픔을 함부로 뒤에서 말하는 건 아니지."

"알았어요, 명애 언니."

"오늘 모임의 목적은 너랑 승전 씨의 화해 무드를 조성하는 건데."

"네. 자제할게요."

수영장에서는 쉬는 시간에 물속에 수박을 여러 개 던지고, 수영 강습 받는 중등학교 학생들이 들어가 바구니에 담아오는 행사가 열렸다.

남학생들이 여럿 들어가 수박을 건지는데, 한 학생이 수영하다 쥐가 났는지 자맥질하다 그대로 바닥에 가라앉았다. 장정들 몇 명이 수영장에 달려들었다.

이승전도 재빠르게 풀 속으로 입수했다. 한 마리 재규어가 물로 들어가는 것처럼 보였다. 설아 눈에도 참으로 멋져 보였다.

가장 깊숙이 물로 들어갔던 이승전이 정신을 잃은 까까머리 남학생을 건져 내오자 시민들의 탄성이 이어지고 박수갈채가 터졌다.

설아는 그제야 그녀가 참 아름답다고 여겼다.

이승전은 남학생을 수영장 바닥에 누이고 인공호흡을 해서 물을 토해내게 했다. 남학생이 정신을 차리자, 누군가가 이승전의 오른손을 자랑스럽게 치켜들었다.

둘러싼 사람들의 열렬한 박수 속에서 이승전이 조신하게 인사했다.

"〈청춘의 연가〉에 나온 이승전이다! 영화배우다!" 하는 환호성이 일어났다.

설아는 이승전에게 다가가 손을 내밀었다.

"나도 앞으로 수영 제대로 배워보고 싶어요. 승전 씨가 도와줘요."

이승전은 씩 웃으면서 고개를 끄덕였다.

"여기 경성에 제대로 된 스포츠웨어가 없으니까 언제 내가 디자인과 재단까지 직접 해서 만든 옷을 선물로 줄게요."

그렇게 그날 설아는 이승전과 격의 없는 소통을 했다.

설아는 점점 경성여성사교구락부 회원들과 깊은 소통을 하면서 신문사 일에 전념했다. 집에서는 기요코가 냉랭했지만, 집안일을 흠 없이 이끌어 가기에 신경 쓰지 않았다.

야쿠자와 결투를 벌이다 드러난 거대한 진실

설아는 회원들을 드라이브시켜 준다고 며칠 전부터 약속을 잡고 나오라고 했다.

"어서 타요. 오늘은 내가 일일 운전사입니다. 차를 신문사 차량으로 한 대 더 샀어요. 그 차로 허가증을 받아서 나도 운전해도 돼요. 명애 언니랑 박 기자님한테 톡톡히 배웠으니까 걱정 말아요. 어차피 경성 바닥 운전사들 절반이 허가증도 없이 운전하는 거야 다 알 테지만. 난 허가 받았어요. 호호."

설아는 거추장스러운 롱스커트를 걷고 운전석에 앉았다가 아예 벗어 버렸다. 하얀 레이스가 달린 속바지가 나왔다. 겉은 망사 속치마가 감쌌다.

"진심 이런 치렁거리는 옷 입고 운전하면 위험하다고."

설아는 망사 속치마를 확 올렸다. 지나가던 여학생 두 명이 남사스럽다는 듯이 설아를 보고 눈을 찌푸렸다. 유정은 그들을 노려보면서 길바닥의 진흙을 집어서 교복 치마에 던졌다. 여학생들이 소리 지르면서 도망쳤다.

"어디서 우리 사장님한테 눈을 흘겨. 가시나 년들이, 확! 학교 다니면 대수냐?"

설아는 픽 웃고 속치마를 둘둘 허리에 말아 고정한 후 운전석에 앉아서 페달에 발을 올렸다. 크랭크를 오른쪽으로 돌리면서 시동을 걸었다.

민주가 쿡 웃으면서 보조석에 올라앉았다. 뒤의 좌석에는 덩치가 큰 고미정과 그 옆으로 자꾸 헛소리하면서 낄낄 웃는 김 씨 부인이 앉았다.

가장 바깥쪽에는 유정이 앉았다.

유정은 설아가 구락부 티파티에서 정식으로 소개한 이후 구락부에선 그녀를 하녀가 아닌 일원으로 대했다. 유정도 새 차 시승식에 탈 자격이 충분했다.

신문사에서 귀빈 접대용으로 새로 산 차는 검은색 캐딜락이다.

고미정이 김 씨 부인을 걱정스레 쳐다봤다.

"아무래도 오늘따라 저기압이라 그런지 헛소리가 좀 심하신데 댁에 모셔다드릴까 봐. 삼청정에 먼저 갈까요, 설아 씨?"

"아뇨, 후후. 부인도 평생 명문가 내조하다 속 끓어댔으니 시원하게 드라이브나 하죠. 그 집 고용인들도 김 씨 부인 모시는 거 조금은 쉬고 싶겠죠. 어디로 갈까, 민주야?"

"설아, 니가 가고 싶은 대로."

"압구정이나 청계산까지 확 달려볼까? 오늘따라 길에 차도 별로 없던데."

설아는 화끈하게 속력을 높이면서 말했다.

"그럼 달려봅시다!"

설아는 콧노래로 〈Sing, Sing, Sing〉을 불렀다. 클러치 페달을 꽉 밟으면서 속력을 더 높였다. 차창을 열자 시원한 바람이 옆머리를 날렸다. 설아는 올린 머리를 화악 풀어버렸다.

화창한 날씨, 다리 사이로 시원한 바람이 들어와 돌고 나갔다.

"진짜 신난다."

고미정이 설아가 부르는 콧노래 가사를 정확하게 따라 했다. 김 씨 부인도 화음을 넣었다. 민주와 유정도 덩달아 신났다. 압구정 정자를 향해서 달리는데, 흙먼지가 날리는 비포장도로에서 차가 덜커덩 소리를 내면서 퉁퉁 튀어 올랐다.

"멀미 날 것 같아!"

고미정이 창밖으로 얼굴을 내미는데, 이때 갑자기 검은색 뷰익이 차 앞으로 거칠게 끼어들었다. 설아가 브레이크를 늦게 밟아서 하마터면 박을 뻔했다.

"어머, 뭐야! 후, 큰일 날 뻔했다. 어우 왜 저래."

뷰익이 갑자기 급정거했다. 설아는 브레이크를 밟아서 간신히 멈췄다.

"엄마얏!"

"어, 뭐야. 괜찮아요?"

차 안의 여성들이 소리를 냈다. 설아가 눈치를 보다가 천천히 몰아서 뷰익 앞으로 가로질러 나가는데 갑자기 뷰익이 경적을 크게 울리면서 차 꽁무니를 바싹 따라왔다.

설아는 차를 멈추고 어떻게 할지 몰라서 대기했다.

"그냥 갈까요."

설아가 말했다.

"아니, 한 번 지켜봐요. 급한 일이 있을지도 모르잖아요."

고미정의 말에 설아는 창밖으로 얼굴을 내밀어 뒤를 살폈다.

우락부락하게 생긴 남자 두 명이 차에서 나왔다. 한 명은 화려한 스트라이프 양복에 두 손에 여러 금반지를 낀 폼이 야쿠자 느낌을 주었다. 다른 한 명은 중산모를 눌러썼는데 그 밑의 눈빛이 날카롭고 야비해 보였다. 고미정이 두려워하며 주변을 훑었다.

마침 압구정 정자 주변에는 인적도 드물고 벌판에 논밭만 있었다.

"뭐야? 여편네들이 차를 함부로 경성 바닥에 끌고 나와서 어디서 지랄이여!"

남자들이 얼굴을 붉으락푸르락한 채로 화를 내면서 차에 다가왔다. 말투를 보아하니 일본 오사카 지방 조폭인 듯 보였다.

설아가 살짝 어색한 미소를 띠었다.

"어떻게 하지? 애교로 넘겨? 아, 미치겠다."

민주가 진지하게 말을 건넸다.

"좋게 보내자. 정중히 나오면 될 거야."

민주가 설아를 제지하고 먼저 내려서 사과했다. 하지만 덩치 남자들은 한참 실랑이를 벌이면서 운전석을 손가락질했다. 운전자가 나와 제대로 사과하란 제스처로 보였다.

고미정이 설아의 스커트를 건넸지만, 설아는 입지 않고 속바지와 속치마 차림새로 나왔다.

남자들이 황당한 얼굴로 보다가 씩 비열한 웃음을 머금었다.

"어맛! 운전하다 보니 옷이 거추장스러워 벗는다는 게. 미안해요, 오빠들. 운전 허가증 받아서 차 몰고 나왔는데 그만 진로를 방해했어요."

솔직히 그들이 먼저 훼방을 놓았지만, 설아는 사과해서 좋게 보내고자 했다.

"시방, 요즘 경성서 어떤 여자들이 요로콤 집서 나와서 유람하고 다닌 다냐. 미친년들이 옷도 홀러덩 벗어젖히고. 야, 너 어디서 놀던 논다니 야. 카페에서 놀던 후래빠 아냐? 오늘 오빠야들하고 놀자."

이때 김 씨 부인이 노래를 부르면서 차 문을 열고 나왔다. 유정이 설 아를 뒤따라 내려서 마침 차 문이 살짝 열려 있었다.
김 씨 부인이 일본 제국군의 〈애마진군가〉를 불렀다.

"조국을 떠나고서 몇 개월인가.
이 말과 함께 죽을 각오로
공격하고 전진했던 저 산과 강들
굳게 쥔 말고삐에는 피가 통하는구나.
그 전날 함락시킨 적 진지에서 오늘은 큰소리로 코 골며 선잠을 자네."

김 씨 부인이 하얀 모시 저고리에 치맛자락을 옥반지 낀 손으로 꼭 쥐고 노래를 부르자 남자들은 무슨 일인가 하면서도 군가에 차마 함부 로 행동하지 못했다.

갑자기 김 씨 부인이 망연한 표정을 바로 하고 정색했다.
"네 이놈들, 일제의 개들아! 감히 대한제국 황후를 시해하려 니들이 경복궁 앞마당을 침범해! 너 이 새끼들아! 여기가 어디라고 니들이 와 서 설치는 게야. 니들의 오장육부를 찢어발겨도 시원치 않아! 어서 썩 꺼지지 못해."
설아, 민주가 놀라고 고미정은 차에서 달려 나와 김 씨 부인의 입을 손수건으로 틀어막았지만, 부인은 계속 고함을 쳤다.

"에에, 이 조선 땅에서 그 훈도시 찬 변변찮은 불알 두 쪽 가지고 썩 물러가지 않을까!"

남자들이 두 주먹을 쥐고 김 씨 부인에게 달려들어 주먹질하려는 찰나, 윤민주가 고함을 질렀다.

"꼼짝 마! 더 이상 다가오면 발포한다!"

설아가 민주를 보았다. 윤민주는 스커트를 들어 올리고 가터벨트에 찬 브라우닝 1900을 빼 들어 하늘을 향해 한 방 쐈다.

갑자기 총성이 하늘을 가르면서 불꽃이 튀었다.

설아가 놀라 권총을 조준하는 민주와 남자들을 번갈아 봤다.

민주는 외쳤다.

"한 발자국이라도 오면 쏜다!"

남자들이 낄낄 비웃으면서 품에서 새비지 1907 반자동 소총을 꺼냈다. 그들은 말로만 듣던 무장 강도였다.

"이년들아, 니들 다 죽었어. 어서 옷 다 벗고 돈 내놓고 차도 내놔!"

스트라이프 양복을 입은 덩치가 고미정에게 총구를 겨눴다. 민주가 서성이는데 설아가 잽싸게 캐딜락 운전석으로 들어갔다. 그리고 시동을 걸었다.

"이년아! 어딜 튀었!"

중산모 남자가 차 앞을 가로막는데, 설아는 클러치 페달을 꽉 밟고, 스티어링 휠의 레버를 최대한 당겼다. 속력이 급가속 되면서 설아는 캐딜락으로 중산모 사내를 그대로 들이받아 깔아뭉갰다. 캐딜락이 남자를 밟고 나무를 받으려는 순간 설아는 레버를 조절해서 끼익 차를 멈췄다.

"오야붕! 야, 이년들아! 니들 죽었어."

양복 남자가 소총을 발사하는데, 민주가 총알을 피하면서 정확하게 사격을 했다. 브라우닝의 총구에서 불꽃이 파팍 튀면서 총성이 하늘을 갈랐다.

탕! 가슴팍에 총알을 맞은 남자가 뒤로 누웠다.

설아가 눈을 크게 떴다.

"대박! 윤민주, 너 뭐야? 유학 다녀온 여의사 아니지? 뭐야?"

민주가 차분하게 차에 깔린 남자부터 살폈다.

"의사에 남의사, 여의사가 어딨어. 그런 것처럼 독립운동하는 사람일 뿐이야. 반설아, 총 맞은 남자 죽었는지 확인해!"

고미정이 반설아 대신 양복 사내의 경동맥에 손을 가져갔다. 고개를 저었다.

"갔습니다."

"잘됐어요. 우리의 정체가 들통나는 것보다 낫죠. 자, 저를 도와주세요. 고미정 사장님은 김 씨 부인을 달래고, 차에 모셔요."

민주는 남자의 시신을 도움을 받아서 트렁크에 싣고 벌판에서 좀 떨어진 산으로 이동하라고 설아에게 요청했다. 설아는 산에 도착 후 차를 멈췄다.

"차 트렁크에 땅 팔 만한 도구 없어?"

민주의 말에 설아가 답했다.

"마침 박 기자님이 나중에 성묘 다녀올 때 쓴다고 농기구 넣어 둔 게 있긴 한데, 한번 볼게."

설아는 총 맞아 죽은 시신과 눈이 마주치는 걸 피하면서 트렁크 속에 손을 넣어 뒤졌다.

"유정아, 좀 도와줘."

설아는 유정이 시신을 들자, 밑에 깔려 있던 삽과 각종 도구를 꺼냈다.

"이제 이 남자들 어떻게 해야 하는 거야?"

"나눠서 묻어야지."

"뭐어? 토막살인?"

"사체 은닉이라고 봐야 해. 식민지 조선 여성들이 일본인 남성들을 살해했다는 걸 사람들이 알아봐. 우리는 모두 형무소행이야. 사형을 당할 테지."

"이들이 먼저 시비 걸고 무장 발포했잖아. 우린 총구만 겨눴지. 위로 쏴서 겁만 준거고."

"그걸 누가 믿겠어. 넌 신문사 사주 미망인에 남편의 살인도 의심받는 용의자야. 난 종합병원 원장이고. 물고 뜯기 좋지. 총독부는 일본인 남성을 죽인 조선인 여성을 어떻게든 사형대에 세우려고 할 거야."

"시아버님이 형사들 들쑤셔서 나 조사하는 거 어떻게 알았어?"

설아에게 박 기자는 정보원을 통해 알아낸 사실을 일러주었다. 유명운이 경찰서를 찾아가 설아가 용의자라고 난리를 쳤다는 것이다. 설아는 유명운이 사주 자리에서 물러나게 하려는 것도 모자라 용의자로 본다고 화를 냈지만 속으로 뜨끔했다.

"우리 세력이 그 정도 정보력은 있어."

"너 티파티에 나 우연히 데리고 간 거 아니지."

민주는 설아의 두 손을 꼭 잡았다.

"너의 재력, 신문사 정보력과 언론플레이 그리고 과감한 네 성격이 이 일에 필요해. 우리 세이브더조선을 도와줘."

"세이브더조선이라니."

"영어로 지은 단체명이야. 독립구국단이라는 이름은 일제가 듣기만 해도 발악을 할 테니."

이때 중산모를 쓴 남자가 신음을 내며 일어나려는데, 민주가 총을 빵! 쐈다. 남자는 완전히 죽었다.

"먼저 이들을 사라지게 하고, 일단 나와 함께 병원 지하의 연구소에 가자. 고미정 씨도, 그리고 김 씨 부인도 우리 단체에 재력을 대셨어. 그리고 고미정 씨는 현재 다른 여성 동지들과 더불어 전투 능력을 배우고 있어. 이제 남자, 여자를 떠나서 수레바퀴가 두 바퀴가 나란히 있어야 굴러가듯이 우리 여성들도 독립운동의 한가운데서 한몫을 해내야 해."

민주는 들고 다니는 손가방에서 날카로운 메스를 꺼내서 남성들의 손가락을 잘랐다.

"지문을 먼저 없애야 해."

그리고 민주는 유정과 설아를 시켜서 남자들의 옷을 벗기고 반지를 뺐다. 소지품을 없애서 신분을 감추기 위함이라는 건 설아도 알았다.

설아도 일을 적극적으로 도왔다. 벌거벗은 피투성이 남자들을 트렁크에 들어있던 미니 수레에 실어서 산길로 향했다.

산을 오르려 애를 쓰다, 유정이 산길에서 벗어난 등성이를 가리켰다. 구덩이에 나뭇가지로 덮어놓은 게 보였다.

산짐승을 잡기 위해 파 놓은 구덩이였다. 설아는 민주, 유정과 함께 남자들의 팔과 다리를 잡고 구덩이로 던져 넣었다. 민주가 걱정스러운 얼굴로 쳐다보았다.

"이래서는 시납화라도 되면 금방 시신이 들통날 텐데."

"기다려 봐."

설아는 캐딜락으로 달려가서 연료통 입구를 열었다. 트렁크에서 휘발유 담는 통과 피스톤 펌프를 꺼냈다. 설아는 피스톤 펌프로 휘발유를 빼서 통에 담았다. 그리고 담배와 라이터를 챙겼다.

유정이 휘발유 통을 받아들고 뚜껑을 열어서 구덩이 안에 고루 뿌렸다.

설아는 담배를 유정과 민주에게 건넸다. 유정만 입에 물었다. 설아는 유정과 담배를 나란히 피우고 마지막에 구덩이에 불째 던졌다. 구덩이 속이 불길로 활활 타오르면서 고기 굽는 냄새가 물씬 났다. 설아는 인상을 찡그렸다. 기분이 별로였다.

"이러면 토막 낼 필요 없겠지? 귀찮잖아."

"가자. 설아야."

그녀들은 김 씨 부인을 집에 모셔다드렸다. 설아는 민주, 고미정, 유정과 함께 신당정의 민주종합병원으로 향했다.

너른 벌판에 철제 대문과 담장이 둘러쳐진 사유지에 도착했다. 견고한 철문 한가운데에 떡갈나무가 새겨진 청동 주물이 걸려 있었다.

"떡갈나무 문장이 뭘 상징하는 거야?"

설아가 무심코 물었다.

"응, 뿌리가 깊고 튼실한 나무 등치에 새싹이 무성한 도안은 한민족이 깊게 뿌리내리고 앞으로 자유롭게 번영하라는 염원이 깃들었어."

설아는 민주의 깊은 뜻이 가슴으로 와 닿았다. 이건 분명히 어제오늘 시작된 거사가 아니다.

오래도록 준비한 것이다. 민주가 철문의 벨을 눌렀다.

잠시 후 경비원이 나와서 철문을 열고, 설아는 차를 몰고 안으로 들어갔다.

진입로를 한참 통과해야 건물이 나왔다. 어마어마한 규모의 대지에 병원과 정원 등을 만들었다.

병원은 4층 건물이었다. 층은 낮지만, 옆으로 길게 직사각형 모양으로 벌어져 있어, 병상이 130여 개나 되는 대형병원이었다.

민주는 콜레라 등의 전염병 환자를 경성부립순화원이나 경성제대병원 등에서 감당하지 못할 때 이 병원으로 이송한다고 했다.

설아는 언뜻 기자에게서 이런 말을 들은 적이 있었다. 노숙인 중에 무연고자 환자가 나오면 다른 병원은 거부하기도 하는데, 신당정의 민주종합병원이라는 곳에서 잘 받아준다는 말이었다.

설아는 그 말을 들었을 때 속으로 '윤민주, 출세했네.' 하는 생각이 들었다. 남편 덕에 병원을 자기 이름으로 세웠나 싶기도 했다. 그러나 막상 와 보니, 기자한테 들었던 것보다 위용이 컸고 실체는 단순한 병원은 전혀 아니었다.

경성여성구락부의 베일에 가린 실체

　병원 건물 뒤로는 너른 벌판과 산이 있고, 앞에는 아름다운 정원이 잘 꾸며져 있었다.

　환자들이 간호사들, 간병인들과 산책을 하고 있었다. 설아 일행은 민주의 안내로 병원 안으로 들어갔다.

　민주는 1층의 원무과와 휴게실, 각종 처치실, 2층의 수술실과 진료실, 3층과 4층의 병동을 구경시켜 주었다. 민주는 안내를 끝낸 후에 진지한 얼굴로 말했다.

　"우리 병원에서 가장 중요한 연구실로 안내할게. 이제부터. 이곳서부터는 대외비에 부치셔야 합니다. 고 사장님도 연구실은 처음이죠?"

　설아를 비롯한 일행은 모두 고개를 끄덕였다.

　지하 연구실로 향하는 계단은 1층 휴게실 안쪽의 진입 금지 구역이라고 적힌 철문 안쪽으로 있었다. 민주는 열쇠 두 개로 자물쇠를 열고 안으로 그들을 들여보냈다.

　계단은 어두웠지만, 지하 복도에 도착하자 백열등이 구간마다 불을 밝히고 있어서 환했다.

　거대한 철문을 열자, 지하 연구실이 드러나고 하얀 가운을 입고 각종 실험 기기를 가지고 연구하는 연구원들이 나왔다.

남자 두 명이 다가왔다. 이미 민주의 연락을 받고 그들을 기다리던 사람들이었다. 이연호 의사는 민주의 남편이자 병원의 공동 원장이라고 했고, 그 옆의 민동연은 연구소의 설립자이자 세이브더조선의 수장 및 총책임자였다.

민동연은 키가 크고 눈코입이 뚜렷한 미남자였다. 그는 큰 손으로 설아의 오른손을 꽉 잡고 악수했다.

"반갑습니다. 유정수 사장과는 일본 게이오대학 유학생 모임에서 알게 되었습니다."

설아는 깜짝 놀랐지만 모른 척했다.

"반도신문사가 사장이 바뀌어서 직원 위주의 회사가 돼 좋은 방향으로 선회하고 있다고 들었습니다."

설아는 민동연의 환한 웃음에 마음이 풀어졌다. 그 옆에 있던 나약한 인상의 이연호가 고개를 끄덕였다. 얼굴이 하얗고, 호리호리한 체구의 이연호는 민동연에 비해 에너지가 약해 보였다.

악수하는 힘도 세지 않았다. 오히려 아내 민주가 더 생활력이 있었다.

이연호는 친절한 미소를 지었다.

설아는 저런 부드러운 성격의 남편은 어떨까 잠시 생각하다 고개를 저었다.

어느 쪽이든 있으면 귀찮고 힘든 건 마찬가지일 게다.

민동연과 이연호가 고미정, 유정과 인사를 마치고 긴급한 회의를 위해 사무실로 들어갔다. 민주는 한형준을 소개했다.

"우리가 하는 주력 연구는 특정한 병원균을 이용해서 이걸 일본군들에게 퍼뜨렸을 때 군대를 무력화시킬 수 있는지야. 그리고 이 모든 연구의 실질적 책임자는 바로 한형준 연구원이셔. 생화학 박사님이지."

뿔테안경을 끼고 키가 작고 마른 체구의 남자가 90도로 인사를 했다.

"한형준이라고 합니다. 반 사장님. 신문에서 뵈었어요."

설아는 취임 기사가 실린 사진을 기억했다.

"그 사진 못 나왔는데."

"아, 아닙니다. 제 눈에는 너무 예쁩니다."

"호오, 영화배우 이승전 알죠? 그 여자가 예뻐요, 제가 예뻐요?"

한형준은 배시시 웃었다.

"이승전 씨도 아름답고 역동적이고 활기찬 경성 신여성이지만, 제 생각에는 반설아 사장님이 더 우아하고, 멋집니다. 귀엽기도 하고요."

설아는 화를 버럭 냈다.

"어머, 귀엽다는 건 안 예쁘다는 뜻 아니에요?"

한형준이 난처한 듯 두 손을 내저었다.

"아, 아닙니다. 일본 우키요에에 나오는 모델처럼 반 사장님이 독특하고 개성적이라는 겁니다."

설아는 큰 소리를 냈다.

"춘화에 나오는 유곽 여인 말씀하는 거예요?"

한형준이 당황하며 손을 내저었다.

"아, 아니에요. 그런 의도로 들렸으면 죄송해요."

설아는 순진한 연구원을 놀리는 게 재미있었다.

"설아야, 좀 심해. 자, 그럼 한 박사님과 우리 연구 진행 과정을 돌아보도록 해. 난 회의에 들어갈게."

고미정과 유정은 다른 연구원들이 안내하며 설명해 주었다.

설아는 민주가 가고 나서 한형준의 두 손을 부드럽게 잡았다.

"아우, 이런 얇은 손가락이 조선의 독립을 위해 큰일을 한다니 놀라워요."

형준은 얼굴이 벌게져서 고개를 푹 숙였다.

"부끄러워 말아요. 손이 왜 이렇게 거칠어요. 잠깐만요."

설아는 핸드백에서 자그마한 유리 용기를 꺼냈다. 그리고 그 안의 크림을 손에 찍어서 형준의 두 손에 천천히 아주 부드럽게 발라 주었다.

"영국에서 만든 로션이에요. 복숭아 향과 재스민 향이 믹스됐는데, 제가 향을 특별하게 주문해서 만들었어요. 이 향은 제 향이에요. 후후, 저만 생각하세요. 훗날 이 향을 다시 맡으면."

형준은 두 눈에 하트가 가득 차서 설아의 얼굴을 수줍게 웃으면서 보았다.

"아우 잘생겼어요. 배우도 아니고 연구원인데. 이런 지하에서 해도 못 볼 텐데 제가 밖에서 식사 대접해 드리고 싶어요."

"식, 식사요? 우리 둘이서요?"

"네. 안 될 거 있어요? 밥 한 끼 먹는 것도 대단한 인연이라는데요? 호호호."

설아가 활짝 웃자 형준은 볼이 발그레해졌다. 그리고 눈과 입이 활짝 덩달아 웃었다.

이때 형준의 뒤로 놓인 철창에 갇힌 남자가 으르렁대면서 쇠창살을 두 손으로 거세게 쳤다.

"어머!"

"놀라셨죠. 지금 괴질에 걸린 원인을 찾는 중인데 아직 못 밝혀냈어요. 뒤로 물러나세요. 장막을 치면 됩니다. 환자 침대에 두어서는 안 됩니다. 무척 사납죠."

"아뇨, 그대로 두세요. 괴질의 원인을 캐야 하는데 왜 가려요. 저도 잘 보겠어요."

설아는 얼굴이 일그러지고, 종기에 고름이 가득 차서 흉측한 노동자 차림의 남자를 자세히 보았다. 그는 이성을 잃고 야수처럼 덤비고 으르렁대다가 제풀에 지쳐 주저앉았다.

"왜 저러는 거죠?"

형준이 서류를 들여다보고 설명했다.

"영국의 성냥공장에서 일하던 아이들이 백린에 중독돼서 턱뼈가 괴사하고 얼굴형이 비틀어지고 피부는 까맣게 되었죠. 이후에 여공들이 파업을 하고, 구세군 단체에서 백린을 몰아내고 적린으로 성냥을 만드는 공장을 세웠습니다. 1888년에 영국에서 발생한 사건이죠."

형준은 남자를 보다 잠시 뜸을 들였다.

"그래서 안데르센의 「성냥팔이 소녀」 동화가 나왔을지도 모릅니다. 공장에서 쫓겨난 병든 어린 소녀가 돈 대신 받은 성냥을 파는 겁니다."

"뭐라고요? 정말요? 아이 안타까워라."

"저희는 화학물질에 감염된 노동자들을 몇몇 연구하고 있어요. 모두 정신을 잃고 저렇듯이 인사불성이 되어서 으르렁대죠. 그리고 사람의 피 냄새에 반응하고 심지어 사람을 물어뜯어요. 저 사람은 노동자 합숙소에서 옆에서 자던 동료의 얼굴을 절반 넘게 물어뜯고 붙들려 왔죠. 이름은 김노주입니다. 나이는 36세. 가족은 없고 홀로 경성에서 노동하다가 저렇게 되어 형무소에 들어갔지만, 도저히 통제가 안 돼 구빈원이나 정신병원을 전전하다 여기로 왔어요."

"대체 병명이 뭐죠?"

"신종 병이라 이름을 지었어요. 존비(鈝仳). 손톱이 송곳처럼 날카롭게 변하고, 얼굴이 추해져서 송곳 존(鈝), 추할 비(仳)를 붙였어요."

"좀비요?"

설아가 눈을 둥그렇게 뜨고 되묻자 형준은 시선을 마주치고 부끄러워하면서 답했다.

"아, 아뇨. 존비요."

"저걸로 어떻게 일본을 이기죠? 일본 군대는 전투기에 전함도 갖고 있는데요? 총만 쏴도 죽을 거 아니에요. 야수로 만들어 대항하나요?"

"우리는 존비병에 걸린 사람을 훈련해 군대로 만드는 게 아닙니다."

형준은 일에 대해 말할 때만은 떨지 않고 당당하게 자신감 있었다. 설아는 그가 멋져 보였다.

"반대로 일본 군대를 모조리 존비병에 걸리게 해서 무력화시키려는 겁니다. 존비병 환자들은 체력적으로 강해 보일 뿐, 정신은 피폐하고, 혼란스러워 명령 체계가 무너집니다. 자멸하는 거죠. 그들끼리 서로 물고 뜯고 싸우다가 공격성을 제어 못 하고 서로를 죽이죠."

"어머 무서워. 만약에 존비병에 제가 걸리면 어떡해요? 저도 죽어야 하나요?"

"걱정 마세요. 조선인들이 걸릴 걸 대비해 치료약을 만들고 있습니다. 업엔드 정이라고 기분이 극도로 하이해지는 걸 다운시키는 약입니다. 존비의 사나움과 난폭함을 업엔드 정으로 떨어뜨리고 제정신이 돌아오게 하죠. 거의 완성 단계입니다."

"휴, 다행이네요. 근데 존비는 사람을 물어뜯어서 잡아먹나요? 인육을 먹는 건가 해서요."

"글쎄요. 아직은 물어뜯기만 하지, 먹는 것은 지켜보지 못했습니다. 존비병에 걸리면 생고기를 좋아하는 경향을 보입니다. 사실 인육을 먹는 습관은 유럽 십자군 원정 때 이교도 포로를 종교의식으로 먹는 데서 비롯됐다고 하는데, 중국에서는 복숭아만 먹인 소녀를 당뇨에 걸리게 해서 땀과 오줌을 받아서 보양식으로 먹었답니다. 근데 다 전설로만 전해지는 이야기죠. 그런 건 모두 특수한 효과를 보려고 섭식하던 건데, 존비병 환자는 일단 생피를 탐하는 경향이 엿보입니다. 마치 유럽 전설에 내려오는 늑대인간 같이요."

"어휴, 무섭군요. 피 맛을 즐긴다니요."

"걱정 마십시오. 연구를 통해서 병을 치료할 약도 만들고, 병균을 이용해서 일제를 부술 방법도 고안 중입니다."

설아는 손을 모아 가슴을 쓸어내렸다.

"휴, 안심이네요."

형준은 멋쩍어서 시선을 피했다. 설아는 형준의 손을 덥석 잡았다.

"호호, 역시 대단하세요. 이 두 손에 우리의 미래가 달려있군요."

설아는 형준의 손을 자신의 볼에 갖다 댔다. 그리고 시선을 마주쳤다.

형준은 눈을 바닥에 두고 수줍은 아이처럼 어쩔 줄 몰라 했다.

설아는 본능적으로 형준이 자신에게 빠졌다는 걸 깨달았다. 설아는 블라우스 단추를 집게손가락으로 슬쩍 풀어서 가슴골을 노출하면서 천진무구한 얼굴로 말했다.

"저를 유사시에 지켜주세요."

이때 김노주가 벌떡 일어나 철창을 쾅 쳤다.

"엄마, 무서워라."

설아가 형준에게 푹 안겼다.

형준이 뒤돌아보는데 김노주가 입가에 침을 질질 흘리면서 철창을 붙들고 우왕! 소리쳤다.

형준이 놀라 뒤로 물러났다. 설아는 형준의 품에 안긴 채 시선을 들어 김노주를 신기하다는 듯이 살폈다.

"위험해요. 저리로 가요."

그제야 설아는 고개를 푹 숙여 형준의 품에 얼굴을 파묻었다.

"아유, 무서워."

설아는 그러다가도 고개를 들어 씩 웃으면서 발광하는 김노주를 살폈다. 김노주는 탐색하는 듯 몇 분 정도 코를 쿵쿵대다가 얼굴을 크게 일그러뜨렸다.

설아에게 신기한 창조물을 살피는 건 나름대로 의미가 있었다.

'나 혼자만 특이한 건 아냐. 뭐? 사패라고? 홍, 텐노 형사! 언젠가 일본으로 쫓아내 다시는 조선 땅에 발붙이지 못하게 할 거야. 자기가 정의를 수호하는 형사라고? 일본인들 자체가 이미 민폐이고 집단 사패들이야. 왜 남의 나라에 쳐들어와서 대신 부강하게 해 준다고 지랄이야. 군산항에서 쌀들을 다 일본으로 퍼 나르면서.'

설아는 3.1운동이 일어난 이유를 너무도 잘 알았다.

조선의 독립이 일차적 목표지만, 그 저변에는 일본인 회사만 설립이 쉽고 조선인 회사는 허가도 어려우며, 땅은 몰수하고 물자는 일본으로 모조리 빼돌려서 조선인들은 상류층을 제외하고는 허덕이며 사는 것에 대한 분노가 있었다.

공무원들은 거의 일본인으로 뽑아놓고, 조선인들이 취업할 수 있는 곳은 제한적이다.

결국 먹고사는 문제가 해결되지 않고 너무도 배가 고프기에 살고자 목소리를 낸 것이다.

설아가 남편을 죽인 것도 이와 다르지 않았다. 빈털터리로 쫓겨나면 길거리에서 설아가 택할 수 있는 길은 매춘이나 구걸이다.

둘 다 인격을 버리고 주체적으로 살 수 없는 길이다. 그걸 막고자 설아는 온몸으로 유정수를 막아낸 것이다. 그리고 부와 권력을 거머쥔 것이다.

유명운과 신문사 주주들 등이 틈틈이 그녀를 몰아낼 기회를 엿보지만, 아직은 설아의 손에 회사 실권이 있다는 것이 중요하다.

물론 텐노가 가진 단서가 두렵기도 하지만, 그를 일본으로 몰아내면 된다.

설아는 새삼 결심했다. 텐노를 몰아내서 가진 재산을 지키기 위해서라도 이들의 독립운동을 돕기로 마음먹었다.

설아 일행이 연구소를 떠나자 형준은 허탈하다는 듯이 털썩 의자에 앉았다. 연구가 손에 잡히지 않았다.

옆에서 크림빵을 먹던 동료 연구원 박중걸이 말했다. 그는 형준과 반설아가 주고받는 행동을 몰래 지켜봤다.

"조심해, 저 반설아 사장님. 너 잡아먹고도 남을 무당거미 같은 여자여."

"에?"

"겉만 화려하고 날씬하지, 속은 어떨지 모른다고."

"언제 주말에 만나자는데. 밥 먹자고. 밥 한 끼 먹는 인연이 대단하대."

"어이구, 그런데 시간하고 돈 쓰느니 차라리 나처럼 장인들이 만드는 인형을 하나씩 사 모아."

"식사 초대 거절했어. 내가 저분의 급에 모자라서."

"야야, 미치겠다."

형준은 안쓰러운 표정으로 고개를 숙였다.

"그래도 말은 걸어 봤잖아. 저런 분과 언제 내가 말을 섞겠어."

"정신 차려! 인형이 낫다니까. 니가 인형 겪어보기나 했어? 훨씬 나아. 저런 어디로 튈지 모르는 사람보다. 너 사실 남자들이 애인 달거리 날짜 몰래 기록하는 거 왜인지 알아?"

형준은 부끄러워 홍조를 띠면서 모르겠다는 제스처를 취했다.

"그 전후로 예민하니까 조심하려고 그러지. 은밀한 걸 노리는 남자도 많을 거야. 신경이 날카로우면 그냥 계획 없이 남자가 하자는 대로 끌려갈 확률도 높아지지. 심리학 관점에서 보자면."

형준이 미간에 주름을 짓고 도리질 쳤다.

"말도 안 돼. 결혼 전에 둘이서 육체적 관계를 갖는다고?"

형준의 말에 박중걸이 깔깔 웃었다.

"지금이 뭐 조선 시대인 줄 아나 봐. 할리우드 영화 안 봤어? 자유연애와 모던보이와 신여성 몰라? 혼전에 다 한다고. 크리스마스 전날 익선정 여인숙이 왜 바글거리는데? 영화관에서는 왜 이리 주접떠는 연인들이 많고? 하이고, 창경원 벚꽃 아래 숨지도 않고 지분거려요. 돗자리

하나씩 펴 놓고서. 세상이 바뀌었다고요. 이 남산골샌님아."

형준이 의아해서 물었다.

"크리스마스 전날이라니? 그때는 왜?"

"그럼 우리나라 명절 추석과 설날에 애인 만날까? 다들 시골에 둔 본처나 가족 만나러 내려가지. 부모님도 뵙고 차례도 올리면서."

형준이 알겠다는 듯 고개를 끄덕였다.

"난 시시하게 애인 달거리 주기나 뒤에서 계산하느니 차라리 그 투자 시간과 데이트 비용을 인형에 씁니다. 뭐 예민할 기간이 있나, 사람을 귀찮게 하나, 아니면 토라지거나 화를 내길 하나. 훨씬 낫다고요. 이 숙맥 아저씨야."

"난 인형에는 감흥이 안 오던데."

박중걸이 심각한 표정으로 말했다.

"사실 나는 인형을 깊이 연구해서 관련 흑마술 책도 읽었는데, 저주하고 싶은 집 안의 대들보에 싸우는 형세의 인형을 몰래 숨겨두면 부부가 매일 쌈질을 한다는군. 만약 반설아 씨를 좋아한다면 서로 교합하는 목각인형을 집에 몰래 감춰두던가."

"에이, 그건 안 돼. 그런 나쁜 술수는."

"우리가 연구하는 존비병도 말이야. 사실 어디 섬인지는 까먹었는데, 노예를 만들려고 사람에게 특수한 독을 먹여서 가사상태로 만들고 무덤에 묻었다 파내. 그 후에 독말풀이 들어간 음료를 먹여서 살려내지. 되살아난 인간은 노예가 돼서 주술사 명령대로 움직이고 농사를 시킨대. 그런데 우리가 지금 연구하는 것도 그것과 비슷한 건가 싶어."

"그건 사술에 불과한 거고, 우리는 생화학과 바이러스를 연구하는 거잖아."

형준의 말에 박중걸이 반박했다.

"지금 존비병이라는 게 하도 증세가 희귀해서 그래. 사실 중국에서 오래전부터 내려오는 도생법(挑生法)이라는 주술이 있는데, 고기에 원한을 담아 조리해서 표적이 된 사람에게 먹여. 그래서 그 사람 몸 안에서 고기가 부풀게 해서 죽이지. 뱃가죽이 마구 부풀어서 심장과 폐도 비칠 지경이 되어 죽는데 시체를 되살려서 노예로 부린대."

"진짜 공부 많이 했구나."

"이게 다 인형 관련 역사를 연구하다 알아낸 건데 연구에 도움이 된다니까. 상상력을 확장하니까."

"존비병 바이러스를 이용해서 사람을 부릴 수 있다는 가정도 어쩌면 가능하겠는데. 일단 이성을 잃잖아."

형준은 그렇게 말하면서 박중걸의 책상을 보았다. 그는 월급의 절반을 넘게 써서 전통 인형을 사 모았다. 긴 머리에 알록달록한 기모노에 눈동자가 사람과 똑같다.

성인 남자의 팔뚝만 한 길이의 인형들이 밤에 나란히 서 있는 것을 보면 섬뜩한데, 박중걸은 늘 사랑스럽다는 듯 보았다.

그는 거의 연구실에서 먹고 자기 때문에 이곳에 인형을 가져다 두었다.

"이 인형들은 흑마술과 연관된 사악한 것보다는 순수하게 사람의 마음을 끄는 매력이 있어. 내일은 종로 인형상점 가서 이와스키 장인 인형이 들어왔는지 봐야지. 후후, 그 낙에 이 결과도 시원찮은 세균 배양 실험을 거듭하고 있는 거야."

형준은 박중걸이 빵을 게걸스럽게 먹는 걸 보다가 고개를 허공으로 돌렸다. 그리고 설아의 하얀 얼굴과 개나리꽃 같은 웃음을 떠올렸다.

뺨이 볼록하고 입술은 붉은 것이 소녀 같았지만, 이미 남편을 잃은 청상과부에 신문사 사주이다.

설아의 블라우스 사이로 보이던 가슴골을 떠올려 보았다. 형준은 몸서리치면서 고개를 뒤흔들었다. 저속한 변태 같은 생각은 그녀를 실망하게 할지도 모른다. 호의와 우정에 의한 식사 초대를 음란한 마음으로 물들이면 자신을 짐승으로 볼지도 모른다.

형준은 건전한 생각을 하자고 다짐하면서 손에 밴 과일과 꽃향기를 맡았다. 그리고 기분 좋은 상상을 했다. 반설아가 환하게 웃으면서 먹을 것을 입에 넣어주는 걸 상상하자 그곳이 천국 같았다.

창경원 데이트는 마음을 들뜨게 만들고

일주일 후에 설아는 형준에게 연락해서 주말에 창경원에서 만나자고 했다. 피크닉에서 음식을 대접한다고 했다.

일제에 의해 궁궐은 헐리고 벚나무가 가득 심어진 창경원은 인파로 붐볐다.

외국서 들여온 원숭이나 사자, 뱀 등의 동물을 보려고 사람들이 우리마다 가득 둘러싸고 있었다.

곳곳에서 모던보이들과 모던걸들이 자리를 펴고 콜라나 칼피스를 마시면서 스킨십을 몰래몰래 했다.

설아는 두 손에 피크닉 바구니를 들고 창경원 정문에서 누군가를 기다렸다. 복숭아꽃처럼 분홍빛으로 피어난 뺨과 붉은 입술이 사람들의 시선을 끌었다.

설아는 가슴이 살포시 드러난 핑크빛 레이스가 달린 드레스를 입고 있었다. 가슴은 돋보이고 허리는 잘록하게 들어가고 무릎길이까지 오는 시폰 드레스는 그녀의 매력을 한층 더 돋보이게 했다.

시간이 되자 저만치에서 형준이 정문으로 다가왔다. 그는 택시에서 내려 손을 흔들면서 수줍은 미소를 지었다. 설아는 해바라기처럼 활짝 웃었다.

아주 모처럼 오랜만에 데이트를 해 보는 셈이었다. 결혼 생활에서는 꿈도 못 꾸는 것이고, 경성에서 연애는 한정된 사람들에게만 주어진 것이다. 설아는 학교도 제대로 다니지 못하고 정략결혼을 한 후, 모든 인간관계가 거의 단절되었다.

"형준 씨!"

설아가 바구니를 내려놓고 두 손을 흔들자 형준이 달려왔다. 마주 보고 선 형준이 얼굴에 붉은 홍조를 띠었다.

설아는 느꼈다. 지금 앞의 남자는 자신에게 사심이 있다. 설아가 아무리 예뻐도 남자들은 오히려 경계하고 멀리하는 사람도 많았다.

텐노 형사처럼.

그리고 아름다움은 주관적인 기준이라 설아에게 매력을 못 느끼는 남성도 많았다.

하지만 형준은 설아에게 폭 빠졌다.

그의 우물쭈물하는 말투와 멈칫하는 손짓과 어색한 행동에서 알아차렸다.

설아는 여학교를 잠시 다닐 때, 친구들이 남자가 말을 걸면 노려보면서 무조건 경계하고 냉랭하게 구는 게 이상했다. 그럴 필요는 없었다. 그들이 특별하게 사심을 가지고 다가온 것도 아니고, 단순하게 길을 묻는 것일 수도 있다.

친구들은 고개를 돌리고 표정이 굳어진 채로 대꾸도 안 했다. 사춘기 소녀의 경계심이나 부끄럼일 수도 있지만, 설아는 그건 아니라고 생각했다.

남자들도 인간이다. 사심을 억제하게 하고, 말을 들어 주고 친밀감을 형성하면 친구 같은 마음으로 사교할 수 있다.

영화에서 보니 서양인들은 이미 그렇게 살았다. 여성들도 동등한 권리를 가지고 파티에서 남성들과의 대화에 끼고 당당했다. 남편이 아닌 남자들과 사교춤도 잘 추었다.

사회에서 힘과 권력을 가진 남성들을 친구로 만들면 얼마나 인생에 득이 될까.

설아는 어렸을 때 그런 생각을 했다. 그리고 남자들을 만나게 되면 그렇게 하리라고 마음먹었다.

설아는 눈앞의 형준에게 그런 시험을 해 보고자 했다.

뭐, 마음이 내키면 그냥 사귀어버리면 되는 거고.

지금은 과부다. 조신할 필요도 있지만, 결혼 상대를 구하는 게 자연스러운 일이다. 열녀문을 세우던 조선의 수절 과부는 이제 다 없어지는 추세니까.

남편을 따라가지 못해 미안하다는 미망인이란 단어도 점점 배척하는 시대고. 훗.

설아는 이런 생각에 슬쩍 웃었다.

이 순간 단 한 가지 방해물은 강철수가 몰래 미행하고 있다는 것이다.

그는 차로 설아를 창경원에 데려다준 후에 저러고 있다. 설아는 사자 우리에서 라이방 선글라스를 끼고 헌팅캡을 푹 눌러쓴 채로 미행하는 그를 보고 코웃음을 쳤다.

어쨌든 남편이 간 지 얼마 안 돼 다른 남자와 연애하는 걸 유명운이

아는 건 별로 좋은 상황은 아니다.

　설아는 잡생각을 없애고 데이트를 즐기기로 했다.
　강철수 앞에 나타나 그를 놀라게 한 후 심부름을 보내면 된다.
　"형준 씨, 우리 호랑이 보러 가요. 호호호."
　설아와 형준은 동물들을 구경했다. 봄꽃들이 핀 창경원은 사람들로
넘쳐났다. 설아는 맹수 우리 앞에서 형준에게 매달렸다.
　"엄마야!"
　"조심하세요."
　"미안해요."
　설아는 형준의 재킷을 잡는다는 게 그만 단추를 뜯어냈다.
　"어, 어떻게 하죠?"
　형준은 풀어헤쳐진 재킷을 잡고 헤헤 웃었다.
　"괜, 괜찮습니다."
　"안 되겠다. 제가 강 비서 시켜서 반짇고리 구해오라 할게요."
　설아는 드레스를 입고 손을 팔랑거리면서 강 비서를 외쳤다.
　형준은 손으로 이마에 흐르는 땀을 닦았다. 레이스 너머로 가슴골이
비치고 살짝살짝 흔들리는 게 무척 야하게 느껴졌다.
　"강 비서!"
　강철수가 모른 척 뒤로 돌았다. 설아는 더 크게 외쳤다.
　"다 알아. 미행하는 거. 어서 이리 와요."
　강철수가 내키지 않는 얼굴로 다가왔다.

　설아는 몇 가지 지시를 했다. 강철수가 얼굴을 찡그리며 심부름을 갔다.

그들은 벚나무 아래 자리를 잡았다.

설아는 피크닉 바구니에서 샌드위치와 콜라병 그리고 돗자리를 뺐다. 형준이 돗자리를 깔았다. 설아는 돗자리 위에 음식을 세팅하고 샌드위치를 건넸다. 형준은 샌드위치를 먹다 설아와 눈이 마주치자 긴장해서 사레가 들렸다.

"캑캑!"

병따개를 찾았으나 없었다.

"씨이. 나 물 먹으라고 기요코가 안 챙겼군. 집사 경력이 몇 년인데, 이런 실수를 해. 형준 씨. 괜찮아요? 에이!"

설아는 이로 병뚜껑을 딱 따내 형준에게 재빨리 건넸다. 형준은 콜라를 들고 시원하게 마셔서 간신히 기침을 멈췄다.

"고, 고맙습니다. 반 사장님."

"무슨 사장이에요. 설아라고 하라니까요. 그렇게 부르면 내 명예나 직위 보고 만나는 거로 생각할게요. 호호호."

설아의 웃음이 사람들 틈에서 유독 하이톤으로 튀었다. 꽃잎이 내려와 그들의 얼굴에 앉았다. 설아는 핑크 매니큐어를 바른 긴 손톱으로 형준의 얼굴에서 꽃잎을 떼어 주었다.

형준은 어색한지 고개를 숙이다 소리쳤다.

"어! 애기똥풀이다!"

"네? 뭐라고요? 똥이요?"

설아가 반문하자, 형준은 애기똥풀 풀대를 꺾어 노란 즙을 손에 묻혀 보였다.

"이 노란 즙이 애기똥 같대요."

"어머, 호호호호."

"이건 개망초, 요건 씀바귀 꽃입니다. 그리고 이건 토끼풀. 잘 아시죠?"

"잘 몰라요. 관심 없어서요. 형준 씨는 대단하네요."

"전 고황천석(膏肓泉石)이어서요."

"어? 무슨 뜻이죠?"

"그게 저, 자연을 사랑하는 게 깊어서 고질병이 되었다는 그런 뜻이죠."

"으응, 역시 똑똑해요. 자, 손 줘요. 내가 꽃 이름은 몰라도 이런 건 할 줄 알아요."

설아는 붉은토끼풀을 꺾어 형준의 팔에 걸고 풀대의 가운데를 뚫어 반대쪽 풀대를 꽂았다. 그것은 팔찌가 되었다.

설아는 토끼풀 반지도 만들어 끼웠다. 설아는 눈웃음을 치면서 형준을 보고 나직하고 은밀하게 말했다.

"저, 남편은 갔지만, 새로 결혼하고 싶어요. 자유로운 연애로. 형준 씨는 나 어떻게 생각해요?"

형준의 입가가 파르르 떨리고 눈가에 눈물이 어리더니, 그대로 설아의 가슴팍에 얼굴을 파묻었다.

"사, 사랑합니다. 설아 씨."

"호호호. 하고 싶은 대로 해요. 내가 허락하니까 아무 데나 만져도 오케이라고요."

사람들은 어차피 다들 자신들의 연애로 이들을 쳐다보지 않았다.

설아는 초식동물을 어르는 육식동물처럼, 긴 손톱으로 형준의 머리카락을 부드럽게 쓸었다.

전운이 감도는 긴장 속에서 느끼는 이런 설레는 기분이 얼마 만인지 몰랐다. 남을 생각하는 감정을 잘 모르고 살았지만, 최근에 민주와 여성사교구락부 회원들과의 단합으로 조금은 소속감도 느끼고 호의를 주고받는 걸 즐겼다.

형준과의 관계도 그런 기분의 연장선상이었다.

이 남자는 얼굴에 귀염상이 있는 게 보면 싫지 않았다. 그리고 설아 앞에서 꼼짝 못 하고 안절부절못하는 이 남자가 실은 조선 독립의 중요한 키를 지녔다.

설아는 그게 맘에 들었다. 대단한 연구력을 지닌 사람이 자신에게 꼼짝 못 한다는 게.

"어서 일어나요. 음식들은 모조리 두고 가요. 강 비서가 와서 챙길 겁니다. 그 인간의 집요한 능력이라면 이런 데서도 반짇고리를 찾아올지도 몰라요. 어서 자리를 피해요. 아이, 피곤해라."

설아는 더위를 먹어 머리가 어지럽고 노곤하여 쓰러질 것 같다고 했다.

그녀는 여관에 들자고 했다. 형준은 인근 여관 골목을 앞장서서 들어가 방을 구했다.

그들은 기모노를 입은 종업원의 안내를 받고 방에 들었다.

다다미방에 들어서자, 설아는 바로 드러누웠다.

"아우, 날이 더운 데다 사람에 치여서 더위를 먹었나 봐요. 숨도 너무 막히고. 이리 와요. 몸이 안 좋아요. 뒤에 드레스 단추 좀 풀어 줘요. 하녀가 입혀 주는 옷인데 뒤에 손이 안 닿아요. 질식사하겠어요."

형준은 땀을 삐질삐질 흘리면서 다가왔다. 하지만 손이 선뜻 설아의 등 뒤로 가지 않았다. 설아는 형준이 멈칫하자 몸을 돌려서 천장을 보고 반듯하게 누웠다. 가슴선의 굴곡이 둥글게 올라온 것이 형준의 시선을 흐리게 했다.

형준이 고개를 돌리려는데 설아가 손을 형준의 코에 갖다 댔다.

"지난번 그 향 기억나죠? 복숭아 향은 날아가고 재스민만 남았는데. 나의 향이에요. 여기 가슴에도 뿌렸는데 맡아 봐요."

설아는 형준의 고개를 서서히 가슴이 노출된 가운데로 이끌었다. 형준이 힘을 주고 버티다 무언의 인장력에 이끌려 미친 듯이 고개를 가져가 쿵쿵댔다.

"아, 너무 좋은 향이 나요……."

"어서, 뒤에 단추 풀어요. 숨 막혀 죽으면 책임질 거예요? 대신 신문사 경영하고 윤민주 일 돕고 투자할 거냐고요?"

설아는 다시 가슴을 바닥에 대고 등을 보였다. 형준은 등 뒤의 단추를 하나하나 떨리는 손가락으로 풀었다.

설아는 드레스를 벗고 반듯하게 누웠다. 브래지어와 코르셋이 드러나자, 형준은 뒤로 물러나 멈칫했다.

그녀는 그의 머리를 두 손으로 끌어당겨서 가슴에 파묻었다.

"그만 좀 튕겨요. 힘들잖아요. 호호호호."

"반설아 씨. 사장님……."

형준은 뒤로 피하는데 설아가 활짝 웃으면서 부드럽게 말했다.

"왜 자꾸 거절해요. 난 성격상 될 때까지 대시하는데, 호호호. 내가 싫어요? 과부라서? 형준 씨는 총각이고요? 격에 안 맞으니까."

"아, 아니에요. 제가 어, 어울리지 않는 고귀한 분 같아서요."

"아니, 반상의 도도 무너지고, 황실도 사라진 마당에 못 어울릴 건 어딨어요. 어서 이리 와요."

설아는 형준의 얼굴을 붙들고 키스를 했다. 달콤한 입맞춤 후에 말했다.

"내 돈이나 사주라는 명함에 이렇게 무너지는 거면 사절하겠어요."

"아, 아닙니다."

설아는 코르셋의 뒤의 끈도 풀라고 했다. 형준이 머뭇거리다 조심스레 공들여 풀자, 천천히 몸을 돌려서 두 손으로 가렸던 가슴을 드러냈다.

"계속 쳐다보면서 안 힘들어요, 참느라?"

설아는 신음을 내면서 형준의 얼굴을 가슴에 가져가 파묻었다. 형준이 덜덜 떨자, 설아는 천천히 형준을 누르면서 바닥에 포개져 누웠다.

"남편도 외면했어요. 나 너무 사랑받고 싶었는데. 우리 즐겁게 시간 보내요."

설아는 형준에게 키스했다. 딥 키스가 이어지고 설아는 형준의 두 손을 엉덩이에 가져갔다.

"맘껏 해 봐요. 이렇게."

설아가 리드하는 대로 형준의 몸이 서서히 움직였다.

아찔하고 즐거운 시간을 보내고 나서 여관을 나올 즈음, 설아는 데이트 시간을 또 잡자고 했다. 형준은 부끄러운 얼굴로 홍조를 띤 채 고개를 끄덕였다.

"저기, 형준 씨. 그 존비병 걸린 환자, 저 다시 보여 주면 안 돼요?"

설아는 연구실이 문을 닫아 갈 수 없다는 형준에게 같이 가 보자고 재촉했다.

그녀는 자신처럼 독특한 생명체를 사람들이 없을 때 한 번 더 세세하게 보고 싶었다.

설아, 존비병에 걸려 유니콘을 만나다

설아는 하얀색 들꽃이 끝없이 핀 평원 위를 걸었다. 한참 걷는데 폭포가 나왔다. 물소리는 요란하지만, 물색은 하얀색이라 기이했다. 설아가 목말라 물을 마시려 했지만, 손에 아무것도 잡히지 않았다.

파드득 소리와 함께 평원을 검은색 말이 뛰어왔다. 머리에 뿔이 나 있어 유니콘 같았지만, 차르르르 윤기 나는 검은색이 특이했다. 흑마는 곧 어디론가 사라졌다.

이번에는 검은 사제복을 뒤집어쓴 일행이 평원을 가로질렀다. 켈트의 드루이드 마법사처럼 신비롭고 이상해 보였다.

"저기, 여기가 어디죠? 저는 경성 집으로 돌아가야 해요. 왜 제가 여기 있죠?"

가장 덩치가 작은 사람이 두건 속의 입으로 손가락을 가져가며 쉬잇 했다. 설아는 순간 소름이 끼쳤다.

이때 그 앞의 사람이 두건을 벗는데, 강철수였다. 그리고 입가에 손을 댄 사람은 기요코였다. 그들은 눈을 크게 뜨고, 설아에게 다가와 목을 조르려 했다. 설아가 뒤로 피하는데 이번에는 뒤에 서 있던 두 명의 사람이 다가왔다. 그들이 두건을 벗는데, 그중 한 명은 얼굴이 하얗게 질린 남편 유정수였다.

설아가 기절초풍하면서 뒤로 물러났다. 다른 한 명도 두건을 벗었는데 그는 바로 이시하라였다. 그가 다정하게 웃으며 다가왔다.

"증거품을 드린다고요. 드린다고요."

순간, 이시하라가 다마스쿠스 쌍칼을 빼서 높이 쳐들어 덤볐다. 설아는 비명을 지르면서 뒤로 넘어지는데 끝없는 절벽으로 떨어져 내렸다.

설아의 뇌리에 하얀빛 속에서 민주와 형준의 얼굴이 어지러이 오갔다. 그들은 끊임없는 걱정하는 눈빛으로 설아에게 손을 내밀었다.

"아아아아아악!"

"설, 설아 씨. 어서 일어나요. 정신을 차려요."

누군가 현실에서 설아의 몸체를 강하게 붙들어 흔들었다. 설아는 눈을 아주 조금 떴다. 눈꺼풀 사이로 불빛이 환하게 들어오면서 온통 하얀 세상이 보였다.

설아의 정신이 깨어나기 시작했다.

"물 좀 마셔요."

설아는 누군가 건네는 잔을 받아들고 찬물을 벌컥벌컥 마셨다. 눈을 마저 떠보니 형준이 걱정스럽게 바라보고 있었다.

주변을 보니 하얀 벽지에 침대 옆에는 의료 처치 도구가 놓여 있었다. 병실이었다. 설아는 마른 침을 삼키며 힘없이 말했다.

"존, 존재하지 않는 걸 꿈에서 봤, 봤어요. 검은 유니콘 그리고 죽은 사람들……."

"설아 씨. 정신 차려요. 지금 3일 만에 간신히 깨어났어요."

"네? 정신이 말똥말똥했는데……."

형준이 설아의 손을 다급하게 잡았다.

"아니에요. 존비병 걸린 환자에게 물리고 3일 만에 깨어난 겁니다."

"아, 머리야. 낮잠 한번 잔 거 같은데, 3일이라뇨."

"설, 설아 씨. 흐흑흑, 깨어나서 다행이에요."

형준이 눈물을 펑펑 흘렸다.

"나는 스스로 일어난 건가요?"

"아뇨, 존비병에 걸리게 둘 수 없어서 임상시험 중인 신약을 투약했어요. 윤민주, 이연호 원장님과 어렵사리 결정한 일입니다. 설아 씨의 외모가 괴물이 되는 것 따위는 두렵지 않아요. 저는 상관없어요. 다만, 정신이 무너지는 건 받아들일 수 없었습니다. 흐흑흑. 원장님 불러 올게요."

형준이 다급하게 병실을 뛰어나갔다.

설아는 정신을 맑게 하려고 고개를 흔들었다. 침대 옆 협탁에 놓인 거울을 들고 얼굴을 비춰봤다. 가지런히 앞가르마 타진 헤어스타일, 단정하게 정리된 피부.

옆을 보니 소파에 웅크리고 자는 유정이 눈에 들어왔다. 유정이 그간 목욕과 세수를 시킨 모양이었다. 손을 넣어 환자복 안을 더듬어보니 기저귀가 채워져 있었다. 보송보송한 걸 보니 간 지 얼마 안 된 것이다.

설아는 심란했다. 3일간이나 정신을 잃다니. 기억이 나지 않았다.

자신의 얼굴을 유심히 봤다. 분명히 같은 얼굴이지만, 익숙한 하얀 얼굴이지만 뭔가 달랐다. 그게 뭔지는 잘 모르겠지만.

민주가 형준과 급하게 병실로 들어왔다.

"설아야!"

"민주야."

"괜찮아?"

"어. 무슨 일이 있었지? 형준 씨랑 데이트하고 나서 연구실에 몰래 가본 것까지는 기억나."

"김노주 환자를 네가 자세하게 보다가 목을 물렸어."

민주의 말에 설아는 그제야 기억의 단편을 떠올렸다.

닫힌 지하 연구실 안으로 형준이 자물쇠를 열어서 들어갔다. 설아는 김노주를 자세하게 살피던 중에 철창으로 가까이 다가갔다.

김노주는 조용히 고개 숙이고 있다가 설아가 가까이 오자 손을 창살 밖으로 내뻗어서 그녀의 얼굴을 붙잡고 목을 물어뜯었다.

형준이 다급하게 다가왔고, 설아는 거기서 기억을 잃었다.

"아픈 데는?"

"어, 이상하게 아픈 데는 없어. 목을 물렸던 것 같은데."

설아가 오른손으로 목을 더듬는데 상처가 없다. 분명히 이 부근인 것 같았는데.

"내가 소독제로 치료했어. 그런데 신기하게도 상처는 이틀 만에 감쪽같이 사라졌어. 우리는 업엔드 정의 효과거나 아니면 존비병은 남에게 옮았을 때 특이현상으로 상처가 쉽게 낫는 것인지 연구 중이야."

"정말 이상해. 가볍게 낮잠 한 번 잔 것 같은데."

"푹 쉬어. 오늘부터 혈액을 채취해서 각종 연구 샘플로 제공할 건데, 도와줘."

"알았어. 민주야. 그런데 나 너무 배고파."

"일단 피검사 때문에 금식이지만, 저녁부터는 제공할게. 수액을 맞으면 좀 나을 거야. 참 신문사에는 휴가를 내가 대신 내고, 구락부 회원들끼리 단합대회를 떠났다고 둘러댔어."

"고마워. 그 업엔드 정이라는 건 진짜로 뭐야?"

형준이 설명했다.

"연구소에서 존비병 병균을 생화학 무기 개발로 세균 배양 중이지만, 한편으로 우리 측이 존비병에 걸렸을 때를 대비해, 백신을 연구 중이었습니다. 업엔드의 뜻은 무한대로 업된 기분을 엔드, 즉 끝낼 수 있게 뇌의 호르몬 기전을 조절해 작용시키는 효과가 있죠."

설아를 직시하며 형준이 말을 이어나갔다.

"아직은 김노주 환자에게만 투여하는데, 지난번에 봤을 때보다 훨씬 이성적인 상태로 돌아와 효과를 보고 있습니다. 하지만 사장님을 이렇게 물어뜯은 거로 봐서는 완전하지 않죠."

형준은 공적인 자리라 예를 갖춰 말했다. 민주가 다정하게 이어서 말했다.

"설아, 너는 초기에 업엔드 정으로 대처해서 큰 효과를 본 것 같아. 하지만 속단할 수는 없어. 혈액을 김노주와 비교해서 정밀 검사하고, 존비병 세균을 관찰할 거야."

"고마워, 민주야. 그리고 형준 씨. 다 내가 연구실에 몰래 들어오자고 해서 벌어진 일이야. 정말 미안해요. 걱정 마요. 아픈 데 없고 괜찮아요."

형준의 얼굴에 환한 웃음꽃이 피었다. 그는 진심으로 기뻐했다.

유정이 잠에서 깨더니 설아를 붙들고 울었다.

"사장님, 흐흑흑."

"유정아, 고마워. 니가 간호하느라 고생했다."

"얼, 얼마나 걱정했는데요. 안 일어나시면 어쩌나 하고요."

"유정아, 고민했는데, 너도 여학교에 입학해서 공부하면서 일도 동반하고 그래. 저세상에 발을 디뎠다가 돌아와 보니, 정말 할 일은 해 놔야겠더라고. 공부하는 게 꿈이라면서."

유정은 선뜻 답은 안 했지만, 표정은 밝았다.

민주가 설아의 손을 붙잡고 말했다.

"지금은 건강을 되찾는 게 급선무이고, 나중에 차차 구락부 회원과 체력 단련도 시작하고, 우리 단체를 위해 네가 뭘 할지 찾아보자."

"민주야. 나 무지 건강해. 걱정 말아. 당장 체력 단련 연습 들어갈 거야."

민주는 설아와 눈을 마주치고 고개를 끄덕이며 웃어 보였다.

설아는 그날 바로 퇴원하려 했지만, 민주와 형준이 말렸다. 그날 밤을 병원에서 보냈다.

살과 허벅지, 엉덩이에 힘이 불끈불끈 치솟고, 두 손에 에너지가 흘러넘쳤다. 그리고 잠이 오지 않았다. 성욕이 강하게 일어났다. 이상했다.

마구 뛰쳐나가고 싶고, 달리고 싶었다.

이튿날, 설아는 퇴원하고 나서 유정을 여학교에 등록시키고 세일러복을 사 입혀 수업에 참가시켰다.

집으로 와보니 기요코가 가방을 옆에 두고 머리를 굽히고 떠날 준비를 했다.

"무슨 일이야?"

"사장님. 제가 두루 잘 돌보지 못한 불찰로 병원에 입원하셨습니다. 집사 직분을 관두겠습니다."

설아는 기요코가 고개 숙이는 게 맘에 들었다.

"귀찮아요. 당장 집안일 누가 해요. 내가 할까? 내일부터 회사 가서 할 일이 태산 같은데."

"아닙니다. 연달아 일어난 불행이 모두 제가 노구의 몸으로 붙어 있어서 그런 걸지도 모릅니다."

기요코는 강철수에게서 이시하라가 살해당한 일을 뒤늦게 듣고, 설아가 청부살인을 저지를지도 모른다는 불안감에 고압적인 자세를 낮추는 중이었다.

설아가 가방을 들고 나서려는 기요코의 손목을 가볍게 잡는데 그녀가 비명을 질렀다.

"아아얏!"

"무슨 일이에요?"

설아가 손을 놔주는데 기요코가 굽신대면서 가방을 들고 주방으로 향했다.

"알겠습니다. 반 사장님 말씀대로 합죠."

설아는 고개를 갸웃했다. 별로 세게 잡지도 않았다.

기요코는 비록 나이가 많아도 평생 집안일을 하면서 은제 식기를 들어다 놨다 했다. 설아에게 힘으로 밀릴 여자는 아니다.

설아가 곰곰이 생각해보니, 구두 안에 자갈이 들어가 벗어서 살피는데 짱짱한 가죽이 찢어지고, 퇴원하고 차에서 내리는데 손잡이가 떨어져 나갔다.

최신형 포드 클래식인데 말이다.

머리가 청명하면서 온통 갖가지 일을 실행해 보려 난리가 났다.

온몸이 달리고 싶어서 안달이 났고, 스커트나 블라우스 등 몸을 옥죄는 답답한 옷은 찢어버리고 싶었다. 뭔가 모를 일이 지금 몸속에서 일어나고 있었다.

그런 느낌은 그날 밤도 내내 이어졌다.

다음날에는 여성구락부 회원들의 체력 단련 시간이 잡혀 있었다. 설아는 가장 먼저 민주종합병원 뒷마당 겸 체력 단련장에 도착했다. 설아는 여러 근력 운동기구를 돌리다 몇 개를 고장 냈다. 이번에는 운동장을 빠르게 달렸다.

평소에는 조금만 걸어도 숨이 가빴는데, 열 바퀴를 돌아도 지칠 줄 몰랐다. 힘도 들이지 않았는데, 무척 빠르게 달렸다.

"어이!"

설아가 뒤돌아보니 이승전이었다. 그녀는 황갈색 가죽으로 만든 탑과 짧은 미니스커트를 입고 있었다.

가슴 부분에는 두꺼운 가죽과 강철을 덧대 만든 가슴 두르개가 둘려 있다. 그 두르개는 칼과 창을 막을 수 있다고 했다.

팔과 다리에는 근력 힘을 지지하기 위해 아대와 각반 등 보호구를 신축성 있는 가죽으로 만들어 착용했는데, 절개선을 두어서 움직이기 편해 보였다.

신발도 여러 겹의 가죽을 덧대어서 충격에서 지켜 주는 워커였다. 신발 바닥에는 금속 징을 대어 미끄러지는 걸 방지했다.

허벅지에는 가죽 가터벨트로 단검과 권총을 차고, 손에는 활을 들었다.

이승전은 수영복도 기성품이 시원찮다면서 스스로 디자인하고 재단해서 입었었는데, 지금도 참으로 멋졌다.

벨트에는 아일렛과 벨트 루프를 걸어서 각종 무기와 장비를 장착 가능케 했고 슬라이드식 금속 클립 등 고정 장치를 달았다. 한 마디로 멋스러우면서도 현대적인 기능성이 있었다.

가죽 운동복은 무엇보다 전체적인 실루엣이 인체의 곡선을 따라 그대로 흘러내려, 몸매의 굴곡을 드러내면서 움직일 때 용이해 보였다.

"이거 받아. 퇴원 선물이야! 나와 비슷한 전투복을 만들었어. 네 건 특별히 다마스쿠스 검과 같은 문장을 새겼어."

설아는 이승전이 던지는 가죽 탑과 스커트 그리고 속바지를 받았다.

각반과 아대 그리고 무기를 차는 허리 벨트와 가슴 두르개도 있었다. 각 의복과 착용구마다 잔 다르크 문장과 여성을 상징하는 문장이 새겨져 있었다. 설아는 감동받았다.

마지막으로 다마스쿠스 칼집을 장착한 가터벨트를 받았다. 설아는 이승전이 특수 고안한 전투복을 하나하나 입었다. 이승전은 각 의복과 착용구의 기능과 입는 방법, 전투 시 최고의 기량을 발휘할 수 있는 디테일한 설명을 곁들이며 입는 것을 도왔다.

"이제부터 봐주지 않아."

"고마워요."

고미정, 김 씨 부인, 강명애 등의 여성구락부 회원들은 곧 도착해 연습에 전념했다. 이승전의 지휘에 따라 남성 동지들이 일 대 일로 달라붙어서 각자 무기에 걸맞는 단련법을 배웠다.

고미정은 도끼나 투포환, 김 씨 부인은 사격 총, 강명애는 철퇴 달린 메이스 혹은 쌍절곤 등의 무기 훈련법을 배웠다. 유정도 하교 후에 와서 이승전에게 슬링으로 탄환 쏘는 법과 활 쏘는 법, 수리검 날리는 방법을 배웠다.

설아는 민주가 지하 연구실로 안내해 준 다음 날, 비밀금고에 숨겨둔 다마스쿠스 검을 꺼내서 여성구락부 훈련장에 가져다 두었다. 이미 이시하라에게 단서가 잡힌 이후부터는 집 안에 두는 것보다 이곳에 맡겨 두는 게 마음이 놓였다.

그 칼을 민주가 이승전에게 보였고, 그 칼에 맞는 훈련복 겸 전투복을 이승전이 만들어준 것이다. 설아는 고마움에 가슴이 벅찼다.

설아뿐만 아니라, 다들 훈련복이 있었다.

고미정은 검은색 플레어스커트와 하얀 블라우스 위에 가죽으로 만든 코르셋 타입의 베스트를 입었다. 허리띠에는 도끼와 투포환을 양옆에 걸고 빼 들면서 훈련했다. 팔에는 금물을 손볼 수 있는 간이용 수선 장비 가죽대를 둘렀다. 왼팔에는 나사를 조이는 드라이버와 줄칼이나 송곳 등이 아대에 꽂혀 있었다. 목걸이는 루페를 달아서 확대해 볼 수 있는 용도였다.

강명애는 밀리터리풍 재킷 가슴에 금 단추가 많이 달렸고, 재킷에 조선 왕실을 상징하는 오얏꽃 문양의 계급장이 달렸다. 가죽장갑을 낀 손에는 메이스를 들고 딱 붙는 가죽바지에 무릎까지 오는 부츠를 신었다.

그녀의 훈련 무기 메이스에는 쇠사슬이 달렸다. 헬멧 위로 고글을 착용했다.

유정은 세일러복을 입고 훈련에 참가했다. 그 위에 가죽 각반과 아대를 두르고 무기를 다는 벨트와 가터벨트를 착용했다. 집안일을 하다 올 때는 메이드복을 입었다.

민주는 하얀 프릴 블라우스 위에 베이지 플레어스커트 그리고 가죽 베스트 위로 사파리 점퍼를 걸치고 원체스터 장총을 등에 멨다. 옆구리에는 간이용 구급상자를 차서 언제든 훈련 시의 응급상황에 대비했다.

김 씨 부인은 하얀 슬랙스 위로 더스터 코트에 물방울무늬 스카프를 멋스럽게 둘렀다.

옷이 자세를 만든다고, 훈련이 잘되었다.
설아는 이상하게 체력이 상승하면서 하늘을 날 듯이 팡팡 뛰어올랐다.

오로지 자신만이 초능력을 컨트롤할 수 있다

고미정이 훈련을 마치고 금물 무기들을 손보고 날을 갈았다. 설아가 다가와 연습용으로 쓰던 다마스쿠스 검을 내밀었다.

"설아 씨는 왜 이걸 쓰는 거죠?"

고미정은 점점 설아를 편하게 불렀다.

"두 개의 검을 쓰면 좀 더 나를 안전하게 지켜줄까 해서요."

"이건 엄청난 검이라는 걸 알고 있죠? 주인을 잘 만나면 빛을 발하지만, 악한 사람을 만나면 수천 명의 피를 묻히게 돼요. 이 문장은 처음 이 검의 소유자가 여성임을 말하죠. 그리고 나중에 유럽 명가의 문장도 새겨 놨고요."

"잔 다르크 가문의 문장이라고 들었어요."

"여성에게 대대로 전해오는 검이군요. 설아 씨한테 제격이에요. 무기를 드는 걸 보면 사람의 성격을 알죠. 강명애 씨는 중세 유럽의 무기인 모닝스타나 메이스를 들죠. 폼 나는 디자인이 눈에 띄는 걸 즐기죠. 저렇게 남자같이 옷을 입어도 예쁜 디자인을 누구보다 좋아할걸요.

이승전 씨는 만능 스포츠맨에 센스 있는 데다가 빠른 살상력과 기동성 있는 각종 총기류를 즐겨요. 그리고 스마트한 이미지에 맞게 총기의 튜닝 방법과 탄창을 갈아 끼우고, 성능을 높이는 데 관심이 많죠.

본인에게 맞게 디자인된 커스터마이즈 콜트 M1911 총을 좋아해서 나한테 가장 많이 찾아오기도 해요. 기능적으로는 내부에 진동 흡수용 디스크를 다수 배열해서 소음 제거기를 만들어 주기도 했어요. 암살용이죠.

그리고 그녀의 칼에는 특별하게 나비나 꽃 도안도 주물로 만들어 올려 줬어요. 승전 씨에게 어울리잖아요."

설아도 이승전의 권총에 나비와 꽃 조각이 새겨진 걸 보고 예쁘다고 여긴 적이 있었다.

"고 사장님은 도끼나 해머, 투포환을 들잖아요."

고미정이 부끄럽게 웃었다.

"보다시피 어깨가 쑤시는데, 그게 맨날 앉아서 조용히 금물을 만지거나 디자인하고 고안해서 그래요. 그런데 무게감 있는 걸 들었다 놨다 하면 절로 어깨 근육이 풀려요. 경성에서 여성들이 조신하게 지내야지, 그럴 수 있나요. 후후. 훈련할 때 무거운 무기 위주로 들었다 놨다 하죠."

"저는 어떤데요?"

"설아 씨는 쌍칼을 애용하고 능숙한 걸로 봐서, 써 본 경험이 있다거나 도검류에 자신 있다는 생각이 들어요. 사실 여성 암살자들은 브라스 너클처럼 손가락에 끼우거나, 송곳처럼 뾰족한 찌르기 전용 스파이용 칼을 애용하죠. 하지만 설아 씨의 검은 무척 공격적이고 자칫하면 본인이 역으로 다치죠. 대신 순도가 높은 고탄소강이라서 방호복을 껴

입은 적도 흉곽을 찔러 뼈와 뼈 사이의 장기를 다치게 할 수 있어요. 살상력이 높아요."

"잘 아시네요."

"금물 관련 연구만 거의 30년 돼요. 한데 다마스쿠스 검은 양날이라 반전매력이 있다는 게 특징이죠. 설아 씨는 고운 얼굴선 뒤로 다른 뭔가 폭발적인 에너지가 감춰져 있어요. 그러니 여기 구락부 회원으로 안성맞춤이죠."

설아는 슬쩍 웃었다. 속을 들킨 것 같았다. 무기를 드는 거로 보아 성격을 간파하는 솜씨가 제법이었다. 체격은 크지만, 무척 예민하고 생각이 깊은 스타일이다.

고미정은 숫돌을 손에 들고 도끼날을 갈면서 덧붙였다. 어깨와 팔뚝의 근육이 돋보였다. 설아는 이렇게 체구가 큰 여성은 별로 보지 못했다.

"서양 도끼는 일본도만큼 예리하지 않고 투박한 타격감이 생명이니까, 손에 들고 물에 적시지 않고 갈아요. 날을 갈고 나면 기름을 칠해둬요. 너무 많이 칠하면 전투 시 미끄러지니까 조심하고요."

설아가 고개를 끄덕였다. 고미정은 이번에는 설아의 검을 갈면서 말했다.

"강철은 고온에서 달궈놓고, 망치로 철의 탄소 비율을 떨어뜨려서 만들죠. 일본의 장인들은 탄소량을 조절하면서 명검을 탄생시켜요. 사람이나, 검이나 뜨거운 불과 망치로 두드려 강도를 높여야 단련이 되죠. 인생은 고비고비마다 고통으로 사람을 바로 서게 해요."

고미정은 말끝에 작게 숨을 몰아쉬면서, 날 가는 걸 끝마쳤다. 이마에 땀이 송골송골 맺혔다.

"자아, 가져가요. 다시 휘둘러 봐요. 아마도 무척 날렵하면서도 가벼울걸요."

설아는 웃으면서 다마스쿠스 검을 두 손에 각각 잡고 허공을 갈랐다. 가볍게 여겨졌다.

고미정은 환하게 웃었다.

"지, 지난번에 고마웠어요."

"네?"

"설아 씨가 용기를 줘서 남편의 폭압을 이겨냈어요. 그래서 지금은 당당하게 여기 모임에 나오는 거예요. 설아 씨 아니었으면 아직도 폭언과 폭력에 휘둘려 일만 했을지도 몰라요."

설아는 환하게 웃었다.

"말 편하게 놓으세요. 한참 인생 선배신데요."

"그래도 되나요? 반 사장님이신데요. 신문사의."

"후후, 똑같이 금물점 사장님이시잖아요."

설아가 칼을 들고 말했다.

"이렇게 실력이 좋은."

"언젠가 설아 씨 은혜에 보답하기 위해 최상의 검을 만들어 줄게요. 일본도나 다마스쿠스 검만 최강의 강도를 지니는 게 아니에요. 우리나라도 사철강괴라고 전통적으로 내려오는 제철 양식이 있어요. 전설적인 양식인데, 제가 장인에게 배운 적이 있어요. 사철강괴라는 대단한 철로 단검용 주걱을 만들어서 누르고 조각내는 걸 자그마치 12회나 하죠. 늘려진 강철로 칼날과 손잡이를 만들고 그 위에 진흙을 발라요. 그걸 다시 강원도에서 나는 특수한 소나무로 만든 숯으로 굽죠. 철도 남해

안의 특수 지역 철만 사용해요. 그렇게 만든 검을 틀에다 형태를 잡고 문양을 새기면 전 세계에 하나밖에 없는 명품 도가 탄생하죠. 그건 오래전에는 임금에게 상납되어 임금만 잡았는데, 지금은 사라졌어요. 내가 언젠가 그걸 재현해서 설아 씨에게 선물로 줄게요. 내 인생을 구원해 준 보답으로."

설아는 감격에 겨워 고미정의 두 손을 잡았다. 무척 투박하고 거칠고 굳은살이 많지만, 한편으로 손가락이 오동통하고 짧은 편이라서 귀여웠다.
"고마워요, 설아 씨. 진심으로."
의기투합한 그들을 산들바람이 머리카락을 날리면서 부드럽게 쓸고 지나갔다.

본격적인 연습은 지속적으로 이어졌다.
어느덧 설아는 체력 단련과 무기 연습에 푹 빠졌다.
주말 아침부터 구락부 회원들은 연습을 시작했다.
연습에서 유정은 주로 석궁과 슬링 등의 새총을 집어 들었다. 그리고 닌자가 쓴다는 수리검을 잡아 던졌는데 제법이었다. 유정의 깜찍하고 차분하며 돌발적인 성격과 어울렸다.
근접무기를 쓰는 훈련이 이로써 1단계가 끝났다.

오늘부터 민주의 지도로 사격술 훈련이 시작됐다.
그녀는 에르마 MPE 등 독일의 기관단총을 사용하는 걸 가르쳤다. 여성 회원들은 그녀의 설명을 주의 깊게 듣고 총을 잡아 보았다.

"저격용 소총이나 권총보다 훨씬 위력적이지만, 반동이 심하고 좌우로 흔들림이 심해서 근접무기로 들고 다니는 건 힘들죠. 오히려 본인이 다칠 수도 있습니다."

김 씨 부인이 유심히 총기를 보면서 어루만졌다.

"총탄에 다치면 어떻게 되는지 알려드릴게요. 의사 직업을 걸고 말씀드리죠. 총탄은 빠른 속력으로 사람의 신체를 파괴합니다. 칼은 국소만 파괴하지만, 총탄은 사입구보다 사출구가 훨씬 크죠. 총탄이 인체 안에서 회전하며 빠르게 이동하기 때문입니다. 현재 경성의 의료시설로는 총상 환자를 치료하기 충분치 않습니다. 따라서 실혈, 감염, 패혈증으로 추후 사망하는 건 차치하고라도 큰 충격에 쇼크로 즉석에서 사망할 수도 있습니다. 총탄이 신체에 상처를 입히는 순간에 말입니다. 절대로 조심하십시오."

회원들이 걱정스러운 얼굴로 민주의 설명을 듣는데, 갑자기 따따따따 기관단총이 발사되는 소리가 요란했다. 모두 소리를 지르고 두 귀를 손으로 막으면서 엎드렸다.

알고 보니 김 씨 부인이 총기에 손댄 것이다.

민주가 조심스레 다가갔다.

"부인, 그걸 놓으세요."

김 씨 부인은 씩 웃으면서 총구를 민주에게 향했다. 설아가 비명 질렀다.

"안 돼! 민주야! 조심해!"

설아가 갑자기 빛과 같이 빠른 속도로 위로 솟구쳐서 김 씨 부인에게 달려들었다. 그리고 김 씨 부인의 몸을 위로 가뿐하게 들어 올려 손을

오로지 자신만이 초능력을 컨트롤할 수 있다

총에서 떼어놓았다.

회원들이 놀라서 설아를 쳐다보았다.

"미안해요, 부인. 어쩔 수 없었어요."

김 씨 부인은 아무 일도 없었다는 듯 슬그머니 기관단총으로 다시 다가가 잡았다. 모두 놀랐다.

"부인, 놓으세요!"

민주가 단호하게 말하자, 그제야 김 씨 부인은 총기를 놓고 아무 일도 없었다는 듯 딴청을 피웠다. 고미정이 다가와 상황을 수습했다.

"후우, 큰일 날 뻔했군요. 이처럼 총기는 사용하지 않을 때는 꼭 안전장치를 채워 둬야 한다는 교훈을 몸소 얻었네요."

이승전은 설아를 유심히 보았다. 그리고 민주에게 다가가 귓속말을 했다.

설아는 자신의 두 손과 발을 살펴보았다. 방금 전에 하늘로 솟구쳐 김 씨 부인을 들어 올린 게 신기했다.

그날 사격 훈련에서 설아는 10점 만점을 10번, 총 100점을 획득했다. 회원이 모두들 놀라고 이승전은 민주에게 다가가 무언가 상의를 하면서 수업을 끝냈다.

헤어지기 전에 이승전은 작정하고 설아에게 저녁 야간 훈련에 나오라고 했다.

설아가 다음날 신문사 일을 마치고 나가보니 그녀와 이승전만 서 있었다. 이승전은 설아에게 높이뛰기와 달리기, 높은 데서 뛰어내리기 등을 시켰다.

설아는 믿을 수 없이 놀라운 힘으로 건물 옥상까지 점프해서 올라갔다. 그리고 가볍게 뛰어내리고 바닥에 안전하게 착지했다.

설아도 놀랐고 이승전은 깊은 생각을 하며 계속 다른 미션을 주었다. 설아는 번번이 이승전이 내는 불가능해 보이는 체력 한계 훈련을 통과했다.

그렇게 며칠간 설아의 훈련을 지켜보던 이승전이 다가와 나직하게 말했다.

"내일 병원 뒷산 정상에서 만나. 오전 7시 정각. 중요한 일이야."

다음날, 날이 훤히 밝았지만, 산속은 아직 해가 숲에 가려 있었다. 하지만 설아의 눈으로는 훤히 앞이 보였다.

사실 오늘 새벽에 설아는 집에서 병원 뒷산까지 내달려왔다. 온몸이 근질거리고 꿈틀거려 차를 타고 싶은 마음도 없었다.

이상했다. 신체에서 아주 강력한 힘이 활성화되어서 잠을 조금만 자도 피곤하지 않고, 무조건 달려나가 운동하고 싶었다.

설아는 기요코에게 일 보러 나간다는 메모만 남기고, 신문사에는 새벽 당직 기자에게 전화해 마감 시간에 맞춰서 간다고 했다.

그리고 무작정 달려서 병원까지 20분도 안 되게 달려서 왔다. 차로 와도 30분 거리인데 걷다시피 달렸는데도 이렇게 빨리 도착했다.

설아는 온몸에서 벌어지는 이상한 일들이 대체 무언지 궁금했다. 막연하게 이승전은 그걸 알고 불러낸 것 같았다. 설아에게 훈련을 지속적으로 시킨 이유도 그것 때문일 것이다.

"왔어?"

이승전이 나뭇잎 사이로 나타나는 해를 등지고 설아 앞에 서 있었다.

표정에 비장한 기운이 감돌았다.

"설명해 줘."

"그 전에 테스트해 보자. 따라왓!"

이승전이 산속을 내쳐 달렸다. 설아도 따라 뛰었다.

결심하고 뛰니 무척 빨랐다. 속도감이 무섭게 느껴졌다. 바람의 저항을 느끼다 사라지고 무중력 상태에 접어든 것처럼 아무런 느낌이 없었다. 피부에 공기의 흐름이나 저항이 전혀 없었다.

설아는 좀 더 에너지를 냈다. 이승전이 뒤처졌다.

설아는 사슴을 따라잡고 멧돼지를 바로 뒤에서 쫓았다. 멧돼지가 몸을 비켜 설아에게 길을 터 주었다.

총소리가 탕! 났다.

이승전이 멧돼지를 겁주어 쫓아 설아가 안전하게 해 주려 했지만, 이미 설아는 멧돼지를 한참 앞섰다. 아주 빠른 속도로 달리는데 눈앞에 검은 일각수가 나타났다.

다시 환각인가. 3일 동안 의식을 잃었을 때 보았던 유니콘이다.

윤기가 흐르는 유니콘은 설아의 앞에서 달리다 갑자기 멈춰 뒤돌아섰다. 설아가 유니콘의 등허리를 만지려는 순간, 그녀는 무심코 섰다.

그제야 바람의 흐름, 공기의 느낌이 났고 숲속에서 나와 깎아지른 절벽에 와 있다는 걸 실감했다.

유니콘은 사라졌다.

설아는 한참을 기다렸다. 이승전이 학학대면서 숲을 헤치고 나왔다.

"일각수 봤어?"

설아가 외쳤지만 이승전은 고개를 저었다.

바람이 거셌다. 이승전이 목에 둘렀던 스카프를 풀어 하늘 높이 바람에 날렸다.

"잡아왓!"

스카프는 절벽 쪽으로 날아갔다. 설아는 빠른 속도로 달려서 하늘로 솟구쳐 올랐다. 그리고 저 멀리 날아가는 이승전의 스카프를 확 낚아챘다.

이승전은 믿을 수 없다는 듯이 올려다봤다. 설아는 높이 비상해서 반대편 절벽에 안전하게 착지했다.

이승전의 얼굴은 놀라움과 두려움이 교차했다. 저절로 탄성을 냈다.

"반, 반설아. 지금 그건 인간의 힘이 아니야. 아무리 도움닫기를 하고, 빠르게 달려서 추진력을 내도 그럴 수 없어. 훈련장에서의 훈련은 아무것도 아니었어. 이럴 수가!"

설아는 다시 뛰었다. 이승전이 서 있는 절벽으로 뛰었다. 가뿐하게 넘어서 착지한 뒤에 숨을 가파르게 쉬었다. 힘이 달려서 그런 게 아니라, 자신의 한계를 뛰어넘는 초능력 발현에 놀람과 공포 그리고 설렘이 뒤섞인 호흡이었다.

"이, 이게 대체."

설아는 스카프를 돌려주었다. 이승전은 울 것처럼 감탄하는 표정을 지었다.

설아는 이번에는 아주 신속하게 달려서 절벽을 뛰었다. 하늘을 높이 날아서 건너갔다가 다시 이승전이 서 있는 앞으로 사뿐히 착지했다.

오로지 자신만이 초능력을 컨트롤할 수 있다

"이게 대체 무슨 일인지, 승전 씨, 나, 나도 모르겠어."

이승전은 설아를 가볍게 안았다.

"초인적인 힘이 발현된 거야. 당신은 인간의 한계를 뛰어넘었어. 이제부터 내가 교관이 아니라, 스스로 단련해야 해. 사람의 힘과 다르니까. 너 자신의 한계는 너만이 뛰어넘을 수 있어."

설아는 고개를 저었다.

"그, 그런 일이……. 말도 안 돼."

"초인의 힘을 발휘하면 분명히 부작용도 올 거야. 하지만 두려워하지 마. 당신은 내가 그토록 원하던 걸 선물 받은 유일한 사람이니까."

"왜 이렇게 된 거죠? 좀비병에 걸리고 약을 먹어서?"

이승전은 설아의 머리를 두 손으로 감싸듯 잡았다.

"당신의 머릿속은 우리와 달라. 당신만이 업엔드 정을 먹고 반응을 보인 거야. 사실 나도 당신이 달라지는 걸 눈치채고 윤민주 원장을 설득해서 먹어봤지만, 효과는 없었어."

"그렇다면, 괴력과 비상하는 초능력을 어떻게 설명할 수 있는 거지?"

이승전은 고개를 저었다.

"내가 수년간 각종 스포츠 활동과 단련을 통해서 이룬 걸 당신은 단숨에 이뤘지. 그걸 훨씬 뛰어넘고 말이야. 하지만 그걸 부러워한다고 해서 달라질 건 없어. 나는 나대로 인간 한계에 도전하는 수밖에. 가능한 범위 내에서."

설아는 잠자코 들었다.

"윤민주 원장 말로는 당신의 신체와 뇌는 우리와 다를 거라고 그러더군. 그래서 약이 특수한 초능력 효과를 발휘한 거라고."

이승전은 훈련장에 보관된 설아의 다마스쿠스 칼을 정중하게 건넸다.

설아는 그걸 받아서 가터벨트로 고정된 가죽 칼집에 넣었다.

"그 칼은 이제 당신에게 가장 잘 어울리는 물건이야. 무장 군인에게 달려들어 내려찍듯이 머리를 관통하면 바로 죽을 거야. 그 칼은 헬멧도 뚫을 정도의 강도니까. 내가 실험해 봤어. 당신의 힘과 함께 그 칼은 적수를 만들지 않을 거야."

이승전은 산을 내려가면서 나직하게 말했다.

"반설아, 이제부터 내 훈련은 필요 없어. 오로지 당신의 힘은 당신만이 통제해."

설아는 두 손바닥을 펴봤다. 가느다란 손가락에 하얀 손이지만, 그 안에 통제 불가능한 힘이 숨겨져 있다니 놀라웠다.

이제까지 남자들의 폭력에서 벗어나려면 미모와 간계, 웃음으로 위장해야 했지만, 앞으론 그럴 필요가 없다. 힘으로 그들을 제압하면 된다. 심지어 존비라는 괴이한 생명체들도.

이 힘은 인생의 올바른 길을 찾는 데 도움이 될까. 아니면 더 위험한 일에 엮이게 할까.

설아는 덜컥 겁이 났다. 남편을 죽일 때도, 존비병에 걸린 김노주와 마주쳤을 때도, 일본 형사들과 맞설 때도 느끼지 못한 절대적인 공포감을 느꼈다.

가슴이 쿵당쿵당거리면서 숨 막혔다. 그러나 한편으로 새로운 상황이다. 무한한 힘과 체력은 참으로 매력적인 것이다.

설아가 지녀온 미모만큼이나. 아니, 그보다 훨씬 더.

오로지 자신만이 초능력을 컨트롤할 수 있다

사람들을 무장해제시키는 미인의 미소가 아니라, 덜덜 떨게 만드는 무언의 두려움을 상대방에게 심어 줄 수 있다. 힘에서 기인한 폭력에 대한 두려움을 줄 수 있다.

설아는 단 한 번도 살아보지 못한 인생을 문득 체험해 보고 싶어졌다.

인수공통전염병의 실체와 생화학 무기의 공포

형준은 설아와 함께 김노주가 살았던 노동자 합숙소를 찾았다. 설아는 헌팅캡에 체크무늬 셔츠에 면바지, 서스펜더를 차서 영락없이 신문 파는 소년 같아 보였다.

형준은 면바지에 셔츠에 자그마한 배낭을 멨다.

민주는 형준의 연구 결과를 덮고 다시 시작하자고 했다. 화학물질에서 감염된 것이나, 인간에게서 옮은 병균이 아닌 다른 감염 매개체의 존재를 인지했다.

그녀는 이를 알아내라고 시켰다.

경성 외곽의 공장지대는 소음과 공해가 심한 공장 건물들이 즐비했다. 비누나 비료 등을 생산하는 화학공장과 염색공장은 주변에서 지린내와 시큼한 냄새가 뒤섞여서 났다.

공장 바깥 담장에는 각종 쓰레기가 넘쳐났고, 오물과 시궁창 냄새가 올라왔다. 염료나 황산 등의 화학 유독물질, 도료나 신나 등의 휘발성 물질 냄새가 물씬 났다.

"병에 걸릴 수밖에 없는 환경이군요."

설아는 유곽의 여성들만 험한 환경에서 고생하는 줄 알았는데 더 심한 곳도 있었던 것이다. 공장 부지에는 사각의 허름한 잿빛 건물들이 늘어서 있었는데, 디자인 없이 벽돌을 쌓아 만들고 창문도 거의 내지 않았다. 한 마디로 그 안에서 일하는 공원들은 환기가 안 돼 질식할 지경일 것이다.

건물 지하가 노동자 합숙소라고 했다. 유독가스가 나와서 일하는 사람들이 자꾸 그만두자, 구빈원이나 길거리에서 일하겠다는 사람을 데려와 일을 단기간이라도 시키고 먹이고 재워준다고 했다.

김노주도 그렇게 해서 합숙소에서 머물게 된 것이다.

점심시간인지, 10여 명의 여자 공원들이 우르르 건물에서 나왔다. 그들은 건물 뒤켠으로 돌아서 천막을 둘러 막사처럼 만든 식당으로 들어갔다.

"설아 씨, 한동안 공장 일터와 합숙소 건물이 빌 겁니다. 밥 먹는 시간이니까. 혼자 들어가 보겠어요."

"안 돼요, 형준 씨. 형준 씨에게 무슨 일이라도 생기면 저 민주한테 엄청 혼나고 우리나라는 희망이 사라져요. 같이 가요. 제가 보디가드라니까요."

"아니, 어떻게 설아 씨가 저를 지킨답니까."

"아시면서."

설아는 형준의 집게와 중지 손가락을 같이 꽉 움켜쥐었다. 형준이 비명을 지르려는데 설아가 막았다.

"조용해요, 쉬잇. 이제 누가 더 힘이 우위에 있는지 알겠죠? 내 말 안 들으면 알죠?"

"아, 아. 알았어요. 그럼 같이 들어가요."

설아와 형준은 건물 지하로 향하는 계단을 뒤켠 마당에서 찾았다.

시궁창이 흐르는 바로 옆 계단으로 내려갔다. 삐거덕거리는 계단을 내려가 녹슨 철문을 열자, 컴컴한 복도가 나왔다. 시큼한 냄새 그리고 속을 뒤집는 비린 냄새도 희미하게 났다.

설아는 초인적인 힘을 가진 후, 후각이나 시각도 월등하게 높아져 괴로웠다. 후각 능력은 맡고 싶지 않은 냄새를 강하게 느끼게 한다. 언젠가는 익숙해지겠지만, 지금은 냄새 맡는 게 별로였다.

형준이 배낭에서 랜턴을 빼서 불을 비췄다.

"조, 조심해요."

앞서가던 형준이 어두컴컴한 복도에서 덜덜 떨면서 멈췄다. 벌레들이었다.

"비켜요."

설아는 형준의 앞으로 나섰다. 벌레들이 발등에 멈칫거리다 지나쳐 갔다.

설아는 깜짝 놀랐지만 모른 척했다. 호위하는 사람이 자세가 진지해야 한다는 생각에서였다. 이번에는 큰 쥐가 찍찍거렸지만, 형준은 동물 실험에 익숙해서인지 쥐는 두려워하지 않았다.

어두운 복도를 깊숙이 들어가자, 허름한 문들이 나왔다. 형준이 열린 문을 슬그머니 젖히자, 안에 침상이 있고 그 위에 낡은 이불들이 개켜 있는 게 보였다. 촛대의 촛불도 보였다.

이 칠흑 속에서 초 몇 개로 불을 밝히니 독서 같은 취미는 생각할 수도 없다.

낡은 속옷들이 줄에 매달려 있다.

설아는 직감적으로 이상함을 느꼈다. 빨래도 빳빳하게 마른 지 오래

됐는데 거두지도 않고, 초도 불을 켠 지 오래돼 보였다.

"비위생적인 거 말고는 별다를 게 없는데요. 청계천 천변의 움막집도 이와 비슷한데, 여기서 김노주가 무언가에 감염됐다는 건 특별한 게 분명히 있어서일 텐데."

형준이 갑자기 고개를 갸웃했다.

"잠깐만요. 무슨 소리 안 들려요?"

설아가 멈췄다. 형준에게서 랜턴을 받아서 소리가 나는 안쪽을 비추었다.

"무, 무슨 소리요?"

"쉿!"

낑낑대며 철창을 손으로 치는 깡깡 소리가 희미하게 났다. 설아는 걸음을 빨리 옮겼다.

"저쪽이에요, 어서요."

설아가 안쪽으로 들어가 왼쪽으로 난 복도로 접어들었다. 캄캄한 공간에서 낑낑대고 으르렁대는 소리가 간간이 들렸다. 설아는 랜턴으로 앞길을 비추었다.

가로세로로 사방 2m가 넘는 철창이 있었고, 그 안에 꼬리가 긴 원숭이가 있었다. 몸이 1m가 넘는 제법 큰 원숭이였는데, 온몸의 털이 하얬다. 그리고 눈은 시뻘겋고, 눈물을 질질 흘렸으며, 설아와 형준을 보자 공격성을 드러내며 으르렁댔다. 야채와 과일을 먹은 흔적 등이 보였다.

"뭐야, 원숭이? 이런 데서 왜?"

"가만있자, 저건 아프리카 마카스원숭이 종이 맞는데, 털이 하얀 걸보니 백변종이 확실해요. 동물도감에서 흥미롭게 봤어요."

"우리나라에 사는 거 아니죠?"

"북아프리카에도 살고 일본에도 살죠. 일본에서 애완용으로 데려왔을까요?"

설아가 다가가 손가락으로 철창을 어루만지자 원숭이가 다가왔다.

"이리 와, 착하지."

이때 원숭이가 설아의 손에서 나는 향기를 맡다가 갑자기 공격성을 보이면서 으르렁대며 철창을 마구 두드렸다. 설아는 손을 황급히 거두었다.

어디선가 본 듯한 기시감이 들었다. 보통 동물은 이렇게 갑자기 공격성을 드러내지는 않는다.

"설아 씨, 손에 향수 들어간 크림 발랐죠?"

"네."

"저번에도 김노주가 공격하기 전에 설아 씨의 향기를 맡고 흥분하다 달려들었어요."

설아도 아프고 나서 나중에 기억을 더듬으니 김노주가 향기에 민감한 것 같았다.

"어쩌면 광견병처럼 사람과 동물에게 동시 전염되는 인수공통전염병을 의심해 볼 수 있겠어요."

형준은 철창 앞에서 배낭을 내려서 작은 상자를 꺼냈다. 그 안에서 주사기와 고무줄 등을 꺼내서 손에 들었다.

"저놈을 붙들어서 혈액을 채취해야 정확한 원인균을 알아낼 수 있어요. 존비병에 걸린 사람의 혈액은 이미 변화돼서 원인균을 알아내려면 저놈을 붙들어야 해요. 할 수 있겠어요?"

"해 봐야죠."

설아는 투지를 느꼈다. 한편으로 저런 동물을 왜 노동자 합숙소에서 기르는지 이해가 안 갔다. 일에 태만하거나, 도망치는 걸 방지하기 위해서 겁을 주는 것인가, 아니면 애완 용도인가도 싶었다.

"이 장갑을 껴요. 다시 물리면 장담하지 못해요."

"난 이미 백신이 있잖아요. 우두처럼 주사를 맞은 것과 같잖아요."

"아뇨, 그건 김노주의 혈액을 연구해서 만든 약일 뿐, 최초 원인 세균은 훨씬 강력할 수 있어요. 그리고 설아 씨가 또 업엔드 정을 고용량으로 투약받으면 생명에 어떤 영향을 미칠지 모른다고요."

"알았어요."

설아는 형준이 건넨 두툼한 양가죽 장갑을 꼈다. 설아는 형준이 지시하는 대로 철창으로 다가갔다. 그리고 손을 넣어서 원숭이를 잡으려 했다. 마카스원숭이는 깩깩대면서 뒤로 물러났다.

"안 되겠어요. 어쩌죠? 문을 열어 줘요. 제가 힘으로 제압할게요."

"위험해요. 얼굴이 물릴 수도 있고. 내가 마취 블로우건을 쏠게요."

"조심해요."

형준이 으르렁대며 이빨을 드러내는 원숭이에게 블로우건을 쏘았다. 첫발은 불발이었다. 원숭이는 이들이 서 있는 철창 앞으로 뛰어들면서 더욱 사납게 굴었다.

"으르렁, 으르렁."

설아가 형준의 블로우건을 빼앗아 시선을 원숭이의 목에 고정하고 정신을 집중해 단방에 불었다. 화살촉이 한 번에 원숭이의 목에 꽂혔다. 원숭이는 길길이 날뛰다가 마취약이 효과를 발휘하는지 서서히 쓰러졌다. 형준은 배낭에서 만능열쇠를 꺼내서 자물쇠를 열었다. 안으로 들어가서 원숭이의 팔에 고무줄을 감고서 혈액을 여러 번 채취해 상자에 넣었다.

"이제 어서 가요. 시간을 많이 지체했어요."

설아가 재촉했다. 형준이 일어났다. 이때 저쪽에서 사람들이 웅성대는 소리가 났다.

"안 되겠네. 반대쪽으로 가요."

형준이 랜턴 불빛을 끄고, 손으로 더듬으면서 들어온 곳과 반대 길로 갔다. 설아가 뒤따르는데, 이상한 귀기에 한기를 느꼈다.

분명히 사람 소리라 생각했는데, 발소리가 질질 끌리는 게 신경을 거슬리게 했다. 일반적인 발걸음 소리가 아니라 질질 끄는 소리, 그리고 원숭이처럼 으르렁대는 짐승 소리가 연달아 났다.

'원숭이 말고도 다른 동물을 기르는 건가?'

"저 앞에 붉은빛 보여요?"

형준이 물었다.

"네, 뭐요?"

설아가 고개를 갸웃하는데 갑자기 형준의 앞에서 뛰쳐나온 무언가가 그들에게 덤벼들었다.

"크아크아크아아아."

"뭐, 뭐야?"

"까악."

설아는 형준이 놓친 랜턴을 받아 심지를 키워 불을 붙였다.

괴물, 괴물이었다.

김노주와 비슷했지만, 더 흉악했다. 두 손에 손톱이 길게 자라고, 얼굴과 온몸은 피투성이가 된 괴물이 두 눈에서 형형한 붉은 빛을 내며 달려들었다. 입이 찢어져 있고, 그 안에 날카롭고 무시무시한 이빨들이 가득했다. 귀는 뾰족한데, 형준이 주먹을 내밀어 마구 휘두르자 잠시 등을 숙여 몸을 낮추고 으르렁댔다. 그러다 다시 일어나 갈퀴처럼 손을 만들어 손톱을 휘둘렀다.

"비켜요!"

설아가 앞으로 나서서, 가죽장갑을 낀 손으로 괴물의 손을 잡아서 비틀어 당겼다. 힘을 꽉 주자, 괴물이 낑낑대다 몸을 구부려 아이처럼 앞뒤로 몸을 흔들었다.

설아는 괴물의 손을 당겨서 얼굴을 가까이 댄 다음 그대로 들어서 내동댕이쳤다. 괴물이 몸을 낮춰서 기어가며 구석으로 사라지는데, 뒤에서 지금 괴물이 낸 소리의 몇십 배가 되는 소리가 갑자기 에코처럼 울렸다.

"가, 가요. 놈들이 와요!"

형준은 어서 설아를 이끌었다. 그들은 랜턴을 들고 반대편으로 무작정 뛰었다. 빠른 속도로 달려나가는데, 뒤에서 컹컹 짖는 소리, 낑낑대는 신음, 으르렁대는 소리, 질질 끄는 소리가 반복적으로 들렸다.

무엇보다 설아의 귀에 예민하게 들린 소리는 그들끼리 주고받는 대화 같은 거였다. 처음엔 단순히 괴물일 거라 생각했지만, 어쩌면 이들은 김노주처럼 사람이었을지도 모른다. 그래서 의사소통이 되고, 다친 녀석이 동료를 불러 모은 것이다.

얼굴의 피는 자기들끼리 물어뜯은 걸까.

"어서 나가요!"

형준은 반대편 끝에서 쇠문을 발견했다. 문을 열려고 했지만, 꿈쩍도 하지 않았다. 위아래로 탄탄한 자물쇠가 걸려 있는데 아무리 봐도 열쇠는 없었다. 만능열쇠도 듣지 않았다.

"끝났어. 여기 갇혔어요."

"비켜!"

설아가 앞으로 나서면서 문을 주먹으로 쾅! 쾅! 여러 번 쳤다. 문은 몇 번 움푹 들어갔지만, 그래도 열리지 않았다.

설아는 이번에는 위아래에 달린 자물쇠를 단박에 뜯어냈다. 그리고 문고리도 붙잡고 힘을 주어 망가뜨렸다. 환한 빛이 비치면서 문이 살짝 열렸다. 설아는 철문을 어깨로 밀어내고, 형준과 밖으로 나갔다. 그리고 밖에서 문을 쾅 소리 나게 닫았다.

이상하게도 문 안에서는 더 이상 기척이 나지 않았다.

"건물을 나가면 안 된다는 걸 알고 있어요."

형준의 말에 설아가 눈을 크게 떴다.

"빛에 약한 건가요?"

"그것보다는 일단 갇혀서 사육된다고 봐야죠. 합숙소를 폐쇄하고 다른 용도로 사용하고 공장은 그저 안정적으로 돌리면서 위장하는 걸지도 몰라요. 이 공장을 누가 무슨 용도로 사용하는지 알아봐야겠어요. 어서 병원으로 돌아가요. 더 있다가는 위험해요."

일주일 후, 형준은 설아를 실험실로 불렀다.

"이 친구가 배양을 빨리 끝냈어요. 위험한 사안이라 재빨리 진행해야 해요."

실험실에는 민동연, 이연호, 민주가 그들을 둘러서고 보고를 받는 중이었다. 박중걸은 현미경에 슬라이드를 껴서 배율을 높여 확대했다. 그는 입에 팥빵을 물고 우물우물 씹고 있었다.

"죄송합니다. 제가 3일을 자지 못했는데, 집중하려면 뭐라도 먹어야 해요."

박중걸의 작은 실험 가운은 뱃살 때문에 단추 사이가 벌어져 있었다.

그의 책상에는 일본 전통 인형과 그 옆으로 서양의 구체관절 인형도 나란히 있었다. 설아가 형준에게 듣기로는 일본 인형 수집에서 이제 서양의 드레스 입은 인형으로 갈아탔다고 했다.

그가 바로 이 사람인가 싶어서 웃음이 비어져 나왔다.

"실험체 원숭이는 어찌했소?"

민동연이 현미경을 들여다보며 물어봤다.

"네, 다른 실험실에 가두었습니다. 신경이 날카로워서 업엔드 정을 투약하면서 경과를 지켜보는 중입니다."

민주가 말하길, 공장의 합숙소는 폐쇄된 상태이고 공장만 소규모로 돌렸는데, 공장 사장은 합숙소의 원숭이나 괴이한 생명체를 전혀 모른다는 것이었다.

민주는 공장 사장의 허락을 받아 이연호, 무장한 경비원들과 지하 합숙소에 들어갔다. 마카스원숭이는 남아 있어서 사장에게 비용을 치르고 데리고 왔지만, 설아와 형준이 목격한 괴물들은 보지 못했다고 했다.

설아는 의아했다. 그들을 누군가가 사라지게 한 것이다.

민주, 이연호가 현미경을 보고 나서 설아가 들여다봤다.

표면이 울퉁불퉁한 병원균이 보였다. 투명한데, 안의 검은색 점이 깨처럼 보였다.

형준이 설명을 덧붙였다.

"마카스속 긴꼬릿과 원숭이는 좀비 병원균을 김노주에게 옮겼습니다. 김노주가 합숙소에 머물 때 물린 것으로 추정됩니다. 이는 인수공통전염병의 양태입니다. 좀비 병원균이 혈류를 타고 흘러서 새로운 식세포를 만들어내고 돌연변이를 탄생시키죠. 면역체가 없으니 백혈구도 듣지 않아요. 이들이 만들어낸 독소를 임파 결절이 걸러내지 못하고 그대로 모세혈관까지 퍼지면서 3일 내로 전염돼 숙주를 완전히 다른 생명체로 만듭니다. 숙주는 원래의 본성과 달리 공격성이 높고 다른 생명체를 공격해 새로운 숙주로 만들려고 하죠. 번식 본능 에너지가 무척 큰 병원균입니다."

"대체 어떻게 다른 사람들한테 옮기는 거죠?"

"혈액에서 혈액으로 감염됩니다. 이 병에 걸린 사람에게 물리거나, 피를 채취해서 병원균을 배양해서 다른 사람에게 주사기로 병원균을 주입하면 감염될 수 있죠."

"지금 그 말은 그렇게 전염시키는 걸 연구 중이라는 건가요?"

"네. 일본군에 대항하기 위한 생화학 무기를 연구 중입니다. 식세포가 세포 분열을 하면서 독소를 생성해서 건강한 세포를 무너뜨리고, 모세혈관 막을 침투해서 온몸에 병원균이 퍼지게 되죠. 숙주를 자유자재로 조절하고 이성을 잃게 만들어버려요."

설아는 현미경으로 병원균이 움찔거리며 표면이 넓혀지는 걸 보고 놀랐다.

아직 확실히는 모르겠지만 번식력이 왕성하고, 공격적으로 세포들을 잡아먹어서 인간의 몸을 파괴하는 것 같다.

이런 균들이 자신에게 들어왔다니 오한이 났다. 설아는 업엔드 정을 정기적으로 조금씩 투약했는데 초능력은 이와는 상관없이 일정한 수준으로 유지됐다.

정체 모를 의문의 노인이 찾아와
단서가 드러나고

텐노는 경성제대 해부학 교실 교수인 나카무라 박사가 자신을 급하게 찾는다는 전갈을 받고 관용 차량을 빠르게 운전했다.

나카무라 박사는 미국에서 법의학을 공부하고 온 경시청 파견 박사로, 유정수와 이시하라의 시신을 부검했다.

경성제대 의학부는 2층의 붉은 벽돌 건물로 중앙의 시계탑이 12시를 가리키고 있었다. 종소리를 들으며 텐노는 건물로 들어가 지하로 향했다. 지하에 해부학 교실이 있었다.

마침 부검의는 의학부 학생들과 함께 길거리에서 발견된 변사자의 시신을 해부하고 있었다. 텐노는 모자를 벗고 뒤에서 해부 수업을 지켜봤다.

수업이 끝나고 학생들이 나가고 나카무라 박사가 텐노에게 다가왔다.

"제 책상으로 가시죠."

해부학 교실 구석에 작은 책상이 놓여 있고 책장에는 각종 서류가 꽂혀 있었다. 나카무라는 도시락을 오른쪽으로 밀어 놓고 그 위로 서류 파일 두 개를 꺼내서 펼쳤다.

유정수와 이시하라의 부검 보고서 서류였다.

나카무라 박사는 감식 사진을 보면서 텐노에게 설명했다.

"분명히 같은 칼입니다. 길이는 40㎝가 넘는 거로 추정되고, 그래서 자상의 깊이가 7㎝가 넘는 것도 있을 정도로 깊습니다. 그리고 잘 제련된 강철로 만들어서 무척이나 날렵하고 날카로운 칼입니다. 특이한 것은 이렇게 양손을 써서 찔렀을 것으로 추정되는데요."

"네? 양손이라뇨?"

나카무라 박사는 유정수의 시신 사진을 왼손으로 가리키면서 오른손으로는 찌르는 흉내를 냈다.

"그게, 오른손으로 찌른 자상은 오른쪽에서 왼쪽으로 들어간 각도가 일정합니다. 반면, 왼손으로 찌른 자상은 왼쪽 안쪽으로 좀 더 들어가 있죠. 범인은 오른손잡이지만, 왼손도 쓸 수 있는 사람입니다. 저는 유정수 사건에서는 범인이 두 명이 아닐까 싶었지만, 아니더군요. 족적이나 여러 현장 증거나 감식 사진 등으로 보아서요. 한 명이 칼을 안쪽으로 쥐고, 혹은 바깥쪽으로 쥐고 찔러서 각도가 다른가 했습니다. 그런데 자상 각도가 분명히 왼손과 오른손으로 번갈아서 찌른 걸 가리킵니다."

텐노는 이시하라의 사진을 보았다.

"이 등허리의 양쪽 자상도 그렇습니까?"

"네. 아마도 동시에 아니면 거의 시차적으로 짧은 시간 내에 찔렀을 확률이 높습니다. 부패 속도나 시반을 살펴도 그렇다는 추정이 강하게 드는군요."

"나카무라 박사님. 그렇다면 칼을 오른손과 왼손에 번갈아 쥐었을까요? 힘이 후달리니까 말입니다. 예를 들어 완력이 성인 남자보다 약한 소년이나 여자라든가요."

"그것보다는 칼날이 양날 검입니다. 그러니까, 한쪽만 날이 있어서 가
르는 게 아니라 양날이라 지금 상처는 베이는 쪽이 잘 벌어지면서도 반
대편도 깔끔하죠. 그래서 등허리 부분의 늑골 근육이 제법 강한데도
양날의 검이 깔끔하게 들어가서 정맥을 벤 것입니다. 방금 전에 말씀하
신 대로 힘이 약한 소년이나 여자도 어쩌면 양날이라 손쉽게 찌를 수
있었을지도 모릅니다. 가능해요. 칼은 아마도 두 개의 같은 칼일지도
모릅니다. 양손에 쥐고 동시에 찌를 수 있죠."

텐노가 고개를 갸우뚱했다.

"양날의 쌍둥이 검이라, 그런 게 있을까요?"

나카무라가 조심스레 말했다.

"제 생각인데, 이건 회칼이나 식칼 등의 조리용 칼은 아닙니다. 전투
나 사냥용 단검을 알아보십시오. 군인이나 외양어선 선원이 사용할 수
도 있고, 일본도보다는 서양 검일 확률이 높습니다. 드문 범행 도구라
면 용의자를 좁힐 수 있겠죠."

텐노는 나카무라 부검의가 알려준 단서를 수첩에 꼼꼼하게 적었다.
그리고 해부학 교실을 나와서 사무실로 돌아갔다.

사무실로 들어가는데, 순사가 다가와 일렀다.

"형사님. 손님이 와 계십니다. 무슨 용건인지 물어도 반드시 형사님께
만 말씀드리겠답니다."

머리가 하얗고 하오리를 입은 노인이 텐노 자리에 서 있다가 인사했
다. 텐노도 무심코 마주 인사했다.

"무슨 일이십니까?"

정체 모를 의문의 노인이 찾아와 단서가 드러나고

남자는 조심스레 말하면서 텐노가 권한 의자에 앉았다. 그는 얼굴에 흐르는 땀을 손수건을 꺼내어 닦았다.

"저는 일본도 전문 장인이기도 하지만, 한편으로 서양의 검도 수입해다 파는 장사꾼입니다."

텐노는 긴장했다. 직감적으로 이자가 이시하라가 개인적으로 만나 수사를 한 상대일 것 같다는 예감이 들었다.

"이시하라 경부님이 하숙집 여인 살인 사건을 캐러 오셨는데, 사실은 가게의 전 주인을 만나러 왔지만 제가 가게를 인수해서 만났죠. 그런데 여인 사건 말고도 다른 칼의 그림을 보여 주었습니다. 저는 그림을 보고 제가 예전에 취급했던 칼임을 단번에 알았죠. 그리고 경부님은 중년 남자가 욕조에서 죽은 사진을 보여 주시고 거기 사용된 칼 아니냐고 물었죠."

"네? 뭐라고요?"

텐노는 깜짝 놀랐다.

"근데 저, 형사님. 다름 아니라 이 사건에 쓰인 칼을 자세하게 말씀드리고 비슷한 복제품 칼을 빌려 달라고 해서 빌려드렸는데요. 연락이 없어 전화해서 알아보니 그분께서 돌아가셔서요. 정말 죄송하지만 제가 칼이라도 받을 수 있을까 해서 왔습니다. 같이 일하는 형사님 맞으시죠."

텐노는 흥분했다. 이시하라가 잡은 결정적 단서가 나올 참이었다.

"남자를 죽인 칼은 무엇이고 어디까지 얘기했습니까?"

"그게 저, 제 칼은 돌려받을 수 있습니까? 그걸 받고 나서 말씀드리면 안 될까요?"

텐노는 기억을 더듬었다. 유족들이 나중에 관물대에서 이시하라의 옷가지와 책 등의 소지품을 챙겼지만, 칼을 보지는 못했다. 텐노가 일일이 확인하고 유품을 건네서 잘 안다.

"따라오십시오."

이시하라는 분명히 경찰서 관물대나 숙직실 어딘가에 그것을 두었을 것이다. 결정적인 증거품이니 말이다.

텐노는 2층 구석의 안쪽으로 걸어 들어갔다. 작은 쪽문을 열고 전등을 켜자, 침상과 관물대가 벽면에 놓여 있었다. 텐노는 이시하라의 관물대를 열었다. 텅 비어 있었다. 숙직실 침상 주변을 뒤져도 칼 같은 것은 나오지 않았다.

텐노는 관물대 안을 손바닥으로 쓸었다. 안쪽에서 뭔가 덜컹거리더니 삐걱댔다.

손을 쭉 집어넣어서 덜렁거리는 가림 판때기를 끄집어냈다. 뒤로 책을 쌓아놓은 게 보였다. 끄집어내니 금지된 마르크스 저서였다.

이럴 수가. 텐노는 안쪽에 다른 공간을 둬서 마르크스『자본론』등의 책을 보관했던 것이다.

텐노는 손을 쭉 뻗어서 책을 모두 빼냈다. 책 뒤에서 가죽 자루가 나왔다.

"오, 그것입니다. 이제야 받겠군요."

남자는 가죽 자루를 건네받아서 열었다. 안에서 양날 검이 두 개 나왔다.

"자, 이제 말씀해 주시죠."

텐노가 재촉했다.

"이 검들은 다마스쿠스 검의 복제품입니다. 실제 다마스쿠스 검은 인도산 강철로 만든 검입니다. 이 복제품처럼 양날이고, 날카로운 강철입니다. 이시하라 경부님은 그림에 다마스쿠스 검을 그려와서 물었어요. 그림 속 칼이 정말 감식 사진의 사건에 쓰인 범행 도구와 비슷하냐고 물으셨고, 저는 그런 것 같다고 했죠. 양날이나 양손을 쓰는 방식이 상처가 난 모양과 비슷해서요. 저는 칼이 사람의 몸과 유골에 내는 상처도 연구해서 잘 압니다."

"그래서 어디까지 말씀하신 거죠. 결정적인 단서를 얻어 내셨지만, 타살되셨죠."

남자가 검을 자루에 집어넣고 잘 묶으면서 긴장된 얼굴로 말했다.

"조심스럽지만, 종로 가게를 인수하기 전에 제가 백화점 수입 잡화점에서 물건을 팔았는데 한 10년 즈음에 명품 다마스쿠스 칼을 반 씨 가문에 팔았다고만 말씀드렸죠."

텐노가 놀란 얼굴로 되물었다.

"반 씨 가문이요? 그때 거래 장부가 있습니까?"

"아니요. 가게를 이전하면서 오래된 장부는 없었죠. 그렇지만 명품 칼이어서 기억에 남았던 거죠. 반 씨 가문이란 것만 알지, 정확한 성함도 모릅니다. 칼을 심부름꾼을 통해 사 가셔서요. 다만 나중에 딸 시집갈 때 혼수로 보내려 한다는 이야기만 어렴풋이 들은 기억이 납니다."

텐노는 일단 칼을 돌려주고 남자가 지금 한 말을 진술로 받아 적고 돌려보냈다.

텐노는 그날 중에 반설아의 친정에 전화를 걸어 사실을 캐물었지만,

반설아의 부친은 기억이 안 난다고만 했다.

텐노는 더 이상 증거를 캘 수 없었지만, 반설아를 압박해서 자백받을 수도 있겠다는 생각이 들었다. 반설아의 부친을 불러 대질신문을 시키면 어쩌면 진실을 말할지도 모른다.

살인자도 부모에게 애틋한 마음은 있을 수 있다. 텐노는 주먹을 불끈 쥐었다.

그물에 걸린 물고기들을 거둬들일 때

한편, 설아는 자신이 쓴 기사의 활자 교정을 보고 있었다. 사실 번번이 편집부장에게 엄청나게 깨졌다.

그는 설아가 기자로 일할 때마다 유독 갈구면서 싫은 티를 냈다.

경력이 없고, 일단 금녀 구역인 신문사를 사회부 기자로서 활보하는 걸 무척 싫어했다.

경성제대 법학부 출신의 엘리트로 일본인에게 협조도 하지 않지만, 독립운동 단체에 유리한 기사를 쓰지도 않았다. 공정한 태도를 유지해서 편집부장을 싫어하는 기자들도 많았다.

그는 설아에게 기사를 다시 돌려보내면서 화를 냈다.

"반설아 기자님. 아니, 사장님이라고 불러야 할까요, 하지만 사장은커녕 수습도 떼기 힘든 작문 실력입니다. 이거 봐요. '맞히다'와 '맞추다'의 용법도 헷갈려서 틀리게 썼고요. 사격장에서 권총으로 과녁을 '맞추다'가 아니라 '맞히다'가 맞고요! '건드리다'와 '건들이다'! 과녁을 '건들이다'가 아니라 '건드리다'가 맞춤법에 맞아요!"

"죄, 죄송합니다."

"최소한 여학교도 못 끝마쳤으면 부지런히 선배들한테 묻고 또 물어서 기본적인 건 고쳐 와야 내가 마지막으로 최종 교정을 보는 게 아닙니까? 다시 교정 봐 와요!"

설아는 기사 초고를 받아들고 자리로 돌아왔다.

이때, 전화가 왔다고 수동이 전했다. 설아는 자신의 사무실로 가서 전화를 받았다.

친정아버지이다.

설아는 교환원이 바뀌 주자마자 폭언을 들었다.

"야, 이년아! 니년이 그 나쁜 성깔 어디 못 버리고 혹시 남편 죽인 거야?"

"네? 아버지. 무슨 말씀이세요?"

"텐노 형사라는 사람이 전화했다. 10여 년 전에 산 다마스쿠스 칼을 어디에 두었냐고 확정지어 묻기에 모른다고 했는데, 혼수로 썼냐고 묻더라. 그 칼은 바로 시집갈 때 딸려 보낸 것 아니냐! 이게 다 무슨 소리야? 너, 삼촌 잡아먹은 것도 모자라서 또다시 나쁜 짓이라도 한 거 아냐?"

설아는 할 말을 잃었다. 이시하라 하나로 덮일 일이 아니었다.

"아, 아버지. 오해세요. 제 남편 간 것도 범인도 못 찾는 판국에 저를 용의자로 몰다니요. 저는 모르는 일입니다. 형사가 뭐라 해도 아무 말씀 마세요. 그 칼은 남편이 팔아치웠는지 어디 있는지도 모르고, 저는 아무것도 몰라요. 남편은 강도를 당했을 뿐입니다."

아버지는 한숨을 내쉬면서 한탄했다.

"아이고야. 어려서부터 거짓말을 일삼고 기이한 행태를 보이더니 이게 또 무슨 말이냐. 너 혹시 이상한 일을 벌이려고 신문사 사장 합네, 기자

합네 하고 다니는 거면 썩 때려치우고 시아버님께 회사 넘기고 수절과 부로 평생 조용히 살도록 해라. 가문에 먹칠하면 우리 제 명에 못 산다. 여자가 무슨 사회 일이고, 사장이냐. 되어 먹지 않은 행동 그만해!"

친정아버지의 일방적인 폭언에 설아는 화가 났지만, 꾹 참았다.

"집에서 쫓겨나도 이곳은 못 돌아온다. 소박맞은 며느리 거두는 집안이 경성에 어디 있더냐. 이혼도 창피하고, 소박도 창피하다. 그러니 조용히 시아버지 수발들고 그 집안으로 들어가. 자식도 없는 며느리 인정해 준 훌륭하신 어른이다. 회사를 어서 그분께 넘겨."

"아버지, 저 지금 일하느라 바빠요. 더 이상 통화 못 합니다. 그리고 형사 전화 또 오면 저한테 직접 이야기하라고만 하세요. 오해가 있어요. 이만 끊습니다."

"설아야! 설아야!"

이번에는 어머니가 전화를 받았다. 설아는 온몸이 얼었다. 평생 아버지의 폭언으로 고생한 어머니이다.

"엄마……."

"엄마가 니가 돌아오면 방 얻을 돈은 해 놓았다. 그러니 유명운 어른께 회사 넘기고 이리로 편하게 와서 살아."

아버지의 거친 목소리가 들렸다.

"무슨 돈이야? 방은 왜 얻고. 죽어도 거기서 죽으라고 해!"

"엄, 엄마, 나 괜찮아요. 걱정 안 해도 돼요……."

"내가 너 기도 맨날 해. 너 때문에 가슴이 찢어질 것처럼 너무 아픈데……. 설아야……. 무리하지 마."

"엄, 엄마……."

어머니가 흐느꼈다. 설아는 어떻게 달래고 끊었는지 몰랐다. 하지만 전화를 끊고 난 뒤에 속이 무척 안 좋았다. 설아는 자신의 사무실에 틀어박혀서 일을 놔두고 시름에 잠겼다. 한숨을 쉬는데 수동이 들어와 손님의 방문을 알렸다.

민주였다. 그녀는 먹을 것을 사 들고 들렀다. 마침 근처에 볼일이 있어서 들렀다고 했다.

설아는 민주와 차를 마시다가 뜬금없이 눈물을 뚝뚝 흘렸다.

"설아야, 대체 무슨 일이야."

"민주야, 나 너무 힘들다."

"힘들다니."

"기자들도 나를 색안경 끼고 언제까지 가는지 두고 보자는 분들이 많고, 시아버님은 나를 범인으로 보는 동시에 회사를 내놓으래. 소송 준비 중이야. 그리고 형사들은 증거를 잡고 친정집을 쑥대밭으로 만들었어. 아무래도 진행하는 모든 일을 관둬야 다른 가족들이 편할 거 같아."

민주는 설아 곁으로 와서 그녀를 안아주었다. 그리고 고개를 저었다.

"아니야, 아니야. 일단 진정해."

"민주야, 나 너무 힘들어. 암것도 못 하겠어. 나는 너무 능력도 없고 무식해."

"기죽지 마! 경성에서 남편 죽이고 싶은 여자가 한둘이야? 왜 여자들만 쫓겨나고 맞아서 죽어 나가고 유곽에 팔려가는데? 왜!"

설아는 놀란 눈으로 민주를 보았다. 민주의 눈빛은 진지했다.

"너를 조사할 때 범인으로 의심받는 것 다 알았어. 그리고 난 알아. 너의 본성을. 어릴 적부터 친구였으니까. 그런데 난 그 본래의 네 성격이 우리 일에 필요하다는 판단을 스스로 내렸어."

"민주야, 그런 나를 어떻게 받아들였어. 흐흑."

설아는 울면서 말했다.

"설아야, 너의 강한 성격은 결단력과 실행력이 보통 사람보다 앞서. 지금 우리 조직에 필요한 힘이야. 겁보다는 차라리 악한 일을 눈 깜짝할 새에 해치우는 강인함을 필요로 해. 시국이 시국이니까. 그리고 넌 지금은 초인적인 힘도 트레이닝하고 있어."

"내가 애초에 강한 권력을 지닌 여자였으면 남편부터 나한테 꼼짝을 못 했겠지."

"아니. 오히려 가장 먼저 척살했을 거야. 남자들은 자기보다 강하고 똑똑한 거 못 보지. 네가 예쁜 외피를 가져서 지금은 귀엽다고 보지만, 어느 순간 강하다는 걸 알면 그들은 절대 굽히지 않아. 마녀사냥 알지? 돈 많고 권세 있는 과부들을 마녀로 몰아서 교회가 재산을 빼앗았어. 아주 센 남자한테는 남자들이 알아서 서열대로 굽히지만, 센 여자는 마녀로 몰아서 어떻게든 죽여. 그게 남자야."

"그럼 어떡해야 해? 흑흑."

"넌, 자유를 얻기 위해서 남편도 죽였어. 강한 에너지가 내면에 있어. 그러니 기죽지 마. 그걸 우리의 목적을 위해 쓰는 거야. 헛되게 무너져선 안 돼. 넌 우리의 강력한 전사야."

"도, 도와줘……. 민주야."

설아는 민주의 품에 안겨서 엉엉 울었다. 얼굴 화장이 뭉개지고 입술

연지가 짓이겨졌다.

"아직 언제든지 다른 게 올 수 있어. 너를 까고 무시하는 사람들은 나이테처럼 켜켜이 나무를 아프게 하면서도 성장하게 하는 거름이 될 거야. 오히려 고마운 사람들이야. 자, 이 찻잔을 봐."

민주는 코펜하겐 찻잔에 진주 귀걸이를 귀에서 떼서 집어넣었다.

"귀걸이가 그들이고 네가 찻잔이야. 니가 더 넓고 크면 그들을 니가 가진 마음 그물에 물고기처럼 담을 수 있어."

설아는 귀걸이에 집게손가락을 갖다 댔다. 따뜻한 찻물 속에 푹 담긴 진주는 부드러웠다.

설아는 귀걸이를 건져서 민주의 귀에 달아 주었다.

"예뻐. 민주 너는 어릴 때부터 말하는 것도, 참는 것도, 공부하는 것도, 모두 엄청 예뻤어. 나 같이 천지 분간 못 하는 못된 계집애랑은 차원이 달라."

민주는 설아의 얼굴에 손가락을 대고 어루만졌다.

"예쁜 건 너지. 너와 마주치는 사람들은 여자든, 남자든 안절부절못하게 만들었으니까."

"삼촌 기억나지? 친척 삼촌 말이야. 사실 그 사람, 너와 친해질까 봐서 내가 성추행범으로 몰아서 자살하게 만든 거야. 아버지가 그 사건의 전후를 다 아시고 지금도 그리 잔인한 짓 하냐고 그러셨어."

민주는 지긋이 설아를 바라봤다. 다 안다는 듯이.

"다 지난 일이야. 그리고 지금 대의를 도모하는 데 죄책감 따위는 1도 도움이 안 돼. 이 찻잔처럼 비워."

그물에 걸린 물고기들을 거둬들일 때

민주는 차를 한입에 털어 마시고 말을 이어나갔다.

"깨끗이 비우고 나서 새 찻잔에 우리의 대의명분을 담아야 해. 결의를 담아서 조선을 구해야 해. 왜 그런 일을 해야 하는 줄 알아? 현재 조선인들은 꽃다지를 보고도 미소 지을 줄 몰라. 천진한 어린아이의 얼굴을 보고도 무감각해. 이유는 하나야. 일상의 행복도 안정과 풍요 속에서 꽃피는 거야. 일상의 작은 행복. 바닥을 뚫고 나온 민들레 꽃 한 송이에도 웃을 수 있는 그런 행복을 되찾아 줄 거야. 조선인들에게 풍요로운 떡갈나무처럼 아름다운 삶의 행복을 만들어 줄 거야. 독립은 그래서 절실해."

민주는 설아의 손을 따뜻하게 잡았다.

"그러니 삼촌 일은 잊어."

"난 삼촌을 그렇게 가게 했는데 죄책감보다 너를 나만의 친구로 두었다는 이기적인 욕심과 생각이 컸어."

민주는 설아의 이야기를 조용히 경청했다.

"알아, 네 마음."

"흑흑, 난 값어치 없는 사람이야. 난 잔인하고 못됐어. 이 하얀 외피에 그런 더럽고 나쁘고 쓸모없는 내면을 가졌어. 미안해. 윤민주. 날 버려. 날 잊어. 날 떠나도 돼."

"아니, 사회 구성원이 널 버리고 외면해도 나는 안 그래. 너의 그 성품은 교정될 수 있어. 내가 도우면."

설아가 도리질 쳤다.

"그러다 내가 나쁜 성격을 보이면, 내가 너를 배신하거나 해치면?"

민주는 웃어 보였다.

"앤틱 찻잔에 금이 가면 약품을 부드럽게 발라서 다시 뜨거운 불에 구워. 그렇게 하면 돼. 우리는 사람이야. 만들어져 가는 거야. 그 금은 하나하나가 우리 우정의 증표야."

"민주야, 난 네가 이렇게 내 본성을 알고도 품는 게 오히려 두려워. 분명히 실망하고 떠날 거야."

"설아야. 너의 성격은 양면성을 지녔어. 너의 과감성은 여성이 가진 보드라움에 정면으로 배치되지만, 독립운동의 과감한 작전에는 어쩌면 너의 그 파괴성이 필요할지도 몰라. 날 도와줘. 내가 컨트롤하면 돼. 걱정하지 마. 전쟁터 총격전에서도 정신을 잃지 않을 사람은 아마도 설아 너 하나밖에 없을지 몰라. 나야말로 내면은 걱정투성이에 불안투성이 거든. 너의 과감성과 결단력에 놀랄 때가 많았어. 난 그렇지 못하니까. 그래서 너의 비밀을 알고도 끝내 말 안 한 거야."

"그랬구나."

설아는 눈가에 눈물을 담고 고개를 끄덕였다.

"우리는 어서 전투사의 옷을 걸치고 같이 전장에 나가야 해. 이렇게 있을 수 없어. 눈물을 지워내고 화장도 고치며 전투 준비를 해야 해. 이 것만 생각해. 우리의 목표는 딱 하나, 조선인들에게 불안과 핍박 대신 안정과 일상을 되찾아 주는 거. 웃음을 띠게 해주는 거. 그러려면 너의 도움이 필수야. 날 도와줘. 니가 먼저 활기차게 살아야 남을 살릴 수도 있어."

설아는 고개를 끄덕이며 그대로 민주의 품에 안겼다. 포근하고 따뜻했다. 이렇게 큰 결심을 한 사람의 품이 따뜻할 수 있다니. 냉혈한이 되어도 모자랄 판인데.

민주는 설아에게 진한 키스를 했다.

"이건 안정과 평화를 되찾으려는 의지가 담긴 의리의 키스야. 잊지 마. 우리는 조선인들에게 일상의 행복과 평화, 기쁨을 되찾아 줘야 하는 의무가 있어. 그래서 난 의학 지식으로 의술을 베풀게끔 공부를 했어. 너는 신문사의 힘과 재력을 갖추게 됐고. 이건 데스티니야. 주어진 운명은 바꿀 수 없어. 받아들여야 해."

설아는 의구심을 담은 눈빛으로 물었다.

"그럼 독립만 되면 누구나 행복해지고, 나의 죗값도 물을 수 없는 거야?"

"오, 설아야. 인생은 그게 다가 아냐. 독립이 된다고 해서 조선인이 영원히 행복해질 수는 없어. 다만 일상의 자그마한 안정감을 획득하면서 다음 단계로 넘어가는 거야. 우리 인생도 그래. 지금 이건 단계야. 인생의 에피파니는 아마 죽을 때까지 찾지 못할지도 몰라."

"에피파니?"

"응, 동방박사가 아기 예수를 찾으려고 베들레헴을 찾은 걸 뜻하지만, 다른 의미로는 현실에서 영원한 걸 찾는다는 걸 의미해. 우리가 에피파니를 찾는 길에 서로 옆에 있는 게 얼마나 큰 힘이야?"

설아는 민주의 가슴팍에 얼굴을 묻고 눈물을 흘렸다.

"고마워. 나의 짐승 같은 면모를 아는 네가 얼마나 편하고 고마운지 몰라. 아무에게도 드러낼 수가 없었어. 단 한순간도. 내 본성을 깨닫고 나를 괴물로 보고 배척할까 봐."

"너의 무모함과 결단력, 그리고 목표를 위해 맹돌격하는 품성은 우리 목적에 가장 부합돼. 하지만 지금처럼은 안 돼. 나의 제어를 받으면서 다듬어가자."

"그래, 민주야, 네 말 들을게. 에피파니를 찾게 도와줘."

"응."

민주는 설아의 두 손을 따뜻하게 꽉 잡았다.

불안과 걱정에서 인정을 품을 수 있는 민주를 설아는 진심으로 존경했다.

"내일부터 매일매일이 결전의 날이라고 생각해. 이 이상 불안해하면 안 돼. 자연스럽게 보내. 하루하루를."

설아는 고개를 끄덕이고 민주는 그녀를 강하게 안아 주었다.

민주는 진지한 얼굴로 가방에서 꽃이 그려진 초대장을 꺼냈다.

"니가 신세를 진 노무라 중좌 알지? 네가 남편을 죽이고 길거리로 뛰쳐나오던 날 차에 태워서 너를 경찰서로 데려간 장교 말이야."

설아는 고개를 끄덕였다. 민주는 모든 상황을 알고 있었다.

"응."

"노무라 중좌를 자선 파티에 초대해. 우리가 가진 정보에 의하면 그는 일본군 내에서 꽤 중요한 연구를 하고 있어. 그를 무력화시켜야 해."

"어?"

설아는 민주의 얼굴을 진지하게 보았다.

"파티 초대는 아주 위험한 작전이지만 성공하면 독립을 앞당길 수 있어. 세이브더조선의 힘으로 독립을 쟁취해낼 수 있다고! 도와줄 수 있지?"

설아는 민주의 이마에 키스를 했다.

"도울게. 할 수 있어. 무슨 일이든 시켜줘. 너의 대의명분에 내가 하나의 작은 씨앗이 되어 결실을 얻게 해 줄게."

"응, 반설아. 노무라의 보좌관실에 전화를 걸어서 만날 약속을 잡아. 우리는 중좌 이상의 장교나 장성급들을 초대하는 자선 파티를 열 거야. 모든 회원이 일본의 장교들을 초대할 거야. 너는 노무라를 만나서 파티 초대장을 주고 그 이후부터는 우리의 지령을 받아서 행동하면 돼."

설아는 고개를 끄덕였다. 민주는 설아의 얼굴을 어루만지면서 작전 계획을 세밀하게 일렀다. 그리고 마지막으로 덧붙였다.

"니 얼굴에 좋은 기운과 관상, 활력이 있어. 너로 인해 우리의 계획은 성공할 거야."

"정말?"

"응, 내가 니 곁에 있는 게 아니라 니가 내 곁을 지키는 거야. 우리가 절실히 바라던 독립을 위한 열망은 이제 무르익었어. 아주 간절하게 바라니까 노력과 성과가 곧 결실을 이룰 거야. 우리가 그물 안에 하나하나 잡아둔 진주조개와 물고기들을 이제 한꺼번에 건져 올릴 때가 됐어."

설아는 고개를 끄덕이며 수긍했다. 그리고 민주의 뜻에 따라 전심전력으로 도울 것을 결심했다.

기묘한 반인반수 실험과 위험한 초대

　노무라 중좌는 동경제국대학 의대를 나오고 육군에 들어와 화학무기를 개발하는 연구자 겸 장교였다. 그는 세균을 배양해서 화학무기를 개발 중인데, 중국인이나 조선인 첩자를 생체개발 연구대상으로 삼고 실험하기도 했다.

　인간을 대상으로 실험하는 데 회의감이 들기도 했지만, 동물 실험보다는 몇십 배나 높은 연구 결과를 도출했다.

　의대 공부가 늦기도 했고, 군에 들어와 복무하는 바람에 결혼이 많이 늦어져서 독신 생활에 익숙했다. 가끔 경성의 어여쁜 여성들을 보면 설레는 것도 사실이지만, 실험에 매진하기 위해 눈을 돌리지 않았다.

　그런데 그도 가끔은 자신이 위기로부터 구해 줬던 한 여성이 밤중에 떠오르기도 했다.

　남편이 피살되고 구사일생으로 목숨을 건진 가련한 여인. 그러나 그녀가 지금은 재산을 물려받고 신문사 사주가 됐다는 소문을 전해 듣고서는 오히려 연락하지 않았다.

　힘들게 살면 도와주고 싶었지만, 너무 높은 위치에서 잘산다고 생각하니 도리어 폐를 끼칠까 싶어 연락을 끊었다.

하지만 실험실 한구석에서 밤새 연구만 하다 보면 그녀가 종종 떠오르기도 하면서 입가에 미소가 올라왔다.

딱딱하고 지루한 군 생활에서 만약 사랑하는 여성이 생긴다면 어떻게 생활이 바뀔까 하는 생각도 해 봤다.

노무라는 고개를 저었다. 지금은 그런 사적인 생각에 빠질 시간이 없다.

그는 서양의 논문을 뒤적거리며 읽었다. 소비에트 연방의 스탈린의 지시에 따라 사람과 야수의 이종 교배 실험이 이루어진 적이 있었다.

비밀리에 아프리카에서 진행된 실험인데, 1927년에 이바노프 박사는 반인반수 실험을 통해서 수컷 오랑우탄과 여성 지원자 5명을 상대로 인공수정을 시도했으나 실패했다.

노무라는 픽 웃었다. 사실 인간과 오랑우탄은 신체를 구성하는 형질이 달라도 너무도 달라 임신이 불가능하다.

따라서 스탈린이 소련의 군사력과 노동력 보강을 위해 시작한 실험은 불발에 그쳤다.

하지만 사실 이 실험의 목적은 무척 매력적이다.

거대한 힘을 가진 고릴라와 인간을 결합하여 새로운 종류의 군인을 만들면, 그 타고난 초능력 체력으로 적군을 단숨에 격파할 수도 있다.

그리고 고릴라는 힘과 속도 면에서 인간을 능가하고, 건물을 타고 올라갈 수도 있으며, 몸 자체 가죽의 강도가 높아서 총탄이 잘 뚫지 못한다.

한 마디로 두뇌가 발달해서 사람처럼 명령을 받을 수 있으면 최강의 군인이 될 수 있다는 것이다.

그러니 스탈린도 그런 욕심에 무리한 실험을 진행하게 한 것이다.

스탈린이 진행한 실험에서 여성 지원자라는 게 걸렸다. 오랑우탄과의 아이를 낳는다는데 지원자가 선뜻 나섰을까. 걸인이거나 포로 혹은 핍박받는 이민족 중에서 강제로 데려왔을 것이다.

여기 경성 노무라의 실험실도 다르지 않았다.

노무라는 논문을 덮었다.

이것 말고 더 확실한 인간 개조 방법이 있어야 한다. 그래서 새로운 군인을 육성해야 한다.

사람의 능력을 능가하는 초능력 군인들.

그렇게 하려고 사람에게 약으로 투여하는 화학물질을 개발 중이지만, 생화학적 물질 개발로 최근에 방향을 바꿨다.

사람은 마약을 섭취하면 잠을 자지 않고 몇 날 며칠을 밤새고 일해도 피곤한 줄 모른다.

하지만 중독되면, 각성 상태가 지나서 무한대로 침잠하는 우울증으로 빠지게도 된다.

그건 올바른 방향이 아니다. 도리어 금단 증세나 폐해가 너무 크다. 따라서 화학물질로 인한 인간 개조보다는 생물에서 나온 자연 유래 물질로 사람을 개조하는 게 부작용이나 금단 증세가 덜할 것이다.

감기에 걸리면 잠시 아프고 힘들지만, 그 이후로는 더 나은 면역체를 지녀서 건강한 사람이 되고 감기에 잘 안 걸린다.

1880년대에는 실험을 통해 파스퇴르나 코흐 박사 등이 미생물과 세균 등을 발견해서 생화학 역사에 큰 공적을 세웠다. 광견병이나 천연두,

콜레라 등을 유발하는 균들이지만 한편으로 페니실린 등의 약을 만들 수도 있다.

1890년대에는 드미트리 이바노프스키 과학자가 담배 모자이크병을 연구 중이었는데, 병에 감염된 담뱃잎에서 추출한 수액이 여과한 후에도 감염성이 유지되는 것을 밝혔다.

즉, 세균보다 더 작은 물질이 있다는 것이다. 이 물질은 세균이 생성하는 독이 아니라 스스로 조직 속에서 복제한 것이다.

이 물질을 이바노프스키는 바이러스라고 이름 붙였다.

노무라는 바이러스라는 미생물을 연구 중이다. 세균보다 더 작고, 복제가 가능하므로 공기 중의 전염으로 특이한 인수공통전염병도 유발할 수 있다.

바이러스는 숙주의 몸을 타고 다니면서 숙주의 속성을 변화시킨다.

노무라는 이 연구에 중점을 두고 있다. 바이러스 병원균을 이용한 인간의 개조, 초능력 육성과 새로운 군대의 형성을 내다보았다.

지금까지 광견병이나 헤르페스 바이러스를 사람에게 고용량으로 주사해서 반응을 살폈다. 고열과 환각에 시달리고, 호흡부전으로 사망한 여성도 있었다. 그러나 광견병을 높은 용량으로 주사해도 개의 발달된 후각이나 빠른 달리기 속력을 획득할 수는 없었다.

무지몽매한 실험으로 스탈린의 반인반수 실험처럼 황당무계하지만, 노무라는 그래도 길을 꾸준히 걷고 있다. 다른 연구자가 안 가 본 길이기에 결과는 아무도 모른다.

하지만 연구가 계속 실패하고, 실험 대상자들이 초능력은커녕 시름시름 앓다 죽게 되자, 힘이 빠졌다.

상부의 독촉에도 나오는 결과는 허접한 것밖에 없어서 보고할 수조차 없었다.

결혼도 마다하고 청춘을 바친 실험에 그는 점차 피로함을 느끼고 피하고 싶었다.

그때 실험실 문을 누군가 노크했다. 이 야밤에 노크할 사람은 보좌관밖에 없었다.

"들어오게."

야마다 소위였다. 그는 새로 부임한 연구원 출신의 보좌관이었다.

"노무라 중좌님, 손님이 찾아오셨습니다. 이름은 반설아 씨라고 합니다. 예전에 도움을 받은 적이 있어서 인사드리러 왔다고 하는데 어떻게 할까요."

노무라는 얼굴에 드러나는 놀라움과 기쁜 표정을 감추느라 바빴다. 애써 진지한 얼굴을 하면서 근엄하고 엄격하게 답했다.

"사무실로 모시지. 유명인사이니 예우를 깍듯하게 하도록."

"네. 중좌님."

노무라는 세면실로 갔다. 거울을 보고 헝클어진 머리를 포마드로 다듬고, 수염을 깎았다. 하루만 지나도 자라난 수염이 거칠었다. 하얀색 실험 가운을 벗고 군복 상의를 단정하게 걸치고 군모를 썼다.

그리고 부관을 상징하는 금도금을 한 식서를 드리워서 예복 느낌을 갖췄다. 식서 끝의 석필도 잘 닦아서 반들거렸다.

정식으로 둘이서 보는 자리는 반듯하게 시작하고 싶었다.

그녀에게 남편 조문 꽃과 쾌차를 비는 장미 꽃바구니를 보낸 이후로는 연락을 안 했다. 그녀에게서도 별다른 답례가 오지도 않았다. 다만 그녀를 덮어 준 상의는 돌아왔다.

노무라는 세면실을 나와 실험실을 지나쳐 복도를 걸으면서 생각했다.
그간 반설아 씨는 어떻게 지냈을까.

남편의 죽음을 딛고, 남자도 하기 힘든 사회생활을 처음 겪으면서 신
문사 기자들을 통솔하다니, 고개를 절레절레 흔들었다. 노무라 자신도
힘든 일이다.

기자들은 거칠고, 말도 잘 안 들을뿐더러 여성 사장을 무시했을 것
이다.

아마도 그녀의 얼굴이 무척이나 가련하고 수척해졌을 거라 상상했다.

천천히 복도를 걸어 맨 끝의 계단을 오르면 지상으로 나가게 된다.
지하 방공호에서 모든 생체 실험이 비밀리에 진행되고 지상은 일반 군
대의 사무실이다. 노무라는 두꺼운 철문의 자물쇠를 열고, 지상으로 나
가 마당을 가로질러서 3층 건물로 들어갔다.

이 어두운 밤에 무슨 급한 일로 찾아왔을까 싶지만, 이상하게 얼굴
에 웃음이 비실비실 올랐다.

2층 사무실로 들어가는데, 반설아가 베이지색의 버킷햇을 쓰고 같은
색의 블라우스와 스커트를 입고 겉에 하늘색의 니트 재킷을 입은 채 일
어났다. 니트 재킷의 실루엣이 몸매의 곡선을 부드럽게 드러냈다.

칙칙한 군대 사무실이 그녀의 등장으로 환하게 조명등이 켜진 것처
럼 보였다.

수척하기는커녕 무척이나 산뜻한 차림이었고, 얼굴에는 핑크빛 볼에
입술은 붉었다.

어떻게 보면 무척 섹시하게 보였다.

반설아는 반갑게 웃으면서 다가와서 손을 내밀어 악수를 청했다.
"노무라 중좌님, 죄송해요. 그간 상도 치르고, 신문사도 운영하느라 경황이 없어서 찾아뵙지도 못했어요. 왔어야 하는데, 저의 결례를 용서해 주세요."
노무라는 설아의 부드러운 손을 잡았다. 손에서, 그리고 그녀의 온몸에서 향긋한 냄새가 풍겼다. 군대와 안 어울리는 차림새와 향수였지만 지금은 무척 그를 기쁘게 해 줬다.
"차를 드시겠습니까? 커피도 있습니다."
군 장성이 방문했을 때를 대비해 탕비실에는 차와 커피를 항상 마련해 놓았다.
"차를 마시겠어요."
노무라는 입가에 싱긋 미소를 띠었다. 마침 고급 녹차가 준비돼 있었다. 보좌관이 차를 준비해 내왔다.

근황을 이야기하던 설아는 차를 마시고 나서 함박웃음을 피웠다.
"어머, 너무 맛이 깊고 향이 진하네요. 교토에서 보내온 건가요? 미쓰코시에서 시음해 본 적 있어요."
"제가 고향이 교토입니다. 어머니께서 경성으로 보내 주셨어요. 맛이 좋다니 다행입니다."
"전혀 교토 말씨가 느껴지지 않았는데요."
"도쿄에서 일찍 공부를 시작했죠."
"역시 교토 지방분이라 그윽한 품위가 있군요."

설아의 칭찬에 노무라는 웃음이 지어졌지만, 얼른 감추고 고개를 푹 숙였다.

남자는 좋아하는 걸 들키면 바보가 된다. 남자답게 정식으로 청혼하면서 고백하기 전에는 절대로 들켜선 안 된다.

"아내 분도 교토에 계시나요?"

설아가 덧붙이고 나서 바로 사과했다.

"아, 죄송해요. 실례되는 사적인 질문을 해서요."

노무라가 가슴을 펴고 당당하게 말했다.

"아직 독신입니다. 단신 부임한 지 오래됐습니다. 일에 매진하다 보니 결혼을 못 했지만, 언젠가 인연을 만날 거라 봅니다."

설아는 웃으면서 고개를 끄덕였다.

"좋은 일본 여성분이 나타나시겠지요."

노무라가 눈에 약간의 힘을 주고 똑똑히 말했다.

"저는 조선 여성이어도 상관없습니다. 결혼하면 그녀를 평생 지켜 줄 것입니다. 그리고 제가 초혼이어도 상대방은 이혼했거나 과부여도 됩니다. 유학을 미국으로 다녀왔는데, 미국에서는 남성이 여성의 결혼과 연애 경력을 동양보다는 잘 따지지 않습니다. 그래서 저도 그런 자유롭고 동등한 문화가 좋다고 봅니다."

설아는 살짝 미소 지으면서 부끄럽다는 듯 몸을 비비 꼬았다.

"어머나. 그러시군요. 그럼 저도 결혼 상대자 가능성이 있는 건가요? 호호, 농담이에요."

노무라는 갑자기 홍옥처럼 얼굴이 붉어지면서 바닥을 보고 녹차를 급하게 마셨다. 사레가 들려 캑캑대는데, 설아가 다가와 부드러운 손길로 등을 쳐 주고 어깨에 얼굴을 댔다.

"저어, 잘 되었어요. 사실 유부남이시면 혹시 불편하시지 않을까 했는데요. 여기 초대하려고요."

"무슨 말씀이신지."

설아가 장미꽃이 그려진 초대장을 내밀었다.

"제가 활동하는 경성여성사교구락부에서 자선 파티를 열어요. 경성의 빈민을 돕자는 취지인데, 일본 장교들도 초대해서 같이 파티를 즐기려고요. 저 같은 미망인이나 독신 여성들이 대부분이라서 남성 파트너를 한 명씩 데려가기로 했는데 떠오르는 사람이 노무라 중좌님밖에 없어요."

"저, 미망인이라는 말. 쓰지 마세요. 저는 아내가 남편을 따라 죽지 못해 미안하다, 이런 뜻이 담긴 그 말이 싫습니다."

"어머, 그런가요? 경성에서는 흔히 쓰이는 말인데요. 자선 파티에는 오실 건가요?"

설아는 노무라의 옆자리에 다정하게 앉아서 무릎에 손을 얹었다. 노무라는 다리를 움쩍 다물었다. 모친처럼 친근한 손길이지만 이상하게 흥분됐다.

"호호, 미안해요. 제가 무리한 부탁을 한 건 아닌지요. 신문사 직원들에게는 함부로 사장이 그런 부탁을 해선 안 되죠. 사적인 취미 활동 구락부에 직원과 같이 갔다가는 회사에서 다음날 무슨 낯으로 보겠어요. 그렇다고 제가 유독 만나는 남성분도 없고, 사귀는 사람도 전혀 없고요. 그래서요."

노무라는 미소를 활짝 띠었다. 이번에는 웃음을 억지로 감출 수 없었다. 초대장을 펴서 일시를 살핀 후 답했다.

"다음 주 수요일 저녁이군요. 마침 그날은 일정이 전혀 없습니다. 참석할 수 있지만 혹시 모르니 내일 오전까지 보좌관을 통해 확답 전화를 드리겠습니다."

설아는 고개를 끄덕이면서 명함을 내밀었다.

"제 사무실 번호입니다. 이리로 연락 주세요. 그리고 좋은 취지의 모임이니 혹시 다른 동료 장교분들도 모시고 올 거면 제가 자리를 마련해 놓을게요. 그날은 영화배우 이승전 양이 특별 무용 공연을 펼치니 좋은 쇼도 보실 수 있어요. 그날 저의 파트너가 되어 주세요."

설아는 녹차를 마저 마시고 자리에서 일어나 다시 한번 노무라에게 손을 건넸다. 노무라는 황송하다는 듯이 고개를 숙이고 악수를 했다. 그는 설아가 사무실을 나가려 하자 보좌관을 불러 집까지 모셔다드리라고 했다. 하지만 설아가 차를 타고 왔다고 하자 아쉬워했다.

노무라는 커튼을 열어 그녀가 탄 포드 클래식이 떠나는 것을 보면서 두 손을 맞잡고 주먹을 쥐고 몸동작을 크게 하면서 껄껄 웃었다.

결단코 그녀의 재력이나 명성을 탐하는 건 아니었다. 미모나 몸매에 혹한 것도 아니었다.

다만, 그녀를 험한 사회에서 지켜주고 싶은 마음뿐이었다.

그는 초대장을 펼쳐서 거듭 시간과 장소를 보면서 그날 어떤 헤어스타일에 무슨 옷을 입고 갈지 고민했다. 군복 정복으로 입을 것인지, 아니면 실크햇에 연미복을 입을 것인지 고민했다. 아무래도 격식 있는 자리인 만큼 갖춰 입어야 할 것 같았다.

노무라는 활짝 웃으면서 초대장에 배어 있는 향수 냄새를 깊게 음미했다.

반설아 씨를 닮은 딸을 낳으면 어떨까? 아니면 자신을 닮은 아들은 어떨까?

노무라는 깊은 상상에 빠져서 흥겨워했다.

여성구락부의 자선 파티에 초대된 이는
존비 크리처가 된다?

여성구락부의 자선 파티가 열리는 날, 설아는 가슴이 푹 파여서 훤히 들여다보이는 시스루 드레스를 입었다. 그리고 긴 흑진주 목걸이를 여러 겹 둘렀다. 화장은 엷게 했지만, 머리를 길게 풀고 입술에는 붉은 루즈를 발랐다.

무희같이 청초하면서도 섹시한 차림이었다. 유정은 메이드복을 입고 화장을 엷게 하고 머리를 길게 땋아서 올려 고정한 채로 그녀를 기다리고 있었다.

강철수가 차를 대기하고 있었지만, 그의 차 안에는 파티에 쓰일 음식과 요리들을 실었다.

설아는 따로 차를 몰고 갈 계획이었다.

설아는 하늘색 알파로메오 차 운전석에 올라탔다. 이탈리아에서 수입된 차로 고속으로 안정적으로 달릴 수 있어 최근에 구매했다. 오픈카로 천장을 열어서 타고 다닐 수도 있었다.

설아는 운전하면서 어제 파티 리허설을 기억해냈다. 민주가 여성구락부 회원들을 불러 모아서 계획을 주지시키고, 방법을 일일이 설명해 주었다. 동선을 짜서 각자의 미션을 실행하게끔 해 봤다.

"먼저 우리의 계획 요지는 일본 장교들에게 수면제를 먹여서 잠재운 후, 존비병 바이러스가 든 항원 혈청 주사를 놓아 감염시키는 것입니다. 여러 번의 실험에 의하면 분명히 이 주사를 맞으면 감염이 되는 것으로 확인됐습니다. 장교들은 3일간 앓아눕고 존비병에 걸려서 더 이상 이성적인 사고를 하지 못하고, 일본군 병사나 장교를 물어뜯으면서 병을 옮길 것입니다."

구락부 회원들은 진지하게 들었다.

민주는 칠판에 세세한 계획을 적으며 설명했다. 고미정은 받아 적고, 강명애는 미간에 주름을 잡고 심각하게 들었다. 김 씨 부인은 알 듯 모를 듯한 얼굴이었다. 이승전은 두 손을 곱게 모아 다리 위에 올리고 들었다.

"수면제로 쓰일 바르비탈은 제가 준비했습니다. 모두 잠이 들면 제가 간호사들과 일시에 존비 항원 주사를 놓을 것입니다. 재워 놓고 주사를 놓는 수밖에 없습니다. 장교들은 제 인맥과 여러분들의 인맥으로 모두 40여 명이 초대됐습니다. 각 부대의 요직에 있는 대좌 계급에서부터 소위 계급에 이르기까지 다양한 장교들이 옵니다. 처음에는 고위직만 초대하려 했지만, 계획을 바꿔 실무 장교들도 대거 불렀습니다. 모두 여러분들 사이사이에 앉히고 노래와 무용 공연 등으로 유흥을 즐기고 술을 많이 마시게 할 겁니다. 약은 메이드들이 식사 후에 가지고 들어가는 커피에 들어 있습니다. 여러분들은 커피 대신에 홍차를 드시기 바랍니다. 홍차를 드시려는 장교를 위해서는 각설탕 안에 수면제 성분을 넣었으니 설탕을 타서 건네기 바랍니다."

모두들 심각하게 들었다. 민주는 말을 이어나갔다.

"장교들은 모두 잠든 지 1시간 정도 후면 정신을 차릴 것입니다. 그 전에 주사 놓은 팔의 의복을 단정하게 해 주시고, 그리고 같이 취한 척 하며 일어날 때 연기를 해 주시기 바랍니다. 그리고 혹시 모를 일에 대비해 각자 편한 호신용 무기를 가지고 오시기 바랍니다."

설아는 민주의 계획 설명을 떠올리면서 곱씹었다.

이숭전에게 사격술을 배웠고 총을 민주에게 받았지만, 편한 다마스쿠스 칼을 준비했다. 허벅지에 가죽으로 만든 가터벨트 형식의 레이스 지지대를 차고 그 안에 칼을 넣었다. 드레스 자락으로 가리니 감쪽같았다.

설아는 오른손으로 운전대를 잡고, 왼손으로 잠시 허벅지를 쓰다듬었다. 칼의 감촉이 나쁘지 않았다.

오늘은 누굴 죽일 계획은 없다. 하지만 유사시에는 이게 목숨을 구해 줄 것이다.

자신을 포함한 여성구락부 동지들의 목숨을.

설아는 머리끝까지 피가 오르는 짜릿한 기분을 만끽했다. 온몸에 활력이 돌았다.

불안과 공포는 가끔 전신에 전기를 통하게 하면서 또 다른 세계로 안내해 준다.

그건 잠자리에서 혼자 겪었던 망연한 불안감과는 다르다. 특정 장소에 가서 계획한 일을 실행하기 전에 겪는 불안감은 항상 설렘으로 다가온다.

두근두근두근

설아는 여성구락부에서 벌인 일 중에서 가장 짜릿한 일을 실행하기 전부터 엄청나게 설레고 있었다.

여성구락부 자선 파티는 구락부 건물에서 열렸다. 화려한 드레스를 입은 회원들이 일본 군관들과 함께 연회장으로 안내되었다.

유정을 비롯한 메이드들과 집사들이 이들을 안내해 파티장 자리에 앉혔다.

설아가 차에서 내리자 저만치에 먼저 와 있던 노무라 중좌가 다가왔다.

그는 단정한 연미복에 실크햇을 쓰고 흰 장갑을 낀 손을 내밀어 설아를 안내했다. 설아는 그의 손을 가볍게 잡았다.

"너무 멋지세요. 군복 아닌 옷도 잘 어울리세요."

"험험, 아름답습니다. 반 사장님이야말로."

"그냥 설아라고 부르세요."

"아니, 어찌. 하지만 사석에서는 가끔 설아 씨라고 불러보겠습니다. 자, 들어가시죠."

설아는 노무라와 구락부 건물 안으로 들어갔다.

연회장은 장미와 수국, 스타치스, 히야신스 등의 색색들이 꽃으로 장식되었고, 악단에 의해 은은한 클래식이 울려 퍼졌다. 무대로 만든 단상에는 화려한 세트를 세우고, 아래에는 악단이 자리 잡고 있었다.

민주는 파티의 호스트답게 은회색의 우아한 이브닝드레스에 다이아몬드 귀걸이를 했다. 초대장을 확인하고 들여보내는 손님들을 일일이 확인하고, 부드러운 인사를 나눴다.

회원들은 장교들 사이사이에 앉아서 담소를 나누면서 에피타이저를 즐겼다. 와인과 산양 치즈 그리고 연어와 캐비어 등의 고급 요리가 서빙되었다. 모두 메인 요리인 스테이크를 즐기면서, 악단이 연주하는 경쾌한 재즈 음악을 감상했다.

이승전은 이브닝드레스에서 짧은 무대 의상으로 갈아입었다. 무대에서 여러 명의 무희들과 폭스트롯 스텝을 추면서 경쾌한 춤사위를 선보였다. 박수갈채가 이어졌다.

설아는 노무라의 어깨에 고개를 슬쩍 기대면서 스킨십을 했다.

술잔에 약을 타면 좀 더 쉽지만, 바르비탈은 술과 함께 복용하면 치명적이다.

민주는 장교들이 죽는 것은 원치 않았다. 독살로 오해를 받으면 대규모 수사에 들어간다.

그보다는 커피에 타서 서서히 수면제가 작용하고 안전하게 주사를 놓는 것을 원했다.

집사와 메이드들이 커피와 홍차를 서빙했다. 회원들은 은밀한 눈짓을 교환했다.

오늘은 모두 일본 군인들을 존비병에 감염시키기 위해 모인 공모자들이다.

믿을 만한 하녀와 집사가 불려왔고, 회원들도 모두 사전에 이 계획에 대해 주지받았다.

여성들은 홍차를 들었고, 장교들은 커피에 손을 댔다. 커피에만 수면제가 들어가 있다. 간혹 홍차를 마시는 장교에게는 여성 회원들이 수면제 성분이 든 각설탕을 넣었다.

설아는 커피도, 홍차도 마다하는 노무라에게 귓가에 은근하게 물었다.

"왜 안 드세요. 저도 마시지 않겠어요."

"난 녹차만 즐겨 마시는 편이라서요."

"홍차가 녹차와 맛은 다르지만 그윽하게 숙성된 맛도 나고 좋아요. 나른한 몸에는 그만이라고요. 정력에도 좋대요, 호호."

"그것참, 밤에 잠이 오지 않을까 걱정되기도 합니다. 반 사장님."

설아가 요염하게 웃으면서 손등에 손을 얹어 쓰다듬었다.

"제 생각하시면 되잖아요. 잠이 안 오면. 후."

설아는 그의 귀에 입김을 살짝 불어 넣었다.

노무라는 험험 헛기침을 하면서도, 선뜻 손은 찻잔을 들지 않았다. 설아는 주변 장교들이 커피를 마시고 나서 나른해하며 기지개를 켜고 하품하는 걸 놓치지 않았다.

약 기운이 퍼지는 데 사람에 따라 빠르면 10분 이내로도 잠에 빠져든다. 그걸 노무라가 보고 의구심을 품으면 일이 커진다.

설아는 결단을 내렸다. 사생결단을 내야 한다. 잘못하면 여성구락부는 큰 타격을 입고 구속될 수도 있다. 조사를 받으면 세이브더조선의 원대한 계획은 물거품이 되고 조선인들에게 일상의 행복을 주려던 구상은 사라져버린다.

안 된다. 이대로는.

설아는 각설탕을 입에 넣었다. 그리고 노무라의 뒤통수를 부드럽게 잡고 당겼다.

입술을 노무라에게 갖다 대었다. 노무라는 당황했지만, 이내 몸이 풀리면서 키스를 받아들였다.

여성구락부의 자선 파티에 초대된 이는 존비 크리처가 된다?

설아는 그대로 각설탕을 노무라의 입안으로 깊게 밀어 넣었다. 그리고 키스를 깊게 했다.

주변에서 박수가 터졌다. 모두들 그들이 과부에 독신이라는 걸 알고 있다. 짝을 찾는 데 서로 거리낄 게 없었다.

설아는 형준이 이 자리에 있지 않기를 바랐지만, 모른다. 멀리서 지켜보고 있을지도. 하지만 지금은 대의가 중요하다.

키스를 마친 설아가 조심스레 분첩 거울을 보고 립스틱을 고치는데 노무라가 설아의 손을 세게 잡았다.

"우리 결혼합시다. 정식으로 청혼을 할게요."

설아는 난처한 표정을 지었다.

음악이 갑자기 로맨틱한 분위기의 재즈로 바뀌면서 좌중이 조용해졌다. 부인들과 장교들은 담소를 나누면서 후식을 즐겼다. 시간이 가자, 점차 장교들이 하품하고 나른해하면서 기지개를 켜고 눈꺼풀을 손으로 문질렀다.

한 명의 장교가 고개를 테이블에 푹 숙였다. 그리고 코를 드르릉 골았다. 여기저기서 부인들의 어깨에 기대거나, 테이블에 고개를 박거나, 아니면 의자 등받이에 기대는 장교들이 늘어났다.

노무라는 설아의 얼굴을 사랑스럽다는 듯이 쳐다보다가 갑자기 숨을 크게 들이켜고 정신을 차리려다가 그만 까무러쳤다.

회원들은 데려온 장교가 잠에 빠지면 손을 들어 신호했다. 모두 손을 들자, 민주가 하얀 의사 가운을 입고 나왔다. 그녀는 손짓으로 간호사들을 들어오게 했다.

회원들이 쓰러진 장교들을 반듯이 앉혀서 팔을 걷어붙였다. 이승전은 권총을 들고 강명애나 고미정 등과 무장 엄호를 했다. 혹시나 정신을 차린 장교가 난동부리는 걸 막기 위해서다.

수면제 약효에 의해 거의 모두 잠에 빠져들었다. 간호사들은 민주가 일일이 지시하자, 존비병 항원이 든 주사를 장교들의 정맥에 놓았다.

설아는 온몸에 소름이 돋았다.

꿈틀거리는 병원체가 장교들에게 들어갈 걸 생각하니 무서웠다.

김노주의 공격성 어린 행동과 핏발 선 눈빛 그리고 이성을 잃은 정신머리를 생각했다.

사람이 아니다. 완전히 정신을 놓지는 않았지만, 그래도 짐승과 비슷했다.

무섭다. 그런 상태에 빠지고 존비병에 걸리면 이 사람들은 그 병을 다른 군인들에게 옮기고, 일본 군대는 어떻게 되는 걸까.

도리어 조선인들이 피해를 보지는 않을까.

무섭다. 설아는 고개를 절레절레 흔들면서도 간호사가 노무라의 팔뚝에 주사를 놓는 걸 놓치지 않고 지켜보았다. 정맥으로 주사기의 혈청이 들어갔다. 존비병의 병균들도 들어갈 것이다.

설아는 눈을 동그랗게 뜨고, 노무라를 지켜봤지만, 그는 잠에 빠진 채 미동도 없었다. 설아는 그의 팔에 난 주사기 자국을 알코올 솜으로 닦아 주고 지혈을 한 후에, 옷을 잘 내려서 아무 일 없다는 듯이 단정하게 해 주었다.

거사 전에 청혼한 게 우스웠지만, 존비병에 걸리면 그런 건 까맣게 잊을지도 모른다.

1시간 정도 후에 장교들이 서서히 일어나고, 악단은 갑작스레 빠른 댄스곡을 연주했다. 여성 회원들은 장교들의 정신을 사납게 하고, 정확한 기억을 흐리려고 술을 권하거나 댄스 플로어에 나가서 춤을 췄다.

　장교들은 정신이 흐릿했지만, 분위기에 맞춰서 춤을 추었다. 아직 못 깨어난 장교들은 여성들이 술에 취해 이렇다는 등의 제스처를 취해서 메이드들이 물수건을 가져다주어 얼굴을 닦아서 깨어나게 했다.

　어수선한 분위기였지만 다시 의사 가운을 벗고 이브닝드레스로 돌아간 민주의 얼굴엔 성공이라는 확신이 깃들어 있었다. 설아는 민주의 얼굴을 살피고 가슴을 쓸어내렸다.

　텐노가 사패라 불리는 악독한 범죄자가 자신이라지만, 그래도 이런 큰일에 가슴을 안 졸일 사람은 없을 것이다.

　이승전과 안도의 눈짓을 교환한 설아는 무대 뒤에서 이들을 지켜보던 민동연과 눈이 마주쳤다. 민주의 남편 이연호와 무언가 중요한 말을 주고받던 민동연은 의미 깊은 눈빛을 보였다.

　설아는 고개를 갸웃했다. 본능적으로 이상한 직감이 들었다.

　민주의 성공을 기원하는 눈빛 혹은 이승전의 안도하는 눈빛과는 다른 종류였다.

　동물적인 느낌으로 설아는 예민하게 민동연의 눈빛이 예전과 달라졌다는 걸 알았다.

　뭘까. 궁금했지만 아직은 확실치 않다.

　민주에게 말하기는 이르다.

서대문형무소로 압송되는 여성들

설아는 떨리는 손으로 신문을 붙잡았다. 타는 마음을 감추고 기사를 보려 애썼다. 타사의 신문을 일일이 훑었다. 그러나 어디에도 일본군 장교들이 자선 파티에서 이상한 경험을 했다는 등의 기사는 없었다.

마치 아무 일도 없었다는 듯이, 살인 사건 기사나 독립운동 단체의 거사 기사조차 없었다.

부자가 적선해서 가난한 학생을 도왔다는 미담이나 미국인 부자 과부가 젊은 일본인 남자와 결혼한다는 내용의 흥밋거리 기사가 대부분이었다. 그리고 부고 기사들.

어디에도 이상한 기미의 기사는 없었다. 설아는 그게 더 의아했다. 설마 그 많은 장교가 한두 명도 눈치채지 못한 것인가.

지금쯤 설아가 존비병을 겪었던 것처럼 고열에 시달리거나, 난폭해지거나, 이성을 잃었을 텐데.

그렇다고 안심할 수는 없었다. 일본군들의 첩보 입수 능력을 무시할 수 없었다.

중세를 느끼는 장교들이 모두 한 장소에 모여 음식을 먹었다는 사실은 조사하면 금방 나온다.

식중독 역학 관계를 조사할 수도 있으니까.

그런데 아직 민주에게서도 연락 한 통 없었다. 이때 거친 엔진 소리가 열린 창문 틈으로 거세게 들려왔다. 설아는 신문을 내려놓고 창가로 다가갔다.

불길함을 느꼈다. 창밖으로 내다보니 관용 차량에서 텐노가 형사 두명과 다급하게 내렸다. 그들은 일사불란하게 신문사 정문으로 향했다. 경비가 제지하자, 밀치고 들어왔다.

텐노와 형사들이 계단을 뛰어올라 사장실로 쳐들어왔다.

텐노는 영장을 품에서 빼서 설아에게 보였다.

"반설아 사장님. 저희와 같이 서로 가시죠. 체포영장입니다. 반설아 사장님이 이시하라 형사님의 사건에 깊이 관여돼 있다는 증거가 나왔습니다. 김도한 씨 아시죠?"

"네? 모릅니다."

"그 사람이 여기 사환에게서 돈을 받고 차량을 빌렸다고 하는데요. 차량 종류는 닷지이고요. 대여 회사는 삼소 회사입니다. 차량을 입수해 면밀히 뒤져봤는데, 트렁크에서 핏자국이 발견돼 조사 중입니다."

설아는 당황했다. 이때 수동이 화를 내면서 형사들을 밀치고 들어섰다.

"그 차, 제가 돈 주고 몰아 보려고 빌렸어요. 사장님과 전혀 관계없다고요!"

텐노는 수동을 지그시 바라보다 설아를 떠봤다.

"저 어린 소년을 대신 잡아가도 되겠습니까? 김도한 씨 말로는 사환이 사장님의 특급 명령을 받은 것 같다는데요? 어떻게 하시겠습니까?

장담컨대 집안도 미미하고 빽줄도 없는 소년이 잡혀가면 어떻게 될지는 저도 모르겠습니다. 하지만 신문사 사장님은 우리가 함부로 대할 수 있 겠습니까? 순순히 가시지요."

수동이 난동을 부리자, 설아가 다가가 그의 어깨에 손을 얹고 다독 였다.

"걱정 마. 금방 돌아올 테니까. 여기 사무실 화분에 물 좀 주렴. 일주 일에 한 번씩, 알았지? 내가 없어도 책상에 매일 신문 한 부씩은 놓아 줘. 늘 하던 대로."

수동은 마지못해 고개를 끄덕였다.

텐노는 설아의 두 손에 포승줄을 채웠다. 수동이 눈물을 흘리는데, 이번에는 갑자기 창밖에서 트럭이 다급하게 끼익 서는 소리가 났다. 설 아는 뭔 일인가 싶었고, 텐노는 형사들에게 설아를 맡기고 사무실을 나섰다.

사무실 밖 복도에서 실랑이하는 소리가 나더니, 헌병대 수사관들이 우르르 들어와 설아와 텐노 일행을 에워쌌다. 형사들은 이들과 대치 했다.

"이게 무슨 일입니까?"

"저는 630부대 노무라 중좌님의 보좌관 야마다 고로입니다. 반설아 는 현재 헌병대가 조사 중입니다. 자세하게 밝힐 수는 없지만, 반역죄에 회부되어 조만간 군법 재판에 넘겨질 것입니다. 우리에게 인계하시죠."

"뭐라고요? 판사의 영장이 우리에게 있습니다. 반설아는 경찰이 수사 하는 살인 사건 중요 용의자입니다."

텐노가 항의하자, 야마다가 거세게 반박했다.

"전시 중입니다. 군법이 우선합니다. 형법보다."

이들이 맞서는 가운데 박 기자를 비롯한 기자들이 우르르 들어와 삼자 구도가 되었다.

"듣자 하니 반설아 사장님을 정확한 증거 없이 연행하는가 본데, 확증 없이 목격자 증언만 듣고 체포와 인신구속은 불가합니다."

박 기자 등이 거세게 항의했다.

"기자들은 물러서시오. 더 이상 헌병 수사관 앞을 가로막으면 모두 구금하고 신문사는 폐쇄하겠소. 그러면 폐간이 불가피하오. 기자들이 반역에 해당하는 행동을 했으니! 그래도 좋겠소?"

설아는 갈등했다. 결단을 내려야 했다.

"제가 제 발로 걸어가겠어요. 경찰서와 헌병대 어디로 가면 되죠?"

텐노는 하는 수 없이 설아를 풀어 주었다. 헌병대는 설아의 손에 견고한 수갑을 채우고, 두 발에도 쇠사슬을 채웠다. 그리고 얼굴에는 용수를 씌우고 두 팔을 두르게 해서 구속복을 입혀 자물쇠를 채웠다. 이를 지시하는 야마다나 명을 받드는 헌병 수사관들이나 모두 사뭇 진지했다.

기자들과 형사들이 의아해했다.

이때 설아가 끌려가기 전에 수동이 달려와 울음을 터뜨리며 그녀의 허리를 붙들었다.

"사장님, 거, 거긴 너무 험한 곳이에요. 사장님 같은 분이 있을 데가 아니에요, 어엉엉."

"괜찮아, 수동아. 다녀올게."

설아는 수동의 눈물을 닦아 주고 싶었지만, 손이 자유롭지 못하다. 수동을 수사관들이 떼어냈다.

이렇게까지 구속복을 입힐 필요가 있을까. 설아는 자신이 능력을 획득한 사실이 어디선가 흘러나갔다는 생각이 들었다.

세이브더조선 내에 첩자가 있다.

설아의 뇌리에 민동연이 스쳤다.

그 자구나!

깨달음과 동시에 헌병 수사관들이 설아를 양쪽에서 팔짱을 끼고 밀착 마크해서 계단으로 향했다. 설아는 트럭에 태워져 어디론가 향했다.

용수 너머로 살짝 밖을 내다보았다. 무장한 헌병 수사관들의 진지하고 근엄한 표정만이 보였다.

설아는 숨을 크게 들이쉬었다. 순간 민주, 고미정, 김 씨 부인, 이승전, 강명애 등의 경성여성구락부 회원들의 안위가 걱정됐다.

모두들 어디에서 어떻게 있을까?

그리고 세이브더조선은 어찌 되는가?

우리나라의 미래는?

설아는 고개를 뒤로 숙여 기대고 일단 쉬기로 했다. 마음을 다잡고 정신을 다스려서 이 힘든 상황을 잘 이겨내야 했다.

초능력을 집중해서 사용하면 이깟 수갑쯤은 풀고 도망칠 수 있다지만 다른 동료들이 걱정돼서 함부로 행동할 수 없었다. 그들은 무기가 압수되면 신체적 능력으로 도망을 칠 수 없었다.

일단 당당하게 들어가서 죄를 물으면 조선 독립을 위한 행동임을 어필해야 한다.

그것만이 일제의 강압에 대항하는 방법이다.

트럭이 덜컹거리면서 빠른 속도로 어딘가를 향해 달렸다. 차가 멈췄다. 한참을 온 듯했지만 그건 착각일 뿐 종로경찰서 앞에 멈췄다.

설아는 헌병 수사관들에 의해서 경찰서 지하로 향했다. 특고 형사들이 독립투사들을 잔인하게 고문한다는 취조실로 가는 발걸음이 떨렸다.

한편, 민주는 병원 진료실에서 헌병대 수갑을 찼다.

"당신을 반역죄로 체포합니다."

헌병대들이 착착 들어와 민주를 압송했다. 이연호가 뒤늦게 달려와 차량에 태워지는 민주의 앞을 가로막았다.

"비켜! 이럴 수 없소. 어떻게 정확한 죄목과 증거 없이 사람을 함부로 구속하오!"

"죄목은 군 대외 비밀입니다. 나중에 재판정에 와서 들으시오."

"아니 되오!"

이연호가 민주를 차량에 태우는 헌병대 앞을 가로막고 강하게 저항했다.

"여보, 연호 씨. 제발 다녀올게요."

민주가 울먹이면서 달랬으나, 그는 반발했다.

"비켜! 당신도 끌려가고 싶지 않으면. 막거나 반항하는 자는 즉결처분으로 사살해도 좋다는 명이 내렸다."

이연호는 끝내 헌병대 앞을 가로막았다. 이때 헌병 수사관이 민주를 억지로 끌고 나가려는데 이연호가 손을 잡고 늘어졌다.

"비켜! 비키라고! 발포한다!"

이연호는 끝내 실랑이를 하다 수사관이 총구를 겨눴다. 탕! 하고 총이 발사됐다.

"아악!"

"안 돼! 연호 씨!"

이연호는 총탄에 옆구리를 맞고 서서히 무너져 내렸다. 간호사들과 의사들이 다가와 응급처치를 하는 가운데, 민주를 수사관들이 끌고 갔다.

김 씨 부인은 집 안에서 조용히 낮잠을 자고 있는데 불시에 헌병대가 들이닥쳐 수갑을 채웠다.

"아니, 이게 무슨 짓입니까?"

김 씨 부인의 아들과 며느리가 앞으로 나서서 가로막았지만, 그들은 김 씨 부인을 끌고 갔다. 그녀는 조용히 순응하며 차에 올랐다.

한편, 강명애는 신문사 사무실에서, 이승전은 영화 촬영 현장에서 그리고 유정은 설아의 집에서 끌려 나왔다. 고미정은 금물점에서 체포되었다.

유정이 체포될 때, 집사 기요코가 죄목을 듣고 깜짝 놀랐다.

"뭐라고요? 쟤가 반역죄를 저질렀다고요?"

"그렇소! 명에 따르시오."

기요코는 물러나 고개를 숙였다. 이때 강철수가 앞으로 나서면서 말했다.

"집사님, 이건 사장님께 알려야 하잖아요. 어서 신문사에 연락하세요."

"반설아 씨도 반역죄로 헌병대에 구금되어 있소."

헌병대 수사관의 말에 기요코와 강철수는 동시에 놀랐다.

"유정아, 이게 어찌 된 일이야?"

유정은 입을 다물고 순순히 차량에 올랐다. 강철수가 고개를 갸웃했다.

"아니, 살인죄를 헌병대에서 수사하는 일도 있습니까?"

기요코는 고개를 저었다.

"그 건이 아닐 겁니다. 일단 회장님께 이 사실을 고하도록 하세요."

"알겠습니다, 집사님."

기요코는 돌아서는데 걱정이 되면서 한편으로 슬그머니 웃음도 나왔다. 이 집도 수색당하고, 집 안이 어지럽혀지고 유 씨 가문 이름에 먹칠이 될까 걱정스러우면서도 반설아가 인과응보로 잡혀가는 게 속이 다 시원했다.

'유정이는 뭔 일일까. 필시 반설아가 뭔가 시켜서 저리된 거야. 에이 요망한 년! 천벌 받았구먼.'

기요코는 얼른 하녀들을 불러서 헌병 수사관들이 나간 자리를 물걸레로 닦고 정원의 흙투성이 발자국들을 비로 쓸어내라고 일렀다.

안 좋은 기운은 반설아가 싹 다 가지고 나가길 바랐다.

3일 후, 텐노는 신문을 들고 깜짝 놀랐다. 그는 그간 총독부에 있는 대학교 선배를 통해서 반설아가 무슨 죄목으로 끌려갔는지 알아보려고 했지만 허사였다. 극비라는 것이다.

그런데 오늘 자 기사에는 반도신문사 사장인 반설아를 비롯한 경성여성구락부 회원들이 일본군 장교들을 자선 파티에 불러서 강제로 불법적인 약물 투여를 했다는 기사가 실려 있었다.

그래서 그들을 종로경찰서 유치장에 구금하고, 총독부 직접 지시하에 경무청과 종로경찰서가 1차 수사를 하고, 헌병대가 공동수사를 하는 식으로 사건을 넘겨받기로 했다는 것이다.

텐노는 무릎을 쳤다.

일이 어떻게 흘러갈지는 모르겠지만, 전쟁이 코앞으로 다가온 시점에서 장교들을 대상으로 이런 범죄를 저질렀다는 것은 즉결처분으로 사형에 처할지도 모른다.

이제 형사인 그는 반설아를 잡아들일 수 없다. 그녀는 헌병대로 넘어갔다.

기사에는 반설아를 비롯한 구락부 회원들이 비밀 독립단체이며 체제를 전복시키려는 불순한 의도를 가지고 반역죄를 저질렀다고 나와 있었다. 이외에도 윤민주 종합병원 원장, 고미정 금물점 주인, 이승전 영화배우, 명문가의 이름을 밝힐 수 없는 부인 등 다수의 회원들이 구금됐다고 밝혔다.

텐노는 반설아가 조선 독립운동 단체에 가담했다는 것도 놀라웠고, 강연에 초청한 윤민주 원장까지 그 일에 가담했다는 것도 믿기지 않았다. 이 일로 반도신문사는 성명서를 내걸어 반설아의 결백을 주장했다. 하지만 텐노가 보기에 일의 중대성으로 보아 신문사는 정간이나 폐간 처분에 처할지도 몰랐다.

텐노는 체포영장을 받기 전에 쌍둥이 검에 관해서 반설아의 친정집에 문의했으나, 그들은 모르는 일이라고 딱 잡아뗐다.

서대문형무소로 압송되는 여성들

대신에 다른 증거를 수집해서, 반설아가 사람을 사주해서 차량을 빌렸다는 증언을 확보했다. 여러 차량 대여 업체에 이시하라가 죽기 전날부터 일주일 전까지 차를 빌려 간 사람이 있는지를 조사했다. 그리고 차량을 직접 몰지도 않았고, 돈의 출처도 불분명한 의심스러운 사내를 찾아냈다.

그의 이름은 김도한이었다. 상인들을 협박해서 돈을 뜯는 길거리 불량배로 닷지 수입차를 빌릴 만한 돈도 없었다. 그를 잡아 족치자, 반도신문사 사환이라는 김수동의 이름이 나왔고, 그 소년이 사장의 지시를 받은 것 같다는 증언도 확보했다.

텐노는 처음부터 이시하라 사건에 이동 차량이 있고, 범인은 차를 타고 도망갔을 거로 생각했다. 차로 진입하기에 어려운 산자락이라는 것, 택시나 인력거가 그 부근에 그 시간에 간 적이 없다는 것을 수사로 알아낸 후에 그렇게 판단했다.

밤에 걸어가기에는 멀기도 멀고 길도 험했다.

남의 시선을 고려하여 혹시라도 시신을 옮길 때를 대비해서 차량을 빌린 거라고 생각했다.

물론 시신을 그대로 유기하고 차량을 이용해 떠났지만.

솔직하게 경성에는 차를 소유한 사람도 많지 않다. 사건에 이용하려면 차량 대여를 고려했을 것이다. 그래서 수사의 방향을 잡고 단서를 찾은 것이다.

텐노는 반설아의 고용인인 집사를 통해 이시하라가 죽던 당일, 그녀가 어디론가 밤중에 홀로 나갔다 왔다는 결정적 진술을 확보했다.

강철수는 그녀가 차를 안 모는 척하지만, 운전에 관해 이것저것 물어보면서 관심을 여러 차례 보였다고 했다. 그리고 알파로메오 차를 샀다고 했다.

텐노는 거기서 고개를 끄덕였다. 반설아는 그동안 어딘가에서 운전을 배웠을 것이다.

그래서 경성시청 운수과에 물어보고 반설아가 운전 허가증을 얼마전에 획득한 것도 알아냈다.

텐노는 무릎을 쳤다. 집이나 회사의 차량 대신 어딘가에 가서 빌렸다!

그렇게 단서를 찾아 검거하려던 직전에 헌병대에 넘어간 것이다.

대체 반설아가 독립운동 단체 세이브더조선의 협력자이고, 윤민주 원장을 비롯한 여성들이 모두 그 단체의 일원이라니 놀라울 따름이었다.

텐노는 그날 저녁, 세이브더조선의 위장 단체인 경성여성구락부에서 강연을 한 게 밝혀져 감사과에서 조사를 받았으나 단체와 무관한 거로 종결됐다.

'반설아는 어떤 인물이란 말인가. 살인자인가, 독립운동가인가, 테러리스트인가, 사패인가.'

그녀가 즉결처분으로 형무소에서 사형당하면 유정수 사건은 미제로 남는다. 그건 유명운이 바라는 바가 절대 아니다. 그리고 텐노도 그런 방식은 절대로 싫었다.

결과보다 과정이었다. 정정당당하게 범인을 잡아들여 재판에서 증거와 단서로 죄를 밝혀서 사건의 진실을 캐고 범인을 형무소로 보내는 게 결과다운 결과이다.

텐노는 그날 퇴근하면서 무척 허탈했다.

서대문형무소로 압송되는 여성들

존비 크리처의 위대한 탄생

　노무라는 고열에 시달렸다. 그리고 환각이 보였다. 교토에 있는 어머니, 돌아가신 아버지를 보았다. 그리고 시집간 누나와 매형도 보았다. 어릴 적에 하늘로 간 동생이 나타났다. 그들은 모두 울면서 그를 향해 손짓했다. 고향에 어서 돌아오라고 하는 것 같았다.

　노무라의 몸이 불끈불끈거렸다. 온몸에 화염이 휩싸이는 것처럼 뜨거웠다. 한 여성이 다가왔다. 얼굴은 잘 보이지 않았지만, 하얀 얼굴에 반듯한 눈코입이 단정해 보였다.

　여성이 손짓한다. 노무라가 그 손을 잡으려 했지만 잡히지 않았다.

　그녀는 뒤로 돌아선다. 옆얼굴이 선명하게 드러났다.

　반설아였다.

　노무라는 눈을 살짝 뜨면서 상체를 일으키려 했다. 그는 입으로 그르렁대면서 두 손으로 앞에 선 남자의 멱살을 무섭게 움켜쥐었다.

　"어서 노무라 중좌님의 몸을 붙들어요. 존비병은 공격성이 최고조에 이르면 아무도 보이지 않고, 쇠사슬도 끊을 정도의 힘을 폭발적으로 내뿜소!"

　누군가 지시하는 소리가 들렸다.

"투약을 늘리고, 경구약을 먹을 수 있을 때까지는 주사로 흡수시켜야 합니다."

노무라는 팔뚝 정맥으로 주사약이 들어오는 걸 느끼면서 눈을 감았다.

눈을 감자, 반설아의 얼굴이 동그랗게 상이 맺혔다.

"설, 설아 씨……"

노무라는 이름을 부르면서 두 손을 허공에 내저었다.

3일 후, 노무라는 정신을 차렸다. 고열과 환각에 시달려서 온몸이 수척했다.

"중좌님, 정신이 드십니까?"

보좌관 야마다였다.

"어, 어떻게 된 것인가? 분명히 여성구락부 파티에 잘 다녀오고 그다음 날부터 기억이 나지 않네."

"지금 여성구락부 회원들을 모두 체포하는 중입니다."

"체포라니?"

"민동연 박사의 도움이 아니었다면 모두 큰일 날 뻔했습니다."

"민동연 박사?"

노무라는 눈을 크게 떴다. 그의 눈앞에 이목구비가 수려한 조선인 남자가 서 있었다.

"안녕하십니까? 저는 존비병을 연구 중인 민동연입니다."

"존비병이라니?"

"인수공통전염병입니다. 중좌님도 비슷한 연구 중인 것으로 들었습니다. 저는 세이브더조선이라는 비밀 독립단체에 있었고 원숭이에게 물린 한 남성으로부터 존비병을 알게 되었습니다. 독립단체는 그 병을 일본

군 장교들에게 퍼뜨리려고 여성 회원들에게 장교들을 자선 파티에 초대하도록 하여 약을 먹이고 주사를 놓은 것입니다."

중좌는 깜짝 놀라면서 간호사가 내민 물을 벌컥벌컥 마셨다. 그는 침상 옆의 거울을 쳐다보았다. 얼굴이 일그러진 것처럼 추하게 변했고, 눈빛에 핏발이 서 있다. 평소의 그의 모습이 전혀 아니다. 손톱을 보자, 송곳처럼 날카로웠다.

"아직 해독약인 업엔드 약이 완전하게 효력을 본 것은 아닙니다. 일시적으로 정신만 돌아온 것입니다."

"민동연 박사. 어떻게 해야 합니까? 그날 참석한 장교들에게 모두 해독약을 투약해야 하오."

"저는 중좌님의 상관인 하타 소장님을 찾아가 이 모든 연구 결과와 계획을 고하고, 여성 회원 체포에 앞장섰습니다. 그리고 아무리 독립이 목표라지만, 사람을 잠재워 존비병에 의도적으로 걸리게 하는 비인간적인 행태를 벌이는 의사와 간호사, 구락부 회원들을 고발했습니다."

노무라는 진지하게 들었다. 민동연이 말을 이었다.

"수단이 그르면 목표에 도달해도 옳지 않습니다. 곧 소장님께서 중좌님께 존비병 바이러스 생화학 무기의 완벽한 개발과 해독제의 대량 생산 책임을 맡기실 겁니다. 저는 마카스원숭이에게서 발생한 인수공통전염병 병균이 존비병의 원인이 된다는 사실을 알아내고, 노동자 합숙소를 폐쇄하여 사람이 사는 것처럼 위장했습니다. 그리고 원숭이를 기르면서 길거리 걸인들을 모아서 그 병균을 주입해 실험했습니다. 이는 세이브더조선도 모르게 비밀리에 진행한 일이죠."

민동연은 형준과 설아가 합숙소를 들어가 원숭이 피를 채취해 왔을 때도 뒤에서 모른 척했다. 공장의 사장도 돈을 주고 그가 시키는 대로 말하게 했다.

"저는 그들을 실험체로 강력한 힘을 가진 군인들로 양성할 수 있는지 연구해 보았죠. 특수한 약을 잘 조절하면 충분히 이성적인 힘을 갖추고 통제가 가능한 강력한 체력을 지닌 군대를 만들 수 있습니다. 이와 관련해 이미 총독부 위생과 세균실에서 연구 중입니다. 저는 그 일을 돕는 데 제 모든 걸 바치겠습니다. 제발 저를 지도해 주십시오."

민동연은 말을 마치고 고개를 숙여 인사했다. 노무라도 묵례를 했다.

"반, 반설아 씨도 체포되었습니까?"

민동연이 답했다

"네, 중좌님. 그녀는 존비병에 감염되어서 업엔드 정을 투약했는데 신기하게도 혼자서만 초능력을 얻게 되어 요주의 인물입니다. 거칠게 하더라도 확실하게 체포할 것을 당부했습니다."

"만약에 저항하면 어떻게 되죠?"

"사살될 것입니다. 체포해 조사 중입니다."

노무라는 짧은 숨을 내쉬고 이맛살을 찌푸렸다. 이제야 조금씩 정신을 잃은 상황과 기억을 잃은 부분이 떠올랐다. 분명히 반설아가 각설탕을 입속으로 밀어 넣은 후부터 기억이 가물거린다.

그 전에 홍차나 커피를 마실 것을 집요하게 권한 것 같기도 했다. 장교들도 모두 커피나 차를 마시고 정신을 잃었을 것이다.

앙큼한 짓이었다. 아니, 음흉한 간계였다.

사람이 죽을 수도 있는데, 함부로 그런 일을 벌이다니.

노무라는 보좌관에게 물었다.

"어디에 있는가? 그들은."

"모두 종로경찰서와 헌병대 취조실에 나뉘어서 조사받지만, 수용 시설이 모자라 조만간 서대문형무소로 압송할 것입니다."

노무라는 고개를 가볍게 끄덕이고 다시 침상에 드러누웠다. 어지러웠다. 그리고 마음 한구석이 캄캄했다. 정식으로 청혼하기로 마음먹은 여성이다.

그런 여성을 살면서 처음으로 만났는데, 이렇게 배신하고 일본에 반기를 들고 전복하려 했다. 수십 명의 장교를 위험한 병원균에 강제로 감염시키는 비인도적인 죄를 저질렀다.

정부 전복 시도는 사형죄를 피하기 어려울 것이다.

노무라는 고개를 벽으로 돌렸다. 씁쓸하면서 가슴이 아렸다.

설아는 서대문형무소에 온몸이 구속복에 묶인 채로 트럭 뒤에 타고 들어왔다. 무장한 군인들이 지키는 가운데, 얼굴이 어두운 다른 여인들과 함께였다.

구락부 회원들은 보이지 않았다. 형무소 정문이 열리고, 보초병이 트럭 안을 수색한 후에야 트럭이 들어갔다. 거대한 붉은 벽돌의 담벼락과 건물들, 그 안에는 또 다른 세계가 있었다.

동서남북 곳곳마다 높다란 망루 위에 저격수가 있었고, 구치감과 옥사들이 나란히 서 있었다. 음식 냄새가 나오는 취사장을 지나자 중앙사 앞에 차가 섰다.

설아는 여자 수감자들과 함께 교도관과 보초병의 안내로 중앙사로 들어갔다.

수감자 중의 한 명이 울음을 터뜨렸다.

"흐흑흐흑."

교도관이 뒤돌아보았다. 설아는 우는 중년 여성을 달랬다.

"쉬잇, 조용히 해요."

"흐흑, 내가 여기 와 있으면 막내는 어떻게 해요."

"무슨 일로 들어왔어요?"

설아는 넌지시 물었다.

"사, 사람을 죽였어요. 돈을 꿔 가고 끝내 갚지 않아서 너무도 울분에 차서 계주 년을 식칼로 찔렀는데, 그만……. 불쌍한 우리 복동이, 어흑……."

누군들 사연이 없겠느냐마는, 설아는 순간 계주의 자식들은 어쩌고 있을까 하는 생각도 들었다. 여기에는 독립투사도 있겠으나 각종 강력범죄자들도 들어와 있겠다 싶었다.

물론 자신도 포함해서.

"조용히 햇!"

교도관이 중년 여성의 어깨를 곤봉으로 내려쳤다.

"으아아악!"

설아는 입을 다물고 고개를 숙였다.

계호과와 구치감의 직원들이 나와서 수감자들을 탈의실로 이동케 했다. 미결수인 그들은 구치감 옥사에 수감된다. 남자 교도관들이 지켜보는 가운데, 모두들 속옷까지 탈의했다. 그리고 샅샅이 신체검사를 받고 수인복이 지급됐다.

형 확정 이전의 미결수는 청색 수인복을 입고 확정받은 기결수는 적색을 입었다. 설아는 미결수라 청색을 입었다. 그리고 수인복 위로 다시 구속복을 입었다.

설아는 독방에 수감됐다. 그녀는 다른 구락부 회원들이 걱정됐다.

민주, 승전 씨, 명애 언니, 그리고 김 씨 부인과 고미정 사장님, 유정이. 모두들 어쩌고 있을까.

그날 밤에 설아의 독방에 식판을 들이는 구멍이 텅 열렸다. 설아가 열린 구멍으로 밖을 유심히 보니 철통에 든 밥을 작은 쇠바가지로 떠서 막사발에 넣고 구멍으로 들이밀었다.

구멍의 문이 닫히고 나서 조심스레 다가가 보니, 콩과 좁쌀, 현미가 섞인 밥으로 군데군데 자갈과 모래도 보였다. 먹기 힘들 정도였다.

설아는 고개를 저었다. 구속복 때문에 손을 쓸 수 없어 화장실도 못 가는 형편이다. 먹어서는 큰일이 난다.

먹고 싶지도 않았다. 회원들 걱정에, 그리고 신문사 걱정에 암울하고 힘들었다.

그녀는 모로 누웠다. 초능력은커녕 앉을 힘도 없었다. 가슴이 무너져 내렸다.

설아는 온몸에 오한이 났다. 경찰서 취조실에서는 비인간적 대우를 받았다.

가랑이 사이에 곤봉을 끼우고 돌리는 성폭력 고문을 받았고, 주리를 틀고 고통을 주었다.

손톱 밑에 가시를 끼워 들기도 했고, 물고문도 했다.

설아는 진실을 말하려 하지 않았지만, 고통에 겨워 죽고 싶을 때, 인간적으로 대우해 주는 취조 심리관이 따뜻한 말을 건네자 그만 세이브더조선을 말하게 되었다.

설아는 그 일이 떠올라 몹시도 괴로웠다. 진술을 받아낸 그들은 설아를 구속복을 입혀 형무소로 보내버렸다.

이곳에도 무시무시한 고문이 있다는데. 그녀는 몸서리를 쳤다. 어차피 업엔드 정 투약도 끝났고 이제는 초능력이고 뭐고 마음의 힘이 무너져 에너지가 거의 없이 종일 누워 있었다.

그날 밤, 설아는 교도관들에 의해 지하 취조실로 끌려갔다. 앉아서 온몸이 덜덜 떨렸다. 고문을 받는다는 게 두려웠다. 이때 취조실 문이 삐걱 열리고 교도관과 한 남자가 들어섰다.

민동연이었다.

그는 천천히 설아의 앞에 서서 무표정한 얼굴을 해 보였다. 설아는 분노에 치를 떨면서 몸을 들썩였다.

"너 이 새끼!"

설아는 민동연의 얼굴에 침을 뱉었다.

"배신자! 민주는 어디 있어?"

"니가 그런 말할 처지는 아닌데. 이미 두 건의 살인 사건 용의자라면서! 넌 그 죄만으로도 사형이 모자라. 조선으로 치자면 능지처참으로 사지가 잘려야 한다고."

민동연은 손수건으로 얼굴을 닦았다. 그리고 차분하게 말하면서 설아의 얼굴을 잡고 책상에 여러 번 찧었다. 설아는 화가 나서 머리를 획 쳐들면서 민동연을 노려보았다.

"내가 풀려나면 너를 능지처참으로 죽여주마."

설아의 말에 민동연은 하얀 구급상자를 열고 주사기를 꺼냈다.

"아니. 그 전에 너는 초능력을 모두 잃고 평범하고 체구 작은 초라한 여자로 돌아갈 거야. 경성 사교계에서나 네 얼굴이 통했지. 여기선 화장도, 드레스도 없어. 니 머리카락은 곧 엉켜서 가위로 두피까지 잘라낼걸. 목욕도, 양치도 거의 못 하고. 넌 그저 힘없고 가련하게 사형 날만 기다리는 죄수다!"

민동연은 설아의 오른팔에 주사를 놓으려는데 설아가 반항하자, 민동연과 같이 들어왔던 군인들이 그녀를 잡아서 꼼짝 못 하게 했다.

민동연은 설아의 정맥에 주사를 놓았다.

"이건 업엔드 약을 투약해 얻은 능력을 무력화하는 약이다. 업엔드 정의 성분을 체외로 배출시키는 거지. 아마 효과가 나타나면 온몸을 주체하지 못하고 고통에 휩싸일 거다. 그 아픔에 보통 인간으로 돌아가서 성실하게 수형 생활하고, 죽음을 받아들여라. 후후, 내가 베푸는 마지막 은혜다."

민동연은 주사를 마저 놓고 교도관을 불러 설아를 인계하고 취조실을 나갔다. 설아는 잠시 의식을 잃었다.

눈을 떠보니 혼방에 들어와 있었다. 살짝 뜬 눈으로 고미정이 보였다. 고미정은 설아의 이마 땀을 닦아 주었다.

"아이고야. 이틀을 의식을 잃었어. 온몸에서 땀이 나고, 토하고, 물만 싸고."

설아는 기저귀의 촉감을 느꼈다. 먹은 게 없으니 물만 나올 따름이었다.

온몸의 진액이 빠져나가 탈수된 느낌이었다.

"잔인한 놈들. 물을 시간이 안 됐다고 안 줘. 이렇게 아픈 환자가 있는데."

설아는 간신히 입술을 뗐다.

"괜, 괜찮아요. 다, 다른 사람들은요⋯⋯."

설아는 그간 독방에 갇혀 단식했다. 온몸에 힘이 하나도 없었다.

다행히 구속복은 벗겨져 있었다.

"다들 분명치 않은데, 김 씨 부인과 이승전이 같은 혼방에 있고 민주는 아마도 환자 병사에서 간호 작업에 차출돼 여러 가지 의료 처치를 하는 것 같아. 유정이도 들어와 있어."

"그, 그럼 민주는 안전해요?"

"응, 걱정 마. 아마도 재판 결과에 따라서 우리 형이 결정될 거야. 반역죄에 해당되어 형이 크겠지만. 즉결처분에 어느 날 사형당할 수도 있대."

옆에서 듣던 다른 여수감자가 질문을 던졌다.

"어쩌다 즉결처분에. 군인이나 경찰이라도 죽였소?"

"비슷해요. 죽이진 않았지만 해는 가했죠."

그녀는 손에 뜨개질 거리를 들고 열심히 뭔가를 뜨고 있었다. 언뜻 보아도 얼굴이 곱고 단아한 자태였다. 나이는 30대 정도로 보였다.

설아는 고개를 돌리면서 숨을 내쉬었다.

"전 일본인 경, 경찰도 죽였어요⋯⋯."

고미정은 설아의 머리에 찬 수건을 대고 말했다.

"진정하고 쉬어요. 다 지난 일이야. 이제까지 설아 씨는 죽다 살아났어. 의식을 완전히 잃었다니까."

그날 밤 설아는 정신을 차리고 일어나 앉았다. 혼방을 둘러봤다. 다섯 평도 안 되는 방에 스무 명 가까운 여인들이 득시글거렸다. 사춘기 소녀도 있었다. 소녀는 새침한 얼굴로 벽만 보았다. 다른 수감자들과 말도 섞지 않았다.

어디선가 큼큼한 냄새가 났다.

"화장실 가. 안 간 지 꽤 됐지. 여긴 참아야 하는 게 일이니까."

"어, 어디인데요."

설아가 기저귀를 떼내며 몸을 일으켰다. 고미정이 부드럽게 그녀의 손을 잡고 안내했다. 방 끝에서 퀴퀴한 냄새가 올라왔다.

"이게 똥통이라는데 하루에 한 번은 비워 준대."

설아는 기겁했다. 나무로 만든 통 위에 오줌 등의 오물이 들어있었다. 그 위로 날파리가 날아다녔다.

볼일을 보는데 여인들이 뒤돌아 앉았다. 설아는 한숨을 쉬었다.

이제 샤워나 화장, 백화점으로 옷 보러 다니는 것은 모두 끝장났다.

그것보다, 앉아서 사형을 기다리게 될지도 모른다.

"다들 괜찮겠죠?"

설아는 일상을 걱정할 때가 아니라는 게 떠올랐다.

"그래도 간간이 노역장에서 만나."

설아는 한숨을 쉬었다.

"쟤, 저 아이는 무슨 일로 들어왔대요?"

설아가 눈짓으로 소녀를 가리켰다.

"독립운동할 때 전단지를 인쇄하다 잡혀 왔대. 그런데 잡히는 과정에서 난동을 부리다가 경찰을 다치게 했다나 봐. 가중처벌로 오래 살고 있다지."

설아의 눈시울이 붉어졌다. 모두들 저마다 인생의 무게를 여실히 지고 있었다.

다음날부터 설아는 노역장에 배치되어 일했다. 원래는 미결수라 노역을 안 하게 되어 있지만, 자급자족하기에도 벅찬 형무소 환경에 설아도 노역을 하게 되었다.

점심식사 시간이었다. 작업하는 시간에는 작업장 내의 단체식당에서 식사한다. 식사 음식은 거의 돌 섞인 조밥에 낫토 약간, 일본식 묽은 된장국에 매실장아찌 한두 알이 다였다. 독방의 짬밥보다야 나았지만, 고기는 거의 없고 신선한 과일도 없었다. 설아는 한숨을 쉬었다. 영양실조에 걸리기 딱 좋은 식사 메뉴였다.

설아는 종종 반도호텔이나 미쓰코시백화점의 옥상 커피숍에서 커피 한 잔을 즐기고는 했는데 그 맛이 미치도록 그리웠다. 여기서는 녹차 한 잔도 마실 수 없었다. 물도 식사 때가 아니면 얻을 수 없었다.

설아는 밥을 먹으면서도 뜨개질하는 여인 곁에 고미정과 앉았다.

설아가 치우고 일어서려는데 고미정이 뜨개질 여인을 보고 칭찬했다.

"어머나, 참 정갈하게 잘 뜨시네요. 바늘 코도 크기가 일정하고요."

설아가 무심코 쳐다보는데, 여인이 설아에게 뜨개바늘을 쥐는 걸 가르쳐주었다.

"이렇게 게이지를 잡고서 사슬뜨기로 해봐. 처음 하는 사람도 할 수 있어."

설아는 뜨개질에 취미를 붙인 적이 없었지만 권하는 대로 해 봤다. 어차피 여기서는 남는 게 시간이었다. 한참을 헤매면서 떠가는데 고미 정도 몇 가지 뜨개질법을 가르쳐 주었다.

"수예 선생님이셨어요?"

설아가 뜨개질을 서툴게 하다 질문을 던졌다.

뜨개질 여인이 말했다.

"난 기생이었지. 퇴기로 은퇴 직전에 경성 권번에서 기생들 노래 선생이 되었어. 사실 한 많은 인생이지. 다섯 살에 노름하는 아비 손에 팔려 와서 평생 선배들과 손님들 시중을 들었지. 퇴출 직전에 기예 선생으로 남은 거야. 뜨개질은 여기서 허용된 유일한 취미고."

"여기는 왜 오셨는데요? 설마 독립운동?"

"후후, 왜 기생은 독립운동하면 안 되냐? 이름도 없이 살았지. 매화라는 예명은 지긋지긋하게 싫어. 차라리 뜨개질 언니로 기억해라. 근데 기생도 그냥 총독부 밑에서 어떻게든 살아보려 했는데, 일본인들이 가게를 열고 사업을 독점하면서 우리는 목구멍에 거미줄을 쳤지. 일본으로 빤하게 쌀가마니 다 내가고, 우리네 먹을거리는 하나도 남기지 않는 제국 놈들에게 독립을 외쳤다!"

설아는 주변을 둘러보았다. 다행히 교도관은 멀리 있었다.

"나쁜 놈들. 일제 놈들은 우리가 어깨너머로 배워가는 게 많으니까 자기들이 은인이래. 그게 아녀! 배워가게끔 자유와 독립을 허용하면서 물고기 잡는 법을 제대로 가르쳐 줘야지. 아니면 우리가 물가에서 물고기 잡는 법을 터득할 시간을 주던가. 무조건 자기네 방침에 따르고 지네 말을 쓰면서 시키는 대로 하라니, 우리는 물고기 꼬리나 얻어먹고 나가떨어지래!"

설아는 그제야 이해했다. 조선의 모든 산업, 회사는 일본인들이 독점했다. 조선인들은 정작 사업 허가를 받고 진척하기가 무척 어려웠다. 관공서 요직도 일본인들이 독차지해서 조선인들에게는 유독 문턱이 높고 일이 더뎠다.

이때 중년의 일본 여성이 슬그머니 끼어들었다. 그녀는 여학교 교사인데 사기죄를 저질러서 들어왔다고 들었다.

"조선인들은 말이야. 내가 객관적으로 말하는데, 일본이 지금의 제국을 세울 때까지 얼마나 큰 노력이 들어갔는지 생각도 안 해. 일본도 화란인들로부터 첨 서양 문화를 접하고 이렇게 영국, 미국, 독일 등의 강대국과 어깨를 나란히 견줄 때까지 400여 년의 세월 동안 수많은 사람이 엄청난 노력을 기울여서 부강한 나라를 만든 거야."

뜨개질 여인이 화를 버럭 냈다.

"니들이 몇백 년 걸쳐 이룬 근대화를 우리는 단번에 받아들이라고 전함 끌고 들어와 함부로 침략해서 국가의 주권과 외교권, 군사지휘권을 침탈하면 되는 것이냐. 배울 기회를 우리에게 주고 싶으면, 지켜보는 과정도 있어야지. 무력으로 밀고 들어와서 굶어 죽게 하고 물고기 잡아줬으니 알아서 은혜를 갚으러 전쟁에 나가라는 게 인간의 법이냐!"

일본 여성이 두 손을 들었다.

"그건 인정! 맞는 말입니다. 알았다고요."

"독립을 못 해서 우리가 이렇게 설움을 받고 굶어 죽게 생겼으니 권번 선생도 기어 나왔다. 대한 독립 만세! 기생 동지들과 외치고 다니다가 형무소에 갇혀 숱한 시간이 흘렀지. 돈이 있어야 빠져나가는데, 돈이 없어 재판을 그대로 받았다. 여기를 나가도 돌볼 가족이 없는 독신 여성이라는 이유로 붙들려 있어. 친구들이 넣어준 실로 뜨개질만 하며 시간 보낸다."

일본 여성이 야유를 보냈다.

"아니, 당신이 어찌 빠져나가. 경찰 죽였다면서!"

뜨개질 여인이 심각한 표정을 지으면서 실토했다.

"그래! 경찰 총을 뺏어서 쏜 적이 있는데, 그 경찰이 맞고 파상풍으로 죽었다. 나 사형받았어. 후후."

설아는 눈을 질끈 감았다. 모두들 어마어마한 삶의 폭풍에 밀려들어온 사람들이었다.

그녀가 고개를 저으며 눈을 감았다. 손에 쥔 뜨개바늘이 파르르 떨렸다.

"난 교수대에 목이 걸려 죽기 직전까지도 이걸 손에서 놓으면 안 돼. 오로지 뜨개바늘을 쥐었을 때만 유가족 생각을 지울 수 있거든."

그녀의 감은 눈에서 눈물이 흘러나왔다.

"열 살, 다섯 살 딸하고 아들 데리고 면회 왔더라. 자기 이렇게 만든 조선 여인의 얼굴이 일본으로 가기 전에 꼭 보고 싶더래. 그 일본 경찰은 그렇게 못생겼고 못되게 굴었는데, 아이들은 얼마나 예쁜지 모른다. 죽도록 미안한데, 영문도 모르고 다섯 살 아들은 웃는데……, 그 딸아이는 엄마 손을 꼭 붙들고 날 노려보면서 울음을 참고. 비극도 그런 비극이 없다……. 누가 제국주의랑 식민지, 전쟁 같은 걸 만들었다니? 다들 괴로워하는데……. 후……."

뜨개질 여인은 눈물을 꾹 참고 바늘을 쥐고 다시 설아에게 뜨개질을 일러 주었다.

설아는 한숨을 쉬었다. 전쟁의 참상은 누구 하나에게 들러붙은 게 아니다.

모두들 힘들어한다. 수감자도, 가족들도, 양심 있는 교도관들도 힘들다. 누군가는 끝내야 한다. 이 고통을 멈춰야 한다.

설아는 마음을 다지면서 뜨개질을 배워나갔다.

여자들의 고통에 눈을 뜨다

설아는 수감 생활 중에 간호 병사에 차출돼서 민주와 조우했다. 설아
는 민주와 뜨겁게 껴안았다. 눈물이 흘러나왔다.

"민주야, 그건 어찌 지냈어. 보고 싶었어."

"난 여기 환자 병사에서 지냈어. 여자 수감자들을 돌봤어. 한센병 환
자들 병사에도 있었고."

"건강해 보여서 다행이다. 민주야."

"설아야, 많이 여위었구나."

"괜찮아. 초능력을 잃어서 여길 탈출할 수도 없어. 맘은 담장 밖인데.
너도 구해 주고 싶고."

"아니, 당당하게 다 같이 나가자. 혁명을 일으켜서. 몰래 하나둘 말고
다 같이."

"그래. 그러자."

"설아야, 연호 씨 죽었어."

"어? 뭐라고?"

"나도 너와 같은 과부 처지가 됐어. 연호 씨가 내가 연행되는 걸 막다
가 그만……."

민주는 더 이상 말을 잇지 못하고 무연하게 허공을 보며 눈물을 끝내

참았다.

설아는 민주의 두 손을 따뜻하게 맞잡았다.

할머니 수감자가 다가와 민주의 손을 잡아끌었다.

"여, 의사 선상. 여기 선자 좀 봐주어."

민주는 얼른 눈물을 참고 환자에게 다가갔다.

"선자가 아기를 임신한 지 6개월이 지났어. 근데 태동도 없고 해서 여기 의료실에서 수술받았는데 이렇게 아프니 어쩌. 이틀 됐어."

민주가 눈을 크게 떴다.

"뭐라고요? 무슨 수술이요?"

"여기 형무소 의사들이 유산 수술을 했다는디 다 나오지 않은 것 같어."

민주는 얼른 20대 여성을 반듯하게 눕혔다. 설아가 도왔다. 민주는 여성의 치마를 들어 살폈다. 피가 나고 성기가 검게 변색되어 부어 있었다.

"산욕열로 목숨을 잃을 수도 있어요. 분만 후 감염된 흔적이 있고, 뭣보다 안을 봐야겠어요. 설아야, 나 좀 도와줘. 의료 처치 도구는 오후에는 압수당해. 니가 도와줘야겠다."

설아는 민주가 시키는 대로 손을 깨끗이 닦고, 성기의 살을 잡고 벌렸다. 민주는 안을 들여다보고 손을 넣어서 촉진했다.

"아무래도 깨끗하게 수태 산물을 빼내지 않아서 염증이 난 거 같아요. 제가 다시 긁어서 제거해야 해요."

설아는 문으로 달려가 주먹으로 다급하게 문을 두드렸다. 몇 분 후 교도관이 왔다.

"무슨 소란이야! 독방 가고 싶어?"

"저기 환자가 위험해요. 당장 수술해야 하는데 의료 도구 좀 가져다 주세요."

"안 돼! 규정상 내일 아침에 가능해."

"그럼 죽어요, 저 환자는. 오늘 안에."

교도관은 창틀로 환자 상태와 민주, 설아, 할머니를 번갈아 보다 일단 어디론가 갔다.

잠시 후, 교도관이 상관에 보고하고 다시 와서 민주에게 대야 외에 여러 가지를 가져다주었다.

"이것밖에는 안 돼."

대야에는 뜨거운 물이 있었고, 식기들과 부지깽이 그리고 깨끗한 수건이 여러 장이 따로 건네졌다. 설아는 가지런히 정돈해 민주 옆에 두었다.

민주는 어렵사리 얻은 젓가락과 숟가락 그리고 부지깽이를 뜨거운 물에 소독하고 하얀 무명수건으로 닦아냈다.

여러 수감자가 내는 입김에 방안은 더운 공기가 가득했다. 모두 얼굴에 긴장감이 역력했다.

할머니 수감자는 환자 온몸을 수건으로 닦았다. 그녀는 환자를 부드럽게 쓸었다.

"여기서 환자들 병사 산 지 몇 개월이 안 됐지만서도 허약한 내 딸 같아서 정들었어. 꼭 살려줬으면 쓰것는디. 어구, 불쌍헌 거. 선자야. 독립운동허는 지 남편 숨겨 줬다고 임산부의 몸으로 잡혀 와서 유산하고 이 죽을 고생이여."

환자는 입을 열었지만, 말을 밖으로 낼 수 없었다. 그만큼 사경을 헤맸다.

민주는 설아에게 숟가락으로 성기를 벌리게 하고, 젓가락과 부지깽이를 이용해서 안에 가득한 핏덩어리를 긁어냈다.

"방법이 없어. 이 수태 산물을 깨끗하게 긁어내지 않으면 결국 염증으로 앓다 지옥의 고통 속에서 죽을 수밖에 없어."

아, 설아는 너무도 처절한 현실에 실감이 나지 않았다. 아이는 낳지 않았지만, 자신의 자궁에 고통이 전달되는 것처럼 무섭고 배가 아팠다. 온몸이 경직됐다.

설아는 정신을 차리려고 애썼다. 자신이 잘 도와야 민주가 이 여자를 살린다.

아이를 낳다 죽는 사람은 부지기수였다. 서양 병원들이 많이 들어왔지만, 산부인과는 상류 계층과 일본인, 외국인 환자 예약으로 넘쳐났다. 조선의 부인들은 비위생적인 시술로 죽기도 했다.

병원에 가도 비위생적인 시술이 행해질 수 있지만, 적시의 외과 수술과 항생제로 목숨을 구할 수도 있다.

"설아야, 조금 더 벌려 줘. 내가 손을 수건을 씌워서 싹싹 긁어낼게. 환자가 무척 힘들어할 거야. 여기 계신 분들은 환자를 부드럽게 다독이면서 잡아 주세요. 손과 발을요."

민주의 말에 할머니를 비롯한 수감자들이 다가와서 환자를 달래기도 하면서 살살 손과 발을 잡아서 고정했다. 환자는 곧 안정하면서 이내 조용히 잠에 빠져든 듯 신음이 잦아들었다. 다른 환자들도 지켜보며 시술이 잘 끝나기를 빌었다.

민주는 능숙한 솜씨로 처치를 마치고 환자의 용태를 살폈다. 환자는 깊은 잠에 빠져들었다. 비명도 내지 않고 시술을 잘 받았다. 할머니가 환자 간호를 맡기로 하고 주의사항을 들었다. 민주의 손에는 환자의 피가 스며들었다.

"내일 아침에 의료진에게 얘기해서 반드시 처치를 제대로 다시 받아야 해. 그럼 살 수 있을 거야."

"민주야, 정말 대단하다. 한 사람의 목숨을 살렸어."

"내가 해야 할 일인데, 뭐."

"너의 직업적 소명에는 정말 감동할 수밖에 없어."

"설아야. 낙담하지 말고 잘 견디자. 난 여기서 환자들 건강을 살피면서 끝까지 항거할 거야."

"민주야, 두려워. 우리 사형을 선고받는 걸까?"

민주는 고개를 저었다.

"일제가 우리의 목숨을 앗아도 우리의 얼과 혼은 죽일 수 없어. 남을 거야. 우리의 영은 육을 떠나서 형무소 하늘을 날아 담장을 넘어서 조선 전역에 뜻을 전파할 거야. 걱정 마. 어떤 상황에서도 완전하게 죽지 않아."

설아는 민주의 피투성이 두 손을 잡았다.

"난 너만 내 옆에 있다면 모든 걸 견딜 수 있어. 이렇게 된 건 도리어 행운이야. 네가 내 곁에 쭉 있을 수 있으니까. 민주야, 정말 고마워. 난 너의 도움으로 다시 태어났어. 가치 없고 쓸모없는 소모적인 삶이 생산적으로 변했고, 큰 뜻을 위해 여러 여성과 손을 잡았어. 그것만으로도 난 충분히 행복해."

민주는 고개를 끄덕였다.

"응, 희망을 버리지 마. 우리의 동지는 밖에서 아직도 활동하고 있어. 그들이 도울 수도 있고 우리 힘으로도 일제의 강압을 이기자. 혹 사형을 받는 순간에도 굴하지 말자고 맹세해."

설아는 민주와 꼭 껴안고 눈물을 흘리면서 결심을 다졌다. 죽음을 앞두고도 비굴한 모습은 보이지 않을 거였다. 민동연처럼 명예와 권력을 위해 동료를 파는 행위는 하지 않을 것이다.

그리고 의연하게 죽음을 맞아 남은 혼이 독립정신을 전국에 고취한다.

그게 서대문형무소에 갇힌 설아가 가질 수 있는 유일한 목표였다.

그건 존재 이유기도 했다.

형무소에서는 수감자들이 여러 노역에 동원됐다. 관용 물품을 만들기 위해 연와, 제지, 농사나 축산, 목공이나 철공, 인쇄 작업 등 다양한 노력에 노동력이 착취됐다.

민주는 간호 병사에서, 김 씨 부인은 축산에, 그리고 이승전은 의복 제작과 염색 공장으로 갔다.

강명애와 설아는 기와를 만드는 연와 공장에서 노역했다. 유정은 취사장에서 일했다.

하루의 일과는 5시에 기상하고 아침을 먹고 세수하면 6시 반까지 각자의 노역 공장으로 집결하여 2시간 반에서 세 시간마다 15분의 휴식을 취한다. 그리고 정오에 점심을 먹고, 또다시 노역하면 저녁 6시가 된다. 저녁을 먹고 감방으로 이동해서 9시 이후에 점호하고 취침을 한다.

설아는 민주와 간호 병사에서 만난 이후에도 한센병 환자가 있는 한센병사에 가서 간호 일을 도왔다. 형무소 가장 뒤쪽의 담벼락 앞에 있는 한센병사에는 수십 인의 병자들이 힘겨워하며 누워 있었다.

피부가 짓무른 사람들을 간호하면서 형무소의 가장 아픈 곳에 와 봤다.

약도 없이 죽을 날만 기다리는 환자들.

설아는 한센병사에서 나와 여수감자 옥사로 돌아올 때 높다란 담장과 망루를 올려다보았다.

5m는 됨직해 보이는 담벼락을 기어오르기는 어려울 것 같았다. 그리고 망루에서 멀리까지 저격 가능한 총을 들고 지키는 교도관들도 여럿이다.

밤에도 마찬가지이다.

한센병사에서 멀지 않은 곳에는 시구문이 있다. 사형장 건물 옆에 있는데, 대낮에도 어둡고 한기가 도는 깊은 굴이다.

그 안으로는 200m도 넘는다고 했다. 시신에 고문 흔적이 많거나 인수할 유족이 없으면 이 시구문으로 몰래 내다 버린다.

그 끝에는 시신들이 어떤 상황으로 버려지는 걸까.

설아는 두려웠다. 그렇게 잊히고 버려지기는 싫었다.

왼손 손바닥에 오른손으로 글씨를 썼다.

'살아야 한다.'

그리고 입으로 되뇌었다.

살아서 나가야 한다. 반드시.

설아는 점차 수형 생활에 구락부 회원들과 더불어 적응해 나갔다.

낮에는 노역장, 저녁에는 민동연을 만나서 강제로 주사를 맞았던 보안과 청사 지하 취조실에 몇 번 불려갔다.

독립운동가들이나 사상범들이 불려가는 보안과는 지하에 고문실, 취조실과 독방 등이 있어 악명 높은 곳이었다.

설아는 구락부 회원 명단을 다 불지 않았다고 날카로운 꼬챙이로 손톱을 찌르는 고문을 받았다.

"아아아아아악."

설아가 비명을 질렀지만, 헌병 수사관들 혹은 고등계 형사는 고문을 이어갔다.

"니가 안 불면 옆 동료가 죽어 나간다."

설아는 임시 구금실로 옮겨져 방치돼 여성구락부 회원들이 물고문에 괴로워하는 소리를 들었다. 귀를 틀어막았지만, 그 소리는 가슴을 파고 들었다.

일단 배후가 없고, 윤민주의 단독 결정에 의한 사건으로 판명되고 다 잡힌 걸로 종결되자, 더 이상 고문은 없었다.

설아와 구락부 회원들이 형무소에 들어온 지도 한 달이 훌쩍 지났다.

설아는 그동안 면회 금지가 풀려서 박 기자의 면회를 받았다.

박 기자는 교도관의 눈치를 보면서 기자들이 무언가를 준비한다는 은어를 써서 말했다.

"곧 캡을 위해 1진이 뻗칠 겁니다."

'캡'은 사회부 최고참 선임기자를 의미하고, '1진'은 선임기자, '뻗치다' 는 대기한다는 것을 의미한다.

설아는 말할 때의 박 기자의 얼굴을 유심히 보았다. '캡'을 말할 때 은 근하게 설아를 향해 턱짓했다. 즉, 설아를 캡으로 표현했다. 그녀를 위 해 기자들이 무언가를 준비한다는 뜻 같았다.

교도관이 쳐다봤지만, 박 기자는 신문 기사 얘기라고 일축했다.

그렇게 박 기자는 영치금을 넣어주고 돌아갔다. 설아는 영치금으로 편지지를 사서 친정 식구에게 잘 있으니 걱정하지 말라는 편지를 썼다.

하지만 부치지 못했다. 들려오는 소리로는 친정에서 이를 불미스러운 일로 여기고 일절 상대하지 않겠다는 것 같았다.

설아는 한숨을 쉬었다. 일제에 반기를 들려면 먼저 집 안의 적들과 싸워야 한다. 가족들은 불안해지는 상황이 오는 걸 두려워해서 독립운동하는 가족을 말렸다.

동조하는 가족들도 있지만, 그렇지 않은 가족들도 있었다. 설아는 후자 쪽이다.

가뜩이나 남편의 죽음에 기자로, 사주로 사회생활을 하는 것도 반대한 아버지였다. 게다가 이제는 위험한 단체에 가입하고 반역죄를 저질렀다.

설아는 엄마를 생각하면 눈물이 나왔지만 주저앉아 푸념만 할 수는 없었다. 어떻게든 여기서 동지들과 살아서 나가야 했다.

신의 아이 가미코와의 운명적인 만남

설아는 며칠간 고된 노역장으로 배치됐다.

남성 수감자들과 같이 땅을 파서 돌멩이를 골라 담고 개간하는 일이었다. 설아는 강명애와 노역을 같이 하면서 구슬땀을 끊임없이 흘렸다.

허리가 아파 잠시 상체를 펴고 쉬는데 설아의 눈에 들어오는 특이한 사람이 있었다. 처음에는 짧은 머리 스타일 탓에 남자인 줄 알았지만, 자세히 보니 여자였다.

숏커트 머리에 오른쪽 귀 윗부분을 반삭으로 올려서 팠다. 키가 중간이었지만 어깨가 넓고 살집이 있었다. 꽤 덩치가 크고 얼굴은 턱살과 볼살이 있어서 나이가 좀 들어 보였다.

일본인 여성은 땅을 파다 삽을 바닥에 내리치고 주저앉은 채로 노래를 불렀다. 교도관이 다가갔지만, 그녀는 아랑곳하지 않았다.

설아가 노래를 들어보니 잡가 같은데 무슨 노래인지 확실치 않았다.

"누구야, 저 여자. 기 한 번 세다."

설아가 강명애에게 물었다.

"동경제대 교수 딸이라 함부로 할 수 없다는군."

"뭐, 어쩌다 여기 들어왔는데."

"아버지는 경성제대로 파견 왔고, 이곳에서 학교 다니다 큰 사건을 저질렀대."

일본인 여성은 교도관에게 바락바락 대들면서 삽을 들고 휘둘렀다.

교도관이 오히려 뒤로 물러났다.

"무슨 큰 사건? 우리보다 커?"

"천황을 암살하려고 폭탄을 제조해 일본에 우편으로 보내려고 했단다. 헉헉."

강명애는 삽으로 땅을 파다 힘에 부쳐 씩씩댔다.

"아니, 저 사람은 일본인인데 천황을 암살하려 들었다고?"

설아가 깜짝 놀라 강명애에게 되물었다.

"어. 화학을 공부한 학생이고, 힘이 장사야. 여기 들어오기까지 순사 다섯 명을 내던졌대."

"초능력 잃어버린 나보다 훨 낫네. 왜 일본인이 천황을 암살해?"

"여기는 임금 암살하려는 시도도 없었냐? 사람 사는데 다 똑같지, 뭐. 일본에도 역사적으로 천황과 무사들이 싸움하다가 원수가 된 집안 많다."

설아는 고개를 끄덕였다.

그 일본인 여성의 이름은 가미코였다. 설아는 교도관의 채근에 다시 일어나 삽질을 하는 가미코를 유심히 보다가 다른 데로 시선을 돌렸다.

이번에는 눈에 새 수감자가 들어왔다.

아홉 살이나 되었을까. 키 작고 여린 몸에 짧은 단발머리 아이가 취사장 뒷문으로 양파를 가득 실은 수레를 밀고 가며 낑낑댔다.

"어머나, 세상에. 엄마랑 같이 들어온 아이도 있나 봐."

강명애가 고개를 저었다.

"내가 이곳에 아는 정치 사범들이 많아서 아는데, 쟤 노동운동하다 들어온 아이야. 이름은 막순이. 7남매 중에 막내라나 봐."

"막순이가 무슨 노동운동?"

"군수품 통조림 공장에서 일했는데, 일본인 사장이 노동자 아이들을 벗겨놓고 사진 찍는 걸 앞장서서 항의하다 잡혀 들어왔대."

설아는 대경실색했다.

"뭐라고? 그걸 부모들이 가만둬?"

"네가 부잣집 딸이고 시집 잘 가서 모르는가 본데. 아이들이 집안의 생계를 책임질 때는 그 아이를 어떻게 해도 부모들은 가만히 있어. 저 아이는 형제들도 공장에 있어서 다 굶을 처지에 부모가 순순히 아이가 잘못했다고 인정했대. 그게 가난의 비극이야. 유곽에도 팔아넘기는 사람들이 허다해. 식민지 조선의 참상이란. 세계 어디도 가난한 사람들은 그런 일이 허다하고 인간성이 말살돼."

"그럼 저 아이가 사진 찍는 걸 반대하는 걸 고용주가 경찰에 신고한 거야? 고용주는 잡아들였어?"

"무슨 죄목으로. 취미로 자기 직원들 데려다 사진 찍으려 했는데, 저 아이가 파업을 주도해서 손해가 났다는데. 지금 일본 경찰이 독립투사보다 더 질색하는 게 코뮤니스트야. 정부를 전복시키려 든다고. 일본 내에서도 갈등이 심하고."

"아이고. 그나저나 언니. 내가 시집 잘 갔고, 부잣집 딸이라 고생 안 했다는 그 시선은 정말 아니야. 나도 그런 편견과 맞서 싸운다고. 독신 여성들이 보기에는 내가 남편 덕에 호강하는 줄 알지만, 나도 무척 노력한 끝에 간신히 사회생활을 한 거야. 그리고 세이브더조선의 대의를 위해 언니들과 만나서 일을 도모한 거고. 인간적인 삶을 내 손으로 쟁취한 거라고. 만약 집 안에서 남편 밑에서만 억눌려 있었다면 아마 내 손으로 내 삶을 끝장냈을지 몰라. 숨 막혀서 그냥이라도 돌연사했겠지. 남편은 죽기 전에 나를 길거리로 내쫓는다고 매일같이 말했어. 그렇게 되면, 난 저 아이와 신세가 다르지 않아."

강명애가 고개를 끄덕였다.

"미안해. 여성끼리 연대해야 하는 걸 잊고 여기서도 계급과 신분을 나누고, 사유재산으로 가르고 있네. 거듭 미안하다."

"아냐. 위에서 누르는 강압적 대상은 잊고 민초끼리 치고 부수고 그러는 게 어디 하루 이틀인감."

교도관이 이들에게 다가왔다. 이미 가미코와 한참 싸워, 화가 날 대로 난 상태였다. 그는 허리춤에서 채찍을 뽑아 설아와 강명애의 등짝을 한 대씩 갈겼다.

설아는 눈을 질끈 감았다. 폭력과 억압에는 모든 사고가 정지된다.

고문과 압박에는 인간성을 포기하게 된다.

설아는 막순이와 다르지 않았다. 서대문형무소의 높다란 붉은 벽돌 담장과 망루에서 총을 들고 지키는 감시인, 취조실과 고문실, 수많은 무자비한 교도관, 그리고 강제노역과 비위생적인 시설과 남루한 식사는 그들에게 수치심을 느끼게 하고 인간이기를 포기하게 한다.

그리고 체제에 적응시킨다.

그건 피하고 싶었다. 남편의 압박을 벗어나 여기까지 왔는데, 또다시 다른 권력 밑으로 들어가고 싶지는 않았다.

설아는 두 손을 움켜쥐었다. 등에 다시 채찍질이 내리쳤다. 입을 앙

다물고 이빨로 입술을 깨물었다.

무너지지 않는다. 순응하지 않는다. 반드시 나간다.

그리고 조선을 구한다.

일주일 후, 수예 작품을 만드는 작업장에서 설아는 고미정, 가미코와 한 조가 되었다.

가미코는 솜씨가 제법 좋아 꽤 괜찮은 국화를 한 송이씩 수놓았다.

설아는 힘들어했다. 어릴 적부터 손으로 하는 일은 젬병이었다.

"바늘을 이렇게 쥐어 봐."

고미정이 설아에게 바늘 쥐는 폼을 가르쳐줬지만 허사였다. 가미코가 피식 웃었다.

"비웃는 거야?"

설아의 말에 가미코는 자연스레 반말로 답했다.

"아니. 수예는 배울 필요가 없으니까 안 배웠을 테지. 국화 한 송이에 집착하지 마. 전체적인 그림을 보고 들어가야 해. 주변부터 했다가 중심부로 자수를 두는 거야."

설아는 무슨 말인지 이해가 가지 않았다.

고미정이 덧붙였다.

"아이고, 젊은 처녀가 그런 걸 다 아네요. 맞아요. 자수는 모름지기 전체 구도를 보고 주변부터 들어가면서 그림이 나오는 걸 봐야 해요. 주물이나 제련도 그래요. 칼날 만들 때는 망치로 한 부분부터 두드리고 옮겨가는 게 아니라 전체적으로 고르게 두드리죠. 일전에 목수가 조각상 만들 때 보니까 얼굴 다 만들고 나서 몸통 만드는 게 아니라, 얼굴 깎다가, 손발 깎다가, 다리 깎고 하면서 전체적으로 다듬어 가대요."

"맞아요. 수감번호 3053번 언니, 이름이 고미정이라고 했죠? 우리는 말이 좀 통하네요. 미정 언니는 애 낳고, 육아하고 그런 일 즐거웠어요?"

고미정은 얼굴에 기쁜 웃음을 지었다가 고개를 저었다.

"아니요, 첨에는 아이들이 귀엽고 예뻤지만, 사춘기부터는 방황했고, 지 아버지 말만 순종하고 나는 무시하고 그랬어요. 즈이 아버지한테 폭력을 당하는 날 불쌍히 여기기도 했지만."

가미코가 당차게 말했다.

"앞으로 인간은 그런 귀찮고 힘든 일을 직접 하지 않을 겁니다. 결혼, 출산, 육아 모두 거부하는 거죠."

옆의 조에 속해 있던 강명애가 슬그머니 끼어들었다.

"뭐, 여성해방운동 말하는 거예요?"

가미코가 고개를 저으며 시선을 설아와 마주쳤다.

"아뇨. 자기복제를 굳이 인간 신체로 하지 않는 시대가 오니까요. 제사하면서 왜 '귀신이 와서 흠향하고 먹었다.'라고 하죠? 그런 거와 비슷해요. 신체를 써서 하면 고통스러우니, 가상세계에서 그런 걸 하는 거죠. 올더스 헉슬리가 쓴 소설 『멋진 신세계』에 그런 부분이 잘 나와 있어요. 1932년에 발표했는데 저는 아버지와 영문 원서로 읽었죠. 아기 공장이 생겨서 여성의 출산을 대신하고 유전적으로 완벽한 아이를 만들어낼 겁니다. 앞으로는."

설아는 이게 뭔 소리인가 싶었다. 정말 대경실색할 이야기였다. 사실 아이를 못 낳아 결혼생활 내내 고민도 되었지만, 육아가 기쁘고 필요한 일인지 내내 걱정도 했다.

솔직히 설아는 출산의 고통도 두려웠고, 아이를 좋아하지도 않았다.

자신을 생각하기도 바쁜데 아이라니.

그런데 인간이 그런 고통을 피하게 될 거라니 놀라웠다.

가미코는 수예품을 들고 설명했다.

"지금은 이런 수예 작품이 옷이나 병풍에 쓰이죠. 하지만 수예품을 쓰지 않는 시대가 온다면요? 혹은 기계가 수예를 대신한다면? 우리는 바늘과 실을 만지지 않아도 됩니다. 인간은 필요로 하는 게 주어지고 필요로 하지 않는 것은 사라지죠."

설아는 문득 생각했다. 자신에게 주어진 초능력은 잠시였지만 분명히 필요로 하는 곳이 있었을 것이다.

'그래, 앞으로 다시 한번 더 그 능력이 주어진다면 분명히 이유가 있는 거다.'

가미코는 생긋 웃어 보였다. 설아는 순간 그녀가 무척 귀엽다고 여겼다.

"그럼 그때는 지금처럼 빈부의 격차나 노예같이 사는 가난한 시민은 없어지는 거요?"

강명애의 반문에 가미코는 확실하게 답했다.

"아뇨. 그 안에서도 또 나뉘겠죠. 가상세계를 선점하고 컨트롤하는 자가 우위에 서죠. 하지만 하나는 확실해요. 철학자 니체가 말한 것처럼 신에 속박되지 말고 스스로 자유와 의지를 쟁취하세요. 노예가 되어서는 안 돼요. 그래서 저는 일제에 항거합니다. 아버지는 제 이름을 '神'을 뜻하는 '가미코(神子)'로 지었죠. 저는 신의 아이입니다."

강명애가 슬쩍 웃으면서 설아와 눈을 마주치고 손가락을 귓가에서 빙 돌렸다.

살짝 돌았다는 뜻이었다. 설아는 뭔지 모르겠다는 얼굴을 했다. 고미정은 감명받은 얼굴이었다.

"그러니 여성들이여, 결혼도, 출산도, 육아도 거부하세요. 그건 신인류로 가는 길에 들어선 겁니다. 고통에서 해방되어 다른 걸 추구하세요."

가미코는 국화를 멋들어지게 수놓고 말을 마쳤다.

그날 이후, 설아는 가미코와 종종 노역장과 식당에서 말을 주고받으며 친해졌다.

형무소 사형장 앞쪽에는 격벽장이 있다. 수감자들이 운동하는 공간으로, 점심을 먹으면 돌아가면서 30분 정도의 시간이 주어진다.

부채꼴로 펼쳐진 격벽장은 중간 높은 곳에서 교도관이 지켜보는데 사방의 수감자들이 운동하는 모습을 판옵티콘처럼 감시할 수 있다.

여자 수감자들도 이틀에 한 번 정도 운동을 할 수 있었다. 남자 수감자들은 여자 수감자들이 교대로 운동하러 들어가면 휘파람을 불었다.

설아는 긴장했다. 엊그제 취사 노역을 하다 유정이 쪽지 하나를 주고 갔다. 수동이 보낸 거였다. 몰래 전달받은 쪽지에는 오늘 오른쪽 끝 격벽장에서 또 다른 지령이 있을 거라고 했다.

운동 시간, 격벽장의 오른쪽 끝으로 설아가 들어갔다. 벽돌담으로 가로막힌 안으로 깊숙이 들어가 운동하며 손을 뻗었다. 10여 분 후, 옆의 격벽장에서 돌멩이가 툭 떨어졌.

종이가 묶인 자갈이다. 설아는 허리를 굽혀 스트레칭을 하는 척하면서 돌을 주웠다.

이때 설아와 같은 구간에서 운동하던 가미코가 뭔가 눈치채고 다가왔다. 설아는 바지 안에 종이에 감긴 돌을 넣었다.

가미코가 우악스럽게 설아의 허리춤을 잡아당기더니 귓가에 속삭였다.

"뭔지는 모르겠지만, 여기를 전복시키려는 거면 나도 끼워 줘."

가미코가 눈을 부라리면서 설아를 훑었다.

"나도 천황이라면 지긋지긋해서, 너희 도우며 여기 나가련다."

설아가 갸우뚱했다.

"무슨 소린 줄 모르겠어."

설아는 가미코와 친해졌지만 모든 걸 말한 것은 아니었다.

가미코가 버럭 화를 내며 설아의 머리채를 잡아당겼다. 하지만 말소리는 낮췄다.

"내가 세이브더조선을 모를 것 같아? 천황의 적은 나의 동지야. 나도 붙여 줘. 한 몫은 할 테니. 총기나 칼은 다룰 줄 알아. 사격술과 검도를 어려서부터 예기로 익혔다. 친구들이 다도나 꽃꽂이, 자수를 놓는 동안 나는 외동딸로서 그걸 배웠다. 아버지가 형무소에 들어온 나를 부끄러워할 줄 알지? 아니, 우리 집안은 대대로 천황 반대파였고, 메이지 유신 때도 절대적 천황제 국가가 되는 걸 반대하다 피바다가 됐어."

가미코는 주변을 둘러보고 조심스레 설아의 귀에 입을 댔다.

"나는 애초에 아버지로부터 천황 암살자로 길러진 거야."

설아는 믿을 수 없었다. 아버지가 딸을 암살자로 키우다니. 가미코의 휘휘 돌아가는 눈동자를 보면 믿을 수 없었지만, 일단 상대해 주기로 했다.

설아는 그녀를 달랬다.

"알았어. 일단 감시 좀 봐. 연락 쪽지 좀 읽을 테니까."

설아는 바지 안에 숨긴 돌을 꺼내 종이를 펴서 봤다. 앞에서 가미코가 너른 어깨로 가로막아 주어 설아는 숨어서 봤다.

〈3일 후, 지팡이 반입 가능.〉

지팡이는 신문사 기자들끼리 장비를 일컫는 암호이다. 설아는 형무소를 탈출하기 위한 장비라고 생각했다.

이때 망루에서 감시하던 교도관이 큰 소리로 불렀다.

"3021, 지금 뭘 보는 거지?"

설아는 종이를 손에 쥐고 돌을 버렸다.

"일동 꼼짝 마!"

수감자들이 조용해지고 교도관의 눈치만 봤다. 가미코는 설아를 돌아봤다. 설아는 종이를 구겨서 주먹에 넣었다. 교도관이 격벽장 안으로 들어가는데, 이때 가미코가 설아의 얼굴에 주먹을 날렸다.

"이년아! 난 니가 맘에 안 들었어. 지금 왜 분란을 일으켜서 나의 운동 시간을 방해하냔 말이다!"

설아는 뒤로 넘어지고, 가미코가 설아의 얼굴을 마구 때렸다. 가미코는 그녀의 손을 무는 척하다 종이를 삼켰다. 그대로 꿀꺽 넘기고 설아의 머리를 잡아 흔드는데, 교도관들이 와서 가미코를 떼어냈다.

"넌, 오늘 독방에서 단식이다! 알았느냐?"

교도관들은 손발을 휘두르는 가미코를 붙들고 독방 옥사로 향했다.
가미코가 교도관의 손을 무는 등 거칠게 굴었고 비명이 났다.

설아는 코피가 터진 걸 수습하면서 일어났다. 가미코가 제법 똑똑하다고 여겼다. 분명히 쓸모 있을지 모른다.

가미코를 끼워 주기 위해 민주에게 말을 해야겠다고 결심했다.

잠시 후 갑자기 손이 물린 교도관이 씩씩대며 설아에게 다가오더니 곤봉으로 머리를 때렸다.

"너도 독방에 처넣을 거다!"

설아는 머리채를 잡혀 끌려갔다.

빵 속에 감춰진 진실은 과연

설아는 그날 밤, 만신창이가 되어 독방에 누웠다. 서럽고, 온 마디가 쑤시고, 가랑이 사이가 너무도 아팠다. 뼈가 헤집어진 느낌에 허벅지와 골반이 너무도 아팠다.

교도관은 설아를 독방에 집어넣기 전에 성폭행을 가했다. 반항하자 곤봉으로 맞았다.

설아는 눈물을 흘렸다. 그간 많이 흘려보지 못한 눈물이었다. 남편을 비록 자신 손으로 죽이긴 했지만, 그때도 죄책감을 느낀다거나 후회의 눈물은 나오지 않았다.

자신 때문에 삼촌이 자살했을 때도, 형무소에 들어왔을 때도 눈물이 많이 나지 않았다.

생각나는 건 민주가 어릴 적에 자신의 곁을 떠났을 때와 기자 일하면서 주변에서 벽에 몰고 민주가 달래 줬을 때 눈물을 진하게 흘렸던 것이었다.

그리고 지금.

설아는 눈물을 펑펑 쏟았다. 정치 사범으로 들어온 독립투사 여성들, 억울하게 살인죄를 뒤집어쓴 수감자, 한센병에 걸려서 한센병사에 있는 환자들. 모두 불쌍하고 안됐다.

자기연민에 눈물을 흘린다지만, 설아는 지금 그들과 자신을 위해 절실한 눈물을 흘렸다.

이때 식판이 들어 오는 구멍이 열리고, 교도관이 얼굴을 들이밀었다. 그는 속삭이듯 조용히 말했다.

"3021번, 면회다."

설아가 눈물을 주먹으로 훔쳤다. 지금은 면회 시간도 아니거니와 독방이라 면회할 권리도 박탈당했는데 무슨 소리인가 싶었다.

"네? 뭐라고요?"

설아가 벌떡 일어났다. 벌어진 수인복 사이를 손으로 여미고 다가가 고개를 숙였다.

"누가 면회를 한다고요?"

"목소리 낮춰. 조용히 나와."

설아는 교도관을 따라갔다. 복도를 지나쳤다. 모두들 잠든 듯 조용했다. 옥사를 나왔다. 그는 랜턴도 없이 달빛에 의지하여 조용히 걸었다. 보안과 청사로 향했다.

'고문을 하는 건가?'

설아는 공포가 더럭 엄습했다. 또다시 성폭행당하거나 고문받다가 지하 독방에 홀로 갇히면 언제 죽을지 모른다.

설아는 몸이 굳으면서 이 위기를 어떻게 헤쳐나갈까 생각했다. 교도관이 조용히 뒤돌아보면서 말을 건넸다.

"생각하는 그런 거 아냐. 따라와. 어서."

설아는 고개를 갸우뚱했다. 그는 지하로 내려가 취조실을 열쇠로 열더니 설아를 들여보내고 잠갔다.

설아는 두려움에 겨워 덜덜 떠는데 잠시 후, 문이 삐걱 열리고 한 남자가 들어왔다.

군인이었다. 어둠 속에 금 단추가 보이는데, 자세히 살피니 군복을 입은 노무라 중좌였다. 설아는 멈칫했다.

그는 단정하게 맞은편에 앉고 종이봉투에 싼 뭔가를 건넸다. 달콤하고 고소한 냄새가 났다.

설아는 식탐이 많지 않았지만, 형무소에서 제대로 된 식사는 상상도 할 수 없었다. 자연스레 시선이 봉투로 갔다.

"긴자 조시야 정육점에서 파는 서양 크로켓을 일본식으로 만든 고로케라는 음식이오. 거기서 일을 배웠던 취사병이 나를 위해 만들어 왔소. 드시오."

설아는 손이 나가지 않았다. 표정을 강건하게 하고 고개를 저었다.

"할 말 있으면 빨리하고 가요. 더 이상 상대하고 싶지 않아요. 이곳에서 벌어지는 인권 유린을 제가 알았다면 당신 같은 일본인과 말도 안 섞었을 겁니다."

노무라는 차분하게 답했다.

"조선인들의 잔인하고 비위생적인 교도 행정을 겪었다면 이런 최신식의 옥사와 수용 시설 그리고 위생적인 식사는 그리 나쁘지 않다는 걸 알 것이오. 대일본제국은 조선인들에게 공정한 재판 과정과 교도 행정을 실천해서 지금의 서대문형무소를 운영하고 있소."

"이 취조실 옆의 고문실에 있는 못이 사방에 박힌 나무상자에 정치 사범을 가둔 것도 모자라, 벽관에 가두고 며칠간 세워놓고 숨 막혀 죽게 만들어요. 오늘 내가 무슨 일을 겪었는지 알아요?"

"내가 묻고 싶은 건 나한테 진심이 단 한순간이라도 있었는지, 그것뿐이오."

설아는 입을 다물고 노무라를 응시했다. 그의 눈은 분노를 담고 있었다.

설아는 천천히 고개를 저었다. 그리고 침묵했다.

"알았소. 가겠으니 그 고로케는 가져가시오. 반드시 그렇게 하시오."

노무라는 밖으로 나갔다. 남겨진 설아는 고로케를 외면했지만, 노무라의 '반드시'라는 말이 귀에 남았다. 설아는 봉투를 움켜쥐고 옷 속에 감췄다.

교도관이 들어와 설아를 취조실에서 데리고 나갔다. 그는 설아가 뭔가를 감춘 걸 아는 것 같았지만 모른 척했다.

설아는 독방으로 돌아와서 봉투를 열었다. 고로케가 나왔다. 안 먹으려 했지만, 너무도 배가 고팠다. 허겁지겁 먹는데, 안에서 서걱거리고 씹히는 게 있었다. 입에서 뭔가를 뺐다.

열쇠 두 개였다. 설아는 직감적으로 깨달았다.

옥사를 나갈 수 있는 열쇠다.

설아는 며칠 후 독방에서 나왔다. 민주는 설아를 작업장에서 만나 은밀하게 논의했다. 민주는 형무소 내의 밀정들에게 연락을 받았다고 했다.

"네가 독방에 갇혀서 그때 계획은 미뤄졌어. 그리고 이제는 숨어 있던 연구원들이 신문사 기자들과 연합했어. 우리가 착용했던 전투복과 훈련했던 무기들을 병원 방공호에 감춰뒀는데, 그걸 형무소로 내일 중에 반입할 거야. 이미 약속이 다 돼 있어."

설아는 깜짝 놀랐다. 민주는 자신도 모르게 탈주 계획을 다 세워놓았다.

"나가서 세이브더조선을 재건할 거야. 내 곁에서 평생 도와줘. 독립을 보는 날까지 죽지 말자. 알았지."

민주는 설아의 두 손을 뜨겁게 잡고 그녀를 껴안았다. 가슴이 맞닿으면서 뭉클한 감정이 들었다. 심장과 심장이 밀착된 기분이었다.

이겨내야 했다. 살아서 여기를 나가야 했다.

다음날이 되었다. 오전에 반입되는 감자와 고구마 등의 식재료 자루 안에 무기와 전투복이 숨겨져 들어온다고 했다.

점심을 번갈아 먹으려고 여자 수감자 1조가 교도관들과 나간 틈에 설아는 노무라가 건넨 열쇠들을 이용해 방을 나갔다. 그리고 식사를 나르느라 비어 있는 취사장으로 가서 감자 자루 속에서 펜치와 망치를 발견했다.

동그라미 표시가 있는 걸 찾아 감자나 고구마를 빼내자, 장비나 무기가 나왔다.

설아는 옥사로 돌아와서 민주, 고미정 등이 갇힌 옥사 자물쇠를 펜치로 잘랐다. 설아가 수감자들을 나오게 하자, 고미정이 펜치를 받아서 김 씨 부인과 이승전이 갇힌 옥사 자물쇠를 땄다.

이들이 탈주하는 가운데 2조 수감자를 식당으로 데리고 가려던 교도관이 들어와 호루라기를 불었다. 곧바로 고미정이 달려들어 주먹으로 때렸다.

그는 정신을 잃고 바닥에 쓰러졌다.

탈출을 원하는 수감자들은 나오고, 원하지 않는 사람은 남았다.

"잠깐, 독방에서 가미코를 꺼내야 해. 약속했어."

민주가 고개를 저었다.

"시간이 지체돼. 그리고 일본인은 믿을 수 없어. 변심할지도 몰라."

"아니야, 우릴 도울 거야."

설아는 옥사 끝의 독방으로 달려가 펜치로 자물쇠를 따서 가미코를 나오게 했다.

"가자. 넌 천황을 암살하러 일본으로 가!"

"오케이. 고마워."

모두 취사장으로 달려가 표시가 된 감자와 고구마 자루를 꺼내서 자신의 전투복을 입고 수인복을 다시 겉에 입었다.

그리고 각자의 무기를 찾아내 먼지를 털어내고, 손에 맞게 조절했다.

한편, 같은 시각, 형무소 정문 앞에 트럭이 멈춰 섰다.

보초병이 다가가자, 하얀 마스크와 가운을 입은 남자들이 방역 작업을 위해 나왔다고 했다.

보초병이 무전을 치려는데, 트럭 짐칸에서 남자 둘이 내려 그를 때려 눕히고 다시 올라탔다. 트럭은 곧 정문을 통과해 형무소 안으로 들어갔다.

박 기자가 마스크를 내리고 이상하다는 듯이 고개를 갸우뚱거렸다.

"왜 이리 경비가 한산한 거야?"

보조석의 수동도 심각한 얼굴이었다.

"사장님은 잘 계시겠죠? 느낌이 아무래도 이상해요."

"어서 가자고!"

박 기자는 트럭을 빠르게 운전해 형무소로 진입했다. 수동의 품에는 형준이 준 최후의 순간에 건넬 중요한 삼베 주머니가 들어있었다.

설아와 민주를 비롯한 구락부 회원들은 형무소 앞마당으로 나와 수인복을 벗었다.

이상하게 수감자나 교도관이 한 명도 보이지 않았다. 모두들 무장한 채 경계를 하면서 정문으로 향하는 길로 접어들었다.

설아는 이승전이 만들어준 전투복을 입었다. 이승전도 비슷한 아마조네스 전투복 차림이다.

고미정은 검은색 플레어스커트에 하얀 블라우스 위에 가죽으로 만든 코르셋 타입의 베스트를 입고 허리띠에는 도끼와 투포환을 양옆에 걸어두었다. 팔에는 금물을 손볼 수 있는 간이용 수선 장비 가죽대를 둘렀다. 왼팔에는 나사를 조이는 드라이버와 줄칼이나 송곳 등이 아대에 꽂혀 있었다.

고미정은 장비 상자에서 쌍안경을 꺼내 들어 망루를 살폈다.

"중앙 망루의 저격수가 보이지 않아. 어찌 된 거지?"

강명애는 가슴에 금 단추가 많이 달렸고, 조선 왕실을 상징하는 오얏 꽃 문양의 계급장이 달린 옷을 입었다. 가죽장갑을 낀 손에는 메이스를 들고 딱 붙는 가죽바지에 무릎까지 오는 부츠를 신었다. 메이스에 쇠사슬이 금속성 소리를 내며 달려있었다.

강명애는 고글을 내려 햇빛을 정면으로 보면서 먼 망루에 서 있는 저격수를 파악했다.

"저격수가 동서남북 망루마다 한 명씩은 있어. 중앙 망루에 지금 지휘관 같은 사람이 오르고 있는 거 같아. 어찌 된 거지?"

민주는 하얀색 프릴 블라우스 위에 베이지색 플레어스커트 그리고 가죽 베스트 위로 사파리 점퍼를 걸치고 윈체스터 장총을 등에 멨다. 옆구리에는 간이용 구급상자를 차서 언제든 응급상황에 대비할 수 있도록 했다. 중상자에게 고통을 잊게 할 아편 추출 모르핀도 근육 주사기와 함께 들어있었다. 유사시에는 죽음을 주어 고통서 해방시켜 줄 수도 있다.

"전투 시에는 공격보다는 방어 위주로 해서 부상자가 최대한 나오지 않도록 하는 걸 목표로 해요."

김 씨 부인은 하얀색의 슬랙스 위로 더스터 코트에 물방울무늬 스카프를 멋스럽게 둘렀다.

고미정이 김 씨 부인에게 다가가 헬멧을 씌워 주었다.

"다치지 마세요. 위험하면 제 뒤에 계시고요. 언제든 지켜드릴게요."

김 씨 부인은 하얀 레이스 양산을 잡고 웃어 보였다. 고미정이 무기를 쥐여 주려 했지만 받지 않았다. 대신 양산을 활짝 펴들고 서 있었다.

유정은 수인복을 벗자 메이드복이 드러났다. 손에 슬링을 들고 새총을 쏠 자세를 취했다. 등에는 활과 화살이, 허벅지에는 닌자들이 쓰는 수리검들이 가죽 가터벨트에 꽂혀 있다.

가미코는 그냥 수인복을 입은 채였다. 가미코는 고미정에게서 일본도를 받았다.

유정이 보다 못해 자신의 세라복을 권했지만, 가미코는 맞지 않자 거부했다.

여성구락부 회원들의 얼굴이 진지해지면서 싸움에 임하는 자세를 취했다.

지옥에서 온 도사견과 존비정예부대

서대문형무소 마당에 선 설아, 민주, 이승전, 고미정, 김 씨 부인, 유정, 가미코 등은 주변을 둘러봤다.

이상하게 사위가 조용했다. 아무리 교도관들이 한가한 틈을 타서 나왔다 해도, 이 정도는 아니다. 대신 중앙 망루에 지휘관이 보좌관 등과 올라가 섰다.

전투용 가죽 탑과 스커트 복장을 입은 설아와 이승전의 몸매 곡선이 햇살에 건강하게 드러났다.

이상하게 전투복으로 갈아입자, 힘이 났다.

설아는 전력을 다지면서, 두 손으로 검 손잡이의 화살촉 문양을 쓰다듬었다.

'이건 나를 지켜줄 방어 부적이다. 죽어도 혼자서는 못 죽어. 저들을 다 부서뜨리고 죽을 것이다.'

이승전은 커스터마이즈 콜트 쌍권총을 두 손에 들고 설아를 엄호하며 옆으로 섰다.

그 왼편으로 고미정과 김 씨 부인 등이 서고, 오른편으로 민주와 유정이 대열을 갖췄다.

박 기자를 비롯해 침투한 기자, 연구원들이 이들에게 달려왔다.

"우리도 돕겠소. 정문을 뚫고 들어왔소!"

설아가 놀라 반문했다.

"선배님, 거기가 뚫린다고요? 그럴 리가 없는데?"

"보초병이 거의 없던데요."

설아는 함정이라는 생각이 들었다. 싸늘한 고요함이 뒷골을 서늘하게 옥죄었다.

기자들과 연구원들이 그들 옆으로 섰다. 고미정이 감자 부대에서 무기를 꺼내 권했다. 하지만 무기에 익숙지 않아 했다.

설아가 공격 대열에 서는 기자들을 만류했다.

"안 돼요. 훈련이 안 된 사람은 남자 여자 가릴 것 없이 위험해요. 우리 구락부 회원들은 이날을 위해 총기와 무기를 들고 열심히 착실하게 훈련을 받아 왔어요."

이때 총격이 날아들었다. 설아는 박 기자를 팔꿈치로 쳐내 엎드리게 했다. 박 기자의 팔에 총알이 스쳤다.

"아악!"

"어서 비켜요!"

설아가 앞장을 서고, 이승전은 망루 위의 저격수를 쌍권총으로 저격했다.

탕! 타탕!

망루 위에서 마우저 카 98K 저격용 소총을 들고 있던 저격수가 땅으로 추락했다. 저격수를 빼면 이상하리만치 조용했다. 이미 총격이 시작됐음에도 교도관들이나 군인들이 보이지 않았다.

"민주야, 이상해. 어떻게 된 거지? 소음이 안 들릴 리가 없는데. 아무리 건물 안에 근무하고 있다 해도. 그리고 밖의 저격수나 보초병도 무척 적어. 평소와 달라. 이럴 수가 없는데."

점심을 교대로 먹는 시간이 낮에는 가장 한가한 시간이다.

밤에는 점호하고 방들과 옥사를 이중, 삼중으로 잠가놓으면 나가는 게 불가능하고 나가더라도 겹겹이 불침번을 서는 보초병에게 들킨다.

따라서 점심을 먹는 낮으로 탈출 시간을 정했지만 그래도 보초병이 이렇게 없을 리는 없다.

"수상쩍어!"

이승전이 가죽 스커트 옆의 주머니에서 미니 쌍안경을 빼서 주변을 둘러보았다. 그리고 나서 고개를 저었다.

민주는 박 기자의 상처에 붕대를 동여매 주었다.

이승전은 엄호를 하며, 다마스쿠스 쌍검을 든 설아가 앞장서고 유정은 슬링 등의 투석용 무기, 김 씨 부인은 민주가 건네는 장총, 가미코는 날카로운 일본도, 고미정은 도끼와 투포환을, 강명애는 메이스를 양손에 들고 손에 힘을 주며 다가갔다. 그리고 동참하는 수감자들이 뒤따랐다. 그 옆으로 기자들과 연구원들이 섰다.

그 순간이었다.

교도관들과 군인들이 중앙사 사무동에서 여러 문을 통해 일사불란하게 착착착 나와 이들 앞에 대열을 이루고 섰다. 모두 전투복을 입고 무장한 상태였다.

구락부 회원들이 긴장하며 전열을 가다듬었다. 교도관과 군인들이 갑자기 옆으로 물러서면서 길을 터주었다.

가운데 길로 일사불란하게 들어서는 군인들. 모두들 절도 있게 들어섰다.

설아, 뭔가 예감이 이상하다.

일그러진 얼굴, 혹은 굳어서 표정이 없는 얼굴들. 저들은 예전에 사람이었을지 모르나 지금은 존비병에 걸려 다른 개체가 된 이들이다.

자주 존비병 환자를 접하였고, 본인이 그 병에 걸렸다 쾌차한 설아는 본능적으로 알아차렸다.

일본 군복을 갖추어 입은 존비 군인들은 구락부 회원들을 마주하고 질서정연하게 서 있다. 황색 군복에 견장이 달리고, 붉은 계급표가 달린 상의에 별이 그려진 군모를 단정하게 썼다.

그런데 그들은 살아있는 느낌보다는 정지한 것처럼 일동의 동작도 없었다.

설아는 소름이 끼쳤다. 그들은 존비병에 걸린 환자보다 더욱 무서웠다. 저들에게는 지휘관의 명령을 듣는 이성의 힘이 있다. 막무가내로 덤비거나 하지 않는다.

노무라와 민동연이 어떻게 개량한 병원균을 주입하고, 업엔드 정을 어떻게 투약해서 저렇게 체계가 잡히게 했는지 모르겠지만, 이제 존비 병사들은 괴물 군대를 이루었다.

그들 중에 앞에 선 지휘관은 덩치는 산같이 크고, 군복을 입고, 거대한 양손 검(양손을 사용하는 검)을 등에 멨다.

일본 도검을 허리에 찬 다른 사병과 체격부터가 완연히 달랐다.

지휘관은 굳은 표정으로 군복 허리춤에는 단도를 차고 손에는 곤봉을 들었다. 그리고 날카로운 쇠징이 촘촘히 박힌 가죽 장화를 신고 있었다. 거대한 체구나 풍기는 아우라가 무척 위압적이었다.

그는 존비 군인들의 사령관이었다.

설아가 자세히 보니 그는 존비병에 가장 먼저 걸린 김노주가 확실했다.

분명히 체구가 저렇게 크지 않았는데, 뭔가를 주입해서 근육이나 덩치가 커진 듯 보였다. 그리고 그 옆에는 입에서 침을 흘리는 거대한 검은 도사견이 입마개가 씌워진 채로 으르렁댔다. 도사견은 입가에서 끈적이는 푸른색 물질을 내뿜었는데, 침이 아니라 고름같이 뭉글거렸다.

금방이라도 공격하고 싶은지 네 발로 발끈거리며 선 채 으르렁대다가 두 발로 딛고 일어나 몸을 뒤틀었다. 그 모습이 무언가 찢어 죽이고 싶어서 안달 난 것처럼 보였다.

지옥에서 건너온 사냥개의 모습 그 자체였다.

김노주는 달려들 것 같은 도사견의 목줄을 잡아당겨 제어했다.

존비병에 걸린 군인들은 행동에서 긴장감이 보이지 않았다. 존비 군인들은 공포 등의 인간 본연 감정이 억제된 새로운 개체였다.

얼굴 피부는 고무 같고, 귀는 뾰족한데, 곰팡이가 덮인 것처럼 뿌얗게 보였다. 하지만 갑자기 울긋불긋한 기색을 얼굴 전면에 드러내며 이빨을 보이면서 공격성을 보였다.

지옥에서 온 도사견과 존비정예부대

거대하고 탄탄한 다리가 땅을 떡 버티고 서 있다.

김노주는 군인들을 보고, 크게 외쳤다.
설아가 듣기에 알아들을 수 있는 말들은 아니었다.
하지만 어감이나 분위기, 어조로 볼 때 뭔가를 선동하는 말이었다.
그들은 이제 이성의 힘을 되찾았다. 비록 사람과 소통하는 언어를 완전히 회복한 건 아니지만 그들끼리는 통한다.

설아는 겁이 덜컥 났다. 자신보다 더 막강한 크리처 앞에서 공포감에 젖었다.
"떨 것 없어. 저래 봤자, 좀비병에 걸린 상태야."
민주가 다독였다. 하지만 이승전, 고미정도 두려운 얼굴이었다. 김 씨 부인은 무연한 얼굴로 노래를 흥얼거렸다. 하필 쇼팽의 〈장송행진곡〉이었다.
설아는 도사견을 보고 등줄기에 소름이 쫙 끼쳤다. 저 개에 물려 뜯겨 죽느니, 차라리 사형장에서 목에 밧줄이 걸리는 게 나을지도 모른다.
"저기 봐!"
고미정이 손을 들어 가리켰다. 중앙 망루에는 노무라가 군복 위에 필드 재킷 전투복을 갖춰 입고 서 있었다. 그 옆에 민동연도 있었다.
이승전은 그들을 미니 쌍안경으로 보았다.
민동연의 옷깃에 달린 금장이나 견장을 보니 소위 계급이었다.
"저 작자가 결국 배신하고 일본군 장교 계급을 달았군."

설아는 그때 느꼈다. 노무라가 열쇠를 건넨 것은 그녀가 탈출하게 해서 잔인하게 죽이려는 의도였다.

사형장에서 집행하는 편안한 죽음이 아니라 지옥에서 온 도사견에게 갈가리 찢기는 설아를 보고 싶었기 때문이었다.

한편, 망루에 선 민동연은 노무라에게 보고했다.

"중좌님, 업그레이드된 존비 병원체를 주사한 군인들의 전투력을 확인할 기회를 주셔서 감사합니다. 그동안 훈련으로 실험 결과를 확인했지만, 실전이 중요합니다."

"민 소위의 능력을 보겠소."

"기대해 주십시오. 충분한 훈련이 되었습니다. 무기를 사용하는 훈련은 아직입니다. 하지만 인간을 뛰어넘는 맨손 괴력 덕분에 공격력이 상당합니다."

민동연은 여성구락부에 의해 존비병에 감염된 후 잘 낫지 않은 장교들과 일반 사병 중에서 신체 능력이 뛰어난 군인 등 50인을 모아 새로이 개발한 존비병 항원 주사를 맞혔다. 그리고 업엔드 약의 용량을 조절하여 신체 능력은 존비병 환자처럼 배가하되, 이성적인 지각은 되찾게 조율했다.

결과적으로 김노주와 장교들을 존비 군사의 지휘관 자리에 놓고, 그들에게 10인씩 교육과 훈련을 맡겼다. 김노주에게는 존비 군대의 총사령관 자리를 주었다.

이때, 김노주가 오른손을 들어서 지시했다. 맨 앞의 존비 군인들이 입을 벌리고 으르렁대면서 포효하는 사자처럼 그녀들에게 달려들었다.

이승전이 앞으로 나서면서 커스터마이즈 쌍권총을 들어 덤벼드는 군인의 머리를 날렸다. 그 뒤의 군인이 덤비자, 팔꿈치로 등을 치면서 위로 솟구쳤다. 이승전은 덤벼드는 좀비 군인들을 향해 총알을 연방 날렸다.

탕! 탕! 탕!

탄약이 떨어지자, 빈 탄창을 떨어뜨리고 허리춤 아일렛에 매달린 주머니에서 새 탄창을 꺼내 슬라이드 스톱을 해제했다.

그 순간 위의 망루에서 뛰어내리는 좀비 군인이 이승전의 어깨에 올라탔다. 이승전은 탄창을 바로 갈고 좀비 군인 얼굴에 총구를 날렸다. 좀비 군인이 떨어져 나갔다.

이승전이 숨을 고르며 주변을 보는데 서서히 다른 군인들이 다가왔다. 입에서 침을 흘리며 그르렁대면서 눈에는 핏발이, 얼굴은 울룩불룩 광대 같았다.

한편, 설아는 두 손으로 검을 꽉 쥐었다가 부드럽게 풀었다. 자연스레 무기를 다루어야지, 자칫하면 자기 손이 뚫린다. 이승전이 만들어준 전투복 장갑에는 아이언 너클도 달려 있어 근접 공격도 가능하다. 칼을 놓쳤을 때는 이걸로 가격한다.

설아는 양쪽에서 달려드는 좀비 군인 두 명을 향해 동시에 팔을 교차해 뻗어서 일격에 가슴을 관통했다. 좀비 군인이 뒤로 나자빠지는 사이, 이번에 뒤에서 덤비는 놈이 있었다.

"사장님, 조심하세요!"

납 탄환이 날아와 설아 뒤에서 덤비는 좀비의 목을 꿰뚫었다.

유정이 슬링으로 탄환을 날린 것이다.

설아는 간신히 피하며 답했다.

"고마워! 유정아!"

유정은 이번에는 슬링의 중앙 부분에 납 탄환을 끼워서 오른손을 하늘 높이 들어서 빙빙 돌렸다. 원심력이 붙었을 때, 슬링의 한쪽을 놓자, 탄환이 날아가 존비 장교의 얼굴을 뚫고 지나갔다. 탄환은 속도가 줄지 않고 뒤에 있던 존비 군인의 가슴도 뚫었다.

유정은 메이드복 앞치마 주머니를 봤다. 탄환이 많지 않았다. 유정은 돌멩이를 주웠다. 돌을 슬링에 끼워 휘휘휘 돌리는데, 존비가 바로 옆에서 달려들어 유정을 쓰러뜨렸다.

존비 군인의 군모가 벗겨져 피딱지가 앉은 머리가 드러나면서 유정의 목을 물어뜯으려는데, 고미정이 다가와 두 손으로 군인을 뜯어내 땅바닥에 메쳤다.

그녀는 도끼로 존비의 머리를 내려쳤다. 존비 군인의 별 모양 계급장이 검붉은 진액으로 물들었다.

고미정은 얼른 후방에 놓인 무기 자루로 가서 쇠사슬이 달린 낫을 들고 휘휘 던지다가 존비의 목을 잡아채서 멀리 날렸다.

고미정은 미소를 지었다. 그동안 갈고 닦아놓은 무기의 위력을 시험해 볼 수 있는 실전이다. 언젠가 꿈꿨지만, 현실에서는 도저히 있을 수 없는 일들이 눈앞에서 벌어진다.

잘 벼린 낫은 존비들에게 데미지를 입혔다.

고미정은 이승전에게 달려드는 존비들을 향해서 이번에는 쇠사슬이 달린 투포환을 빙빙 돌려서 일격에 두 명의 머리를 날렸다. 끈끈한 진액이 튀면서 주변의 존비들이 뒤로 물러섰다.

고미정은 양손에 투포환과 도끼를 들고 뒤의 무기 집에는 사슬낫을 걸쳤다.

이때 그녀의 뒤로 존비들이 달려들자, 민주가 외쳤다.

"고미정 사장님, 엎드려요!"

고미정이 얼른 엎드리고 존비들이 짐승처럼 날렵하게 그녀를 잡아채려는데, 민주가 윈체스터 산탄총을 쐈다. 민주의 플레어스커트가 날리면서 왼쪽 무릎을 꿇고 산탄총을 조준해 연발로 쐈다.

타타탕! 거센 총격음과 함께 존비 군인 여럿이 몸이 터지면서 뒤로 날아갔다.

존비들이 두려워하면서 뒤로 살살 물러나는데, 김노주가 그들끼리 통하는 언어로 외치면서 진격했다.

김노주는 민주가 쏘는 산탄총을 피하면서 뭔가 지시를 내렸다. 민주가 탄환이 떨어져 탄창을 갈아 끼우는데, 옆으로 물러나 있던 군인들과 교도관들이 일시에 민주를 에워쌌다.

그들은 산탄총을 뺏고 그녀에게 수갑을 채워 어디론가 끌고 갔다.

"아악! 안 돼!"

설아가 민주가 납치되는 걸 보고 비명을 질렀다.

유정이 허벅지에 달린 수리검을 날려 군인 몇을 쓰러뜨렸지만, 역부족이었다.

이때 수동이 형무소 옥사 뒤에서 모터바이크를 몰고 부우우웅 거친 엔진음 소리를 내며 달려왔다. 트럭 짐칸에 강명애의 바이크를 싣고 온 것이다.

수동이 옆의 보조석으로 옮겨 타자, 강명애는 헬멧에 걸친 고글을 내리면서 외쳤다.

"꼭 잡아! 자칫 날아간다!"

강명애는 전속력으로 민주를 끌고 가는 군인들을 향해 달려가 그들을 들이받았다. 하지만 겹겹이 에워싼 군인들은 민주를 끌고 중앙사 안으로 들어가 저격수를 정문에 배치하고 어디론가 사라졌다.

설아가 뒤늦게 달려왔지만, 이미 군인들은 중앙사 정문에 폭탄을 터뜨려 입구를 막았다.

콰쾅! 굉음과 함께 입구가 막혔다.

"어떡하지? 민주를 데리고 갔어. 어떻게든 따라가야 해!"

강명애가 고개를 저었다.

"중앙사 지하에 외부로 통하는 땅굴이 있다고 들었어. 특별히 민주를 데려가려고 존비 군인을 앞세우고, 일반 군인들을 대기하게 한 거야."

그들이 고전하는 사이, 망루 위에서 민동연은 노무라에게 정중하게 보고했다.

"윤민주를 생포해 현재 엄호하여 연구실로 이동 중입니다."

"특별히 살려 주는 이유가 있소? 상부에 허가받기는 했지만."

"그녀는 존비병 연구의 핵심적인 키를 지니고 있습니다. 그걸 알아낸 다음 생체 실험에 쓰셔도 무방합니다."

"알았소. 존비 야수 군대도 고려하고 있소. 지금 전투력을 관찰해 보니 맨손이라고는 하지만 밀리는 형편이 아니오!"

"아닙니다. 아직 저들은 전력을 숨기고 있습니다."

민동연의 말이 끝나기 무섭게 존비들이 강명애의 종횡무진하는 모터바이크에 여럿이 달려들어 그대로 들어서 덜컹덜컹 대다 뒤집었다.

강명애는 뒤집힌 바이크에서 간신히 기어 나와 메이스를 들었다. 그녀는 달려드는 존비들을 때려눕혔다.

보조석에서 튕겨 나간 수동이 부상을 당해 다리를 절뚝이는데, 존비들이 달려와 수동을 들어서 집어던졌다. 수동은 뒤로 나가떨어지면서 옆구리가 날카로운 돌에 부딪혀 찢겼다.

이때 존비가 다가와 수동의 상처를 두 손으로 벌리고 물어뜯었다. 수동은 고통에 비명을 지르면서 정신을 잃었다.

수동은 그 와중에도 설아에게 건넬 품 안의 삼베 주머니를 오른손으로 꼭 쥐었다. 이걸 주기 전에는 죽을 수 없었다.

이때 형무소가 어수선한 틈을 타서 밖에서 들어온 기자가 수동을 부축하며 바깥의 상황을 알렸다.

"어서 여기를 나가야 돼! 포로로 잡히면 시구문 밖에서 불태워 죽인다고!"

"아, 안돼요……. 반 사장님께 드릴 게 있어요……."

수동은 간신히 힘을 내며 설아가 있는 쪽으로 향했다. 존비가 기자에게 달려들어 그를 물어뜯었다. 수동은 혼신의 힘을 다해서 기듯이 설아를 찾아 헤맸다.

초능력에는 한계가 있다

여성구락부 회원들이 우세하던 전장은 순식간에 존비들이 우세하게 되었다. 그들은 머리가 날아가서 흔적도 없는데도 두 손을 치켜들고 죽지도 않고 덤벼들었다.

이승전은 탄환이 거의 떨어졌다. 유정도 마찬가지로 슬링에 걸 탄환이 거의 없다. 수리검도 다 썼다. 바닥에 떨어진 돌을 주워 끼운 유정은 전열을 가다듬었다.

하지만 뒤에서 덤벼드는 존비에게 유정이 쓰러졌다.

이승전이 달려들어서 존비의 머리를 발로 짓이기고, 뒤로 덤벼드는 존비는 두 손으로 들어 메다꽂았다.

하지만 나가떨어진 존비는 다시 벌떡 일어나 이승전에게 달려들어 그녀를 때려눕혔다.

이승전이 밀리는 사이, 고미정에게 여러 명의 존비가 일시에 달려들었다.

존비들은 탄탄한 다리로 고미정이 엄폐물로 가로막은 펜스를 훌쩍 뛰어넘어서 갈퀴 같은 두 손으로 등에 달라붙어 목을 졸랐다. 고미정이 도끼로 팔을 잘랐다. 군복이 너덜너덜해지면서 팔이 떨어졌다.

그들의 울부짖는 소리는 이 세상에서 들어본 적 없는 고통스럽고 흉측한 소리였다.

"비켜! 비키라고!"

고미정은 허리띠에 찬 투포환을 들어서 그대로 내리쳤다. 그리고 도끼로 다리를 잘랐다.

김 씨 부인은 윈체스터 장총을 들어 존비들을 몇 명 쏴서 맞혔으나, 이내 둘러싸여 고미정과 등을 맞대고 대치하는 위급 상황이었다.

설아는 앞과 뒤에서 다가오는 존비들을 맞서서 양손의 검을 바로 쥐었다가 풀면서 공격과 방어 준비를 동시에 했다. 존비들이 달려드는데 설아는 앞에서 덤비는 존비를 위에서 아래까지 휘둘러 베었다.

그리고 아래로 내려온 검을 들어 올리면서 존비에게 3회 연달아 회전베기를 해서 팔과 다리를 잘랐다.

이어 양쪽에서 덤벼드는 존비를 두 팔을 십자가처럼 쭉 뻗어 일격에 가슴을 관통시켰다.

그러나 형세는 점점 불리해져 구락부 회원들은 곧 존비들에게 포위됐다. 존비들은 그녀들을 죽이지 않고 김노주의 명령을 기다리며 으르렁댔다.

김노주는 노무라를 올려다봤다. 노무라는 아직이라는 듯 고개를 저었다.

'저들은 피라미다. 반설아를 잡아 족쳐야 한다.'

설아 혼자서는 양손의 쌍둥이 칼로 존비들을 물리치기에 역부족이었다. 존비 5~6명이 동시에 설아를 향해 그렁그렁 소리를 내며 다가왔다.

이때 김노주가 도사견의 입마개를 풀고 설아를 가리켰다.

"고우! 물어!"

도사견이 바로 설아에게 달려와 다리를 물었다.

"아아아아악!"

설아가 비명을 지르며 나뒹굴었다.

위기였다. 이제 구락부 회원들은 군인들에게 둘러싸여 모두 개죽음에 처할 상황이었다.

설아는 도사견을 칼로 겁준 후 옥사 뒤로 피신했다.

전투하다 다친 팔과 다리에서 피가 흘러내렸다. 도사견에 물린 발목의 상처가 제법 컸다.

설아는 눈물도 나오지 않았다. 손에 쥔 다마스쿠스 검은 땀과 피로 뒤범벅되었다. 좀비 병사의 피인지, 자신의 피인지 구분도 되지 않았다. 잠시 검을 두고, 얼굴을 손바닥으로 쓸었다. 얼굴에 붉은색 핏자국이 쇠스랑처럼 났다.

설아는 숨을 크게 골라 쉬면서 검을 내리고, 흘러내린 머리카락을 가다듬어서 다시 뒤꽂이로 꽂아 고정했다. 어려울 때일수록 정신 차려야했지만, 지금은 민주의 생사조차 모른다.

이때 누군가 뒤에서 기어서 서서히 다가왔다.

설아는 다마스쿠스 검을 들고 뒤를 확 돌아봤다. 수동이었다. 설아는 검을 거두었다.

"수동아!"

온몸이 피투성이인 그는 설아에게 작은 삼베 주머니를 내밀었다.

"이게 뭐, 뭐야?"

"한형준 박사님이 여기 오기 전에 심부름꾼을 통해서 보내 주셨어요. 마지막이다 싶은 위기에 반드시 이걸 전해 주랬어요. 헉헉."

"형준 씨는 지금 어디 있어?"

"일본 군인들에게 비밀 연구소로 붙잡혀 갔다고만 전해 들었어요."

"뭐라고? 박 기자님은?"

"포로로 끌려갔어요. 형무소 밖의 기자님이 여기 들어와 알리셨는데, 지금 포로는 시구문 밖에서 산채로 불태운대요."

"뭐?"

설아가 고개를 들어보니 하늘이 연기로 가득하다.

"아예 여기 수감자들을 모조리 반역과 탈주죄로 엮어서 죽일 모양이에요."

"이 매캐한 냄새와 연기가 그럼."

"네. 지금 반 사장님이 일어서지 않으면 우리 모, 모두 죽어요……. 밖의 기자들도 지금 피난 준비하는 사람과 총기를 구해 대항하려는 파로 갈, 갈려, 렸어요……."

설아는 얼른 수동이 건넨 삼베 주머니를 열었다. 주사기였다. 메모지가 묶여 있었다. 메모지를 풀었다.

〈설아 씨, 민동연이 모든 연구 결과를 훔쳐 가고 나중에 일본군과 강제로 연구실을 점령하고 폐쇄하면서 전부 탈취했지만, 일본군의 비밀 연구소에 감금돼서도 제가 끝내 안 알려준 게 있어요. 이 주사기에는 업엔드 정과 설아 씨의 초능력을 극대화할 수 있는 특수 호르몬이 합성돼 있어요. 제가 추후에 연구한 결과, 설아 씨는 뇌에서 특수한 호르몬이나 물질이 나와서 대담하고 겁이 없는 성격에 큰 과업도 할 수 있었죠. 설아 씨의 혈액을 다시 한번 면밀하게 검토하고 분석해서 알아낸 겁니다.

그래서 존비병에 걸려서 업엔드 정을 투여해도 이성을 되찾으면서도 신체적 초능력은 배가되었던 겁니다. 이 주사기에는 초능력을 되찾게 하고, 한편으로 그 힘을 제어할 수 있는 이성을 길러 줄 약이 들어있어요. 부디 한계가 있으니 절체절명 위기에 사용해서 반드시 조선을 구해요. 사랑합니다. 조심해요.〉

설아는 즉시 팔을 걷어붙이고 주사를 직접 놓았다. 특수 약이 혈류를 타고 몸으로 흘러들어왔다. 설아는 이상한 기분을 느꼈다.

온몸에 뭔가가 꿈틀거리면서 근질거렸다.

설아가 온몸의 이상한 기운을 다스리는데, 이때 수동이 가파른 숨을 내쉬면서 씩씩댔다. 그리고 뒤로 드러누웠다.

"수동아! 괜찮아?"

"헉헉헉."

수동이 숨을 몰아쉬었다. 설아가 수동의 붉게 물든 셔츠를 열어젖히니, 안에 피가 홍건했다. 흙먼지투성이라 피가 나오는 것을 몰랐던 거였다.

"수, 수동아. 왜, 왜 이렇게까지. 나를 위해서……. 나를 위해서, 흐흑……."

수동이는 가파른 숨을 내쉬면서 천천히 말했다.

"일개 심, 심부름꾼 길, 길거리 소년에게 사람대접을 해 준 유, 유일한 사, 사람이니까요……."

설아는 수동의 셔츠를 벗겨서 상처를 싸매고 꽉꽉 묶어 지혈했다.

하지만 피가 계속 배어 나왔다.

"이럴 시간, 없, 없어요. 어서……, 조선을 구해요……. 사람들을 구하세요."

이때 설아의 몸이 뒤로 휘었다. 등허리가 휘면서 머리가 바닥에 닿을 지경이었다. 온몸의 피가 역류하면서 그 기세를 몸이 이기지 못했다. 두 팔과 다리가 우지끈거리면서 몸판에서 떨어져 나오는 것처럼 마구 뻗쳤다.

설아는 번쩍 일어나면서 탄탄한 두 다리로 땅을 딛고 일어섰다. 그리고 온몸을 하늘로 향해 쫙 펴고 두 손을 뻗었다. 목을 좌우로 한 번씩 움직이자, 삐걱대며 에너지가 샘솟는 기분이 솟구쳤다.

"어, 어서 가요. 저, 저는 걱정 말고……."

설아가 가려는데 수동이 물었다.

"사, 사장님."

"어엇?"

"나이가 어떻게 돼, 돼요?"

"나, 스물넷……. 헉헉!"

설아는 솟구치는 힘에 씩씩대며 답했다.

"저, 저는 열, 열다섯인데 나이가 많, 많으시군요……. 저와 내세에는 결, 결혼할 수 있을, 까요……. 그, 그러고 싶어요."

수동은 그 말을 마지막으로 의식을 잃었다.

"수동아!"

수동의 맥박을 잡아봤지만 잡히지 않았다. 숨도 쉬지 않았다.

설아는 눈을 감고 목이 콱콱 메어 울음을 가까스로 참았다.
수동의 말이 귓가에 맴돌았다.
"이럴 시간, 없, 없어요. 어서……, 조선을 구해요……."
설아는 수동을 잘 누이고, 서서히 일어났다. 두 손에 힘을 주었다.

설아는 힘을 주체하려고 애쓰며, 옥사 뒤 은신지에서 나왔다. 온몸이
떨리며 천천히 걷는데, 저만치에서 강명애가 메이스를 들고 존비 군사
에게 대항하면서 힘겨워하는 게 보였다.
개에게 물린 상처에서 피가 튀어나와 공중으로 퍼졌다.
엄청난 피가 설아의 손과 얼굴에 튀었다.
이제는 동료들을 위한 사적인 복수심이 아니라, 여러 다수의 조선인
들을 위해서 나서야 한다.
일상을 되돌려 주고, 행복을 되찾고, 일제가 뺏어간 생산 수단과 생
산물들을 되찾아야 한다. 먹고살 수 있게 해 줘야 한다.
그게 바로 조선의 독립이다!
설아는 기함을 내질렀다.
"이야아아아아압!"

설아는 하늘로 솟구쳐 오르면서 그대로 다마스쿠스 검을 들어서 내
리찍었다. 존비 병사의 두개골에 검이 꽂혔다 나오면서 뇌수가 솟구쳐
올랐다. 설아는 옆에서 달려드는 군인을 오른손 검으로 허리를 베었다.
"설, 설아 너! 어떻게 된 거야?"

"명애 언니. 메이스 좀 빌려줘."

설아는 왼손에 쥔 검을 건네고 거대한 2m가 넘는 메이스를 들었다. 고미정이 고강도의 철로 만든 메이스에 달린 쇠사슬들이 쩔렁쩔렁 요란한 소리를 냈다.

설아의 눈에 이승전과 고미정, 김 씨 부인이 좀비 병사들에게 포위된 게 들어왔다. 거의 생포되기 직전이었다.

유정이 슬링으로 돌을 던져서 좀비 군사들을 맞추지만, 힘에 겨웠다. 군사들은 유정을 붙잡았다.

고미정이 투포환으로 군인의 머리를 맞췄지만 뒤로 나자빠지고, 그 옆의 군인이 달려들었다. 고미정은 좀비에게 물릴 지경이 되자, 육탄으로 군인을 들어 내던졌다.

이승전은 양손에 든 콜트로 번갈아 가면서 군인들을 싸서 쓰러뜨렸다. 하지만 오른손 총의 탄창이 비어 탄환을 채우려는데, 좀비 군인이 달려들었다.

이승전은 왼손의 총으로 한 발 쐈다.

탕!

좀비 군인이 나가떨어졌다. 하지만 또다시 다른 군인이 도사견을 이끌고 달려들었다.

이제는 총알도 거의 떨어졌다.

바로 그 순간!

설아는 메이스를 들고 도움닫기로 무진장 빠른 속력으로 달렸다.

위기에 처한 그들에게 달려갔다.

쉬쉬쉭거리는 바람을 가르는 소리가 귓가를 어지럽게 헤집으면서 설 아가 하늘로 솟아올랐다.

하늘로 높이 솟은 설아의 눈에 서대문형무소 곳곳에서 수감자들과 혈투를 벌이는 좀비들이 보였다.

그들은 수감자들을 포로로 만드는 순간, 잔인하게 죽이거나 물어서 좀비병을 옮겼다.

포위된 가미코는 일본도도 빼앗겼다. 그녀는 거세게 외치면서 맨손으 로 좀비 군인들에게 달려들었다.

"천황은 아시아인들을 지옥의 구렁텅이로 몰아넣은 자신의 죄를 인정 하고 할복하라!"

가미코의 우렁찬 목소리가 망루 위의 노무라 귀에까지 들렸다.

노무라는 포위만 하되 구락부 회원들을 죽이지 말라고 명령했다. 하 지만 그는 가미코의 이어지는 말들에 분노했다. 가미코는 쉬지 않고 외 치면서 군인들에게 거칠게 달려들었다.

"모든 민족의 독립을 허하고, 얼른 군대를 일본으로 철수시켜라! 천황 은 죗값을 치러라!"

노무라가 보좌관에게 명했다.

"천황 폐하를 모욕한 것은 반역죄를 뛰어넘는 즉결사살 처분감이다. 사살해라."

"네, 사령관님."

망루 위 저격수가 보좌관의 수신호를 받아 조준기로 가미코를 보면 서 저격했다.

타탕!

두 발의 총성이 울리고, 가미코는 총탄을 맞고 피를 흩뿌리면서 쓰러졌다.

구락부 회원들이 동요했다.

설아는 눈빛이 흔들리면서 생명을 구하기 위해 여기서 항복해야 하나 잠시 생각했다.

구락부 여성들이 동요하고 우왕좌왕했고, 수감자들은 포위됐다. 군인들은 점차 좁혀오고 있고, 총구를 겨누고 있다.

매캐한 냄새가 코를 근질였다. 설아는 멀리 하늘을 올려다봤다.

시구문 밖에는 검은 연기가 뭉게구름처럼 피어올랐다.

설아는 눈을 잠시 1초간 감았다. 위기에 처한 동료들과 조선을 구해야 한다.

누구도 아닌, 내 손으로.

그리고 민주는 지금 실종 상태이다. 생사도 모른다.

이제 정신을 다잡고 힘내야 한다.

설아는 파아아! 기합을 내면서 하늘에서 서대문형무소 마당을 향해 동료들을 위해 떨어져 내렸다.

쉐에에엑 바람을 가르는 소리를 내면서 땅에 착지하려는 순간, 거대한 메이스 머리를 땅바닥에 내리쳤다.

지이이이이, 땅을 가르는 소리가 요란하고 둔탁하게 들리면서 그 충격으로 군인들이 모두 뒤로 나자빠졌다.

메이스의 충격은 여성구락부 회원들 바로 앞에서 멈췄다.

형무소 담벼락에 희미한 금이 갔다. 도사견이 움찔하고 있다가 김노주의 지시에 설아를 물려고 달려들었다.

설아는 움찔했지만, 다리를 보니 도사견이 물었던 상처는 이미 깨끗이 나아 있었다. 주사기의 약효 덕분이다.

설아는 얼른 메이스를 들어서 도사견의 허리를 그대로 가격해 멀리 내쳤다. 도사견이 깨갱거리면서 허공을 날아가다 떨어져 뒹굴었다.

설아는 다가온 강명애에게 메이스를 건네고, 검을 받아들었다. 그리고 빠르게 치면서 달려나갔다.

자신의 앞으로 덤벼드는 존비 군인들을 하나하나 검으로 가슴을 베고, 어깨를 후려치고, 귀를 베었다. 그리고 군인의 권총을 빛 같은 빠르기로 쳐내고, 페인트 공격도 취해가면서 등을 찔렀다.

오른손의 검으로 하늘에서 내리쳐 얼굴을 베고, 왼손의 검으로 다리를 베어냈다.

설아가 전투를 선도하면서 선방하자, 구락부 회원들은 전열을 가다듬었다.

유정은 슬링 대신 활과 화살을 빼 원거리 공격을 했다. 고미정은 투포환과 도끼를 양손에 가다듬어서 쥐고, 양쪽에서 달려드는 존비들의 머리와 다리에 강한 충격을 줘 무너뜨렸다.

이승전은 자루를 뒤져 탄창을 찾아냈다. 탄환을 가득 채우고 콜트를 오른손, 왼손을 번갈아 사용하면서 한 방씩 존비들의 머리와 가슴에 쐈다.

오른편 망루에서 갑자기 요란한 기관단총 소리가 났다.

타타타타타타타!

망루의 저격수가 타이쇼 11 일본 기관단총으로 조준해 쐈다. 구락부 회원들을 둘러싼 좀비들이 맞았다. 구락부 회원들은 몸을 바짝 낮췄다. 이승전의 팔에 총알이 스치면서 피가 튀었다. 얼굴에 피를 뒤집어쓴 이승전이 망루를 노려보았다.

"저걸 막아야 해!"

이때 김 씨 부인이 조심조심 포복하면서 움직여 망루로 몰래 기어 올라갔다.

망루의 저격수에게 뒤로 접근한 김 씨 부인은 그의 뒤통수를 붙잡고 망루에서 떨어뜨렸다.

김 씨 부인은 타이쇼 11을 잡았다. 그녀는 이미 훈련장에서 몇 번 만져본 경험이 있다. 탄창에는 30발이 들어가는 반자동 기관단총으로 사정거리가 약 1,500m에 이르는 가스압식 기관단총이다.

김 씨 부인은 기관단총을 잡고서 마구잡이로 연발 사격했다.

구락부 회원들이 맞을 뻔했고, 주변의 좀비들이 망루로 달려들다 맞아 나가떨어졌다.

"할매! 조심하라고! 우리가 죽을 뻔했다고!"

이승전이 크게 고함쳤다. 김 씨 부인이 미안하다는 듯이 손을 들어 보이며 굽신댔다. 그리고 이승전과 유정에게 달려드려는 좀비 군인들에게 기관단총을 난사했다.

전세가 역전됐다.

설아는 두 손의 검으로 좀비들을 여럿 베어 넘어뜨렸다.

얼굴과 온몸이 피로 칠갑 되었지만, 얼굴에는 은은한 미소를 띠고 차분함을 유지했다.

이상하게 평온하고, 귀에 잔잔한 음악이 흐르는 것처럼 소란한 느낌이 들지 않았다.

설아는 고개를 오른쪽으로 내리면서 시선을 앞에 두었다.

거대한 덩치의 김노주가 그녀 앞에 섰다. 김노주는 오른손으로 등에 멘 거대한 칼을 뽑아냈다. 김노주는 그동안 지휘만 할 뿐 나서지 않았다.

그는 재밌다는 듯 웃음을 띠고 한편으로 애견의 죽음에 애도하는 표정을 지었다.

싸늘한 바람이 한 줌 불어오면서 설아와 김노주 사이를 갈랐다. 생사를 가르는 바람 같았다. 설아의 머리카락이 휘날렸다.

괴력을 가진 거대 크리처로 재탄생한
좀비 사령관

중앙 망루에 있던 노무라는 화가 난 얼굴로 민동연을 질책했다.

"이게 어떻게 된 일이오. 천하무적이라던 좀비 군사들이 밀리고 있잖소? 이걸 상부에 어찌 보고한단 말이오? 한낱 탈주하려던 수감자들을 이기지 못하다니. 군인 한 명의 목숨은 전력과 사기에 큰 영향을 미치오!"

"중좌님, 좀 기다려 주십시오. 이제 진압될 것입니다. 김노주에게도 반설아에게 주어진 초능력 못지않은 능력을 부여했습니다. 반설아가 어떻게 초능력을 회복했는지 의문이지만, 이제부터 시작입니다. 진정한 싸움을 관전하시죠."

민동연은 얼굴에 비릿한 웃음을 띠웠다. 자신의 손으로 만든 인공 크리처의 공격력을 확인할 수 있는 시간이다. 얼마나 기다려 왔던가.

설아는 긴장하면서 두 손에 쥔 검들을 쳐다봤다. 자유를 얻고자 피를 묻히면서 신체의 일부처럼 여기게 된 검이다. 이곳에서 또다시 모두의 자유와 독립을 얻기 위해서 이 도구로 이겨야 한다.

그녀의 두 팔과 어깨와 다리에 여성구락부 회원들의 목숨과 조선의 미래가 달려있다.

설아는 두 팔을 쫙 뻗었다. 온몸의 혈류가 팔로 가면서 강력한 힘이 솟았다. 어깨와 팔뚝 근육이 울근불근 울렁였다.

이제 돌이킬 수 없다. 설아는 두 팔을 아래로 내리고 손목을 살짝 틀어서 칼날을 세워 꽉 잡았다. 눈을 부릅뜨고 눈앞의 존비 총사령관 김노주를 노려봤다.

김노주는 입가에 은근슬쩍 자신감 있는 미소를 띠고, 양손을 사용해야 들 수 있는 양손 검 클레이모어를 왼손으로 가뿐히 쥐었다.

사람으로서는 나올 수 없는 힘이다. 하지만 그는 합숙소에서 원숭이에게 물리고 존비가 되고나서, 점차 알 수 없는 괴력을 가졌다.

그리고 종합병원 실험실에 갇혀서 여러 약을 투여받았다. 인간으로서 이성의 힘을 잃고, 동물적인 공격력과 사나움을 분출했다. 하지만 아주 의식을 잃고 있던 건 아니었다.

연구원들이 자신을 혐오와 놀라움, 공포 어린 눈동자로 쳐다본 걸 기억했다.

그리고 여러 약이 투여된 후로는 의식도 혼미해지기도 하고, 열병에 시달리기도 했다.

자신은 완전히 인간의 이성을 잃은 건 아닌데, 연구원들은 자신을 사람으로 대하지 않았다. 생명체와 실험동물로 여겼다.

그러던 중에, 민동연이 자신을 실험실에서 빼 내와 다시 일본군 생체실험실로 이동했다.

괴력을 가진 거대 크리처로 재탄생한 존비 사령관

이곳에서도 실험 대상, 괴생명체는 맞지만, 민동연은 새로운 제안을
했다.

존비병에 걸린 일본군들을 통솔하는 지휘관 자리를 줄 테니, 적극적
으로 실험에 협조하라고 했다.

김노주는 어쩔 수 없는 상황이라면 적극적으로 헤쳐나가고자 했다.
새로운 개발 약들을 주사로 맞으면서 인간으로서 이성도 점차 되찾고
공격력을 통제할 수 있게 되었다.

민동연은 이번에는 근육을 키우는 주사와 수술을 단행했다.

엄청난 힘에 맞는 외형을 지녔고, 아울러 존비병에 걸린 군인들을 일
일이 살피면서 의사소통을 했다.

연구원들은 자신들의 말이나 몸짓을 못 알아들었고 필담으로 대화했
지만, 기이하게도 존비병에 걸린 군인들끼리는 소통할 수 있었다.

무언의 몸짓이나 공격적인 제스처 그리고 으르렁대는 하울링도 그들
끼리는 무슨 뜻인지 알아차렸다. 그게 참 신기했다.

김노주는 존비 군인들의 지휘관이자 멘토로서 그들을 훈련하고, 병
의 증세를 통제하게 하고, 이성의 힘을 기를 수 있도록 훈련했다. 자신
이 지나온 길을 그대로 가르쳐 주고 주입하면 됐다.

그래서 지금 이 자리에 있다.

지금 저 앞의 여자를 쓰러뜨리기만 하면, 정식 계급을 달고 일본군
장교가 된다. 보통 사람들도 보좌관으로 둘 수 있다. 그동안 사람대접
을 못 받고 실험용 생쥐가 돼서 고생만 하고, 비루하기 그지없었는데 이
제는 다르다.

김노주는 여성구락부 회원과 맞서기 전에 그들끼리 통하는 언어로 이렇게 말했다.

　"우리는 한때 존비 병균에 감염된 환자에 불과했다. 그 이유만으로도 격리되고 멸시당하고, 사람들이 싫어했다. 우리도 같은 사람인데 말이다. 단지 병에 걸렸다는 이유로 사람이 아닌 실험용 생쥐로 취급했다."

　여기까지 말하자, 존비 군인들은 격분하며 무기를 들어 바닥을 쾅 내리치며 선동되었다.

　김노주는 그들을 슬슬 달래가며 말을 이었다.

　"우리가 이에 맞서 공격적인 폭력 수단을 취하면 그들은 더욱 우리를 구속하고 노예로 만들 것이다. 따라서 우리도 사람의 본 모습을 점차 되찾아 그들과 소통을 해서 합의를 하고 그들의 악행을 멈추게 해야 한다. 그러기 위해서는 오늘 일본군 사령관과 합의한 대로 저들을 굴복시켜 그들이 원하는 대로 발치에 가져다주어야 한다. 유사시에는 죽여도 좋다. 그러나 최대한 명령을 따라라! 오늘의 승리는 앞으로 우리가 일본군 사령관에게 여러 유리한 조건들을 받는 데 이로울 것이다. 나만 믿고 따르라!"

　존비 군인들은 김노주가 인간 대접을 하면서 선동하자, 진열을 갖추면서 명령을 기다리며 결투에 임했다.

　김노주는 기억을 가다듬고, 다시 전열의 한가운데로 돌아왔다.

　일본군 사령관이 저들에게 맞서라고 당부한 데는 이유가 있다. 분명히 단순한 여자들이 아니다. 공격력을 갖춘 자들이다.

　지금 내 앞에 서 있는 여자는 아까 엄청난 파워를 보여 주었다.

　섣불리 덤벼들다가는 이쪽이 피해를 보고 그건 곧 존비 군인들의 생존에 커다란 불안 요소가 된다.

　김노주는 검을 하늘로 높이 들었다.
　스코틀랜드의 하이랜더들이 쓰는 클레이모어 검으로 둔탁하고 무거우며 장중해서 한 번 맞으면 그 기세에 사람의 목숨이 끊긴다. 날카로운 일본도는 베는 데에 집중하지만, 양손으로 드는 이 검은 사람에게 엄청난 충격을 주어 내상으로 죽게 한다.
　타격감이 엄청나서 단번에 팔과 다리, 혹은 목의 뼈를 부러뜨린다. 사람의 경추가 나간다는 것은 곧 죽음을 의미한다.

　김노주는 클레이모어를 하늘로 높이 들어서 허공을 팔자로 가르고 내렸다. 또 팔에 힘을 주고 위로 들어 올렸다.
　이 검으로 머리를 내려쳐서 충격을 주면 웬만한 거대 야수도 죽는다.
　마침내 그는 도움닫기를 하면서 빠르게 달렸다. 그리고 위로 오르면서 뛰어 들어치기로 설아의 머리에 검을 내리꽂았다.
　설아는 휘이잉 바람을 가르며 위로 솟구치는 김노주를 잠시 놓쳤다. 그가 위에서 그대로 내려찍듯이 검을 찍어 내리자 얼른 뒤로 물러났다.
　클레이모어가 땅을 찍어 내리면서 흙바람이 피어올라 설아의 시야를 어지럽혔다.

　"사장님! 뒤를 봐요!"
　유정이었다. 설아가 재빨리 몸을 뒤로 돌자, 클레이모어의 칼날이 눈앞에 그대로 들어왔다.
　설아는 0.01~0.02초 차이로 허리를 굽혀서 칼날을 피했다. 그대로 있었으면, 머리에 칼날이 박혔다.

웡 하는 바람 소리가 요란했다.

등골에 땀이 맺혔다. 이마에 주름이 잡히고, 엄청난 초집중 상태가 되었다.

죽음과 삶을 가르는 0.01, 0.02초다.

아니, 0.001초일 수도 있다.

찰나에 죽었다 살아났다.

'이대로 당할 수만은 없다. 모두 죽는다. 내 손에 사람들의 목숨이 달려 있다.'

설아는 최선의 방어로 공격 자세를 취했다. 오른손의 검을 위로 들고 왼손을 아래로 내려서 김노주의 목과 어깨와 가슴을 겨눴다.

그리고 엄청난 속력으로 김노주에게 달려들었다.

그의 어깨를 찍어 내리면서 목을 겨눴다. 오른손으로 경동맥을 바로 찔렀다. 피가 솟았다. 왼손으로 가슴팍에 그대로 칼을 꽂았다가 다시 칼을 잡아빼면서 뒤로 물러났다.

김노주는 몇 번 움찔거릴 뿐, 고통의 기색이 없었다.

'어떻게 된 거지. 아예 통증을 상실한 건가?'

설아의 의문도 잠시, 이번에 그가 반격했다.

김노주는 왼발을 앞으로 내밀고, 곧이어 오른발을 내밀면서 클레이모어로 설아를 정면에서 압박했다. 설아가 주춤하자 김노주는 다마스쿠스 검의 칼날을 손으로 붙잡아 당기면서 설아의 손목을 잡아채서 비틀어뜨렸다.

"악!"

설아가 외마디 비명을 질렀다.

그리고 뒤로 물러나려는데 김노주가 사납게 일그러진 얼굴로 그르르릉대면서 바짝 다가가서 설아의 얼굴을 머리로 들이받았다.

설아는 오른손의 검을 뺏기고 뒤로 넘어졌다. 김노주는 설아의 검을 던져버렸다.

고통도 잠시, 자존심보다도 걱정이 앞섰다. 왼손 검밖에 없다. 상대는 자신보다 힘의 능력치가 더 높았다.

그 잠재력이 어느 정도일지 가늠조차 안 됐다.

지켜보던 이승전이 콜트를 난사하면서 김노주에게 달려들었으나, 그 앞으로 좀비 군인이 가로막았다.

다른 구락부 회원들이 맞서고 좀비들이 점차 포위하자, 설아는 거세게 말했다.

"내 동료는 건들지 마. 이건 너와 나의 결투야. 승부를 내자."

김노주는 오른손을 들어 그들을 제지했다.

그러자 설아는 왼손으로 검을 들어 올렸다.

"반설아. 이걸 대신 써!"

강명애가 메이스를 들고 소리쳤다. 고미정이 오른손을 들어 강명애가 던진 메이스를 정확하게 받았다.

그리고 그걸 하늘로 들어 거센 속력으로 회전시켰다. 빠르게 회전시키는 고미정의 상체가 휘둘릴 정도였다. 그녀는 기어이 화끈하게 설아 쪽으로 던졌다.

설아는 메이스가 빙그르르 돌면서 날아오는 걸 몸을 날려 오른손으로 잡았다.

철퇴에 달린 쇠사슬이 쨍그렁 소리를 내면서 설아의 손아귀에 들어왔다. 설아는 오른손에 메이스를, 그리고 왼손에 검을 다시금 쥐었다.

초긴장의 적막감 속에 흙먼지 바람이 김노주와 설아 사이를 가르면서 불었다.

형무소 마당에 있는 귀룽나무의 꽃잎들이 눈처럼 내려왔다. 수백 년의 수령에도 형무소와 사형장의 강한 음 기운에 키가 잘 자라지 않는 나무지만, 꽃눈은 수만 개가 허공에 날렸다.

설아는 메이스를 원심력을 이용해 거세게 휘둘러 김노주의 머리를 향해 날렸다. 김노주가 상체를 뒤로 숙여 피했다. 메이스가 빗나갔다.

그는 클레이모어를 허공에서 휘두르더니 설아를 향해 날렸다. 설아는 왼 옆구리에 검을 맞고 뒤로 나가떨어졌다. 타격감이 엄청났다. 그 격통에 설아는 상체를 뒤로 젖히면서 몸부림쳤다.

"으아아악악악!"

설아의 초능력은 아무래도 김노주의 힘에 밀리는 모양이었다. 설아는 의아했다.

한형준이 편지에 적은 초능력의 한계라는 건 무얼까.

효력이 없다는 것? 시간이 정해져 있다는 것?

아니, 그건 설아가 내부의 코어에서 힘을 이끌어내지 못하면 제대로 사용하지 못한다는 말 같았다.

괴력을 가진 거대 크리처로 재탄생한 좀비 사령관

필요로 하는 곳에 능력이 주어진다

설아는 두 눈에서 눈물이 흘러내렸다. 그녀의 얼굴은 존비들의 체액과 피가 묻어 갈색으로 얼룩졌다. 설아는 얼굴을 찡그렸다.

이제 버틸 힘이 없었다. 고통은 그녀를 무너지게 하고 멘탈은 하염없이 추락했다.

민주는 어디로 납치됐을까. 민주의 마인드컨트롤 멘토링 없이 이 모든 극한 상황을 설아 혼자서 헤쳐나가야 한다.

설아가 눈물을 흘리자 뺨에 묻은 붉은 피들이 얼룩졌다.

이승전이 소리쳤다.

"야, 반설아. 아직 죽지 않았어. 왜 울어. 지금 너의 피로 범벅인 얼굴이 얼마나 아름다운지 알아. 니가 다른 사람 구하려고 이렇게 노력하는데 왜 울어. 끝나지 않았다고!"

김노주가 망루를 올려다보자 노무라가 손을 들어 목을 치는 제스처를 취했다.

김노주가 클레이모어를 휘두르면서 설아의 얼굴을 향해 날리자, 고미정이 외쳤다.

"설아 씨! 이거 받아!"

고미정이 도끼를 회전시켜 던지자, 설아가 검을 놓고 턱 받아서 김노주의 왼손을 찍어 내렸다.

김노주는 움찔하면서 검을 놓치고 뒤로 물러났다.

"크아악."

김노주는 고통을 느꼈다. 이성이 돌아오면서 존비병에 걸리기 전의 사람으로서 겪던 고통을 느꼈다.

이때 유정이 앞치마 속에 감춰둔 새총을 꺼내서 손에 든 자갈을 넣고 날렸다. 김노주의 눈에 돌이 정통으로 맞았다.

김노주가 눈을 비비며 주춤하는 사이, 이승전이 설아의 뒤를 엄호하며, 총을 쐈다. 달려들던 부하 존비들을 쓰러뜨렸다.

이제 총탄이 모두 떨어졌다. 이승전은 마지막 탄창을 꺼내 끼우며 입술을 물고 다부지게 말했다.

"설아야, 좋은 친구이자 맞수였다. 저세상에서 만나자. 난 저들처럼 존비가 될 순 없어."

이승전은 입에 총구를 가져갔다.

"안 돼!"

설아는 이승전의 총구를 탁 쳤다. 그 순간 총이 떨어졌다. 이승전이 씩씩대며 고개를 숙이고 무릎을 짚었다.

그녀는 울었다. 입술을 잘근잘근 씹으면서 울음을 참았지만, 눈물이 땅바닥에 뚝뚝 떨어졌다.

존비들이 서서히 포위하면서 김노주가 클레이모어를 치켜들고 다가왔다.

설아는 순간 가미코가 했던 말이 떠올랐다.

"인간은 필요로 하는 게 주어지고 필요로 하지 않는 것은 사라지죠."

필요로 하는 데에 물상이 주어지는 것이다.

자신이 지금 이 순간에 초능력을 획득한 것은 바로 이 능력이 필요한 시간과 장소 속에 있기 때문이다.

그 순간, 설아의 눈에 뜨개질을 매 순간 뜨던 기생 출신 여성이 존비에게 공격당하는 광경이 보였다.

그녀는 존비가 더욱 다가오자, 단검으로 손목을 베어 "삼천리강산에 대한 독립 만세여, 울려 퍼져라!"라고 외치고 피를 흩날렸다. 그와 동시에 뒤에 숨어있던 수감자들이 뛰쳐나왔다.

이들은 모두 대한 독립 만세를 외치면서 주변의 돌멩이를 들어 군인들에게 던졌다.

아무런 피해도 입히지 못하는 외침이지만, 한편으로는 모두 같은 마음에 가슴 속이 뭉클했다.

'이 능력은 지금 이 순간에 쓰여야 한다. 필요로 한다. 나라가 독립해야 고통이 멈추고 해방된다.'

설아는 다시 일어서려 애썼다. 옆구리에서 피가 멈추지 않았다.

이제는 초능력을 발현시킨 약효도 모두 떨어졌다. 그렇지만 정신과 혼은 살아있다.

설아는 부들부들 떨면서 검을 땅에 꽂아서 지지대로 삼고 일어났다.

그동안 원하는 게 있어도, 필요한 게 있어도 얼굴로는 다른 말을 했다.

"아버지, 무엇을 사 주세요."라는 말을 못 했다. 온몸은 그 서양 드레스를 원해도 다른 말을 했다.

"필요 없습니다."

결혼 전에도, 결혼 후에도 자신이 필요한 걸 말하는 순간 그 물건은 주어지지 않았고, 줄 때까지 기다리기 전에 입 밖에 냈다는 이유로 호되게 혼이 났다.

그 물건이 나중에 주어지면 설아는 하나도 즐겁지 않았다. 이미 그 드레스에 관한 관심이 다른 데로 옮겨갔기에.

필요로 할 때 주어져야 한다.

설아는 온 힘을 전력으로 쏟아냈다. 김노주가 설아를 보는 게 눈에 들어왔다.

설아는 마지막 힘을 짜내어 바닥에 있던 메이스를 들고 달렸다. 이승 전과 달리던 숲속을 생각했다.

멧돼지와 다퉈 달리던 걸 기억했다. 절벽을 뛰어넘는 쾌감을 짜릿하게 느꼈다.

그리고 구락부 회원들과 사냥을 나가 사냥감의 생명을 앗던 그 절묘한 순간의 민주의 진지한 얼굴도 떠올랐다.

"설아야, 달려! 달려!"

민주의 목소리가 어렴풋이 귓가를 스쳤다.

그녀는 도움닫기를 하면서 엄청나게 빠른 속도로 달려갔다. 그리고 발돋움을 해서 하늘 높이 날아올랐다. 메이스를 들고 온 정신력을 모았다.

가상세계에 몰입했다. 가미코가 주장하던 새로운 세계. 인간의 고통이 해방되고 다른 형식이 즐거움이 있는 곳.

그곳에 접어들면 신과 접신하여 신의 아이가 된다. 신의 대리인, 사자가 된다. 믿는다.

설아는 그 생각을 하면서 하늘을 가르고 높이, 높이 솟구쳤다. 그리고 잠시, 공중에서 1초 정도 머물며 찰나에 이 서대문형무소에서 숨진 호국영령을 생각했다.

이때 설아의 눈에 하늘이 사라지고, 불과 물 그리고 공기의 움직임과 땅이 동시에 보였다. 그리고 그 네 가지가 합쳐지더니 반짝반짝 빛나는 다이아몬드, 사파이어, 루비 등의 보석들이 생겨나 그리스 신화에 나올 법한 신전을 만들었다.

설아는 광채가 나는 신전에 발을 디뎠다.

신전 가운데에는 제단이 있고 황금 잔이 놓여 있었다.

"그 잔을 들어 마셔라."

설아는 제단에 어느덧 다가가 무기를 내려놓고 잔 안의 핏빛 액체를 마셨다.

"너는 호국영령의 기운을 받아서 대한 독립에 힘쓰고 사람들을 살려라."

설아의 귀에 환청이 이어졌다.

"어서 내려가 땅을 갈라 악의 기운을 사멸시켜라!"

설아의 온몸에서 황금빛이 흘러나오면서 환각이 보였다. 존비 군인들이 여성구락부 회원들을 포박하고 고문하는 영상이었다.

순간 눈앞이 암전되고, 흑막이 드리웠다.

"호국영령들이여, 지금 이 순간 우리가 저들을 이기게 도와주소서!"

설아는 머리와 상체를 땅으로 향했다. 그리고 빛의 속도로 무섭게 파고들면서 바닥으로 향했다.

저 멀리 땅에 김노주를 비롯한 존비 군대가 보였다.

김노주를 힐끗 무심히 보고 그대로 설아는 땅을 향해 질주했다. 땅에 처박히기 0.1초 전, 설아는 오른손의 메이스 철퇴에 온 신경과 힘을 집중해서 에너지를 싣고 그대로 땅에 충격을 주었다.

쾅! 땅을 메이스로 내려쳤다. 불꽃이 일고 우레 같은 소리가 사방을 울렸다.

지이이잉 소리가 나면서 땅이 지진처럼 흔들렸다. 좀비 군인들이 당황하면서 넘어졌다. 수감자들은 서로 부둥켜안으면서 기도를 하고, 위로를 하며 버텼다.

땅이 곡선으로 휘고 사람들이 반동으로 하늘로 날아오르면서 형무소 바닥이 꿈틀거렸다.

시간이 멈췄다. 다른 사람들에게는 그대로 정지된 시간과 공간 사이의 또 다른 차원이지만, 설아에게는 빛의 속도로 무언가 행할 시간과 공간이었다.

설아는 그대로 왼손에 쥔 검으로 좀비 군인들이 선 자리를 십자 모양으로 갈랐다.

땅이 그아아아 소리를 내며 갈라지고 그들이 바닥으로 떨어져 내렸다. 땅속의 천길 암흑 속으로 가라앉았다.

쿠쿠쿠쿠쿠쿠쿠쿠쿵
다시 시간과 공간이 현실로 돌아왔다. 설아는 바닥에 고개를 숙이고 착지했다.

그제야 옆구리 고통을 느꼈다.

'이 고통은 지금 이 순간 필요한 거구나. 학학!'

설아는 씩씩대면서 숨을 골랐다. 죽을 만치의 피로감과 탈진이 밀려들었다.

콰콰쾅 소리와 함께, 좀비 군인들이 땅속으로 침몰하자 김노주는 얼른 자리를 간신히 피해 도망가려는데 설아가 그의 앞을 가로막고 검으로 베었다.

김노주가 쿵 소리를 내고 쓰러졌다. 그는 갈라진 땅으로 서서히 들어갔다.

지진이 멈추고 수감자들은 서서히 일어나 진열을 가다듬었다.

고미정이 외쳤다. 강명애가 외쳤다. 그리고 김 씨 부인과 유정, 기자들, 연구원들, 다른 수감자들이 한목소리로 외쳤다.

"삼천리강산에 대한 독립 만세! 삼천리강산에 대한 독립 만세! 삼천리강산에 대한 독립 만세!"

망루에서 지켜보던 노무라 중좌와 민동연은 부하들과 자리를 피하려 준비했다.

"민동연, 당신의 직위를 박탈하고, 이 전투의 패전 책임을 물을 것이오!"

민동연은 당황했다. 그러더니 이내 표정을 싹 바꾸고 말했다.

"조금만 더 시간을 주면 전 세계를 휩쓸 최강의 좀비정예부대를 만들어낼 것입니다."

노무라는 엄한 얼굴을 해 보였다.

"어서, 장갑차를 보내서 저것들을 일시에 반역죄로 처분하시지요. 육군에 협조 요청을 보내십시오."

노무라는 형무소장을 보고 지시를 마친 후에 민동연을 향해 권총을 겨눴다.

"너부터 처분해야 할 것이야. 군법 위반에 따라서. 잘못된 실험은 패전의 요인이었다."

민동연은 당황하지 않고 차분하게 제안했다.

"병약하신 천황 폐하를 위해 불로불사의 백신을 만들 수 있습니다. 제게 존비병 연구를 위한 자금과 허가를 받아내 주십시오."

노무라는 눈빛이 흔들렸다. 존비 군인, 반설아의 초능력. 이 모든 것은 존비병을 연구한 민동연이 쥐고 있다.

저 능력들을 하나로 합치면 그동안 고생만 한 어머니도 앞으로 고통 없이 살 수 있다. 수명을 무한대로 늘릴 수 있을지도 모른다.

"돌아가신 분 중에 다시 뵙고 싶은 분은 없습니까? 그분의 육신이 땅속에 매장돼 있다면 남아있는 신체를 이용해 존비 백신으로 되살려낼 수도 있습니다. 복제하는 겁니다."

노무라의 머릿속에 병으로 고생하시다 돌아간 아버지, 어릴 때 일찍 결핵으로 간 동생, 그리고 반려견이 스치듯 떠올랐다.

"저에게 기회를 주십시오. 이 모든 획기적인 발전은 제 손에 달려 있습니다."

노무라는 일단 총을 거두었다.

그 순간에 반설아를 비롯한 수감자들은 형무소 교도관들과 군인들을 밀치고 형무소 문을 활짝 열었다. 그들은 대한 독립 만세를 외치면서 경성 시내로 향했다.

노무라는 눈을 질끈 감았다. 망루 위에서 보이는 현실이 도저히 믿기지 않았다.

필요로 하는 곳에 능력이 주어진다

이때 따다다다다다다- 기관단총 사격음이 들리면서 망루로 총격이 날아들었다.

노쇠한 김 씨 부인이 그들을 향해 저격하고 있었다.

"어서 피하십시오."

노무라는 민동연과 함께 보좌관들 그리고 호위하는 군인들과 피했다. 이제 이곳과 형무소에서 탈주해 시위하는 수감자들은 장갑차에 쑥대밭이 될 것이다. 오는 데 20분도 안 걸릴 것이다.

하지만 노무라는 확실하게 깨달았다. 자신의 맘이 먼저 쑥대밭이 되었다. 그는 반설아라는 여성에게 확실하게 졌다.

이 모든 책임은 할복으로도 용서되지 않을 것이다. 그야말로 천황과 일본제국에 대역죄인이 되었다.

이제 끝이다.

노무라의 눈에 저 멀리 형무소 밖 독립문 근처로 진입하는 중장갑차 호코쿠고와 카미 등이 보였다. 인근 군부대에서 연락을 받고 출동한 것이다.

노무라는 고개를 저었다. 반설아를 비롯한 수감자들이 장갑차를 이길 수 있을 것인가.

불가능할 것 같았다.

하지만 하나는 확실했다.

대한 독립 만세를 외치는 그 정신력은 반드시 하나로 뭉쳐서 장갑차를 능히 이길 것이다.

단 한 번도 일본제국이 연합군에 진다는 생각을 해 본 적이 없었다.

하지만 지금 이 순간, 노무라는 하나로 합일된 정신력은 도저히 못 이길 거라는 생각이 거세게 들었다.

그들이 이긴다. 한민족이 이겨서 독립하는 날이 올 것이다.

노무라는 등덜미에 거세게 달라붙는 한기를 애써 쫓으면서 서둘러 총격을 피해 망루에서 내려갔다.

김 씨 부인은 씩 웃으면서 그들을 향해 저격하는 일을 멈추지 않았다.

따다다다다다타타타타타타타-

여성구락부 재정비와 무덤 속 존비 복제가
시작되다

한 달 후, 설아와 고미정, 이승전, 김 씨 부인, 유정 그리고 강명애는 얼굴을 베일로 감추고 단정한 드레스와 슈트를 입고 시모노세키 항구로 가는 부관연락선에 올랐다. 가방은 보이를 시켜서 연락선 일등객실로 운반케 했다.

누가 보아도 경성의 귀부인들이 일본에 여행가는 걸로 보였다.

설아는 일본군들에게 끌려간 민주를 얼른 찾아내야 한다는 사명감이 깊숙이 들었다.

기자들과 연구원들은 현재 총독부에 억류되어 있다.

서대문형무소를 나가서, 만세운동을 벌여 서로 간에 수백의 사상자가 나왔지만, 이 독립정신의 불씨가 전국으로 퍼지고 해외로 뻗어 나가서 전 세계에 독립운동이 산발적이고 지속적으로 일어났다.

설아와 여성구락부 회원들은 필사의 정신으로 살아남아서, 일본으로 대피하는 중이었다.

일본 도쿄에 조선어를 공부하는 조선어학교가 있는데 그곳에서 숨겨주고 도움을 준다고 했다. 그곳의 비밀 독립단체는 일본 한복판에서 독립운동을 일으키자며 박 기자의 연락선을 통해 뜻을 전달했다.

설아는 연락을 받고, 민주가 나중에 위기에 닥치면 찾아가라던 은신처에 숨겨둔 자금과 도움을 줄 사람의 연락처가 적힌 장부를 들고 다시 구락부 회원들을 소집했다.

지인의 집에, 은신처에, 시골 친척 집에, 여관 등등 곳곳에 숨어 있던 여인들이 한날한시에 부산항에 모였다. 모두 성장을 하고 얼굴에 검은 베일을 쓰기로 약속했다.

설아가 짐을 객실에 부리고 갑판에 오르는데, 형준이 다가왔다. 그는 설아에게 필요한 업엔드 정을 전달하기 위해 왔다. 형준은 이 배에 오르기 위해 억류된 비밀 연구실에다가는 필요한 화학품을 전달받는다고 하고 잠시 나왔다. 경호원의 감시를 피해서 설아와 만났다.

형준이 눈물을 글썽거렸다.

"설아 씨가 죽을 뻔했다는 거 들었어요. 너무 위험해요. 나와 같이 미국으로 도피해요."

설아는 고개를 저었다.

"아뇨, 수동이가 목숨을 잃었어요. 형준 씨가 보낸 약을 전달하다가. 그 희생을 제가 잊을 수 없어요. 저 혼자 편히 살 수 없어요."

형준은 설아의 손을 꼭 잡고 당부했다.

"일본에 가면 꼭 거처를 알려요. 내가 가 볼게요. 만나요. 우리 결혼해요. 곧 다시 데이트할 수 있겠죠?"

설아는 슬프게 웃으면서 고개를 저었다.

"아니요. 이제 난 언제 죽을지 몰라요. 연인은 될 수 없지만, 이별도 아니에요. 그러니까 내 곁에 남고 싶다면 내 초능력을 개발하는 데 도움을 주는 길밖에 없어요. 그 길을 걷는 거라면 다시 만날 수 있지만,

결혼은 안 되어요."

형준의 눈가에 눈물이 맺혔다. 설아는 레이스 손수건을 빼서 닦아주었다.

"몸은 상대방이 좋아서 난리 나는데 왜 맨날 얼굴은 근엄한 표정을 지어요. 견우가 되려면 직녀한테 소 등에 타보라고 하고 안달하면서 적극적으로 솔직하게 고백해야죠. 나야 솔직하고 대시하는 성격이니까 형준 씨와 연애가 가능한 거지, 다른 여성들은 형준 씨가 우물쭈물하면 베틀 잡으러 돌아간다고요. 다른 견우가 모는 소 등에 타려고 하고요."

형준은 눈물을 또르르 흘렸다.

"나, 다른 여자 좋아하지 못할 거 같아요."

설아가 살포시 웃었다.

"에이, 거짓말. 시간이 지나면 다를걸요."

설아는 형준의 얼굴을 두 손으로 부드럽게 잡고 키스를 했다. 진한 키스 후에 짧은 작별의 키스를 뺨과 이마에 살포시 남겼다.

"축복했어요. 건강하고 억류된 거 탈출 잘하고 나중에 일본에서 봐요. 민주를 찾는 노력을 같이 하고요."

형준은 대답을 하고 고개를 끄덕여 보였다. 설아는 가슴속이 저미면서 목이 메었다. 남편에게서 느끼지 못했던 사랑이라는 감정, 아쉬운 이별의 아픔을 절절이 온몸에 새겼다. 피가 흐르는 것처럼 쩌릿하게 아팠다. 목이 메면서 저미듯 고통이 느껴졌다.

하지만 대의를 위해서 지금은 헤어져야 한다. 일 앞에서 사랑과 연애를 하다가는 자칫 계획이 틀어질 수 있다. 무엇보다, 민주의 안위가 걱정된다.

민주의 생사도 모르는데 나만 형준과 행복하게 지내는 것은 편치 않다.

설아가 형준과 마지막 작별을 하는 시간, 저만치에서 배와 선착장을 연결한 다리에 한 남자가 오르고 있었다.

텐노 형사가 여행 허가증을 선원에게 보였다. 그는 형사 직분을 관두고 일본으로 돌아가는 중이다. 어머니가 노환으로 아프시고, 이시하라와 유정수 피살사건도 미제다. 텐노는 사표를 쓰고 고향으로 돌아가기로 했다.

연락선에 오르는 그를 누군가 큰소리를 외치며 불렀다.

"텐노 형사님! 텐노 형사님!"

텐노는 뒤를 돌아봤다. 포드 클래식 차창 밖으로 외치던 강철수가 다급하게 차에서 내렸다. 그는 한 손에 하얀 서류를 들고 거세게 그를 불렀다. 텐노가 뭔 일인가 생각하다 그에게 급히 다가갔다.

"무슨 일이오?"

"유명운 회장님이 별세하셨습니다. 유언장에 재산의 50%를 신문사와 사회에 환원하고, 나머지를 형사님께 남겼습니다. 형사님이 그 재산으로 반설아를 교수대에 반드시 세워야 한다는 조항이 있습니다. 수락하시겠습니까?"

강철수는 다급하게 텐노를 보았다.

텐노의 눈빛이 흔들렸다.

"교수대에 세우지 못할 때는 반드시 죽여서 확인 가능한 신체의 일부분을 유언장 집행 변호사에게 가져와서 확인을 받아야 합니다. 그래야 완벽한 상속이 됩니다. 어떻게 하시겠습니까?"

텐노는 형사직을 관두고 불확실한 자신의 신분과 미래를 생각했다.

재산 상속보다는 할 일이 없어진다는 것에 대한 망연한 감정이 더 컸다. 평생 정의를 수호하기 위해 경찰 직분을 선택한 것인데 아쉬웠다.

그리고 유명운의 천추에 맺힌 한과 그 아픔도 가슴에 와 닿았다.

"수락하겠소."

"짐을 주시죠. 배에서 내리고, 경성에 남아서 유명운 회장님 자택에서 머무십시오. 거사를 진척시키려면 사람을 모아야죠. 암살자, 정보를 캐는 망원, 일본군 내 스파이를 돈으로 매수 가능한지 알아보겠습니다. 일을 진두지휘해 주십시오. 모두 유언장에 포함돼 있는 내용입니다. 저는 그 일의 하수인으로 쓰십시오."

강철수는 포드 클래식에 텐노와 함께 오르면서 일을 설명해 나갔다.

한편, 설아 일행은 선착장에서 인파가 어지러이 오가는 부산항구와 어시장, 수백 척의 어선을 내려다봤다. 항해를 알리는 뱃고동 소리가 뿌우우우웅 요란하게 귀를 울렸다.

이때 검은 베일을 쓰고 검은 레이스 드레스를 입은 긴 머리의 날씬한 여인이 다가왔다. 그녀는 설아에게 다가와 귓속말을 건넸다.

"안녕, 반설아. 난 신의 아이 가미코야. 기억나?"

가미코는 가발을 살짝 들고 반삭 머리를 내보였다.

"어, 어떻게 된 거야?"

설아는 온몸에 소름이 돋았다.

"난, 아버지가 복제해서 되살아나게 됐어. 왜 너의 초능력만 당연한 거지? 내가 말했잖아. 이제 인간은 자기 복제가 가능한 시대라고. 이번에는 통통한 몸 대신 좀 더 날렵한 몸으로 조합해 달라고 했지."

"지금 그 말들을 모두 믿으라고?"

설아가 눈을 크게 뜨고 가미코를 직시했다. 눈을 보니 확실히 그녀였다. 그리고 말하는 태도나 행동 모두 그녀였다.

가미코가 씩 웃었다.

"하하하. 사실 형무소에서 아버지가 비밀리에 보낸 방탄조끼와 방호복을 입어서 목숨을 부지했지. 그리고 아버지가 최신 의학자들을 불러 되살려냈어. 죽을 고생을 해서 살이 쏙 빠졌어. 이번 일로 아버지는 언젠가 맞을 큰 위기를 생각하셔서 나의 머리카락과 손톱, 발톱 자른 걸 모두 타임캡슐에 보관해서 땅속에 깊이 묻으셨어. 폭격기 공격도 못 미칠 땅속 깊은 곳에. 언젠가 내가 완전히 죽으면 미래에 파내서 복제 가능하도록. 사실 우리 아버지는 전공이 영문과가 아니고 초과학이야. 과학의 위대한 힘을 넘어서는 그 이상의 상상 초월적 과학을 연구하시지. 거기에는 일전에 내가 말한 인간 고통 해방이 들어가는 거야. 자, 어서 가자. 미래의 나라를 위해. 거기에 일본과 한국, 이런 건 없어. 인간이라는 존엄성이 최대 우위 자리에 서는 거야. 바로 휴머니즘적 세계가 오는 것이지. 그 전에 조선의 독립과 일제의 패망이 오겠지만. 일본의 초과학 연구 본부를 보여 주고 싶어. 아버지와 연구원들은 모두 너의 초능력과 존비병을 궁금해하셔."

가미코는 설아의 두 손을 잡고 꼭 안아 준 후에 나란히 바다를 보았다.

대한해협 한가운데로 접어든 부관연락선 위에서 설아와 여성구락부 회원들 그리고 가미코는 미래에 대한 열망을 품고 끝없이 너른 바다를 바라보았다.

어두컴컴한 밤, 버려진 무덤가. 일본 군인들이 엄호를 하며 다가온다. 군인들이 땅을 일사불란하게 빠른 속도로 판다. 일본인 음양사가 금강저를 들고 주술을 외운다.

그는 손가락을 부딪쳐서 구자인, 대금강륜인을 만들었다. 진언을 외면서 검인을 만들어서 구자를 한 자, 한 자 외면서 허공에 가로세로 격자형으로 그었다.

오늘 밤의 특수 작전을 지휘하는 최고 사령관은 고대 주술을 신봉했다. 그가 의지하는 음양사가 부정한 기운을 쫓기 위해 작전 중인 군인들과 같이 온 것이다.

군인들이 땀을 흘리면서 굳은 땅을 줄곧 파는데, 옷가지가 흙더미 속에서 설핏 보였다.

"나왔다."

지휘관이 더 빨리 서두르라고 했다. 흙을 헤치자, 손가락이 나오고, 옷가지가 나오는데, 황색 장교 군복이다. 견장이 나오고, 상의가 나왔다. 얼굴 부분이 서서히 나오고, 땅을 다 파자, 드디어 시신이 완전히 나왔다.

기이하게도 부패하지 않은 시신의 얼굴. 김노주이다.

음양사의 주문이 거세지는 가운데, 두건을 쓴 남자가 다가가 김노주의 머리카락과 손톱, 발톱을 깎는다. 그리고 마지막으로 메스로 손목을 절단하려는데, 김노주가 갑자기 눈을 번쩍 뜬다.

두건이 벗겨지면서 남자 뒤로 물러선다. 민동연이다.

"뒤로 물러낫!"

민동연의 지시에 군인들이 물러선다.

"살, 살아있어!"

민동연은 잠시 김노주의 몸을 살피다 지시를 내렸다.

"이 시신은 전체를 인수해 간다. 준비하도록!"

민동연, 김노주의 입에서 하얀 입김이 나오는 걸 두 눈으로 똑바로 보면서 전율한다. 눈을 뜬 김노주는 미동도 없지만, 입김은 계속 나온다.

민동연은 노무라 중좌를 책임자 자리에서 내려오게 하고 다른 사령관의 지휘를 받으면서 생체 실험 연구를 계속하게 됐다.

서대문형무소 전투 이후, 존비 군인들을 군에서 관리하는 비밀 무연고자 무덤에 묻었으나, 다시 병원체를 얻기 위해 발굴하던 중에 김노주가 묻힌 위치를 파악하고 찾은 것이다.

민동연은 특별하게 제작된 무명천 안에 김노주를 군인들과 조심스레 들어서 넣고 트럭으로 향했다.

존비병의 최초 환자이자, 가장 강력한 힘을 지닌 김노주가 살아날 가망이 있다는 것을 확인하고 다시 실험에 이용하기 위해서이다.

끝

• 작품 속 총기나 흑마술, 무기 지식에 관해서는 『도해 근접무기』(오나미 이츠시 저, 에이케이 커뮤니케이션즈 2012년 발간), 『도해 건파이트』(오나미 이츠시 저, 에이케이 커뮤니케이션즈 2016년 발간) 등 트리비아 시리즈, 『총기백과사전』(마틴 도허티 저, 휴먼앤북스 2018년 발간) 등의 책 도움을 받았습니다.
• 도검을 사용하는 실전 방법에 관해서는 『속, 중세 유럽의 무술』(오사다 류타 저, 에이케이 커뮤니케이션즈 2014년 발간)에서 참조했습니다.
• 서대문형무소의 구조나 내부는 『서대문형무소역사관』(서대문형무소역사관, 2014년 발간)을 참조했습니다.

여성구락부 재정비와 무덤 속 존비 복제가 시작되다

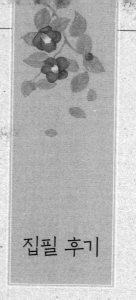

집필 후기

집 근처에 안전가옥이라는 장르 전문 도서관 겸 출판사가 생기면서 저는 작가살롱 무대에 서고, 동료 작가의 살롱에 참가했습니다.

　정명섭 작가의 좀비 관련 강연을 듣고 '아, 좀비라는 괴이한 생명체는 작품에 넣으면 재미있겠구나.' 하고 막연하게 생각했는데 엄두가 안 났습니다. 그러다가 도서관에서 여러 종류의 좀비 관련 판타지 소설과 괴이한 생물들의 일러스트 화보집을 보게 되면서 점점 아이디어를 굴렸습니다.

　드디어 추리 판타지 소설을 쓰고자 마음먹게 되면서 본격적으로 경성의 상류 사교클럽 여성들이 일제 좀비 군인과 싸우게 되는 이야기의 골조를 잡았습니다.

　머릿속에는 이런 장면이 떠올랐습니다.

　굉장히 아름다운 정원 티파티에서 여성들이 드레스를 입고 우아하게 차를 마십니다. 드레스 슬릿 사이로 보이는 가터벨트에는 쌍검이나 윈체스터 장총, 도끼 등을 차고 유사시에 좀비들과 대결할 태세입니다.

　이들이 사회의 불리함, 가부장적인 결혼생활, 여성들과의 반목과 질시 등을 딛고 일어나 대한 독립을 위해 좀비 군인들과 싸우는 줄거리를 만들려 준비를 했습니다. 저는 그간『경성 탐정 이상』시리즈를 쓰면서 알게 된 경성 문화 등 전반적인 지식 위에 추리작가로서의 기량을 발휘해 보았습니다.

사이코패스로 태어난 반설아라는 여성이 남편을 죽이고 사회로 나가게 되면서 윤민주라는 멘토를 만나 경성여성구락부 회원들과 우정을 쌓고 훈련을 통해 일본의 좀비 군과 싸우게 했습니다. 그 와중에 그녀가 살인자라는 것을 밝히려는 일본인 형사의 집념 어린 수사 과정도 넣었죠.

하지만 중간에 힘든 과정이 왔습니다. 좀비가 나오는 부분이 도저히 써지지 않는 것입니다. 판타지 장르를 단기간에 접해서 그런 거라 판단하여 일요일마다 안전가옥에 가서 각종 판타지 소설과 러브크래프트 소설에 나오는 괴물 일러스트 화보집을 비롯하여 게임북들을 모두 연구했습니다.

벙커라는 작은 방에 책을 수십 권 쌓아놓고 읽어 나가는 재미도 쏠쏠했죠. 월요일에는 용감하게 컴퓨터를 붙잡고 판타지 부분을, 좀비를 묘사할 힘이 났습니다.

드디어 끝을 냈고, 반설아라는 인물과 멘토 윤민주 그리고 여성구락부 회원들은 저와 친한 동료 작가들, 친한 학부모들, 친구들이 떠오르게 만들기도 했습니다. 여성들의 우정과 연대라는 배경에 인생을 관통하는 위트와 장르적 쾌감을 주는 장면을 집중 배치도 해 봤습니다.

처음에는 남편과 일본인 형사를 죽인 사이코패스 반설아라는 여성

캐릭터가 독자들에게 납득이 가게 쓰는 게 관건이었습니다. 판타지나 추리 소설은 선한 인물에서 시작하기 마련이니까요. 하지만 좀 지나니 좀비를 처음으로 묘사한다는 게 덜컥 겁이 나더군요.

처음 쓰는 좀비물은 무척 고난의 길이었지만 즐거운 길이기도 했습니다. 저는 좀비를 기존의 좀비가 아닌 이성의 힘이 있고 사령관이 지휘하는 일본 군인으로 설정했습니다. 좀비가 군복을 갖춰 입고 전투 대열에 서는 과정은 더 무서울 거 같았고, 좀 더 효과적인 캐릭터로 거듭날 것 같았거든요.

새로운 여성 캐릭터, 처음 보는 좀비 설정에 경성의 화려한 문화를 듬뿍 녹여내면서 저로서는 작가로서 새로운 전환점에 도달했습니다. 고난이었지만, 한편으로는 즐겁고 흥겨운 여정이었죠.

작품을 끝까지 써나가는 데 지원을 아끼지 않은 코핀 커뮤니케이션즈 유영학 대표님, 권혁신 팀장님 그리고 코핀 식구들께 진심으로 감사드립니다. 자료를 찾아본 안전가옥과 기회의 장을 마련하신 김홍익 대표님도 고맙습니다.

아울러 가족과 추리작가협회 선후배님, 작품을 쓰는 데 코치를 해주신 양수련, 박선아 작가님께도 고맙다는 표현을 전해드립니다. 그리고 저의 여러 소설 등을 통해 소통과 교류를 맺게 된 여러 독자분들께도 진정으로 감사드립니다.

독자분들이 계셔서 이 작품을 끝까지 써내게 됐습니다. 제 책을 읽는 분들이야말로 제가 소설을 쓰게 하는 원동력이자 원천입니다.

어디서든 저를 만나면 반갑게 다가와 주세요. 한 분, 한 분 다 작품으로 소통하고 싶습니다.

이제 저의 추리 판타지 월드 초대장이 배달되면 주저하지 마시고 다시 와 주십시오. 언제고 곧 다시 만나기를 희망하면서 이만 마칩니다. 우리 또 만나요~

2019년 5월 26일. 김재희 씀.